I0554139

Ilaria Pasqua

IL GIARDINO DEGLI ARANCI

Il mondo del bosco

Nativi
Digitali
Edizioni

I edizione cartacea: aprile 2016

Nativi Digitali Edizioni snc
Via Broccaindosso n.16, Bologna

ISBN: 978-88-98754-46-5

www.natividigitaliedizioni.it
info@natividigitaliedizioni.it

seguici su:

Disegno in copertina e retrocopertina a cura di
Progetto grafico ed Art Direction: Stregatto
design Illustrazione di Davide Corsetti

Contatti Ilaria Pasqua
www.ilariapasqua.net
Profilo Facebook
Profilo Twitter
Profilo Linkedin

Dove eravamo rimasti
da "Il Giardino degli Aranci – Il Mondo di Nebbia"

Il Mondo di Nebbia, dove Aria e il fidato amico Henry vivono e frequentano un liceo come tanti altri ragazzi, nasconde dei segreti inquietanti, come incubi che prendono forma e sono in qualche modo collegati ai Cinque Sacerdoti, misteriosi individui che controllano la città.

Aria non è però una ragazza come tutte le altre: in quel mondo ha la sensazione di "girare a vuoto", e dentro di sé sospetta che dietro ai suoi incubi ci siano verità dimenticate. Sarà un episodio casuale, uno scarabocchio su un foglio, a suscitare la curiosità di Will, ragazzo misterioso che come lei sembra frustrato e insoddisfatto da quella realtà, ad aprire la strada ai dubbi di Aria, per poi scoprire che il Mondo di Nebbia non è nient'altro che un'illusione dove si rifugiano le persone per dimenticare un passato doloroso, per cancellare i ricordi.

Però "Si possono cancellare i ricordi, ma ciò che abbiamo vissuto ritorna sempre a tormentarci, in una forma o nell'altra", così Will, Aria e quindi Henry col tempo scoprono la verità sul passato: nel *vero* mondo, la loro serena vita da ragazzi era stata sconvolta dalla morte di Dan, fratello di Will e ragazzo di Aria. I tre sembrano però essere abbastanza forti da superare la malinconia, riallacciando in particolare i sentimenti di affetto tra Aria e Will, e da voler uscire dal mondo illusorio in cui si ritrovano imprigionati.

Il confronto con i Cinque Sacerdoti rivela però che la strada d'uscita da quei mondi, creati da un patto tra una persona e una misteriosa vecchia, non è così semplice da percorrere... La chiave che Aria custodisce finisce per portarli in una nuova realtà illusoria, Il Mondo del Bosco.

Capitolo 1

Wade e Lucas erano immobili, come se il tempo si fosse fermato, sprofondati in un silenzio innaturale. Spaventati entrambi dalla domanda che non volevano ascoltare, ma che andava pronunciata.

"Che intendi con: 'non vi ho detto la verità'?", Wade fissava Lucas con apprensione. Incrociò le braccia e si avvicinò all'amico aspettando con impazienza una risposta.

Lucas si strofinò il dorso della mano sul viso, stringendo ancora la scatola nera nell'altra, e si sedette sul letto di Will. Accarezzò la coperta. Era così tanto tempo che suo figlio non dormiva più in quel letto. Sembrava una vita intera.

Sospirò profondamente, "sono passati dieci lunghi anni", disse guardando a terra, le ginocchia piegate apparivano instabili, come se tutto il suo essere tremasse al cospetto di quei ricordi. Lasciò andare la scatola.

"Lucas…"

Lucas sospirò e si piegò in avanti, nascondendo la faccia dietro le mani. Poi si tirò su, "alla fine, sapere queste informazioni non sarebbe stato d'aiuto. Tua figlia e mio figlio sono finiti lì, e nessuno…", balbettò confuso fissandosi le mani invecchiate, osservò con stupita attenzione le grinze sulle nocche, l'aria stanca delle dita, le unghie cortissime, come se non le avesse mai viste.

"Lucas!", stavolta suonò come un urlo dal tono aggressivo.

L'uomo si raggelò, sobbalzando al suono della sua voce. "Ho fatto un errore. Ma ora devo rimediare", alzò gli occhi sull'amico che aspettava ancora una risposta, "io conosco i Cinque da tantissimo tempo. Siamo stati amici, grandi amici. Ciò che non vi ho detto è che….", non riusciva a parlare, per quanto era forte l'ansia, quel segreto era stato sotterrato da moltissimo tempo dentro se stesso, ben nascosto, al sicuro. Non l'aveva mai detto ad alta voce e le parole gli si smorzavano in gola a ogni tentativo. Iniziò a balbettare, come un muto che tenta di formulare parole, senza riuscire a tirar fuori che poche lettere dal suono confuso, poi poggiò gli occhi sulla tela scura di suo figlio Dan. Tutte le sere, entrava in stanza per togliere ogni strato di polvere dagli oggetti dei figli.

Wade lasciò che si prendesse il suo tempo, ma le dita si muovevano in continuazione, come impazzite. Il volto era teso in un'espressione di allarme, come se avesse già percepito la grandezza di quella confessione, e le sue implicazioni.

Lucas prese fiato ancora una volta e alzò gli occhi sull'amico, "ciò che non vi ho detto è che i Cinque Sacerdoti, non erano… Cinque".

"Che diavolo vuol dire?", chiese Wade sciogliendo le braccia e strabuzzando gli occhi.

Balbettò qualcosa con voce inferma, "i Cinque in realtà sono una sola persona. Non riesco neanche a dirlo", Lucas scoppiò a ridere come un folle.

Wade fu preso alla sprovvista, quella confessione l'aveva scioccato, ma l'amico che rideva in quella maniera… forse ancora di più, tentò di chiedere una conferma, non era del tutto sicuro che ciò che aveva sentito fosse giusto, "prima del patto con la vecchia, i Cinque erano una persona e… il loro prezzo è stata questa separazione", continuò Lucas facendosi di nuovo serio, "e chi lo sa cos'altro".

"Ecco perché i mantelli… cosa c'è lì sotto?", Wade incrociò le braccia al petto.

"Non lo so e non voglio neanche saperlo", disse Lucas stropicciandosi di nuovo il volto, "capisci?", allungò la mano verso la scatola e la prese di nuovo, guardandola assorto.

"No, in realtà", Wade si appoggiò al muro ripetendosi quella scoperta nella mente, cercando di articolarla, facendola combaciare con le altre informazioni che aveva.

"Quando la vecchia ha stretto il patto, lui è stato smembrato sotto i miei occhi", la voce tremò leggermente di fronte a quel ricordo, "poi i Cinque hanno sorpassato una soglia e sono scomparsi", si alzò e barcollò verso Wade, "non possiamo ucciderli. Vivono in un mondo in cui sono immortali. Dio sa cos'altro gli ha portato via la vecchia per stringere il patto. Ciò che so è che sono al sicuro, in quel mondo".

"Non possiamo ucciderli", ripeté Wade, e pensò a quel giorno in cui non era riuscito a fermare Aria e sua moglie, quel giorno infame in cui li aveva persi, sospirò. *Come ho potuto?* Lucas non aveva capito quanto l'amico si tormentasse con questi pensieri. Se Lucas era colpevole per Will, lui lo era per la sua famiglia.

"Nessuno può farlo, nessuno dei nostri ragazzi. Forse nemmeno la vecchia ormai", scoppiò di nuovo a ridere, ma a labbra strette. Chiuse gli occhi e riprese fiato.

"Ci deve essere un modo", Wade non voleva arrendersi.

"No. I ragazzi possono solo trovare la chiave e sgusciare via. È l'unica possibilità che abbiamo Ma quel mondo rimarrà in piedi, che noi lo vogliamo o no. Ho paura che mio figlio non sia al sicuro lì ora. Se lui, loro, dovessero capire chi è…"

"Tu cosa hai intenzione di fare allora?".

"Andrò a parlare con loro. Vedrò se c'è qualcosa di quella notte che non ricordo, un dettaglio che può aiutarmi a scoprire…", strinse più forte la piccola scatola nera.

"Se è possibile annientarli".

"O almeno distruggere quel mondo, portando via i nostri figli", Lucas aveva un altro progetto, ma esitava al raccontarlo all'amico, non credeva, anzi era sicuro che non avrebbe capito.

"Una volta per tutte", disse Wade deciso.

"Una volta per tutte", ripeté Lucas, aprì la scatola nera e osservo ciò che c'era dentro con gli occhi tristi, il cuore immobile.

Capitolo 2

Se nel mondo esistesse altro che sofferenza, si disse Marcus, seduto sulla panchina di un parco in un pomeriggio d'autunno in cui il vento si divertiva a far vorticare in cielo le foglie marroni degli alberi. Lo zaino di scuola abbandonato a terra.

Il ragazzino non aveva più di dodici anni e si ostinava a fissare dritto davanti a sé come se sfidasse l'aria, mentre si stringeva nella giacca troppo leggera per la temperatura. Il sole aveva già abbandonato il suo posto, quel giorno, lasciando il cielo di un colore bianco pallido, come se fosse una tela in attesa di qualcuno che venisse a dipingerla. La notte sarebbe calata velocemente di lì a venti minuti, ma il ragazzo non sembrava interessarsene.

Sulla terra bruna, a pochi metri dai suoi piedi, proprio a ridosso del prato, un formicaio si agitava senza sosta sotto i suoi occhi. La buca sembrava avere vita propria, inghiottendo e risputando piccole formichine silenziose che si preparavano a ritirarsi per la notte.

In fila indiana, si davano man forte, trasportando le ultime scorte di cibo o preparandosi forse al brutto tempo. Marcus non aveva notato le nuvole che erano comparse di colpo in cielo, proprio dietro alle sue spalle. Sopra agli edifici più vicini al parco. L'alto cancello nero e elegante segnava una netta separazione tra il giardino e la strada. Per Marcus era una divisione altrettanto netta tra la vita della città e quella più pacifica che andava sempre cercando. Tra la sofferenza, i dubbi, le paure e la tranquillità. Quello era per lui il posto ideale per lasciarsi alle spalle i problemi. Per smettere di pensare e prestare attenzione solo ai suoni della natura, o al semplice silenzio.

Alcune volte però i problemi lo raggiungevano anche lì. Non poteva nascondersi a lungo da quel suo strano, fastidioso malessere che non dovrebbe inseguire un ragazzino. E il silenzio si faceva assordante, sgradevole, opprimente. Marcus allora si concentrava e cercava di cogliere un suono qualsiasi: il vento tra le foglie, i passi di qualcuno in lontananza, un cane abbaiare, un clacson dalla strada. E così, magicamente riusciva a ritrovare la calma persa.

Dal fondo del viale alberato un profumo di carne alla brace portato dal vento gli solleticò il naso. Gli venne fame e decise di alzarsi. Le luci iniziavano a prendere il controllo della città: sul viale si accesero una dopo l'altra, come per magia, e alle sue spalle notò quelle della strada prendere vita quasi nello stesso momento. Le macchine non sembravano meravigliarsene, procedevano come al solito ignorando qualsiasi cosa, così come i loro passeggeri.

Le luci si arrampicarono pian piano anche sulle facciate degli edifici, gettando un'ombra sull'asfalto. Persone svogliate si stavano di certo spostando da una stanza all'altra replicando i soliti gesti, la solita routine e la luce ne era parte, come qualsiasi altra cosa di questo folle mondo.

Più calava la sera, e più Marcus si sentiva oppresso. Iniziò a respirare a fatica e si alzò. Del sole ormai non c'era più traccia. La notte era alle porte e lui non avrebbe potuto far nulla per impedirle di entrare. Avrebbe voluto saltare subito al nuovo giorno, magari senza invecchiare di un solo istante, senza perdersi quella parte della vita che spettava a un ragazzo come lui e che in qualche modo gli era stata sottratta dagli eventi, dal caso, non voleva chiamarlo destino, ma forse era proprio così. Lo desiderava ogni sera, ma era un desiderio che, credeva, non si sarebbe mai avverato.

Strappò una bottiglietta semivuota dalla panchina e si diresse verso il formicaio. Si acquattò e rimase a osservare la lunga scia nera che spariva nel buco. Anche la terra appariva più scura, tutta la sua vita sembrava più scura quando il giorno gli passava accanto abbandonandolo per lasciare spazio alla sera.

Stappò la bottiglia e fece scendere lentamente grandi gocce d'acqua nel buco. Alcune formiche scapparono, altre sembrarono volergli venire contro. Aumentò il flusso, fino a quando non ne rimase più neanche una lacrima. Raccolse da terra lo zaino. Poi si diresse a spalle basse verso l'uscita del parco, stringendo sempre in mano la bottiglietta, ora vuota.

Sulla soglia del cancello Marcus ebbe un'esitazione. Oscillava con il busto avanti e indietro restando con i piedi ben fissi a terra, sembrava che il parco volesse trattenerlo a sé. E invece era solamente lui a non decidersi. Sulla strada di fronte, le macchine procedevano lente e affaticate; nonostante fossero quasi le otto e mezza di sera c'era un gran traffico, come se le persone non volessero ritornare nelle loro case e affrontare la notte, un po' come lui. In realtà era solo un'illusione, in quella città il traffico ingombrava le strade a ogni ora del giorno, soprattutto nei pressi del parco. Fece un sospiro e strinse più forte le cinghie dello zaino. Infine sorpassò il cancello, voltò a destra e percorse il largo marciapiede ordinato che costeggiava il giardino fino all'angolo, poi attraversò, gettando la bottiglietta nel cestino che si trovava sul suo cammino.

A spalle basse, con le mani strette in tasca, ogni tanto gettava un'occhiata distratta alle vetrine ormai chiuse, e ai visi delle persone che incrociavano il suo. Ogni tanto si fermava sotto un lampione e alzava gli occhi come a ricaricarsi di energia.

Marcus entrò con altrettanta distrazione, come se i piedi lo guidassero senza che lui pensasse minimamente alla direzione, in uno dei Wimpy di strada, il suo preferito. Il fast food era affollato come sempre a quell'ora, e una forte aria di fritto e calore mescolati insieme lo colpì in piena faccia. Abbozzò un sorriso, quella confusione e quel calore stranamente gli piacevano.

Si tolse dalla schiena lo zaino e respirò a fondo, trascinandosi fino al bancone. Si mise pazientemente in fila senza lasciare andare lo zaino che era abbandonato a terra floscio, come un corpo senza vita ripiegato su se stesso.

Un ragazzo altissimo, dal sorriso contagioso allungò il collo da dietro il bancone per superare la fila e raggiungerlo con lo sguardo. Gli fece l'occhiolino e sorrise, anche se era difficile capire se l'avesse fatto proprio verso la sua direzione, sembrava proprio dire, "ciao Marcus, sono felice di vederti", e lui, questo, lo adorava. Spesso si fermava a parlare con i clienti, ma senza perdere mai il ritmo, riusciva a chiacchierare mentre lavorava, e cosa ancora più impressionante, ricordava i nomi di ognuno. Li salutava come fossero vecchi amici e le persone se ne stupivano ogni volta. Varcava la soglia così tanta gente, che chiunque si chiedeva come facesse.

Marcus abbozzò un sorriso e rilassò le spalle, facendo ogni tanto un piccolo passo avanti man mano che le persone guadagnavano il bancone. Poi finalmente lo raggiunse.

Il ragazzo doveva avere circa una ventina di anni, forse persino meno, Marcus non aveva mai avuto il tempo di informarsi, e aveva un modo di fare così beato da mettere allegria a chiunque, persino agli oggetti. In mano sua i panini sembravano danzare, i vassoi carichi colorarsi di vita.

Molte volte Marcus aveva sentito i clienti in fila rimanere sorpresi o lodare quel suo atteggiamento, alcuni avevano persino detto che frequentavano quel Wimpy proprio perché c'era lui, aveva ascoltato di famiglie che si muovevano da altri quartieri per andare proprio lì. Anche per Marcus era così d'altronde, la cosa sembrava assurda eppure era la verità, spesso si sentiva stupido per questo, ma la condivisione di quelle sue stesse sensazioni con persone sconosciute lo rinfrancava e rilassava.

Osservò il ragazzo con grande attenzione, come faceva sempre, chiedendosi quale fosse il suo segreto.

Quel suo muoversi attivamente da una parte all'altra? Il sorriso solare aperto a tutti? Le parole che pronunciava con quella nota alta, come se cantasse? O forse le occhiate piene di vita? Non lo sapeva, ciò di cui era certo è che rendevano quel luogo migliore, come se quest'ultimo assorbisse le energie di quell'uomo trasmettendole nell'aria e ubriacando tutti.

"Ciao Marcus", disse facendogli l'occhiolino e poggiandosi con le mani sul bancone. Poi si piegò in avanti per avvicinarsi a lui. Da così vicino appariva ancora più alto. Magro eppure muscoloso. Gli occhi verdi curiosi saltavano da una persona all'altra, registrando ogni movimento.

"Ciao… Ross", rispose Marcus sforzandosi di sorridere. Doveva pur ricambiare in qualche modo quella gentilezza.

"Cosa ti ho detto?", sussurrò lui avvicinandosi ancora e fingendosi arrabbiato.

Marcus sorrise di nuovo, "ciao Lucas", balbettò.

"Così va meglio", si rialzò e gettò uno sguardo al tabellone alle sue spalle, "solito menù?".

"Sì, ti ringrazio". Le chiacchiere provenienti dai tavoli affollati, la gente dietro di lui in fila intenta a parlare col vicino, le risate dei bambini mentre si infilavano in bocca le patatine, l'aria accogliente, come quella di una famiglia, lo facevano sentire bene. Chiuse un momento gli occhi, quando era lì dentro, si sentiva nel posto giusto al momento giusto. Non capiva perché quel posto gli donasse questa sensazione di pace. Era il luogo più allegro e colorato che conoscesse. Avrebbe tanto voluto che anche casa sua fosse così. Non chiedeva tanto, sarebbe bastata anche una vaga somiglianza, l'ombra di un sorriso, una risata da un'altra stanza.

"Ecco qui", disse porgendogli la busta. Sapeva benissimo che Marcus avrebbe mangiato fuori. Non sapeva però che l'avrebbe fatto per la strada, camminando da solo in silenzio, rallentando sempre più il passo, nonostante la notte fosse ormai calata da tempo.

"Grazie, Lucas", prese il pacchetto e si avviò verso l'uscita, trascinandosi sempre lo zaino dietro. Avrebbe voluto che la fila fosse stata più lunga, che la gente davanti a lui si fosse sdoppiata magicamente, per impedirgli di arrivare così presto al bancone, o almeno per farglielo raggiungere il più tardi possibile. Invece la fila era stata fin troppo breve. E non aveva neanche fame.

Fuori dal Wimpy un'aria fredda e pungente lo paralizzò per un istante. Cercò di scrollarsi di dosso quell'ondata di brividi, poi s'infilò lo zaino su una spalla e col sacchetto nell'altra mano proseguì verso destra, lì dove le luci sembravano smorzarsi di colpo.

Tirò fuori un panino ben incartato, ancora fumante, e lo mangiò lentamente, a ogni morso sentì tornargli la fame, e il suo stomaco ringraziare silenziosamente.

Nonostante si stesse ricaricando con quel gustoso panino, si sentiva sempre più prostrato. Camminava piegato in avanti, con la testa bassa. Mangiò un paio di patatine, poi chiuse la busta e la infilò nello zaino, forse dopo gli sarebbe tornato l'appetito.

Un orologio poco distante segnava le dieci. Era decisamente tardi, affrettò il passo sperando di ritrovare ormai tutti a letto.

Così girò l'angolo e entrò in un palazzo dall'aria malconcia. Aprì la porta di casa lentamente, cercando di far scattare la serratura nella maniera più silenziosa possibile e frenando il cigolio che molto spesso annunciava il suo arrivo.

Maledetta porta, pensò Marcus aprendola. Un'ondata di calore opprimente e appiccicoso lo avvolse, stringendolo in una morsa. Il ragazzo prese fiato, e avanzò nel lungo corridoio buio in punta di piedi. Sulla sinistra c'era la sala da pranzo, la superò. Ma suo padre saltò fuori di colpo.

"Marcus, dove eri finito? Devi piantarla di fare così tardi", disse più esasperato che arrabbiato. Aveva due profonde occhiaie, ancora la camicia addosso, mezza sbottonata. I pantaloni del lavoro ma le pantofole ai piedi, come se fosse appena rientrato, ma sicuramente non era così.

Meg, sua sorella più grande, spuntò dal fondo del corridoio, era vestita e truccata come se stesse per uscire, "non pensare che ti preparerò la cena ora. Che pensi che sono la tua schiava?", disse incrociando le braccia sul petto stretto in una maglietta rossa.

Marcus sospirò senza rispondere, ancora con lo zaino sulla spalla, come se stesse decidendo se scappare fuori o restare.

La sorella si avvicinò e lo spinse verso la porta, "su, non startene imbambolato, togliti di mezzo".

Il padre si stropicciò il viso e sbuffando tornò a sedersi sulla poltrona davanti alla televisione che mandava sprazzi di luce nervosi nella stanza buia. La casa era completamente immersa nell'oscurità, come se ci fosse il divieto di accendere la luce.

Meg uscì di casa, dopo avergli lanciato un'occhiata piena di rancore. Marcus sapeva quanto fosse arrabbiata col mondo e cercava di non infierire, non ne avrebbe neanche avuto le forze. La sua rabbia era passata, almeno credeva, ora si sentiva solo rassegnato, stanco come suo padre.

"Vai a salutare tua madre", disse l'uomo senza neanche distogliere lo sguardo dallo schermo. Sul tavolino accanto al divano un bicchiere di liquore e un panino mezzo mangiato.

In quel momento Marcus si accorse dell'odore di fritto che si stava espandendo nel corridoio, superando la barriera dello zaino, ma se ne disinteressò. Aprì la porta alla sua destra e si sedette accanto al letto, su una sedia di legno che sembrava consumata dal tempo o dalle lacrime.

La camera era spoglia, niente quadri, solo qualche mensola con una manciata di libri, una piccola finestra dall'altro lato, che dava però in un brutto cortile interno, un mobile di legno scuro, un comodino abbinato con un bicchiere d'acqua e molti flaconi, un tovagliolo con pillole di varie misure, un piccolo vaso con delle margherite gialle fresche, le sue preferite.

Una donna di circa quarant'anni giaceva stanca sul letto, coperta da una trapunta spessa sotto cui il suo corpo sembrava quasi sparire. I capelli castani sparsi disordinatamente sul cuscino sembravano un nido aggrovigliato di uccelli.

Marcus si allungò per controllare che il petto si muovesse ancora. Era così difficile da capire sotto tutti quegli strati di lenzuola. Sembrava ritirarsi ogni giorno di più.

"Ciao mamma", sussurrò, quasi sperando che non lo sentisse.

"Ciao tesoro", rispose lei a occhi chiusi, continuando a tenere il viso verso il soffitto.

Alzò anche lui lo sguardo verso il soffitto, fissando ogni minima imperfezione, come se gli importasse, mentre gli occhi gli si riempivano pian piano di lacrime.

"Tua sorella è uscita di nuovo?", disse a fatica la donna voltando la testa verso di lui.

Marcus si limitò ad annuire.

"Stalle vicino, sei tu l'uomo di casa", disse con ancora più fatica.

Marcus sospirò e si alzò di scatto dalla sedia che si spostò indietro facendo un rumore stridulo. Poi uscì di corsa dalla stanza.

Dormiva in una piccola branda arrangiata nella stanza della sorella, poco prima della fine del corridoio. Da molti mesi, ormai, suo padre aveva preso possesso della sua stanza, era quasi uno sgabuzzino in realtà, ma Marcus ne andava fiero, perché era il suo spazio, il suo territorio. Il piccolo mondo dove sua sorella non poteva entrare, dove nessuno poteva metter piede. Prima che la madre si ammalasse, passava tantissimo tempo nella sua stanzetta in fondo al corridoio. Si sentiva realmente a casa, amava ogni cosa di quel suo piccolo nido; la scrivania, il letto, la piccola finestra che dava sulla strada, da cui spesso fissava le persone passare, anche se in quella zona il traffico non era mai stato così fitto, e i libri, i fumetti, i quaderni di scuola, il silenzio. Il suo piccolo mondo staccato da tutto e tutti. Abbastanza isolato e tranquillo, anche se prima dello scorso anno non era poi così importante isolarsi. Gli piaceva stare da solo, ma amava anche chiacchierare con la famiglia. Le loro cene prima erano un susseguirsi di risate. Sua sorella era sempre gentile con lui e non usciva a tarda sera, il padre non si addormentava sul divano guardando qualche stupido programma in tv, e soprattutto sua mamma stava bene.

Chiuse gli occhi e cercò con insistenza il sonno, tremando lievemente sotto le coperte. Si era ormai abituato all'odore di fritto che proveniva dalle patatine. Si era scordato di toglierle dallo zaino ma ormai era tardi, aveva deciso di non alzarsi, perché se l'avesse fatto, forse, non sarebbe più riuscito ad addormentarsi. Sua sorella gliel'avrebbe fatta pagare, ma che importava?

Forse non tornerà nemmeno questa notte. Forse domani non andrà neanche a scuola, pensò serrando le labbra. Le ombre degli alberi fuori dalla finestra si allungavano minacciosamente nella stanza, Marcus ne sentiva il peso su tutto il corpo, come ogni notte.

Il cuore iniziò a battergli sempre più forte e lui sperò che il giorno arrivasse presto. Irrigidito come un pezzo di legno ghiacciato, si addormentò, sperando di riuscire a tenere insieme i pezzi del suo corpo e di farcela a superare la notte.

Gli incubi, giorno dopo giorno, si facevano sempre più intensi, nitidi e faticosi. Gli sembrava di viverli da sveglio e non da addormentato, perché erano diventati così vividi da poterli toccare. Era come se venisse catapultato in un mondo buio e appiccicoso in cui tentava di trovare una via d'uscita. Ma ogni notte, ciò che era lì, lo trascinava dalla sua parte, spossandolo. Ogni giorno si svegliava più stanco, più oppresso e più triste. Gli incubi erano sempre qualcosa di brutto, ma di così non ne aveva mai fatti. Ogni notte era un continuo inseguirsi di brutti pensieri e brutte immagini che lo facevano alzare in lacrime, sudato e senza voce, come se avesse urlato talmente tanto in quei luoghi sconosciuti da non avere più abbastanza fiato e parole per dire qualsiasi altra cosa, o ribellarsi.

Sua sorella si lamentava in continuazione e non cercava minimamente di comprenderlo, così ogni notte veniva sgridato e messo in guardia, e finiva con l'addormentarsi ancora più teso, e soprattutto con la speranza di non far rumore, o di non addormentarsi affatto.

***

Ancora una volta questo sogno, anche se non era mai lo stesso. Stranamente non ero consapevole del posto in cui mi trovavo, nonostante ci avessi passato tante di quelle notti da non riuscire più a contarle. Non riuscivo a capire cosa significasse, ma ero in grado di sentire il mio corpo irrigidirsi nel letto, tentando di ribellarsi.

Un sentiero pieno di nebbia, una lunga fila di alberi su un lato, dall'altro lo strapiombo.

Cominciai a camminare con passo incerto, allungando le mani davanti a me. Quel luogo era indefinito, freddo, opprimente, all'apparenza isolato eppure abitato. Non ero solo, ma in quel caso avrei voluto esserlo. Tutto il mio corpo mi avvertiva di non muovermi, di restare fermo fino a quando non mi sarei svegliato, ma invece mi mossi, non riuscivo mai a resistere.

Passo dopo passo sentivo la nebbia quasi fare resistenza. A tentoni cercai di camminare in linea retta, tenendomi lontano dal burrone. Mentre pensavo a questo, un urlo agghiacciante risalì la terra proprio da quello strapiombo, come se avesse letto i miei pensieri e in qualche maniera mi volesse attirare a sé. Calamitato raggiunsi la linea che separava quel sentiero dal vuoto. Iniziai a dondolare tenendomi pericolosamente in bilico, come su una corda sospesa nel cielo. Sotto non potevo vedere nulla, e loro forse non potevano vedere me, ma i loro suoni riuscivano a raggiungermi.

Altre urla piene di sofferenza, cariche di minacce, miste a risate stridule che accapponavano la pelle.

Riuscivo a sentire il mio corpo nel letto sudare freddo. Era una sorta di doppia consapevolezza, vivevo in quelle notti su due diverse sponde, la vita e il sogno, o forse la vita e la morte.

Dal fondo del sentiero un sibilo richiamò la mia attenzione. Lasciai il burrone e arretrai, senza riuscire a percepire le parti del mio corpo. Vedevo sfocata le nebbia, gli alberi sembravano agitare i loro rami come tentacoli. Caddi all'indietro sbattendo la schiena. Ancora il sibilo. Raccolsi una manciata di terra e la portai davanti agli occhi. Era un grumo di carne e sangue caldo che scivolò lentamente lungo il mio braccio. Iniziai a tremare quando mi accorsi che sulla pancia mi mancava una parte, giusto la forma di un pugno.

Sentivo talmente tanto dolore da non riuscire a urlare. Le labbra erano incollate l'una all'altra. Strisciai sulla pancia e tentai di rialzarmi. In mano stringevo ancora quella parte di carne di cui non riuscivo a liberarmi. Dalla pancia iniziò a scorrere un fiumiciattolo rosso, poi nero come catrame, che bagnò la terra impregnandola. Un urlo dal fondo del sentiero, alzai gli occhi. Un'ombra avanzava verso di me a fatica, trascinandosi dietro qualcosa che tintinnava a ogni passo. E rideva.

Strisciai per qualche metro verso destra, volevo evitare quell'essere ma non potevo tornare indietro.

La lunga scia di sangue si trasformò in una catena che mi legò il collo stringendosi sempre di più. Con le mani insanguinate tentai di liberarmi, non riuscivo a respirare. Sentivo la faccia diventare sempre più calda e la testa comprimersi con così tanto vigore che ebbi paura esplodesse. Dal fondo del sentiero la catena cominciò a tirare, tirare, trascinandomi per alcuni metri. Anche se la strattonavo con tutta l'energia che mi restava, quella rimaneva ben salda, come fosse legata ben stretta alla sua fonte.

Sdraiato sulla schiena, iniziai a dimenare le gambe, senza riuscire ad urlare. La voce continuava a non voler uscire, non potevo chiedere aiuto, forse non potevo salvarmi.

La nebbia di colpo si fece tangibile e pesante, come una nuvola di cemento, e mi crollò addosso, prima sul petto, poi sulle gambe. Sentii le ossa rompersi e rimasi paralizzato a terra, sotto quel peso.

Vicino a un albero comparve mio padre. Guardava la tv sulla sua poltrona verde. Cercai di chiamarlo ma uscì solo un mugolio strozzato. Inutile. La televisione si avvicinò lentamente a lui, scivolando sul terreno, quando fu vicina, mio padre allungò la mano e quella la afferrò, iniziò a masticarla come se avesse i denti, mentre papà non faceva nulla per impedirlo.

Il peso sul mio corpo premeva sempre più verso terra, come se volesse trapassarmi da parte a parte. La voce di mia sorella canticchiava serena, stava pettinando mia madre seduta proprio sul bordo del precipizio. La pettinava con tale forza da staccarle parti della testa, sembrava volesse annullarla. E io non potevo aiutarla.

Non potevo urlare, non potevo piangere o lamentarmi, potevo solo giacere abbracciato dal terreno sempre più caldo, in quella nebbia fitta che rappresentava tutto ciò che sentivo di essere e che sembrava sudare disprezzo. Una nebbia nemica eppure amica. Mi nascondeva dagli altri ma anche da me stesso. Nonostante tutto mi terrorizzava. Non c'era niente di più spaventoso che l'ignoto, il giorno che seguiva a quello che stavo vivendo, il futuro. Rappresentava tutto ciò che provavo, l'essere il nulla, indefinito forse, senza presente e con un futuro incerto e inconsistente. Spaventato e senza aiuto. Irrimediabilmente spezzato. Definitivamente senza speranze.

La nebbia, senza consistenza e senza tempo. Presente e non presente.

La catena che mi si era stretta al collo si trasformò di colpo. Ora due mani mi stavano strangolando. Non erano grandi come quelle di un adulto, ma erano altrettanto forti, attaccata alle mani solo altra nebbia e forse un corpo che non potevo vedere. Di nuovo la sensazione di perdere da un momento all'altro la testa. Non riuscivo più a respirare ma combattei per liberarmi.

Nello stesso momento un urlo indefinibile risalì il burrone, lo sentivo muoversi verso di me, strusciando sulle pietre, sul terreno, mentre gli alberi dietro di me sembravano tirarsi indietro spaventati. La nebbia si addensò. Qualsiasi cosa avesse lanciato quelle urla, si stava avvicinando, sentii la terra sotto la mia schiena tremare, diventare bollente come un essere umano colpito da una febbre anomala. Sembrava ora uno strato di pelle morbida e nient'altro. La sensazione di quel calore sulla schiena mi fece rabbrividire, volevo alzarmi ma quel peso mi teneva sempre giù. Le mani rallentarono la presa, ma il mio terrore si strinse. Spalancai gli occhi fissando il punto nella nebbia dove sapevo sarebbe uscita fuori quella creatura. Cercai di trascinare il mio corpo indietro, più lontano possibile ma senza riuscirci. Mio padre era quasi sparito ormai. Lo schermo stava sgranocchiando una delle ginocchia mentre lui ridacchiava divertito. Il suono proveniva come dalle profondità di una caverna.

Mia sorella mi guardò con un sorriso impresso in viso, poi spinse ciò che restava di nostra madre nel burrone.

Non riuscii a far nulla, ancora una volta. Avrei voluto urlare, salvare loro e me stesso. Nel mio trascinarmi mi ero lasciato dietro una scia di sangue e di parti di me. Sapevo, percepivo di essere smembrato, un pezzo di carne in pasto a ciò che era nascosto nella nebbia, ma non provavo più dolore. Solo un profondo, infinito terrore di quella creatura. Della porzione di nebbia che la nascondeva. L'urlo si mozzò in gola. E mi svegliai.

***

Marcus era sudato e stanco come se avesse corso una lunga maratona. I muscoli gli facevano male, il petto e le gambe erano tese; poi il collo, come se realmente qualcuno l'avesse stretto. Corse in bagno cercando di non fare rumore, dal salotto vide la luce artificiale della tv invadere il pavimento del corridoio in modo frenetico, riflettendosi anche sulle pareti più vicine.

Allo specchio del bagno notò i segni di due mani, come aveva pensato nel sogno non erano da adulti, sembravano proprio le sue. Ma poteva aver tentato di strozzarsi da solo?

Il cuore cominciò a battergli, si sciacquò il viso con una bella manciata d'acqua e chiuse gli occhi. Tremava ancora, e sentiva anche le gambe cedere sotto il suo peso. Crollò in ginocchio e rimase a lungo così, fino a quando non trovò il coraggio e la forza di rialzarsi. Alle prime luci dell'alba.

Quella mattina sgattaiolò fuori casa senza alcuna difficoltà. Suo padre era ancora di fronte alla tv, addormentato. Sua sorella non era ancora tornata.

L'aria pungente del mattino lo rinfrancò. Marcus sentiva ancora i muscoli a pezzi, doveva essersi dimenato tanto quella notte per ridursi in quella maniera.

Aveva attorcigliato attorno al collo una sciarpa color crema, e si era vestito il più comodo possibile. Superò il suo quartiere e raggiunse il Wimpy. Le strade erano sgombre, era ancora molto presto ma Marcus non vedeva l'ora di ritrovare la luce e rallegrarsi perché la successiva notte era ancora lontana. Si sedette sui gradini del Wimpy e rimase in attesa, senza una particolare ragione. Dentro qualcuno stava già riordinando. Dopo qualche minuto il ragazzino sentì la porta cigolare e si voltò. Era Lucas, mattiniero come sempre. Alcune mattine lui passava di lì e Lucas gli dedicava qualche minuto del suo tempo. A Marcus metteva di buon'umore parlare con lui. Era l'effetto che quel ragazzo faceva su tutti, adulti o bambini che fossero.

"Ehi, Marcus", disse porgendogli un frappè al cioccolato.

Quando dentro tutto era pronto Lucas glielo preparava sempre, senza chiedergli mai un soldo. Era un'attenzione riservata solo a lui, e Marcus ne era felice. Ormai aveva rinunciato a cercare di fargli prendere i soldi. Sarebbe stato l'ennesimo tentativo che andava a vuoto.

"Ciao Lucas", disse sorseggiandolo con gusto.

"Tutto bene ragazzo?", chiese Lucas con un po' di sospetto, poi gli si sedette accanto. Aveva una maglia a maniche corte e la pelle d'oca. Marcus era invece ben riparato, se si fosse ammalato chi si sarebbe preso cura di lui? Doveva stare bene, e forse, per non sbagliare, avrebbe dovuto evitare di esporsi troppo, uscendo più tardi di casa, quando il sole era già alto e la luce più intensa, e tornare prima. Ma proprio non ci riusciva. Amava l'inizio della giornata, di qualsiasi stagione si trattasse. L'autunno era un po' malinconico ma aveva ancora impresso gli strascichi dell'estate, gli stessi colori.

Le macchine procedevano lentamente sulla strada di fronte al locale, al semaforo nessun ingorgo. Era troppo presto anche per quello. La città si stava stiracchiando, e le persone con lei.

Lucas fece uno sbadiglio, "ti vedo sempre da solo", azzardò facendo il vago, "sicuro che va tutto bene?".

Marcus non aveva risposto prima e non avrebbe voluto farlo ora, ma annuì. S'infilò di nuovo la cannuccia a righe in bocca per evitare di dire qualsiasi cosa. Aveva ancora la sensazione di quel sogno impressa sulla pelle. L'impossibilità di muoversi e soprattutto di parlare, sentiva la gola bruciargli per tutti quei tentativi che aveva fatto di urlare.

"Non ho mai visto i tuoi", aggiunse poi guardando una macchina scura ferma al semaforo. L'uomo all'interno del veicolo si era distratto e sembrava star cercando qualcosa nella macchina, scrutava in basso con una crescente rabbia. La macchina dietro era guidata una donna che allungò il collo, nervosa. Non se la sentiva di suonare evidentemente, era sempre un fastidio il clacson in città, soprattutto a quelle ore delicate. Perciò strusciava freneticamente le mani sul volante e sperava che quell'idiota si muovesse. Il semaforo era ormai diventato rosso.

"Neanche io i tuoi", rispose Marcus un po' troppo aggressivo. Se ne pentì subito. Si voltò a guardarlo e si affrettò a cercare una risposta più appropriata, meno aspra. "Mia madre non sta bene. Mio padre lavora tutto il giorno", disse infine, poi tornò a dedicarsi al suo frappè che sembrava non avere mai fine.

"Capisco", rispose il ragazzo sospirando, "e che cos'ha?".

"Non lo so".

Lucas capì che non ne voleva parlare e non chiese altro. Raccolse le ginocchia più vicine al petto per farsi calore e poggiò il viso sui palmi.

I due rimasero spalla a spalla, seduti a osservare il sole alzarsi in cielo, ma con un diverso sguardo. Uno cupo, l'altro con l'ottimismo di chi guarda sempre avanti.

In quello stesso momento sua sorella Meg entrò nel suo campo visivo. Proseguiva lentamente trascinandosi lungo il marciapiede dall'altro lato della strada. Marcus saltò in piedi, di colpo rinvigorito, e corse verso la sua direzione.

Lucas non riuscì a capire sul momento quali fossero le sue intenzioni, e forse neanche Marcus.

"Meg", disse a bassa voce il ragazzo, sollevato nel vederla mentre tentava di raggiungerla, "Meg!", ora urlò. Una strana rabbia lo infiammò di colpo. La afferrò per il braccio e la costrinse a fermarsi.

"Che diavolo vuoi", urlò lei liberandosi. Il trucco sciolto sulle guance e gli occhi gonfi la facevano apparire più simile a una maschera sconosciuta che a sua sorella.

"Non puoi stare fuori tutta la notte e tornare a quest'ora", disse cercando di mantenere la calma. Non riusciva a capire. Le mani gli tremavano.

Meg lo ignorò e riprese a camminare, ma Marcus non si arrese. La afferrò di nuovo. Doveva sentire cosa aveva da dire. Qualcuno doveva ascoltarlo. Guardò i suoi occhi stanchi con tutta l'energia che aveva, sperava di riuscire a comunicarle tutto ciò che non riusciva a dire a parole, "non puoi sparire per nottate intere, io... insomma, non pensi..."

Meg gli diede una spinta e lo fece sbattere contro il muro che separava un negozio da un altro. Uno dei due aveva ancora la saracinesca mezza abbassata. Marcus la colpì per sbaglio con il braccio e quel movimento produsse un brutto suono che riecheggiò per la strada.

"Fatti gli affari tuoi", disse lei.

Lucas si era alzato in piedi, mentre una macchina solitaria al semaforo sembrava indecisa se proseguire o meno. Al verde schizzò via.

Meg continuò verso casa, accelerando il passo. Marcus vide la sua gonna rimbalzarle sulle gambe, le spalle tese piegate in avanti.

Si scostò dal muro, apparentemente calmo, eppure le mani gli tremavano ancora. Le macchine parcheggiate di fronte a lui iniziarono a sfocarsi e a ballargli davanti. Ci si scagliò contro. Prese a calci le ruote come un folle, una volta, due, prima che Lucas potesse intervenire.

Lo trascinò nel locale e lo fece sedere. Il ragazzo rimase a fissarsi le nocche delle mani, pensando a quanto fosse complicato comunicare. Voleva solo che sua sorella l'ascoltasse, che fosse presente. Ma anche lei fuggiva, come suo padre e come lui. Ma a cosa serviva? Girare per il parco, mangiare per la strada, passare notti intere fuori, o di fronte alla tv, nessuna di queste azioni poteva cambiare la realtà.

Continueremo a fare così? A far finta di niente?, si chiese Marcus ancora tremante.

Lucas gli preparò un hamburger, anche se la piastra non era ancora calda. Aveva perso un po' di tempo ed era anche il caso che recuperasse. Entro una decina di minuti il fast food si sarebbe riempito, come ogni mattina. Gli spinse l'hamburger sotto gli occhi e Marcus mangiò lentamente, quello sfogo lo aveva lasciato senza energie. Lucas lo guardò ancora pieno di stupore, sorpreso da quella reazione piena di rabbia, sospirò e scacciò l'immagine. Voleva solo sapere se c'era qualcos'altro che potesse fare, ma sentì la piastra scricchiolare e corse a vedere, quando rialzò gli occhi, Marcus non era più al suo tavolo. Sospirò e continuò a lavorare dietro il bancone, in attesa che i primi clienti entrassero a riempire quel vuoto.

Capitolo 3

"Cos'è tutta questa nebbia", disse Wade mettendosi una mano sugli occhi come se l'aiutasse a vedere meglio.

"Dovevi rimanere ad aspettare i nostri ragazzi a casa".

"Smettila di ripeterlo. Dovevo venire", la voce era scossa, sembrava stesse pensando a quanto tempo ci avesse messo a decidere, dieci anni, perché aveva aspettato così a lungo? "Io cercherò mia moglie e risolverò…"

Lucas aveva capito la sua ansia, perciò lo interruppe, "lo so, amico", sospirò arreso, "procediamo".

"Io vorrei che continuassi a parlarmi dei Cinque".

"Non qui, Wade. Non in questo momento", si guardò intorno, allungando istintivamente la manica del polso destro, come se volesse nascondere qualcosa. La città, o almeno credeva fosse la città quella, era immersa in una nebbia talmente fitta da non riuscire a scorgerne nemmeno i confini.

Una nebbia densa e senza nessun odore. Entrambi si sentirono spaesati. Erano indecisi sulla direzione da prendere, si ostinavano a non muovere un passo e a guardarsi intorno come se potesse servire.

"Andiamo di là", disse Lucas indicando la destra.

"Chi ti dice che sia la direzione giusta?", commentò Wade. Poi una signora di mezza età sbucò dalla nebbia quasi scontrandoli.

"Scusate", disse solo, senza neanche guardarli.

"Come mai c'è tutta questa nebbia?", chiese Wade alla donna che già gli dava le spalle.

La donna scoppiò a ridere, ma di un riso angosciante e fuori luogo, non voleva prenderli in giro scherzosamente, sembrava più un urlo disperato. Ma Lucas ricordò in un istante, l'atmosfera la conosceva bene. Poteva essere la stessa coscienza di… lui, quella, se ancora quel lui fosse esistito. O quell'altro posto, senza Dio. Rabbrividì, ricordando quel luogo silenzioso.

"Andiamo forza", disse Lucas prendendo Wade per il braccio, "andiamo verso destra. Non so perché, ma credo sia la direzione giusta".

Wade si limitò ad annuire e seguì l'amico. Non avevano cibo, non vedevano nulla, non sapevano dove cercare i loro familiari, né come uscire di lì. Avevano fatto la scelta giusta? Si chiese vigliaccamente Wade. Voleva riunirsi alla sua famiglia, ma se quel passo avesse solo avuto l'effetto di intrappolarlo lì insieme a loro, senza ora nessun tipo di collegamento con l'esterno? Chi avrebbe mandato avanti il consiglio?

C'è Lynn. Ci penserà lei, pensò Wade trasmettendo alla donna tutta la sua fiducia, *e anche il ragazzo, sono sicuro che il ragazzo non mollerà*, respirò a fondo quell'aria grigia, ritrovando la tranquillità. La strada sembrò salire leggermente. Camminarono con lentezza, con le mani in avanti, chiedendosi come si facesse a vivere in quel posto. Lucas, prima di incrociare quella donna, aveva temuto di essere capitato non in quella realtà, ma nella terra di mezzo. La sensazione era stata quasi la stessa, il vuoto, l'angoscia, il silenzio e quella maledettissima nebbia.

Di colpo la nebbia si diradò e si ritrovarono di fronte a un cancello in ferro battuto. Dietro, uno splendido giardino pieno di alberi d'arancio.

Wade, come calamitato, sorpassò il cancello. Lucas lo prese per un braccio e lo trascinò dietro un albero, aveva sentito delle voci provenire a poca distanza da loro, proprio al centro.

I Cinque erano immobili, come figurine di cera, non si capiva da chi provenisse quella voce.

"Come abbiamo fatto a lasciarcela scappare".

Lucas strizzò gli occhi per vedere meglio. Erano proprio loro, nascosti da mantello e guanti scuri, sospirò e strinse il polso destro.

"Ci sono scappati, abbiamo perso il sigillo", disse un altro con la stessa voce.

"Maledizione!", uno di loro si mosse di scatto e quasi calciò l'albero. Lucas rivide in lui quel bambino che si avventava sulla macchina, quella mattina che la sorella l'aveva ignorato e allontanato brutalmente. Ma c'erano anche altre parti di lui.

"Manteniamo la calma, forse se troviamo quella ragazzina…"

"Aria", aggiunse un altro.

"Ha detto Aria", sussurrò Wade spuntando pericolosamente da dietro il tronco.

"Shh", lo trattenne Lucas.

"Forse a quel punto potremmo recuperarla".

"La vecchia non ne ha mai parlato".

"La vecchia non ha parlato di tante cose a quanto pare", disse uno incrociando le braccia, sembrava il più calmo dei Cinque.

Una mano toccò il gomito di Lucas che si voltò di scatto. Era un ragazzo, forse, nascosto sotto un cappuccio. Aveva il naso sanguinante e sembrava decisamente provato.

"Venite con me", disse solo. E Lucas sentì di doverlo seguire. Strattonò Wade che non si era accorto di nulla, preso com'era a fissare i Cinque e a cogliere tra le loro parole il nome di sua figlia.

I tre uscirono insieme dal giardino, senza fare rumore, e sparirono tra la nebbia.

Il ragazzo li guidò in una casa, Lucas sentì i gradini sotto i suoi piedi e salì lentamente.

Entrati nell'atrio, il ragazzo chiuse la porta alle loro spalle, lasciando la nebbia fuori.

"Cosa ci facevate nel giardino? Nessuno va lì", disse sospettoso il ragazzo, eppure era convinto di aver fatto bene a portarli in quella casa.

Wade era sull'attenti, non capiva perché Lucas lo avesse seguito con tanta facilità, ma sapeva che a volte aveva una sensibilità spiccata, e percepiva come un animale selvatico cosa era giusto fare.

"Mi chiamo Lucas, lui è Wade", disse sicuro, allungando la mano. Wade si stupì di quanto l'amico avesse ritrovato vigore dagli scorsi anni in cui se ne stava sbattuto su un tavolo a occhi bassi, morto dentro. Il suo sguardo era totalmente diverso. Accesso, convinto, così come tutto il suo viso che aveva riacquistato colore, dimostrava molti anni in meno e Wade riuscì a vedere in lui quel ragazzo divertente e spigliato che non aveva mai conosciuto, ma che la moglie del primo gli aveva descritto tantissime volte.

Dopo un momento d'indecisione il ragazzo fece un passo avanti, "io sono Isaac", si tirò indietro il cappuccio, rivelando una folta chioma.

"Isaac!", disse Wade sorpreso e lo prese per le spalle.

Isaac impiegò qualche minuto a riconoscerli, spostò gli occhi da uno all'altro, "Wade. Lucas. Cosa ci fate voi qui?".

"Non potevamo più stare con le mani in mano", disse Wade lasciando il ragazzo.

"Abbiamo raggiunto il punto di rottura", commentò Lucas. Isaac rispose al suo sguardo, dando segno di averlo compreso, poi entrò in cucina, con un'occhiata disse loro di seguirli. Cercò dei bicchieri negli scaffali, senza trovarli al primo tentativo, la casa non doveva essere sua. Ogni tanto si voltava verso i due, ancora sulla soglia, come se quell'incontro fosse stato un qualche sogno.

"Siamo felici di vederti sano e salvo", disse Wade. Ma Isaac sembrava intento a pensare altro.

"Cosa ci facevate proprio in quel giardino?", chiese, dando a entrambi le spalle.

Lucas guardò Wade che si toccava la folta barba, dubbioso, ma infine annuì. Si dovevano fidare.

"Noi siamo venuti a cercare i nostri figli".

"Aria e Will", disse Wade finendo la frase.

Isaac si voltò stupito, aveva fatto bene a portarli via dal giardino. In realtà voleva solo allontanarli dai Cinque, non sapeva, in quelle condizioni, che cosa avrebbero potuto fare se si fossero trovati qualcuno a tiro, e invece, "che sorpresa", sussurrò, dopo tutto quel tempo aveva dimenticato i nomi, "non ricordavo... non ricordavo dei vostri figli, a malapena del Consiglio. Scusate", disse realmente dispiaciuto, "l'unica cosa fissa in testa è stata..."

"Quella che ti abbiamo inculcato noi: avvicinarti ai Cinque. E non pensare direttamente ai nostri familiari", disse Wade.

"Lo sappiamo", aggiunse Lucas in tono affabile e per nulla risentito. I due erano rimasti in piedi sulla soglia.

Aria e Will, pensò di nuovo Isaac, spaventato dall'incredibile coincidenza. Isaac sospirò e abbozzò un sorriso, contento di averli incontrati. "Sedetevi".

Wade e Lucas fecero qualche passo avanti e si sedettero sulle sedie polverose.

"Io ho conosciuto Aria e Will", abbozzò un sorriso non sapendo se fosse stato un male o un bene, parlò con maggiore sicurezza, "i due ragazzi sono spariti di colpo, ma ce l'hanno...", il suo sorriso si fece serio e sicuro, gli occhi si illuminarono di speranza.

Lucas e Wade si allungarono istintivamente sul tavolo.

"Hanno la chiave".

***

La vecchia la fissava da lontano, o almeno Aria credeva di vederla. La ragazza si era accucciata vicino a Will, ancora con le mani sulle orecchie, spaesata. Le sembrava di esssere finita nel mezzo di una battaglia.

La donna mosse le labbra lentamente, come a rallentatore, ma la sua voce arrivò chiarissima nonostante le esplosioni, "dovrai tornare qui. È il tuo..."

Aria balzò in piedi, "al diavolo!", la vecchia era sparita. Come se Will l'avesse sentita, iniziò ad aprire lentamente gli occhi.

"Will", lo chiamò Aria, mentre riacquistava man mano la lucidità perduta in quei momenti di straniamento.

Aria controllò che il disegno fosse ancora lì, sulla pelle le linee erano nette come prima, ma spente, ricordò il calore che aveva emanato quando si era aperto il passaggio per quel mondo. Afferrò Will e poggiò il palmo a terra ma senza risultato, *come ci sono arrivata me ne andrò*, si disse convinta Aria, ma la chiave non rispondeva ai suoi pensieri.

"Dove siamo?", mormorò Will appoggiandosi sul braccio ancora integro.

La ragazza lo aiutò ad alzarsi. Di colpo sembrò che la guerra si fosse presa una pausa, non si sentivano più spari. Forse era successo già da alcuni minuti, ma lei non era riuscita a lasciarsi quei suoni alle spalle, le rimbombavano ancora nelle orecchie.

Osservò la desolazione che aveva colpito quell'edificio, ridotto quasi a un cumulo di macerie, mescolato ai corpi dei morti.

Will alzò gli occhi sulla vetrata, "Aria, Henry dov'è?", chiese cercando di trovare un equilibrio stabile, il braccio gli faceva ancora un male cane.

"Non è qui", disse solo, guardando in cerca di un'uscita.

"Maledizione".

"Lo troveremo". La ragazza si tolse di corsa la giacca.

"Che fai?".

"Dobbiamo…"

"Sì, hai ragione", disse guardandosi intorno. Erano tutti vestiti molto semplicemente, di giacche neanche l'ombra, o almeno era ciò che sembrava, la confusione di corpi attorcigliati e il fumo non permettevano loro di vedere bene. Aria lo aiutò a sfilarsela, poi il ragazzo ebbe l'idea di sporcare le scarpe da ginnastica con la terra fresca, "aiutami, forza". Aria lo fece, Will cercava di non darlo a vedere ma il braccio gli faceva un male fortissimo, di certo, a ogni movimento si mordeva il labbro inferiore.

"Per i pantaloni non possiamo fare niente", gettò uno sguardo intorno, notò alcuni con pantaloni simili ai loro e prese fiato. Sembravano usciti fuori tutti da un'altra epoca… era stata quella l'impressione iniziale.

"Cerchiamo di non farci notare mentre siamo…"

Poi successe qualcosa di strano, che fece accapponare la pelle ai due ragazzi. Tutti i morti ripresero conoscenza, si alzarono in piedi come se stessero dormendo o avessero finito di girare la scena di un film di guerra e fossero ora pronti per godersi il meritato riposo prima di ricominciare. Una squadra di donne, apparentemente spuntate dal nulla, li aiutò ad alzarsi e a uscire di lì. Indossavano dei vestiti lunghi di cotone che Aria non aveva mai visto in vita sua, forse in qualche libro. Ma non era quello il suo pensiero principale: i morti si stavano rialzando.

"Che diavolo…", Aria non riusciva a crederci, guardò Will, nauseata e sorpresa insieme. Un uomo, poco distante, si alzò e spolverò i pantaloni, un altro dai folti baffi scrocchiò il collo con una smorfia e raccolse il suo cappello da terra. Altri zoppicavano vistosamente, ma erano vivi, di nuovo. Will cercava di trovare una spiegazione, ma senza risultato.

Aria d'istinto indietreggiò, ma ci ripensò subito, corse dalla donna che spiccava tra le altre, indossava un lungo vestito di stoffa dalle maniche corte, legato alla vita con una cinta. Largo hai fianchi, ma stretto sul petto e accollato, così fuori tempo. Poi aveva un fazzoletto rosso, sempre di stoffa, che le teneva indietro i capelli crespi. Doveva essere più giovane di quello che sembrava. Aveva le braccia color dell'ambra e il viso abbronzato, gli occhi neri e svegli.

"Aria, aspetta! Pensavo non dovessimo farci notare", sbuffò.

"Buongiorno", era proprio quella che le aveva urlato di scappare via di lì appena dopo il suo arrivo in quel mondo, non l'aveva riconosciuta da lontano.

"Tu! Cosa ci facevi qui durante la battaglia? Non era ancora arrivato il momento della raccolta", quasi urlò.

"E tu che ci facevi?", disse Aria in risposta. Will scrollò le spalle, arreso.

Lei sembrò quasi volerle mettere le mani addosso, "come? Impudente! Sono io a guidare i soccorsi, io la prima ad arrivare, ma come ti... aspetta, cosa indossi, che...", disse prima piena di rabbia, poi balbettando, carica di sospetto, squadrandola. "Una femmina...", disse quasi schifata. O così sembrò ai ragazzi.

Aria si sfacciò, "volevamo combattere!", disse con un tono guerriero.

"Cosa? Alle... ai... ai ragazzi non è permesso, lo dovresti sapere. Forza", disse in confusione, guardando anche Will che si era avvicinato tenendosi ben stretto il braccio ferito. Allo sguardo di lei, Aria scrollò impudentemente le spalle, Will si guardò intorno come se cercasse il suo fucile perso durante la battaglia.

La donna prese fiato, sembrò ragionare e poi prendere una decisione. Sbuffò innervosita, "venite con me. Togliamoci di mezzo finché c'è la pausa".

Will lanciò ad Aria un'occhiataccia, ma lodò come sempre la sua iniziativa, non era stata una cattiva idea in fondo, a volte è meglio prenderle di petto le cose. E Will era anche ferito, sarebbe stato facile fingersi due di loro, e poi Aria sapeva che il ragazzo aveva bisogno di cure. Gli sfiorò la mano con la punta delle dita e lui fece un leggero cenno del capo per tranquillizzarla.

I due seguirono la donna fuori dall'edificio e rimasero senza parole. Cercarono di non sembrare sorpresi ma era difficile. Davanti si ritrovarono una lunga pianura assolata e in fondo un bosco. L'edificio dove si erano svegliati sembrava una piccola oasi in un deserto, completamente fuori luogo. Ma dietro Aria poté scorgere altro, un lungo muro, e forse oltre, altri edifici più bassi di quello. Come se quello in cui erano capitati fosse una sorta di torre di controllo, a protezione di un'altra città, nascosta.

Vicino all'edificio però non si alzavano muri a protezione, solo alle sue spalle, eppure era chiaro che non si potesse accedere alla città passandoci attraverso. *Sennò l'avrebbero già fatto.* L'alto palazzo era lasciato in balìa della guerra, come fosse stato abbandonato lì fuori allo scopo di far divertire i due schieramenti, per avere uno scenario in più, e più convincente, dove combattere. Era stata quella l'impressione.

La donna stringeva in mano un piccolo coltello di legno, dalla lama imprecisa ma affilata.

Insieme a loro tre, tantissimi altri uomini li seguivano o precedevano. Quasi tutti apparentemente feriti. Aria notò il sangue sui pantaloni e sulle maglie. Gli squarci nel tessuto, le facce smorte.

Will aveva notato qualcosa e avrebbe voluto parlarne con Aria, ma non lo fece. La ragazza colse il suo sguardo che correva da un uomo all'altro, ma di primo impatto non capì cosa avesse così colpito Will.

Come una folla di zombie, le persone si trascinavano verso gli alberi. La foresta era di quelle secolari, con altissimi alberi dal tronco spesso.

Aria alzò gli occhi al cielo, il sole era a tratti coperto dalle nuvole di fumo degli spari, dalla polvere della terra smossa dai passi di tanti altri uomini.

A pochi metri, proprio sul suo cammino, un uomo giaceva a terra a testa in su, gli occhi erano rovesciati indietro, la carne aveva già perso il suo colore, eppure non doveva essere morto da molto. Stringeva ancora in mano una pistola malandata. Aria vide la gamba destra innaturalmente piegata indietro, e fu dispiaciuta, ma quando stava per sorpassarlo l'uomo si tirò su come se stesse solo dormendo, Aria fece d'impulso un passo indietro e si scontrò con Will che emise un gemito di dolore per il braccio.

La donna li guardò sospettosa, "ancora non vi siete abituati?" disse aiutando l'uomo a rialzarsi, zoppicava leggermente, ma pian piano riprese a camminare come sempre. Anche Will non era riuscito a mascherare il suo stupore.

Aria aveva già visto gli uomini rialzarsi all'interno dell'edificio, ma vederlo così da vicino... ora doveva proprio crederci, non era stata la polvere, l'odore forte all'interno di quell'atrio, o lo stordimento, era la realtà: i morti si risvegliavano.

In che razza di posto siamo capitati?, si chiesero i due ragazzi scambiandosi una rapida occhiata.

Poi Aria aiutò un altro uomo che aveva riaperto gli occhi e sembrava un po' confuso.

"Su, forza. Andiamo, approfittiamo della pausa", ripeté, poi sorrise alla donna che li aveva scortati fuori e lei sembrò essere meno sospettosa. L'uomo, ora in piedi, scansò Aria come fosse una mosca fastidiosa, ma lei non disse niente. Riprese a camminare.

"Forza gente, sbrighiamoci", quasi urlò Aria dopo qualche minuto, senza nessun pudore, e alcuni ridacchiarono.

"Che energia la ragazza", commentò uno mettendosi un fucile in spalla. "Ma che diavolo ci fa qui?", concluse sorpreso e divertito, "hai rubato anche dei vestiti? Che insolente".

"Ci penso io", disse la donna dal nastro rosso zittendoli.

"Non dovresti essere qui, lo sai?", disse un altro con il viso completamente sporco di terra, raggiungendoli, nessuno avrebbe potuto capire la sua età conciato in quella maniera, ma guardando le mani ce ne si poteva fare un'idea.

Will restò in guardia. La gente non sembrava troppo pericolosa, ma imbracciavano comunque delle armi. E poi pareva avessero fatto qualcosa di proibito. Il modo in cui gli uomini guardavano Aria, non gli piaceva affatto.

La donna continuava a voltarsi verso quell'edificio-fortezza, come se da un momento all'altro dovessero ripartire gli spari. Aria seguiva il suo sguardo ma non vedeva nulla, non sembrava abitato, e forse proprio per questo incuteva una sorta di timore.

"Forza", sussurrò la donna quasi a se stessa. Ormai avevano raggiunto le file di alberi che separavano quella pianura, terra di nessuno, e l'edificio, dalla salvezza.

Si infilarono nel bosco che dall'esterno era sembrato molto più fitto di quanto non fosse. Tra gli alberi erano molti gli spazi vuoti. Aria notò delle casette costruite in quei vuoti, tutte in legno, molte con piccoli giardinetti intorno, separati da basse staccionate. Non erano moltissime, almeno in quel punto, ma davano al bosco un aspetto incantato. Erano graziose, da libro delle fiabe, con i loro piccoli camini, gli sbuffi di fumo e la luce del sole che sbucava dai rami gettando fasci diagonali di luce sull'erba.

Will e Aria si scambiarono un'occhiata, ancora non erano riusciti a comprendere le dinamiche di quel posto.

Perché si rifugiano nei boschi?, si chiese Aria sorridendo alla donna, *contro chi stanno combattendo? La pausa poi? E quelle case non erano troppo vicine al campo di battaglia?*, ma soprattutto, pensavano a entrambi, com'era possibile che la gente risorgesse con tutta tranquillità dalla morte?

Era stata così reale la situazione in cui si erano ritrovati, con gli spari e tutto il resto, ma di colpo, ripensandoci a mente lucida aveva dell'assurdo. Apparve a entrambi come un gioco di guerra a cui i cittadini di quello strano mondo si divertivano a partecipare, sapendo di non poter morire. Un giorno dopo l'altro. Limitandosi poi, nelle pause, a ritornare a casa.

Eppure era reale, pensò ancora Aria. Aveva visto il sangue, le persone a terra soffrire e urlare. Nella distrazione quasipiù inciampò in una panchina di legno a ridosso di un albero. Ce ne erano moltissime sparse per il bosco, alcune erano occupate. Will notò un uomo sulla sessantina godersi il sole, se ne stava con la testa rivolta in alto, a occhi chiusi, immobile come una statua, mentre piccoli moscerini e puntini di polvere danzavano nella luce. Una bambina a pochi metri da lui raccoglieva le bacche da un cespuglio. Aveva poggiato a terra un cestino di vimini, troppo grande per lei. Aveva i capelli legati con un filo di spago, e un vestito fatto di stoffa celeste, fissato alla vita da una cinta sottile. Ai piedi dei sandali. Solo in quel momento

Aria sentì il caldo, era così concentrata sull'ambiente, sulle persone, come fosse un animale pronto alla fuga in caso di pericolo, che non ci aveva fatto caso, faceva decisamente caldo. Si asciugò dalla fronte il sudore.

Sulla destra, in fondo, sentì gli schiamazzi di alcuni ragazzi, ma dovevano essere molto distanti. Poi il rumore attutito di una cascata.

Aria aveva tentato di non preoccuparsi per il braccio di Will ma era quasi impossibile, ogni tanto si voltava per assicurarsi che stesse bene. Poi la sua ansia riguardava anche un'altra persona, Henry, che era sparito senza lasciare traccia, eppure era sicura di averlo trascinato con sé in quel mondo. *Come farà da solo e ridotto in quelle condizioni a sopravvivere?*, pensò.

Il bosco non sembrava così ampio, eppure non erano ancora riusciti a sorpassarlo, forse perché erano costretti a seguire un sentiero che curvava pericolosamente quasi ogni cinque, sei metri circa.

Aria pensò stupidamente che la gente fosse tutta lì, nascosta in quelle casette tra gli alberi, ma non si poteva sbagliare di più.

Di fronte a lei, la luce si faceva sempre più intensa, ormai erano quasi fuori dal bosco, ma a pochi passi dalla fine del sentiero la donna sembrò voler chiedere qualcosa, però non lo fece. Gli uomini davanti a loro, si voltavano in continuazione, non capivano se per preoccupazione o per curiosità.

Anche la donna non aveva smesso di fissarli per tutto il tragitto. I ragazzi avevano finto di non sorprendersi di fronte alle casette nel bosco, alle panchine, a quell'aria incantata che quasi li stordiva. Avevano finto che la curiosità di quegli uomini fosse ingiustificata e non importante, si limitavano a camminare apparentemente tranquilli, senza dar loro peso. D'altronde non avevano idea del perché avessero una tale espressione sorpresa.

Aria continuò a guardarsi intorno, vide un gruppo di donne che si occupavano di aiutare gli uomini lungo il cammino. Alcune le aveva già scorte al campo, ma solo in quel momento si era accorta con lucidità dei loro vestiti, nessuna di loro indossava i pantaloni. Lei si guardò i vestiti, *forse è inusuale qui che le donne li indossino?*, non sapeva cos'altro pensare. Questo poteva giustificare le occhiate curiose degli uomini, ma le sembrava assurdo, *troppo assurdo per essere vero*.

Will si sforzò di non toccare il braccio che gli faceva male, ma ogni volta che prendeva una buca, o una zona di terra non piana, finiva per sbilanciarsi e il dolore tornava a lacerarlo.

Aria lo guardò con apprensione, aveva bisogno di cure.

La donna notò il braccio, "vi siete impicciati ed ecco i risultati", disse indicandolo con gli occhi. "Fammi vedere", ordinò, strattonandolo di proposito, Will trattenne un lamento, Aria fece un passo avanti sorpresa dalla violenza con cui l'aveva afferrato.

"Certo che è strano. Non sembra ancora guarito, per nulla", alzò gli occhi dal braccio a quelli di Will, lo guardò fisso, piena di sospetto, lui si mostrò sicuro, "ci vorrà più tempo del solito", disse bluffando, aveva visto anche lui quei morti rialzarsi, le ferite guarire sotto i tessuti lacerati, poteva bluffare, fin quando ci fosse riuscito.

Aria si mostrò preoccupata, fare finta di non avere il braccio rotto... non poteva.

La donna sciolse l'espressione che tornò quella di prima, dura ma con una sfumatura di apatia, poi gli sorrise freddamente. Will ricambiò, pensò subito che se ne sarebbero dovuti andare il prima possibile. A giudicare dalla faccia, anche Aria era dello stesso avviso.

Superarono l'ultima fila di alberi, la ragazza, stupidamente, trattenne il respiro, non seppe neanche lei il perché, fu qualcosa d'istintivo. Si ritrovarono a salire una collinetta, e così tutte le persone dietro di loro, di cui si erano completamente dimenticati.

Nessuno dei due ragazzi si era immaginato neanche alla lontana ciò che in quel momento si trovarono davanti.

Era un'ampia pianura che terminava a ridosso di una lunga serie di montagne verdi, ma erano più distanti di quanto sembrasse.

In quell'ampissimo spazio verde a perdita d'occhio, era stata costruita una città rurale, o forse più avanzata, non erano in grado di dirlo a una prima occhiata.

Casette di legno, simili a quelle che avevano visto nei boschi, si susseguivano a perdita d'occhio, interrotte solo da campi di coltivazioni di ogni tipo. Sulla sinistra una vastissima stalla, altri campi pieni di grano e erba, mucche e pecore pascolavano tranquille. Cappelli di paglia si muovevano tra le spighe, cani abbagliavano in lontananza, familiari rumori di campanacci al collo degli animali, alti mulini scossi dal vento.

Aria si distrasse e ricordò il giorno in cui era andata con la scuola a visitare una fattoria. Era stata una giornata magnifica e quasi l'aveva dimenticata.

***

Partecipavano più classi, la sua, quella di Will, altre dello stesso anno e qualcuna dell'ultima, fra cui anche quella di Dan.

Si erano dati appuntamento di fronte alla scuola, alle cinque del mattino. Era primavera ma il sole a quell'ora era ancora nascosto dietro la città.

Aria era venuta con Henry, come sempre mattiniero. L'aveva trascinata quasi di peso. La ragazza malediceva quella pessima idea.

"È domenica...", balbettò a occhi chiusi, appena arrivata al cancello.

Una serie di pullman dai motori già accesi, occupava la strada facendo un gran rumore. I ragazzi erano eccitatissimi, Aria sentiva le chiacchiere allegre mescolate alle risate e ai lamenti di chi, come lei, se ne sarebbe stato volentieri a letto.

I pullman erano divisi per anno, due classi per pullman. Henry vide Will cercarli tra la folla, poi li notò.

"Ci avete messo una vita", borbottò Will, anche lui abbastanza sveglio.

Aria aveva poggiato la guancia sul braccio di Henry, e se ne stava con gli occhi socchiusi.

"Mamma mia, che aspetto terribile", commentò Will ridacchiando.

"Mh", disse Aria mentre Henry alzava gli occhi al cielo.

"Dan si è visto?", chiese Henry spingendo l'indice sulla fronte di Aria e costringendola a stare dritta in piedi. Il povero ragazzo si era caricato pure il suo zaino.

"Lui è uscito prima di me, poi è stato assorbito dalla folla come al solito. Comunque ci conviene salire", disse sbrigativo. Il loro pullman si stava pericolosamente riempiendo.

Qualcuno sbucò da dietro e fece il solletico ad Aria, infilzandola con le dita sui fianchi abbandonati.

Aria saltò in piedi come una molla, "chi è il bastardo?".

Ovviamente Dan, che si fece avanti con un sorriso, "buongiorno raggio di sole".

"Raggio di sole un corno. Non lo fare mai più", ma il suo sguardo si addolcì.

"Soffri il solletico in una maniera incredibile", commentò Dan passandosi una mano sui capelli corti.

"Potevi evitarlo. Ora chi se la sorbisce questa qui per tutto il viaggio?", Will aveva notato l'aria innervosita della ragazza e già s'immaginava che sarebbe stata intrattabile.

Dan scoppiò a ridere, poi un amico lo raggiunse e lo avvisò che il pullman stava per partire. Nello stesso momento Will prese in custodia Aria, ora più sveglia ma ancora ai limiti, e si diressero lentamente verso il loro pullman. Aria si aggrappò a Henry e Will, e sbadigliando si lasciò guidare.

Dan e Will si scambiarono una rapida occhiata senza particolari sentimenti, all'apparenza.

Sul pullman c'era un gran casino. Aria si era addormentata come un sasso, seduta accanto a Henry che ridacchiava a ogni sbuffare dell'amica.

"Pazzesco, sbuffa nel sonno", disse poi a Will, seduto proprio dietro di loro, da solo. Aveva lasciato lo zaino sul sedile. Molti avevano deciso di non partecipare alla gita. Aria era stata costretta dai genitori, "un po' d'aria fresca non ti fa di certo male. La domenica poi dormi troppo", mentre gli altri tre amavano quelle escursioni fuori città, e se potevano farle insieme ancora di più.

"È tutta strana", commentò Will.

"Strano ci sarai tu", balbettò lei voltandosi verso il corridoio, sempre a occhi chiusi.

"Ma allora sei sveglia", replicò Henry, poi sfilò dallo zaino un panino con il salame e lo fece penzolare davanti al suo naso.

"Su, torna tra noi", disse, non poteva concepire di passare quella giornata in quella maniera, con l'amica addormentata, "è una magnifica giornata".

"Mi sembra di sentir parlare Dan", disse con un mezzo sorriso. Will sbuffò e fu più aggressivo dell'amico, le tappò il naso, così fu costretta ad aprire gli occhi, "certo che siete fastidiosi! Ok, ho capito, rimango sveglia. Ma tu molla quel panino".

"Sei proprio unica", sbuffò Henry ridacchiando.

"Solo il cibo la può costringere a fare qualcosa. Ma vi sembra normale?", commentò Will.

Aria lo ignorò e si arrampicò sul sedile sbirciando dietro il pullman che li seguiva, intanto dava grossi morsi al panino sbriciolando ovunque, "Dan sarà molto indietro?", poi si lasciò di nuovo cadere seduta.

I due amici all'inizio non risposero, poi Henry prese la parola, "non credo. Ma sicuramente non è quello dietro di noi", e tirò fuori un sudoku pronto a immergersi.

"Henry…", lo guardò la ragazza con aria minacciosa, "mi hai fatto svegliare e ora te lo scordi che ti isoli per giocare".

Henry sospirò e lo lasciò cadere nello zaino aperto, mentre il pullman saliva pian piano sulle montagne, oscillando a ogni curva e scoprendo magnifiche vallate.

"Wow, ho fatto proprio bene a venire", disse Aria.

"Come se l'avessi deciso tu. Immagino che fatica abbiano fatto i tuoi a convincerti, come noi. Te ne avremo parlato cinquanta volte almeno", commentò aspramente Will, ormai innervosito.

"E a me non ci pensi? L'ho praticamente portata in braccio", disse Henry.

"Ehi! La piantate?", urlò Aria. Ma i due amici risposero con una sonora risata, il buonumore era tornato. Aria era ormai del tutto sveglia. Il panino quasi digerito.

Will rimase per il resto del tragitto con gli occhi fissi fuori dal finestrino. Quelle splendide vallate potevano essere il soggetto per un nuovo dipinto, si pentì di non aver portato nulla, ma era convinto che non avrebbero avuto il tempo.

"Grazie ragazzi", sussurrò all'improvviso Aria. I due sorrisero e in silenzio si lasciarono andare, immergendosi già in quel paesaggio così vivido, impazienti, sperando di arrivare il prima possibile.

Henry sentiva la parte destra del viso andargli in fiamme, il sole era caldissimo nonostante fosse solo primavera, ma si ostinava a non tirare la tenda, voleva godersi ogni singolo centimetro del tragitto in mezzo alle montagne.

Aria rifletteva, invece, sui genitori, la notte prima li aveva sentiti litigare e non era una cosa che succedeva così spesso. Si era appostata nel corridoio cercando di scoprirne la ragione. La cosa l'aveva turbata, ma era certa fosse una lite passeggera, i suoi erano troppo affiatati per qualsiasi altra opzione.

Will, come Henry, teneva gli occhi fissi sul paesaggio, intanto batteva la punta del piede a ritmo, come se stesse cantando fra sé e sé. I tre amici negli ultimi dieci minuti non si erano parlati, ognuno catturato dai propri pensieri.

Dopo aver girato una curva tortuosa, il pullman rallentò subito. I ragazzi iniziarono ad agitarsi sui loro posti allungando il collo.

"Siamo arrivati", disse Henry stiracchiandosi, lo stesso fece Aria che allungò le braccia fino a sfiorare con le dita il pulsante dell'aria condizionata, si diede della stupida per non aver pensato di accenderla, poi si spolverò i jeans ancora pieni di briciole.

I tre si alzarono cercando di immettersi nello stretto corridoio. Una sferzata di aria fresca colpì i ragazzi non appena misero piede a terra. Aria si chiuse il giacchetto, non se l'aspettava. Henry respirò a pieno polmoni e la sua guancia rossa sembrò tornare di un colore normale. "Così sì che si ragiona", disse sorridendo.

Will invece era silenzioso, si guardava intorno cercando mettere a fuoco bene cosa lo circondava, il sole gli oscurava la vista delle montagne, poi si voltò verso i pullman dietro il loro, che si stavano lentamente svuotando, lasciando libero quello sciame disordinato di persone.

Aria gli si avvicinò, "il tuo solito ciuffo", disse appiattendoglielo con la punta delle dita, poi gli sorrise.

"Ragazzi, seguitemi. In modo ordinato per piacere".

Will si voltò di nuovo verso i pullman e scambiò una rapida occhiata con Dan, che aveva visto tentare di farsi largo per raggiungerli. Era così alto che non fu difficile per Will individuarlo, poi si scansò da Aria e seguì l'insegnante. La ragazza sembrò sorpresa ma non disse nulla.

"Aria, andiamo su", chiamò Henry indicando il professore che se ne stava in mezzo alla strada con le mani sui fianchi, la ragazza lanciò un'ultima occhiata a Dan e si iniziò a muovere. Prese per la manica l'amico, per evitare che si perdessero in quel caos.

Procedettero lentamente, salendo di un centinaio di metri ancora, lungo la strada in salita che ormai era diventata un sentiero di terra battuta, a quanto pareva privato. In cima riuscirono a individuare la fattoria, era in fondo a un'altra strada sterrata che scendeva ripida fino a valle. La fattoria era completamente isolata, incastrata nella pianura, non c'era altro modo che quello per raggiungerla. E i pullman, era chiaro non potessero percorrerla con facilità.

Aria si chiese come facessero i trattori. Mentre scendeva, fianco a fianco a Henry che le stava parlando, vide il collo di Will qualche fila più avanti, le faceva sempre uno strano effetto, ma evitò di pensarci. Cercò subito il viso di Dan, ma era impossibile vederlo.

"Pronto, pronto. Terra chiama Aria, Terra chiama Aria", sentì dire da Henry.

"Ci sono, ci sono".

"Hai freddo?", chiese lui notando i brividi sul collo.

"No, in mezzo alle persone si sta bene", disse lei, "secondo te quanto resteremo qui?".

"Credo fino al pomeriggio".

Le si illuminarono gli occhi, "perciò assaggeremo latte e formaggi, magari anche marmellate".

Henry ridacchiò, "sì".

Una voce li raggiunse da dietro, "pensi sempre a mangiare tu", sussurrò Dan tra le spalle dei due amici.

Aria era saltata sul posto, "ehi, che paura. Non dovresti stare con la tua classe?".

"Piccola fuga", disse facendo l'occhiolino, con un paio di occhiali da sole in cima alla testa, poi salutò Henry stringendogli la spalla con la sua grande mano. "Tutto bene, amico?".

"Come no, hai visto che roba?", disse indicando lo spettacolo che avevano di fronte. La vallata, i campi di grano, il rumore in lontananza dei muggiti degli animali, il suono dei campanelli, e del vento fresco tra l'erba.

"Sì, è magnifico. Cosa ci può essere di meglio?", disse allungandosi verso il cielo, "che sole…"

"Sarebbe stato bello portare gli strumenti e dipingere".

"Si può fare", rispose Dan, la fila si fermò un momento, e il ragazzo premette l'indice sulla fronte di Aria, "basta usare questa. Imprimi tutto nella mente", aggiunse abbozzando un sorriso. I suoi occhi erano un pozzo di felicità, come sempre, il suo modo di fare accattivante.

"Ehi Dan", urlò una voce maschile.

"E va bene, me ne torno dai miei", disse, poi si fermò, facendosi inghiottire dal passo ritmico e disordinato degli altri studenti, fino a sparire.

Aria sospirò e allungò il passo, non vedeva neanche più Will. "Quanto ci vorrà ancora?".

"Dai su, ci siamo quasi", Henry tirò fuori un pacchetto di cracker dalla tasca, magicamente integro. E iniziò a smangiucchiare lentamente, poi lo allungò verso l'amica. Finirono il resto del percorso in silenzio.

In quella lunga giornata, osservarono la fattoria al lavoro da vicino, ascoltando attentamente le parole dei suoi abitanti. Come venivano trattati gli animali, arati i campi, i frutti che ne raccoglievano, il latte e i formaggi che producevano ogni giorno e il modo in cui li smerciavano, la felicità che questo lavoro dava e l'impegno, la fatica nel gestire ogni cosa al massimo. D'altronde la fattoria appariva immensa, i campi si allungavano oltre l'occhio, le stalle erano tantissime e veniva impiegata una gran quantità di forza-lavoro, Aria aveva contato almeno ventiquattro persone durante il suo giro. Non c'erano stati molti volontari per mungere le mucche e lei si era fatta avanti, non sapeva cosa aspettarsi ma era terribilmente curiosa. E si divertì, anche se la mucca ogni tanto si scansava rendendole difficile il lavoro. Henry aveva preferito tenersi da parte e toccare gli oggetti che lo circondavano. Quando era in posti sconosciuti, era ciò che gli veniva istintivo. Se Aria, Will e Dan usavano gli occhi, imprimendosi nella mente ogni immagine per nutrirsene e poi poterla riprodurre, Henry usava il tatto. Toccò le staccionate, i fili d'erba, il fieno, i cavalli a riposo, le selle e persino la terra fangosa, come un biologo che stesse studiandone la composizione. Era qualcosa che Aria aveva trovato sempre curiosa, ma che la colpiva. Quando finì di mungere, la ragazza cercò Henry con lo sguardo e lo trovò ad accarezzare il manto di un cavallo dalla criniera scura, mentre un ragazzo poco più grande di loro, gesticolando, gli spiegava che tipo di animale fosse, i ruoli, mentre Henry ascoltava con pazienza e attenzione. Quando fu il momento di uscire per lasciar spazio a un'altra classe, si riunirono, con qualche consapevolezza e conoscenza in più, quelle che ti fanno sentire soddisfatto di ciò che hai fatto.

Aria e Henry erano riusciti a rimanere insieme comunque, senza perdersi mai d'occhio, mentre di Dan e Will neanche l'ombra. Il giro procedeva a singhiozzo, e permetteva lo spostarsi all'interno del complesso solo di piccoli gruppi, al massimo una classe per volta.

I due amici si erano infastiditi per non essere riusciti a muoversi tutt'insieme, avevano parlato di quella giornata a lungo, era un'occasione per passare del tempo fra loro al di fuori dei soliti posti, e invece ecco com'era andata a finire.

All'ora di pranzo furono lasciati liberi di mangiare i cestini preparati dalla fattoria e i pranzi portati da casa, dove volessero. Quasi tutti si sdraiarono sulla parte di prato non coltivata, a prendere il sole che in quel momento era alla massima altezza.

Videro chiaramente Dan, al centro di un gruppetto di amici. L'amico gesticolava mentre i ragazzi intorno a lui ridevano quasi all'unisono. Fra i maschi anche qualche ragazza, che nel ridere si copriva la bocca delicatamente con la mano, a Aria facevano innervosire. Perciò lei ed

Henry lasciarono perdere il loro intento di chiamarlo e si cercarono un pezzetto di terra libero, forse sperando di riuscire a raggiungere Will. E infatti fu così, si era sdraiato ai piedi di una folta montagna di fieno pronta per essere trasportata altrove. Dietro, una staccionata di legno correva tutt'intorno alle scuderie. Molti ragazzi ci si erano seduti sopra, ma sdraiarsi sull'erba era un'idea migliore.

Will, teneva la testa poggiata sui palmi aperti verso l'alto, e i piedi incrociati. Henry si sedette per primo, seguito da Aria. L'erba, nonostante il forte sole, era leggermente umida, ma non importò a nessuno di loro, era soffice e non desideravano altro che lasciarsi cadere.

"Finalmente", disse Henry guardandolo con una punta di rimprovero. "Ma…"

"Si può sapere dove diavolo eri finito?", disse Aria arrabbiata, "ti abbiamo cercato ovunque".

"Comunque", disse in tono conciliante, "hai già mangiato?", Henry aveva notato il suo cestino vuoto.

"Ho saltato l'ultimo giro", rispose continuando a fissare il cielo.

I due sospirarono e tirarono fuori una piccola forma di formaggio incartata in una pellicola trasparente. Henry estrasse dallo zaino un filone di pane già tagliato e diede un paio di fetta ad Aria, "amo tua madre". Will se ne stava a occhi chiusi senza parlare.

"L'ha fatto ieri sera", disse Henry mordendo un bel boccone di pane e formaggio. Era talmente morbido da poterlo tagliare semplicemente con le mani. Aria aveva nello zaino un bel pacco di salviettine bagnate, perciò potevano sporcarsi quanto volevano.

"È incredibile quella donna", poi si appoggiò con la schiena al fieno e una volta finito, si lasciò scivolare piano piano, fino a sdraiarsi del tutto. I capelli neri sparsi sull'erba come un ventaglio.

Henry fece lo stesso, ma infilò lo zaino sotto la testa e si sbottonò la giacca. "Prendi un po' di sole Aria".

"Figurati", commentò la ragazza. "Missione impossibile".

Henry sorrise e chiuse gli occhi. "Se si potesse stare sempre così…"

"Compriamo una fattoria?", disse Will prendendolo in giro.

"Su, hai capito che intendo", aprì gli occhi e si appoggiò su un gomito.

"Henry che fa il fattore, in una mano la pala, nell'altra il sudoku, ah ah ah", commentò Aria.

Persino Will ridacchiò, "che immagine orrenda".

"Scemi che siete", si lasciò cadere di nuovo.

I tre amici risero insieme.

"È qui la festa?", disse Dan in piedi. La sua sagoma proiettava un'ombra sui tre.

"Togliti deficiente, mi stai coprendo il sole", disse Will.

"Quanto amore, Willy", prese in giro Dan.

"Non ti azzardare a chiamarmi in quella maniera, lo sai", rispose minaccioso.

"Willy", cantilenò Henry.

"Perché non te ne torni dai tuoi ammiratori?", commentò Will.

"No, dai. Te lo chiedo persino io. Willy è orrendo", disse Aria.

"Allora, ti togli o no di lì?".

"E su ragazzi, non litigate", protestò Henry cercando di essere conciliante.

"Ecco, ecco. Quanta fretta. Ma non vedi che bella giornata? Non ci si può innervosire quando c'è un tale sole".

Will sbuffò, il fratello capì che era finito il momento di stuzzicarlo, "ok, fratellino, hai vinto".

Will gli sorrise lievemente e tornò con gli occhi sul cielo, alla fine si divertivano a litigare fra loro.

"Dai su, scendi tra noi", disse Henry spostandosi.

Dan si sdraiò accanto ad Aria che si scostò leggermente per fargli posto, anche se il posto c'era. Il ragazzo non sembrava aver intenzione di starle lontano, avvicinò il braccio sfiorando il suo, ma stavolta lei non si discostò.

Will istintivamente fece lo stesso. I quattro rimasero immobili a fissare le piccole nuvole che ogni tanto stuzzicavano il sole, coprendolo. Sarebbero rimasti così per sempre, se solo avessero potuto.

***

"Aria", chiamò Will. Si era imbambolata senza volerlo. *Quei giorni non torneranno più*, pensò, eppure le riempirono in un attimo il cuore di calore. Aria d'impulso strinse le dita di Will che erano fredde, il ragazzo si voltò sorpreso, ma ricambiò subito la stretta, abbozzando un lieve sorriso, solo in quel momento Aria notò quanto fosse diventato bianco. Si era formulato nella sua mente un pensiero che però non aveva preso la parola, era solo una sensazione che voleva dire, "*ora è rimasto solo lui*", e perciò sentì di doverlo avvicinare a sé, di doverlo proteggere, di dover preservare il loro rapporto, e... dovevano trovare Henry.

Aria ingoiò un groviglio d'ansia e sperò che qualche suggerimento sul da farsi le sarebbe arrivato nella notte, magari dopo una profonda dormita.

"Allora? Non venite?", disse la donna che li aveva distanziati di qualche passo.

I due si lasciarono, dopo uno sguardo, e continuarono a scendere lentamente la collina.

Will notò, proprio al centro di quel paesino di legno, una casa che sovrastava tutte le altre e che aveva una lunga balconata che correva tutt'intorno, su cui alcuni uomini armati stazionavano a ogni angolo, forse controllando che tutto filasse liscio.

Le casette sbuffavano, disperdendo un lieve fumo grigio nel cielo. Era tutto piuttosto silenzioso. Stranamente silenzioso. Gli unici rumori che sentiva erano quelli della fattoria, provenienti dagli animali. Anche Will si guardò intorno cercando di mascherare la sorpresa, quel silenzio era innaturale, quasi fastidioso.

"Insomma ragazzi, venite in infermeria, così vediamo cos'ha che non va quel braccio", disse stranamente conciliante.

Will annuì ma indurì l'espressione, sembrò studiare quella sorta di casa-torre che si trovava proprio di fronte a loro, anche se molto più distante. Scivolarono lungo un piccolo sentiero che passava tra le case, poi, sotto lo sguardo di alcune persone uscite a guardare, voltarono a sinistra. I ragazzi videro tra le case, bambini giocare tra l'erba, inseguirsi. E finalmente arrivò qualche suono umano che in parte li rasserenò. Notarono degli uomini in alcune alte strutture di legno senza porta, simili a fienili, lavorare il formaggio in una grande cassa fonda, donne sedute fuori dalle case a cucire vestiti, altre a stenderli. Sembrava una sorta di cittadina rurale che andava avanti con i frutti della terra, eppure era più avanzata perché ogni uomo aveva, chi attaccato alle cinte di cuoio, chi poggiate accanto, una pistola o più, e non vecchio stile.

Uno strano assortimento, pensò Will, e Aria, più o meno negli stessi termini, notò quanto fosse tutto molto bizzarro: stonava e dava fastidio all'occhio. Era come se venisse introdotto un elemento sbagliato in un quadro. Poi ricordò gli alti edifici oltre il bosco, molto più avanti con la tecnologia, e si chiese perché ci fosse quello strano divario fra quella gente e l'altra. La guerra era forse nata per questo?

Cosa voleva questa gente? E quella della strana città oltre gli alberi? Non fece in tempo a chiederselo che un uomo col fucile gli venne incontro, non sembrava aver combattuto, anzi, appariva sin troppo fresco. Indossava degli stivali di gomma rossi, anche quelli decisamente fuori tema per la zona. Aria pensò subito che li avesse strappati a qualcuno dei soldati nemici. Il tizio fissò Aria con uno sguardo lascivo, ambiguo. La ragazza si irrigidì.

La donna che li aveva scortati fin lì sussurrò qualcosa all'orecchio dell'uomo che poi rispose. Will sfiorò il gomito di Aria chiedendole silenziosamente di non distrarsi.

L'uomo scansò la donna e la spinse verso di loro. Aria notò subito la violenza del gesto e lanciò all'uomo un'occhiataccia. Quello sputò a terra.

La loro guida li condusse, senza aprir bocca, dentro questo capannone di tela bianco, sporcato qua e là di terra. Forse aveva piovuto di recente: il terreno, infatti, era abbastanza mollo e in alcuni tratti scavato, come se fosse passato da poco qualche carro di legno e avesse faticato con le sue ruote a superare l'ostacolo del fango fresco.

"Entrate su".

Aria lo fece senza esitazione, "grazie", disse solo, come se conoscesse bene quel luogo. Will la seguì e si chiese se in quel posto tenessero a mente i visi delle persone, se conoscessero ogni singolo cittadino. In quel caso sarebbero stati spacciati. Forse già si erano accorti di non conoscerli. Le donne alle porte, i bambini, e chiunque avessero incrociato, li avevano guardati con profondo sospetto, nonostante fossero sporchi di terra addosso, come se fossero tornati proprio dalla guerra. Eppure forse questa gente non si poteva ingannare.

Entrarono nel capannone con il cuore in gola. Aria strinse il palmo con forza, immaginando la chiave disegnata sulla sua pelle, cosa avrebbe dovuto fare per riattivarla e andar via di lì? E se non ce l'avesse fatta?

Will fece un passo avanti e superò Aria, la ragazza capì perché solo qualche istante dopo, persa com'era in quei pensieri. Su un lettino, addormentato e legato all'asta del letto, giaceva Henry.

Capitolo 4

Camminavo scalzo su una lastra di vetro sospesa in cielo. Il vento mi scuoteva violentemente, a volte mi sembrava di perdere l'appiglio e mi accucciavo sulla superficie per aggrapparmi, per quanto potessi, con le mani. I piedi scivolavano verso destra a ogni folata di vento, così velocemente che ero costretto a spostare il peso del mio corpo verso sinistra, per non rischiare di cadere, perché questo lungo percorso di vetro non aveva pareti.

Di fronte a me solo un groviglio di nuvole chiare che volevo raggiungere, ma non con abbastanza intensità. A ogni scarica di vento finivo per fare un passo indietro o mi inginocchiavo indeciso, guardandomi intorno. Poi il vetro iniziò di colpo a creparsi, senza nessun preavviso, dal fondo della lastra sentii il tipico rumore di un sentiero che si apre sulla superficie, un crac che correva verso di me, quando guardai a terra, vidi che la crepa era proprio sotto i miei piedi, eppure l'avevo sentita distante. Il mio sangue appannò il vetro, ma non riuscivo a muovermi. Quando mi decisi a fare un passo avanti, il vetro si frantumò del tutto e crollai nel vuoto, come una marionetta senza vita. Pensai solo alla possibilità che avevo perso, lì in aria, anche se non riuscivo a inquadrare quale fosse.

Il cielo si riempì di nebbia, proprio poco prima che il mio corpo toccasse terra.

Crollai di schiena. Riuscivo a sentire ogni parte del mio corpo rotta, le braccia slegate, le gambe forse non erano più al loro posto, non avrei saputo dirlo. Non sentivo più nulla, ero un misero verme spiaccicato su quella terra dura che ricordavo bene, era la stessa degli altri sogni. Guardai in alto e come al solito la nebbia mi ricoprì come una coperta di ferro. Sentii le urla dal burrone e mi bloccai, cosa c'era lì sotto? Pensai solo per un momento, ma desideravo solo alzarmi e andare via di lì. Rimasi sdraiato, con l'ansia del pericolo che mi alitava sul collo, per molto tempo ancora. Non era un sogno quello, era troppo vivido, riuscivo a sentire il mio cuore impazzire nel petto, la terra fredda, la sensazione della nebbia sulla pelle, il burrone da cui tirava un'aria di morte, il viale dietro la mia testa, che non potevo vedere, ma che sapevo essere lì. Poi la terra si mosse, una volta, due, come se stesse tremando sotto il peso di qualcuno, ma capii che quel qualcuno era sotto di me. Si mosse ancora una volta, e tentai di girarmi, con grande sforzo ci riuscii. Da quel momento percepii ogni parte del mio corpo con chiarezza, come se il movimento che mi ero sforzato di fare avesse acceso un interruttore nascosto, rendendomi di colpo consapevole. Pensai di morire, ogni osso del mio corpo doveva essere rotto, le braccia erano distese sul terreno senza che riuscissi ad alzarle, mi immaginai come un burattino di legno scoordinato, e forse ero proprio così. Il dolore era così forte che pregai di risvegliarmi, sapevo di stare sognando. Sapevo che ogni notte finivo in quel mondo come se strappassero il corpo dal mio letto e lo guidassero lì, doveva essere così. Faceva troppo male. Iniziai a sudare, le gocce mi coprirono la visuale e si mescolarono al sangue che colava dalla testa. Di fronte a me, tra gli alberi, le sagome si stavano avvicinando. Il terreno si fece molle, una mano si aggrappò alla mia caviglia e mi iniziò a tirare giù, stringeva così forte che la sentivo ormai molle quanto il terreno. E non riuscivo a parlare, né a urlare, come se avessi la bocca cucita. Poi mi svegliai.

**

"Buongiorno, dormito bene?", chiese il professore fissandolo con aria dura dalla cattedra. Aveva pochi capelli sulla testa, occhi spenti dietro a un paio di occhiali di vetro. Viso a punta, collo corto e orrendi maglioni di colori smorti, così come i suoi pantaloni. Aveva un modo di fare molto lento, come se calibrasse ogni gesto, ma non per uno scopo preciso, era una sorta di abitudine protettiva, per sondare prima il terreno ed evitare rischi. Si lasciava sempre uno spazio davanti per paura. Così gli era sempre sembrato, ma se ne era di sicuro accorto solamente lui che era un acuto osservatore, al contrario dei ragazzini della sua età, e soprattutto di quei ragazzini.

Tutti scoppiarono a ridere, "cretimarcus", sussurrò uno dal fondo della classe, facendo aumentare il rumore delle prese in giro, "lo chiameremo bella addormentata", disse un altro.

Marcus non rispose né al professore né ai compagni, ma sentiva i loro sguardi addosso. Aveva il fiatone, il cuore che batteva a mille e si sentiva indolenzito, in più sudava come ogni notte. Ora gli incubi lo assillavano anche di giorno. Non poteva più scampare a loro, non doveva temere solo la notte, ma anche il giorno, d'ora in avanti. Il sudore gli si asciugò addosso di colpo, il sangue si era ritirato, richiamato indietro dal terrore che provava.

Ogni giorno così, pensò, *io non…*

"Non ti abbassi neanche a rispondere? Bene. Allora vieni con me, forza", disse il professore sfilando tra i banchi.

Marcus stava per essere punito, ed era felice di togliersi da quella situazione, se solo fosse riuscito ad alzarsi. Ma non ce la faceva. Ogni parte del suo corpo era immobile, come nel sogno pesava tonnellate, e soprattutto gli faceva così male che non azzardava a muoversi neanche di un millimetro. Come avrebbe potuto spiegarlo a quell'uomo?

Sentì ancora gli sguardi dei suoi compagni scrutarlo e aspettare una reazione. Lo avevano sempre considerato uno strano.

"Alzati, forza", minacciò il professore vedendo che Marcus non reagiva.

"Ci penso io professore", disse il burlone di poco prima, e si avvicinò. "Su, bella addormentata, ti do una mano", voleva farsi bello agli occhi delle ragazze che, infatti, ridacchiarono, lo sbruffone fece un occhiolino a una di loro, proprio la vicina di Marcus.

Quando il ragazzo lo toccò sul braccio, Marcus se lo scrollò di dosso in uno scatto, nonostante il dolore lancinante, ma nel farlo si sbilanciò così tanto da cadere a terra.

Le risate aumentarono di volume.

Il professore non intervenne. *Un po' di sana umiliazione fa bene agli studenti*, si ripeteva sempre, ma il vero motivo era la sua insana soddisfazione nell'assistere a questi spettacoli, era come se gli ripagassero degli anni in cui era stato lui a subirle, umiliazioni di cui forse era ancora un bersaglio. D'altronde, il mondo degli adulti è solo una copia più aggiornata e estesa di quello dei ragazzi.

Nascose sotto i baffi un sorriso e incrociò le braccia, "allora, ti alzi?".

Ma Marcus non ci riusciva e tutti rimasero a gustarsi lo spettacolo, senza che nessuno intervenisse. Nel momento della caduta, aveva notato il segno di una mano sulla caviglia, poi fu distratto dal dolore.

Marcus continuava a tenere gli occhi fissi in alto, verso l'uomo e verso lo sbruffone che era accanto al professore, li guardava con una tale rabbia che avrebbe potuto fulminarli. Con un immenso sforzo si alzò in piedi, anche se le gambe non sembravano rispondere al suo comando.

"Bravo amico", disse lo sbruffone tentando di toccargli la spalla, stavolta con più decisione. Ma inutilmente. Marcus gli afferrò la mano e lo spinse contro i banchi, a quel punto il professore intervenne, trascinando il ragazzo fuori dalla classe.

Marcus era così arrabbiato, ma di quelle persone non gli fregava niente, ormai la sua unica realtà era quella degli incubi che, per quanto brutti, gli permettevano di evadere da quel presente pieno di dolore. Ma questo non lo aveva ancora capito.

Il professore gli fece una lunga ramanzina, godendosi ogni momento. Quell'evento, pensò Marcus, gli avrebbe riempito la vita per un paio di giorni, poi sarebbe tornato l'ometto inutile che era.

Non vedeva l'ora di uscire da quella scuola, forse di uscire da quella vita. Sperava ancora che sua madre si riprendesse, ma non credeva sarebbe successo.

Si sforzò di non crollare proprio di fronte a quell'uomo. Le gambe sembravano scricchiolare sotto il suo peso ma riuscì a resistere. Quando l'uomo si voltò per tornare in classe, abbandonandolo in quell'ufficio vuoto, in attesa che arrivasse il preside, Marcus si lasciò andare.

Nell'ufficio accanto, una donna aveva seguito tutta la scena scuotendo la testa, Marcus non capì se per lui o se per quello che l'uomo gli aveva detto, forse per tutte e due le cose, o forse solo per il tono e il modo di esprimerle, "sei un ragazzino disastroso", aveva detto, "una nullità. Senza amici, senza nulla. Se non migliorerai il tuo atteggiamento, finirai per fare il barbone, o lavorerai in uno di quegli stupidi fast food per tutta la vita", aveva continuato non nel tentativo di metterlo sulla retta via o incoraggiarlo, tutto voleva tranne quello. Marcus pensava che lavorare nei Wimpy non fosse poi così male, anzi, ripensò al viso di Lucas e abbozzò un sorriso.

"Cosa ti ridi? Delinquente. Mi hai sentito? Sei una nullità e rimarrai una nullità", il ragazzo aveva smesso di ascoltare, di certo non dava retta alle parole di quell'uomo, ma forse, un giorno, a forza di ripeterle, qualcuno ci avrebbe potuto credere, non lui certamente. Quel tipo avrebbe potuto distruggere delle vite. E lo faceva solo per il suo piacere. Avrebbe voluto parlare di questo a qualcuno, ma non doveva essere compito suo.

Pensò a tutto questo a terra, mentre la donna lo tirava su di peso e accompagnava in infermeria.

"Ragazzo, stai bene?", lo fece sdraiare.

"Mh", disse solo.

"Riposati un po'. Vado a chiamare un'infermiera", disse con voce gentile. Sembrava essere dalla sua parte. Cercò di rilassarsi ma i suoi muscoli erano contratti. Dalla finestra sulla destra entravano prepotenti i raggi del sole, che si fermavano però ai piedi del suo letto, senza toccarlo, come se anche loro scappassero da lui. Si sentiva sporcato da quell'incubo, come se fosse stato marchiato a caldo. Aveva sceso un altro gradino verso la perdizione, immergendosi ancora di più in quel labirinto di astrazioni, di realtà e dolore, che ormai si mescolavano con energia alla sua vita. Erano tutt'uno, inscindibili, a volte non sapeva più quale fosse realtà e quale immaginazione, se quella era immaginazione. Forse erano semplicemente due realtà del suo sentire, due parti, due vite che lui attraversava ogni giorno. Inizialmente camminava solo in bilico tra le due, per poi sporgersi da una parte o dall'altra, ora però ci si era gettato con tutte le scarpe, e viveva letteralmente in una, così come nell'altra, senza poterne uscire. Era tutto così reale, come poteva smettere di visitare quel luogo?

Anche se stava combattendo con tutto se stesso, in quel momento, chiuse gli occhi. Non ce l'avrebbe fatta ad affrontare un altro di quegli incubi, era così stanco.

Riusciva a ricordare ogni singolo incubo, e lo riviveva ogni giorno anche se non voleva far altro che dimenticarsene. Era come se, nel momento in cui lo stava vivendo, allo stesso tempo lo raccontasse ad alta voce a qualcuno, o forse erano solo pensieri di un ragazzino che dorme e che crede di parlare quando invece sta solo cercando di metabolizzarli. Forse stava solo tentando di esorcizzarli, raccontandoli a se stesso, senza risultati.

"Marcus", una voce familiare lo strappò dal dormiveglia, gliene fu grato. Aprì gli occhi e si ritrovò davanti sua sorella. Ne fu contento, almeno era andata a scuola, chissà come le era giunto alle orecchie del suo malore. Il suo edificio, quello liceale, era staccato dal suo. Sicuramente non era stata chiamata dal professore, *a quello non interessa nulla di me*. Sperò che non venisse convocato il padre.

"Alzati. Possibile che devi sempre creare problemi?", disse dandogli ora le spalle, si premeva la punta delle dita sulla fronte, sospirando. Ogni respiro tremava tra le sue labbra.

Marcus si rimise in piedi, i dolori erano affievoliti, ma di pochissimo.

"Mi dispiace", disse per far trovare la serenità alla sorella, anche se in fin dei conti non aveva fatto niente.

Lei si voltò, "devi smetterla di dare problemi qui a scuola. Ogni volta finisci per farmi fare una figuraccia. E poi ora chiameranno papà che sarà costretto a venire qui, lasciando la mamma..." si agitò sul posto, "maledizione", disse sbracciandosi e cominciando a respirare rumorosamente, come se stesse per avere un attacco di panico. Non aveva dormito molto, o forse per nulla. Aveva la pelle scolorita, gli occhi spenti ma lucidi, le occhiaie e i vestiti stropicciati. Nonostante avesse certamente cercato di sistemarsi in bagno, in quel pochissimo tempo che aveva tra il ritorno a casa e la scuola, non era riuscita ad apparire accettabile. Non aveva un aspetto fresco e riposato, era chiaro avesse passato la notte in bianco. Marcus notò anche un leggero tremolio alla mano destra, non capì se per la rabbia o per la stanchezza.

"Mi dispiace anche per stamattina", riuscì a confessare lui. Era ciò che più sentiva di voler dire, ma capì solo dopo aver pronunciato le prime scuse che in realtà era ciò a cui voleva arrivare, si sentiva così stordito, ancora perso nei meandri di quel sogno, come se la scena che aveva davanti non fosse più reale di quella che aveva appena vissuto in quella strada piena di nebbia.

Ma sua sorella non si scusava mai, "devi smetterla di dare problemi", disse di nuovo pronunciando le parole a denti stretti, come se si trattenesse. Era diventato un disco rotto, non sapeva più come comunicare con suo fratello e non sembrava interessarle. Era questo ciò che lo feriva di più, e in quei momenti la rabbia si riaffacciava.

"I problemi li crei anche tu passando notti intere fuori e facendo preoccupare la...", partì uno schiaffo che gli bloccò la parola in gola. Quasi si morse la lingua.

"Non ti azzardare".

Marcus si riscosse dal colpo, "tu non azzardare. Sei tu quella che si comporta da ragazzina atteggiandosi poi ad adulta. Ascolta questa notizia: non lo sei. Scendi a terra tra noi", urlò Marcus, sentiva il petto esplodergli, "questa cosa, dobbiamo affrontarla", disse ora sussurrando, come fosse rimasto di colpo senza fiato, e fece qualche passo avanti, la sorella si ritrasse senza parole, sembrava imbambolata, completamente svuotata da ogni pensiero, "e tu cosa ne sai? Cosa ne sai di come sto?".

Marcus inaspettatamente scoppiò a ridere, non la smetteva più, persino lui si stupì di questa reazione, la sorella, umiliata, si voltò e andò via lasciandolo lì da solo.

La risata si trasformò in un singhiozzo di dolore, "lo so come stai, ma tu neanche te ne accorgi", sussurrò ormai solo nella stanza. *Quando la smetteremo di farci del male?*

Si sedette sul lettino dell'infermeria e cominciò a riflettere.

La sorella forse reagiva così perché lo vedeva il più delle volte così controllato, all'apparenza così tranquillo, e invece dentro era un groviglio di sentimenti contrastanti. E questo aumentava la loro distanza, non stavano affrontando niente insieme, come avrebbero dovuto. Poi c'erano quei sogni. In alcuni era la sorella a spingere sua madre nel precipizio, era lei che la faceva preoccupare.Lui tornava tardi certo, ma restava la notte, passava a salutarla prima di andare a dormire, faceva del suo meglio. Così si ripeteva per scacciare quel senso di colpa opprimente. Chissà come si sentiva sua sorella, si chiese stranamente, perché in realtà credeva di saperlo bene, o forse si sbagliava. Forse i suoi sentimenti erano amplificati. Forse la sua sensibilità non le permetteva di affrontare la cosa nel modo giusto, avrebbe voluto aiutarla, ma se lei lo continuava a scacciare cosa poteva fare?

Sentì una lieve fitta alla caviglia, e questo gli ricordò la stretta nel suo sogno, si tirò su e scoprì la parte inferiore della gamba, il segno era ancora lì, ben visibile. Si lasciò cadere di nuovo. Guardò il soffitto per tutto il resto dell'ora, ormai era sveglissimo, era l'adrenalina della litigata, che gli era andata dritta alla testa, a impedirgli di addormentarsi.

Quando si rialzò i capelli scuri gli finirono sugli occhi, erano diventati fastidiosi, da tanto non andava a tagliarli e si vedeva. Spesso ci pensava sua madre, o sua sorella, che aveva un talento naturale, ma ormai da mesi nessuno se ne occupava, nemmeno lui. Se li tirò indietro e scese lentamente dal letto.

Gli effetti di quell'incubo erano ancora presenti. Quasi gli sembrava di avercelo sulla schiena a punzecchiarlo con un bastone affilato a ogni passo. Uscì da scuola senza guardare in faccia nessuno. Ora sarebbe passato rapidamente dal compagno di classe strambo a quello violento e strambo. Sicuramente il giorno dopo lo spaccone gliel'avrebbe fatta pagare, ma lui non se ne preoccupava, lo avrebbe sbattuto al muro e poi avrebbe affrontato le conseguenze, anche se lo avessero sospeso... che importava? Gli sembrava di non avere più un futuro davanti, e non sapeva come uscire da quella pozza di fango in cui si era impantanato.

La vita procedeva come al solito. Qualsiasi problema l'essere umano avesse, le giornate sarebbero continuate lo stesso a scorrere, senza interruzioni, né pause, senza poggiare uno sguardo su chi era in difficoltà, senza notarlo nemmeno. Le persone scomparivano ogni giorno, e niente fuori cambiava. Anzi, la vita inghiottiva velocemente tutto, facendolo dimenticare in breve tempo, persino ai diretti interessati. Tanto dolore che poi si trasformava lentamente in una fotografia, in un ricordo talmente piccolo da riuscire a essere rinchiuso in un cassetto dentro di sé, che se non veniva aperto, alla fine poco importava. Non se ne sentiva più il bisogno, arrivati a un certo punto, se ne stava lì senza la necessità di essere consultato, vissuto, era una parte di vita passata che non sembrava più così importante. Era un pensiero di una tale crudeltà da piegare Marcus in due. Anche lui avrebbe fatto così, un giorno? Sì, perché era la vita.

Corse veloce, nonostante i muscoli dei polpacci tirassero, rigidi e freddi sotto i pantaloni, pensò che da un momento all'altro gli sarebbe venuto un crampo, ma non gli importava. Corse fino al parco. Ignorò l'uomo con il cane che quasi aveva investito, e a cui aveva fatto cadere per terra il giornale, la ragazza in bicicletta con i corti pantaloncini che aveva dovuto deviare e che forse non si era accorta di quanto facesse freddo, il bambino che al passaggio di Marcus, era stato inghiottito da una nuvola di terra. E arrivò a una panchina che non era la solita, si era immerso più a fondo nel parco, come nei meandri della sua mente. Più distante dalle uscite era come se si sentisse più al sicuro. Si sedette, ignorando una coppia che si sbaciucchiava a pochi metri di distanza, la donna premeva la punta del piede sulla terra con una tale energia da aver scavato una piccola buca.

Marcus distolse lo sguardo e si accorse di qualcosa di diverso. Un cattivo odore gli solleticava il naso, starnutì una volta, poi si guardò intorno curioso e la vide. Una mela che ai tempi doveva essere rossa, giaceva proprio sotto la panchina.

Si piegò a guardarla, poi abbandonò del tutto la panchina e si accucciò. Osservò, per ore e senza stancarsi, la decomposizione della materia. Il modo in cui la vita agiva sulle cose, qualsiasi esse fossero. A contatto con gli agenti atmosferici, la piccola mela stava marcendo silenziosa, ogni parte buona di sé veniva rosicchiata piano piano, e quest'azione sarebbe continuata fin quando la mela non fosse completamente scomparsa. Come tutte le altre cose. Sospirò e restò a guardarla. Persino le formiche la trovavano ripugnante, ne vide moltissime deviare, girarle intorno senza neanche sfiorarla.

Chissà da quanto era lì, e lui? Un tuono forte lo riscosse dai suoi pensieri e si voltò. Il cielo era diventato un unico blocco scuro, vide in lontananza dei fulmini schiantarsi sui tetti distanti degli edifici più alti. Immaginò i palazzi del centro, di quello splendido bianco, dalle facciate attentamente scolpite, scossi dal temporale. E la statua nella piazza, che rappresentava il cuore della città, annegare lentamente, il suo angelo Anteros piangere e chiamare senza voce il sole.

L'odore intenso della pioggia in arrivo lo immobilizzò sul posto per alcuni istanti, respirò a pieni polmoni. Poi si mosse.

Abbandonò la mela al suo destino e si diresse verso l'uscita con tutta lentezza. Stavolta cambiò tragitto, decise di attraversare il parco raggiungendo il cancello opposto a quello per cui solitamente passava. La coppia aveva già abbandonato la panchina, ma la buca era ancora lì. Molto presto la pioggia l'avrebbe riempita, facendo tornare tutto alla normalità.

Seguì la fila di aiuole, osservando i fiori gialli e bianchi, e quelli rossi, che tracciavano un percorso silenzioso fino all'uscita, ma molto spesso Marcus si faceva guidare da loro per altri sentieri che invece se ne allontanavano. Non sapeva il perché ma è quello che gli andava di fare, seguire i fiori e vedere fino a dove si spingevano. Un sentiero di quelli lo avevano condotto al lago, ed è lì che osservò la prima pioggia scendere. Prima piccole gocce colpirono lo specchio dell'acqua con delicatezza, poi man mano aumentarono di ritmo, imprimendo il loro segno con più energia, bucando il lago, come se mille frecce lo trapassassero tutte insieme. Porse la guancia schiaffeggiata dalla sorella al cielo, facendosi consolare. E rimase alcuni istanti così, senza muoversi.

Sentì di colpo freddo, l'aria era cambiata, si strinse nella giacca e respirò ancora quell'odore particolare. Le nuvole si agitavano in cielo scagliando fulmini in lontananza che sembravano avvicinarsi lentamente a lui. Lo spettacolo era magnifico. Quelle nuvole nero-grigie, dove era rimasta ancora una traccia del tramonto, i fulmini di un intenso viola sugli edifici, e poi il lago che da completamente immobile si era agitato, squarciandosi; le gocce facevano breccia con sempre maggiore energia, intaccando la superficie, trapassandola, come se volessero scoprire un qualche segreto che era lì sotto, nascosto. Gli alberi si agitavano, anche se il vento non soffiava, almeno non dove lui si era fermato. Gli sembrò che la natura avesse acquisito una vita propria, i tronchi con le loro chiome danzavano sotto la pioggia, allungando i rami verso il cielo, lo specchio dell'acqua l'accoglieva, ogni elemento entrava in contatto. Forse quello era l'unico momento in cui il cielo sfiorava la terra, in cui i due si potevano toccare. E per loro era una festa.

A quel punto, ormai zuppo e infreddolito, corse fuori senza guardarsi indietro, ignorando il sentiero di fiori che cercava di proteggersi, e le panchine che grondavano, inseguito dai fulmini che ogni tanto illuminavano il suo cammino, proiettando un'ombra affannata sul viale.

All'ingresso, un guardiano grasso vinto dal temporale, coperto da un impermeabile lucido e da un cappello ormai spiaccicato sulla testa e sul viso, stava chiudendo il cancello. La luce di un lampione alle sue spalle lo illuminava per quel che riusciva. I negozi dall'altro lato della strada per la metà erano già chiusi, per l'altra lo stavano facendo, nessuno si sarebbe affacciato con un tale tempo.

Il guardiano vide Marcus spuntare dal viale. "Forza ragazzo, sbrigati", urlò tenendo le mani infreddolite sulle sbarre di ferro nero.

Marcus uscì di corsa e l'uomo chiuse il cancello con un suono secco, a quel rumore un cagnolino di piccola taglia iniziò ad abbaiare. Il ragazzo ebbe il tempo di individuarlo, era chiuso in macchina con il muso spalmato sul finestrino chiuso.

"Arrivo piccola, arrivo", disse il grasso guardiano stringendo il mazzo di chiavi in mano che tintinnavano a ogni passo, confondendosi con il rumore della pioggia.

Marcus corse senza meta, all'apparenza, i suoi piedi lo guidarono al solito posto.

Nel Wimpy alcune persone erano ferme sulla soglia con l'ombrello in mano, indecise sul da farsi. Marcus vide i loro visi pieni di interrogativi, attaccati alla finestra. Si guardavano tra loro ogni tanto, aspettando che qualcuno prendesse l'iniziativa, ma nessuno aveva intenzione di muoversi con quel tempo fuori.

Marcus aprì la porta facendo entrare la pioggia e il vento, che travolsero per pochi istanti il locale.

A parte quelle poche persone il locale era vuoto. Forse la gente, col sentore che stesse per piovere, aveva deciso di affrettarsi. Molti tavoli non erano, infatti, stati sparecchiati, come se fossero stati abbandonati di tutta fretta.

Marcus si sbrigò a togliersi la giacca, proprio mentre Lucas abbandonava il bancone per venirgli incontro. "Vieni con me", gli disse, e lo guidò nel retro del locale. Un piccolo stanzino con un paio di mobili, più scheletri in realtà, che mobili veri e propri, con tutto ciò che serviva per le pulizie. Lucas si allungò verso l'ultimo ripiano e tirò giù un asciugamano bianco, "tieni, asciugati", poi indicò il locale, per far capire che doveva tornare di là.

Marcus si asciugò lentamente e con piacere, per quello che riusciva a fare, di certo non poteva togliersi i vestiti. Perciò tamponò il collo, la testa, strizzò la maglietta e passò le scarpe su uno strofinaccio che veniva usato per le pulizie, avrebbe assorbito l'acqua in eccesso. Dopo pochi minuti tornò presentabile. Quando tornò di là, con l'asciugamano stretto in mano, Lucas era solo, di certo gli altri si erano avventurati sulla via del ritorno, e si stava occupando di asciugare il sentiero d'acqua che Marcus aveva prodotto al suo passaggio.

"Va meglio?", disse gentile tirandosi su, con quel solito sorriso contagioso. "Sì, grazie", gli porse l'asciugamano e si sedette, sbuffò, non per la noia ma per la stanchezza. Correre sotto la pioggia era stato faticoso, soprattutto perché i dolori ai muscoli non gli erano ancora passati. Si tastò le braccia facendo una smorfia.

"Ti preparo un hamburger", disse Lucas lanciando l'asciugamano su una sedia vuota, "tanto qui mi sa che resteremo da soli a lungo", aggiunse, indicando fuori dalla finestra con un gesto plateale. Marcus ridacchiò, Lucas doveva averlo fatto apposta.

Quella piccola risata lo fece rilassare, come non gli succedeva da quella mattina in cui si era addormentato, sentì i muscoli delle spalle sciogliersi, e senza volerlo appoggiò le braccia sul tavolo, poi la testa. Mentre si addormentava sentì il profumo del ketchup di cui la superficie era ancora impregnata, come se una passata di panno non fosse bastata: il condimento aveva avuto la meglio anche sui detersivi. La cosa lo fece sorridere, *amo questo posto*, pensò lasciandosi andare. Nello stesso momento sentì due suoni incrociarsi, il rumore della carne scottata alla griglia e l'improvviso urlo che affollava i suoi incubi. Uno proveniva dall'esterno di se stesso, l'altro dall'interno, eppure per un istante Marcus non sembrò distinguerli, come se appartenessero al medesimo luogo.

Si ritrovò nello stesso posto, all'inizio del sentiero alberato, immerso nella confortante e angosciante nebbia. Un altro urlo dal fondo del precipizio lo fece sobbalzare, stavolta non c'era proprio nulla che gli venisse incontro, e il suo corpo era intero, in un certo senso libero, prigionieri solo della nebbia e dei suoi pensieri. Poi sentì qualcuno fischiettare e vide, appoggiata a un albero, Meg. Infine una voce profonda, ruvida, "ragazzo, cosa ci vieni a fare qui?". Sua sorella si lasciò cadere lungo il tronco, iniziò a scavare con la punta del piede, come aveva fatto quella ragazza nel parco, scavò con così tanta energia che in un attimo la gamba iniziò a scomparire al suo interno. Non smetteva nel frattempo di fissarlo.

Marcus cercò la voce, ma proveniva dalla nebbia che la disperdeva come una voce qualsiasi in una pianura. Era una strana sensazione, perché l'aveva sentita lontana, ma anche appiccicata addosso, come se fosse attaccata a lui, non riuscì a voltarsi. Sentì il collo dolergli, una piccola fitta, forse c'era davvero qualcuno alle sue spalle.

"Cosa fai?", disse di nuovo, "Marcus", la voce si distorse mutando timbro, "Marcus", era Lucas.

Aprì gli occhi. Lucas stringeva ancora il piatto in mano e lo guardava dall'alto con preoccupazione.

Marcus si appoggiò allo schienale, Lucas lasciò andare il piatto sul tavolo e senza che se lo aspettasse, gli afferrò una spalla, "stai fermo", disse con decisione spalancando gli occhi per vedere meglio.

"Come te lo sei fatto questo?", chiese con grande sorpresa, sul suo viso non c'era più traccia di quella allegria che il ragazzino andava cercando.

"Cosa?".

"Hai un taglio sul collo…"

La mano di Marcus scattò a cercarlo, era proprio un taglio, forse frutto di quella puntura che aveva sentito durante l'incubo, "allora c'era qualcuno dietro di me", pensò subito.

"Prima non c'era, sono sicuro che…", iniziò a dire Lucas proseguendo il discorso, gli aveva lasciato il tempo di esaminare la ferita, ma vedendo l'espressione spaventata di Marcus ritornò sui suoi passi, almeno per quel momento, "lascia stare", con un gesto della mano minimizzò l'accaduto, "mangiati l'hamburger", poi si sedette, e iniziò involontariamente a tamburellare con l'indice sul tavolo, perso in un pensiero.

Nello stesso momento saltò la luce. Lucas non si scompose, vide fuori ogni lampione della strada spento, e capì che non poteva fare niente, se non aspettare.

Marcus restò in silenzio, non sembrava essersi accorto del buio, pensava solo a una cosa, *posso confidarmi con lui?* Continuò a sentire quel taglio, come un marchio ancora più definito del mondo da cui era da poco tornato. Era tutto così vivido, e quel segno, così come i lividi e i dolori sparsi per il corpo, ne erano una conferma, una reale prova, visibile agli occhi di tutti. Ma Marcus temeva una cosa… che quel dolore se lo procurasse da solo, questo non poteva dimostrarlo d'altronde, eppure non credeva di esserne capace. Si fissò le mani perfettamente pulite, con le unghie corte e ordinate, il polso ossuto, e scacciò via quel pensiero. Raccolse l'hamburger, sotto lo sguardo attento di Lucas, e iniziò a mangiare, con estrema lentezza, mentre fuori i lampi illuminavano a scatti la stanza.

"Sembra sia quasi finita", disse Lucas gettando un'occhiata sull'orologio, "fra poco dovrò chiudere e tu è il caso che te ne torni a casa".
Marcus annuì spostando il piatto vuoto da sotto gli occhi, "Lucas".
"Sì?", rispose tirandosi in avanti e poggiando le braccia sul tavolo.
"Tu fai mai degli incubi così vividi che sembrano reali?", chiese fissando le sue mani, non credeva sarebbe riuscito a parlargliene, eppure le parole gli erano uscite con tremenda velocità, forse grazie all'aiuto dell'oscurità che rendeva tutto così irreale.
"A volte, sì", Lucas non smetteva di fissarlo, sperava andasse avanti nel discorso, ma Marcus in quel momento si era di colpo zittito, così gli sorrise, poggiandosi sullo schienale, "succede amico, succede", si grattò la testa pensieroso, "me lo dici per un motivo in particolare?".
I due non riuscivano a vedersi bene in faccia, ma i gesti riuscivano a individuarli con chiarezza. Lucas nel buio mostrava tutta la sua perplessità, libero dallo sguardo del ragazzo che non poteva scorgerlo.
Solo lo scoppiare dei fulmini e dei tuoni, infatti, gettava fasci di luce nel locale, illuminando le loro figure. Ma accadeva sempre più di rado, il temporale si stava spegnendo, come fosse diventato una lampadina difettosa che da un momento all'altro si sarebbe rotta definitivamente, nello stesso modo il cielo emanava leggeri lampi, sempre più brevi e indecisi.
"Ecco...", iniziò a dire Marcus, ma il telefono del locale squillò all'improvviso.
"Diavolo!", disse Lucas saltando sul posto, non si era accorto di essere così teso, "aspetta qui", si alzò, girò le spalle a Marcus che sospirò. Mentre Lucas alzava la cornetta Marcus si diresse all'uscita.
"Aspetta, no mamma, non dico a te", coprì il cordless con la mano, "aspetta almeno che torni la corrente".
"Grazie per l'hamburger", disse con le mani strette in tasca, "a domani".
"A domani", rispose Lucas catturato da sua madre, e Marcus sgusciò fuori dal locale. Ormai aveva smesso di piovere, anche se la luce non era ancora tornata. Per la strada non girava nessuno, né macchine, tantomeno pedoni. Il cielo tuonava ancora lievemente, ma la pioggia era terminata del tutto, almeno per il momento.
Marcus camminò con molta calma, alzando ogni tanto gli occhi al cielo illuminato da quel viola e grigio intensi che sembravano minacciare la città. Il ragazzo, comunque, sarebbe riuscito a raggiungere casa sua anche a occhi chiusi, non era un problema il buio, anzi, in quel caso sembrava piacergli, si sentiva come se l'attenzione verso i suoi guai venisse distolta e

oscurata da ciò che quella sera stava accadendo, era stupido, ma in un certo senso si sentiva protetto. La sensazione durò per poco, e di colpo la concezione di quello che si trovava davanti cambiò, come se qualcuno avesse rovesciato le cose facendogliele percepire nella maniera giusta. Era stato un sentimento partito da dentro di lui o da fuori?

All'improvviso un lampo l'aveva illuminato e a Marcus sembrò tutto diverso. Non seppe spiegarlo neanche a se stesso, si voltò d'istinto, poi tornò con gli occhi sulla strada, *dove mi trovo?* Aveva la reale sensazione di non essere più nello stesso posto, nonostante all'apparenza fosse sempre lo stesso.

Un altro lampo, eppure stavolta successe qualcosa di strano, la luce violacea rimase sospesa, come bloccata in uno scatto fotografico. Marcus si guardò intorno, ogni cosa appariva immobile, ma lui riusciva a muoversi. Qualcosa sbucò dall'angolo della strada, strisciava a terra silenziosa, alzandosi sui marciapiedi e le strade. Era di nuovo quella nebbia, e veniva proprio verso la sua direzione.

Fece qualche passo indietro, poi si immobilizzò, non riusciva più a muovere un passo, a terra vide qualcosa, solo poco prima che quella nebbia lo circondasse, era una piccola margherita gialla, proprio appoggiata ai suoi piedi. In quel momento pensò a qualcosa, ma quel banco fitto la spazzò via, come un'ondata. Marcus si sentì trafitto da un'infinità di aghi che lo inchiodavano alla sua vita. Stavolta la nebbia non era benevola con lui, non lo nascondeva, ma sembrava volerlo punire, di nuovo un dolore dietro al collo, allungò una mano, il taglio sanguinava di nuovo. Guardò dritto di fronte a sé, gli sembrò di scorgere una piccola figura scura, strizzò le palpebre."Ehi tu", disse riuscendo finalmente a parlare, *non è un sogno se posso farlo*, pensò lui, ma quelle furono le ultime parole che riuscì a pronunciare. La nebbia ora sembrava avere mani e braccia che lo afferravano a ogni estremità. Lo sbatterono a terra, cercò di svincolarsi, mosse le mani ma i polsi erano ben ancorati.

"Marcus", disse Lucas con una punta di preoccupazione. Il ragazzo aprì gli occhi e riprese fiato come se stesse soffocando. Lucas stringeva ancora il piatto in mano e lo guardava dall'alto con preoccupazione.

Marcus si appoggiò allo schienale, Lucas lasciò andare il piatto sul tavolo e senza che se lo aspettasse, gli afferrò una spalla, "stai fermo", disse con decisione spalancando gli occhi per vedere meglio.

Non è possibile, pensò Marcus guardandosi intorno, la luce era tornata.

"Come te lo sei fatto questo?", chiese con grande sorpresa, sul suo viso non c'era più traccia di quella allegria che il ragazzino andava cercando.

"Cosa?".

"Hai un taglio sul collo..."

Si toccò il collo. Aveva già vissuto questa scena, nella stessa identica maniera, stavolta era spaventato. Saltò in piedi, "scusa Lucas, devo proprio andare. Passo domani", disse rapidamente. Il ragazzo sembrò volerlo trattenere ma senza sapere bene cosa dire, "prendi almeno l'hamburger".

"Ho già mangiato grazie", ed era la verità, si sentiva pieno. Sentiva ancora il sapore dei cetrioli, del ketchup sulla lingua, lo stomaco soddisfatto dopo il pasto. Cosa era realtà, cosa immaginazione? Non riusciva più a distinguerlo, era questo che lo spaventava oltre qualsiasi altra cosa, e poi non voleva sembrare strambo agli occhi di Lucas, l'unica persona che poteva reputare un amico.

Marcus non si era accorto di essersi immobilizzato sulla soglia, catturato da quei pensieri. Sentì il profumo dell'hamburger appena preparato stuzzicargli il naso, ma in quel momento non gli faceva nessun particolare effetto, era solo un odore familiare, che si mescolava agli altri tipici di quel luogo.

Squillò il telefono e Lucas sobbalzò, come aveva già fatto poco prima, nello stesso identico modo. Marcus serrò le labbra, "rispondi. È tua madre", disse con voce sicura ma cupa. L'altro prese il cordless, sapeva bene che la madre l'avrebbe chiamato visto che lo faceva sempre, ma Marcus cosa poteva saperne?

"Aspetta, no mamma, non dico a te", coprendo il telefono, "non vuoi..."

"Grazie per l'hamburger", disse interrompendolo, con le mani strette in tasca, "a domani".

"A domani Marcus", rispose confuso Lucas, passando gli occhi da lui all'hamburger intatto.

E il ragazzo sgusciò fuori dal locale. Il dialogo che aveva appena vissuto era sensibilmente diverso dal precedente. Scosse la testa, forse stava impazzendo, si guardò intorno. Le strade erano come poco prima, completamente sgombre, i marciapiedi deserti, ma l'illuminazione era tornata. La luce dei lampioni proiettava la sua ombra tremolante sul cemento grigio, mentre il cielo violaceo sembrava controllare in silenzio il suo cammino. Sentiva in lontananza il temporale spostarsi, tuonava, infatti, sempre più distante da lì, infastidendo forse qualche altra città.

Vide che pian piano tutto stava tornando alla normalità, una donna aprì la finestra e si affacciò, qualcuno era invece appena sceso con il cane. Un uomo indossava una vestaglia e sotto un paio di scarpe da ginnastica, un altro si era portato dietro un lunghissimo ombrello e guardava ogni due secondi il cielo.

Marcus sorrise, non era da solo. Arrivò al punto che ricordava di aver raggiunto nell'incubo, doveva esserlo, e fissò di fronte, quasi aspettandosi che la nebbia spuntasse dall'angolo, come già aveva fatto, ma non successe. Prese fiato, rasserenandosi. Poi qualcosa entrò nel suo campo visivo, era giallo e richiamava la sua attenzione. Marcus abbassò lo sguardo e la vide, la margherita gialla era lì, esattamente nella stessa posizione di prima.

"Come è possibile", sussurrò, *se quello era un sogno questa non dovrebbe...* pensò Marcus terribilmente confuso, senza sapere più come dare una spiegazione. Il confine tra incubo e realtà si stava confondendo sempre più e sempre più rapidamente, e il ragazzo non sapeva come rimanere ancorato a terra. Raccolse la margherita e se la girò tra le dita poi, a labbra strette, proseguì verso casa, cercando di non pensare a niente.

Sentì un'ombra alle sue spalle, era solo una sensazione, eppure si voltò. Proprio dietro l'angolo, una piccola figura si affacciava silenziosa. Marcus si stropicciò gli occhi, e dopo pochi secondi non riuscì più a vederla.

Un barbone che dormiva sempre sotto uno scatolone, nello spazio tra un palazzo e l'altro, lì dove alcuni portoni laterali non venivano mai usati ed erano chiusi da tempo, alzò la testa al passaggio del ragazzo e tirò fuori le mani luride pronto ad afferrare qualcosa. Buttò giù un paio di sorsi di alcol da una bottiglia dall'aria malandata, richiamando involontariamente l'attenzione del ragazzo.

"Dall'altro mondo", sussurrò ridacchiando, poi si mise comodo, tirandosi lo scatolone fin sotto il mento.

Marcus aveva sentito bene, eppure non ebbe il coraggio di andare a chiedere cosa intendesse, anche perché forse lo sapeva già.

Entrò in casa in punta di piedi, ma non serviva a molto quella sera. Nonostante fossero le dieci, le luci erano tutte accese, la porta della madre spalancata.

"Dov'eri finito?", chiese Meg con una voce piena di rabbia e frustrazione, teneva le braccia incrociate sul petto e le unghie infilate nella pelle, come se avesse bisogno di aggrapparsi a qualcosa. Il padre sembrava avere un aspetto più ordinato del solito, perlomeno aveva la camicia infilata nei pantaloni e non puzzava di alcol, non ancora.

"Che succede?", chiese Marcus, poi l'infermiera spuntò dalla stanza.

"Tutto bene per ora. La crisi è passata", disse.

Se l'infermiera è venuta a quest'ora, la crisi deve essere stata grave, pensò Marcus inghiottendo saliva, *e io non c'ero. Di nuovo*, abbassò gli occhi, provando un sollievo così fastidioso che lo fece innervosire. Non poteva sentirsi sollevato, non voleva. Quella piccola sensazione che lo rasserenava, durava solo un momento, scansata da un più sano senso di colpa che gli toglieva il respiro. *Ci dovevo essere*, si disse.

"Grazie signora", disse Meg.

"Mi raccomando, prestate attenzione", rispose lei. Era una donna afroamericana sulla cinquantina, piuttosto in gamba. A ogni problema era sempre prontissima a venire, anche fuori dai suoi normali giorni di visita.

Da un mese ormai veniva regolarmente a controllare che tutto procedesse. Aveva suggerito un supporto psicologico per la famiglia ma nessuno aveva intenzione di darle retta su questo. Stupidamente, nessuno credeva che servisse. Marcus era l'unico che sarebbe voluto andare, ma il padre lo aveva chiamato sciocco, mentre la sorella gli aveva urlato contro, "qui non c'è nessun matto ti pare? Forse solo tu". Del resto non era pratica comunissima in quegli anni. Ma non era solo questo. Nessuno di loro riusciva a gestire quella cosa, ed erano tutti troppo orgogliosi per ammetterlo. Marcus invece era convinto potesse essere d'aiuto. Si sarebbe aggrappato a qualsiasi cosa in quel momento.

L'infermiera uscì e la sorella iniziò a urlare, mentre suo padre si diresse verso il solito divano, sbottonandosi a ogni passo la camicia.

Marcus aveva smesso di sentirla, le voci gli arrivavano attutite, sentì solo Meg sbattere la porta. Se ne era andata un'altra volta. Quello forse era stato troppo per lei.

Entrò nella stanza di sua madre stringendo ancora la margherita gialla in mano.

"Ciao mamma, va meglio?".

Lei annuì debolmente, sforzandosi di sorridergli.

Lui iniziò a tremare lievemente, la madre gli prese la mano e la fermò, lei capiva sempre tutto. Era sempre stato così.

Molto spesso la trovava fuori da scuola, sempre nei giorni in cui Marcus era più giù di corda. Lei se ne accorgeva sempre. Le volte in cui prendeva brutti voti, o litigava con i compagni, alla madre bastava uno sguardo per capire. E il giorno dopo era fuori da scuola pronta a trascinarlo in qualche avventura. Giravano per ore intere, mangiavano, parlavano, giocavano. Per lui erano i momenti più belli, e in un attimo tornava il buonumore, e niente di quello che era successo aveva più importanza. I due avevano un legame particolare, intensissimo, si potevano comprendere anche solo con uno sguardo, cosa che non succedeva con sua sorella o suo padre, per quanto loro si impegnassero.

Meg, visto che era la più grande, fingeva di non essere gelosa di quel rapporto. Non che non litigassero mai per questo, ma finivano sempre per far pace. In fin dei conti erano litigate costruttive e poi la madre sapeva come gestire entrambi i figli. Se un giorno usciva con Marcus, quello successivo avrebbe rapito Meg. La madre era la persona che organizzava cene splendide, inondando di profumi la casa, era quella che costringeva il padre a vincere la pigrizia e a uscire di casa nei giorni di festa e non. Era, insomma, il collante della famiglia, e senza di lei era iniziata la disgregazione. Ogni suo membro stava assumendo più la forma di un'isola, che l'oceano allontanava sempre più l'una dall'altra.

Marcus infilò la margherita tra le altre, la madre si era addormentata, sembrava così stanca. La baciò sulla guancia e le strinse la mano. In quell'istante ricordò il tocco delicato delle sue mani sempre fresche sul suo viso, così dolce e rassicurante. Ora la sua mano era così fredda, di una freddezza innaturale. La fece scivolare sul letto e andò in camera sospirando.

La camera di Meg era vuota. Il letto disfatto, forse aveva dormito nel pomeriggio, era l'unica spiegazione alla sua apparente inesauribile energia. Si tolse le scarpe e si ficcò il pigiama, poi scivolò nel letto scomodo. A ogni movimento la rete della brandina emetteva un suono stridulo e fastidioso che avrebbe potuto svegliare un intero palazzo.

Fuori dalla finestra la luna piena illuminava le strade, e anche il cammino di sua sorella. Sperò che tornasse sana e salva, come ogni notte, e che lui non cadesse, ancora una volta, in quel mondo pieno di nebbia. Speranza vana.

Capitolo 5

Aria e Will all'unisono risposero "no", con una tale decisione da far venire ai due dei dubbi. Poi la ragazza proseguì da sola "non lo conosciamo", disse. L'uomo e la donna si scrutarono, poi uscirono insieme dal capannone, lasciandoli da soli.

Will riprese fiato e Aria si avvicinò a Henry, stringendogli la mano. Aveva un colorito così chiaro, più lieve del solito. Will continuava a guardarsi intorno per paura che quei due entrassero di colpo, poi fece un passo avanti.

"Com'è ridotto", sussurrò Will con il fiato in gola.

L'amico portava ancora le ferite che gli erano state inferte dai Cinque, ma per fortuna erano state fasciate. Gli occhi chiusi su due profonde occhiaie che non aveva mai avuto. I jeans erano lacerati in più punti, e Aria immaginò un ugual numero di ferite; strinse più forte la sua mano senza che Henry si svegliasse. Stavolta sarebbe riuscita a fare quello che lui aveva fatto per lei?

***

Su un campetto da calcio dietro la scuola media statale del quartiere, due squadre si stavano sfidando aspramente. Una era capitanata da un ragazzino basso e butterato dall'aria strafottente, che frequentava il terzo anno, come una buona parte dei membri della sua squadra, l'altra da una ragazzina altrettanto strafottente, di nome Aria, appartenente invece al primo anno.

Le due squadre erano divise anche per sessi, la prima era tutta al maschile, la seconda al femminile.

Alla fine del primo tempo la situazione era di parità. Aria si avvicinò minacciosa, "vi faremo a pezzi", urlò con la coda che rimbalzava sulla spalla.

"È tutto da vedere", rispose l'altro.

Nella squadra dei ragazzi un biondino alto spiccava tra gli altri, aveva sugli spalti la sua personale tifoseria e la cosa lo imbarazzava. Era del primo anno e questo faceva scalpore, non era mai successo a un giocatore così piccolo, ma quel ragazzino dimostrava più anni di quelli che aveva, poteva essere del terzo, tranquillamente, forse anche per la sua altezza. Aria l'aveva notato subito, ma quando tentava di guardarlo, lui distoglieva lo sguardo.

Henry, così si chiamava, continuava a chiedersi il perché di quella sfida, se le ragazze volevano occupare il campo di tanto in tanto che male ci poteva essere? Tutti ne avevano il diritto, e poi il campo era di proprietà della scuola. S'immaginò la faccia del nevrotico e altrettanto pigro preside quando si sarebbe accorto di questa sfida imprevista e non permessa.

Era quasi calato il giorno, e in quel momento la scuola era per lo più deserta. Ma non quel pomeriggio, la sfida era rimbalzata di bocca in bocca e il pubblico era più numeroso che mai. Lo schieramento era più che chiaro: le ragazze tifavano per la squadra di Aria, i ragazzi per la squadra del butterato, anche se molti simpatizzavano in silenzio per Aria, era mascolina e aggressiva ma la sua vitalità colpiva, non si faceva mettere i piedi in testa mai, era sempre convinta di ciò che faceva.

Quando Henry aveva saputo della sfida, aveva cercato di parlare con il capitano tentando di convincerlo a concederle il campo un paio di pomeriggi, potevano spartirsi gli orari disponibili. Oltretutto loro non erano neanche così bravi. Ma il butterato non ci stava a cedere di fronte alle richieste di una donna. Era come nella vita degli adulti, in cui il maschio in un ambiente sociale e lavorativo tenta di averla sempre vinta sulla femmina, in una sorta di malsana competizione in cui spesso la donna esce sconfitta per cause di forza maggiore, non per mancanza di qualità. Lo stesso succedeva nel piccolo ambiente scolastico, e quasi più sfacciatamente che in altri ambiti. "L'innocenza dei bambini", dicevano gli ignari e ottusi professori. E Aria semplicemente non ci stava. Avrebbe vinto a ogni costo. Si erano allenate a lungo in quelle settimane e i risultati si vedevano, aveva messo su una bella squadra, molto più in gamba di quella avversaria. Poi aveva notato che molti dei membri dell'altra squadra non avevano tanta voglia di impegnarsi in questo stupido scontro, ci teneva più il capitano che tutti gli altri, il che era ridicolo. Non era una motivazione abbastanza forte per riuscire a vincere.

Gli occhi azzurri di Aria scrutavano quelli degli avversari con una tale decisione da farli abbassare, distogliere lo sguardo. Quella ragazzina magrolina, ancora non del tutto donna, era talmente decisa da ispirare simpatia a chiunque. Tra la folla di persone sugli spalti, si nascondevano anche alcuni professori che tifavano sfacciatamente. Una si era persino portata il pop corn.

Ma la partita non fece in tempo a riprendere che il preside entrò in campo con il suo passo goffo. La platea si ghiacciò, le squadre furono costrette a fermarsi, anche se avevano già battuto il calcio di inizio da un bel po', ormai. Il butterato prese la palla in mano, in parte sollevato per quell'interruzione, aveva veramente temuto di perdere, ed era ora accaduto ciò che aveva sperato ma che non poteva andare a chiedere per orgoglio, sarebbe stato preso in giro a vita se avessero saputo che aveva paura di una ragazzina. Sorrise sotto i baffi mentre Aria incrociò le braccia.

"Cosa state combinando", urlò quasi senza fiato agitando le braccia in cielo, camminare fino a lì lo aveva stremato.

"Ciò che è giusto, ci lasci finire", disse Aria, per nulla pentita.

"Non se ne parla", riprese fiato a grandi bocconi.

"Allora ci conceda di usare il campo un paio di pomeriggi alla settimana".

"A chi?".

"Ma a noi", indicò le ragazze sparse per il campo, che si erano però avvicinate lentamente.

"Una squadra basta e avanza in questa scuola".

"E allora continueremo".

"E io ti sospendo".

"Lo faccia. Poi tornerò qui e continuerò, fino a quando non avremo i nostri pomeriggi".

Il Preside si strofinò la fronte con un fazzoletto tirato fuori di tutta fretta dal taschino del suo stretto gilet che sembrava voler esplodere per quanto era attillato.

"Sei testarda", sospirò.

Il capitano dell'altra squadra rideva ancora sotto i baffi, senza avvicinarsi, era a una decina di metri da loro. Gli altri ragazzini speravano che la cosa finisse lì, tutti credevano che avrebbero perso se la cosa fosse continuata. E poi loro non usavano il campo tutti i pomeriggi, spesso bivaccano semplicemente, chiacchierando, solo per il gusto di occuparlo.

Aria non distoglieva lo sguardo dall'uomo.

"E va bene, vi concedo i due pomeriggi".

"Ma...", urlò il capitano sorpreso, era convinto che non sarebbe mai potuto succedere.

"Ma niente. Ora smontate baracca e burattini e tornatevene a casa", voltandosi verso gli spalti, "anche voi, forza, forza, sgombrate", la gente iniziò ad abbandonare gli spalti, scontenti per non aver visto la conclusione della partita. Il club di Henry si smontò lentamente, aveva raggiunto una fama che non avrebbe più avuto, neanche al liceo. Infatti nonostante piacesse a uno svariato numero di persone, era diventato più introverso e meno pronto agli sguardi degli altri, poi forse la vicinanza di Aria aveva scoraggiato i più.

Aria sorrise soddisfatta verso il capitano che aveva gettato il pallone a terra e si era avvicinato. Intanto le luci automatiche della scuola si erano accese illuminando bene il campetto, come si fa su una scena del delitto.

Quando tutti erano distratti, il capitano calciò, con tutta la forza che aveva, la palla verso Aria, e la colpì. La ragazzina crollò a terra, stringendosi con forza la pancia, sputando sangue e accartocciandosi su se stessa.

"Che cosa diavolo fai?", dissero i compagni di squadra, sorpresi che il suo capitano fosse così vigliacco.

Henry superò gli altri e andò da Aria che di certo non si era meritata un'uscita di scena del genere. Alcune amiche rimasero immobili vedendola a terra, svenuta. Il colpo doveva essere stato forte. "Non state imbambolate, andate a chiamare un'ambulanza", disse Henry, le toccò una spalla, "ehi, Aria, ce la fai?", la ragazzina non rispondeva, così Henry, dal suo metro e settanta d'altezza, che sarebbe presto diventato un metro e ottanta, la tirò su e la prese in braccio, scortandola fino fuori il campo, mentre alcuni che si erano attardati sugli spalti, seguivano la scena.

Il capitano si prese più di un'occhiata di disapprovazione e sapeva già che non sarebbe più stato visto con gli stessi occhi, anche perché non era stata un'azione improvvisa, di collera, ma qualcosa di ben premeditato. La stava fissando tenendo il piede sulla palla, pronto a colpirla non appena fosse stata distratta. Poi, da quella distanza ravvicinata, era impossibile che si riuscisse a scansare in tempo, era stato un vigliacco e lo sapeva, ma vedere Aria a terra l'aveva più che ripagato.

"Ora prenditelo pure il campo", aveva sussurrato con un sorriso soddisfatto. I compagni l'avevano lasciato da solo e avevano seguito Henry e Aria. Aria aveva acquistato dei nuovi amici, il capitano invece aveva perso una squadra intera, e in un solo istante, con un solo gesto. Bastava poco.

Aria non aveva ancora ripreso conoscenza, le era uscito il sangue dal naso forse per l'impatto con il suolo. Le amiche erano immobili di fronte all'ambulanza, preoccupatissime. Henry sorrise e tutte si sciolsero, "state tranquille. L'accompagno all'ospedale. Potete avvertire i genitori?", disse con grande responsabilità, quasi incredibile per un ragazzino di soli undici anni e qualche mese.

"Vengo anche io", disse la professoressa d'italiano del primo anno, stringendo ancora in mano i pop corn. Li buttò subito e sorrise disponibile.

Mentre Henry se ne stava seduto nell'ambulanza, aveva insistito così tanto con i soccorritori che non c'era stato modo di lasciarlo a terra, pensò al fatto che quella giornata era stata l'ultima come calciatore, aveva trovato la scusa giusta per smettere. Non che non gli piacesse il calcio, ma ne poteva fare tranquillamente a meno, era un tipo pigro, e si era iscritto al club solo perché gli amici avevano insistito, anche per racimolare un po' di pubblico che con lui sarebbe stato assicurato.

Inizialmente aveva iniziato quasi perché imposto, poi si era appassionato. Però questo toglieva spazio allo studio e ai suoi pomeriggi di ozio a casa, dove sua madre gli preparava spesso magnifiche torte. Poi odiava il capitano e l'avrebbe voluto prendere in continuazione a pugni.

Aria si agitò sul lettino e il ragazzino gli strinse forte la mano.

La professoressa, intanto, era al telefono, non la smetteva di fare chiamate a chiunque raccontando tutta la scena, quasi vantandosi del suo gesto eroico, eppure Henry non riusciva ad avercela con lei, era così buffa. Non doveva provarne molte di emozioni nella vita.

"Mh", Aria sembrò riprendere conoscenza.

"Ehi, ciao", disse Henry senza lasciarle la mano.

"E tu chi sei?", chiese fissandolo.

"Mi chiamo Henry".

"Dove siamo?".

"In ambulanza".

"Come?", quasi urlò, ma non riusciva a sedersi. Si strinse la pancia.

"Il nostro capitano ti ha colpito e…"

"Quel maledetto, piccolo bastardo, figlio di… scusa", disse accorgendosi di non essere da sola.

Henry scoppiò a ridere.

"Che c'è da ridere?".

"No, niente. Immagino solo cosa gli farai quando tornerai a scuola".

"Fai bene a immaginare", disse con tono minaccioso e il sorriso sadico di chi sta pregustando ogni singolo istante.

"Bella partita comunque. Sono contento che abbiate conquistato il campo", disse Henry, ammirando quella ragazzina tosta.

"Oh, in realtà l'ho fatto più per dare una lezione a quello", rispose lei.

Henry se ne sorprese, ma un po' l'aveva capito, chi non avrebbe voluto dare una lezione a quel tipo? Se l'era immaginato, eccome. Solo che a sorpresa era stata una ragazza la protagonista, una ragazzina speciale. Più tardi, anni dopo, avrebbe detto che quella era proprio una cosa tipica di Aria.

Poi Aria si accorse che Henry le stringeva la mano e sembrò sorpresa, più che imbarazzata. Henry la lasciò, "scusa", balbettò.

"E di che?", si voltò verso la parte destra dell'ambulanza, "grazie piuttosto".

Henry sorrise, "quando vuoi".

"Comunque mi chiamo Aria", allungò la mano, tenendo l'altra sulla pancia.

"Piacere Aria".

I due si sorrisero, e durante il tragitto verso l'ospedale, ricostruirono passo passo ogni momento saliente di quella partita, ridacchiando, Aria con meno energia perché la pancia le faceva un male incredibile. Ma a qualcosa ne era valso, aveva un nuovo amico ora. Anche se non si sarebbe mai immaginata che sei anni dopo, in realtà se calcoliamo anche il tempo passato nel mondo di nebbia ben sedici, sarebbero stati ancora amici, grandi e indispensabili amici. Talmente amici che in quel mondo senza passato erano riusciti a riunirsi.

***

Aria gli strinse forte la mano, "Henry mi senti?", non rispose.

"Cosa facciamo?", chiese Will riflettendo, "la chiave", disse senza interrogazione, "la chiave…"

"No. Ho già provato", lo guardò rammaricata, "non funziona qui. Non capisco il perché", sospirò, cercando di non farsi prendere dal panico al pensiero che forse non sarebbero riusciti a fuggire di lì.

"Troveremo un altro modo", disse lui stringendole le spalle.

"E Henry? Come lo portiamo…", stava per dire Aria, ma un rumore di passi li interruppe. Sentiva lo scroscio fastidioso degli stivali di gomma sulla terra e immaginò di chi fossero. Si tirarono di scatto indietro, tornando alla distanza iniziale. E i due di prima entrarono, stavolta portandosi dietro un altro uomo dall'aria autoritaria. Lunga barba scura, occhi intriganti e una spada lucente sulle spalle.

Rimase a fissare i due per alcuni istanti. Poi l'uomo parlò guardando Will, "tutti mi conoscono con il nome di Red. Sono il capo di questo posto", disse dando per scontato che i due non lo conoscessero.

"Lo so", disse Aria decisa, prima che Will potesse rispondere.

"Fatti da parte", minacciò l'uomo dagli stivali rossi. Aria non si mosse. Will la guardò come dire, "ci pensò io".

Red continuava a fissare Will, ignorandola, e Aria si stava già innervosendo per quell'atteggiamento, "da dove provenite?", chiese. La donna, che li aveva guidati, si era tirata da parte, quasi sparendo, e scrutava Aria come fosse scandalizzata.

"Dal bosco, è lì che abbiamo casa", rispose Will stavolta. Aria si strinse a lui che, dopo un istante di sorpresa, la circondò con il braccio.

"Capisco. E cosa ci facevate nel bel mezzo della battaglia?", rispose reggendo il gioco.

"Come ho già detto a lei", la indicò con gli occhi, "volevamo partecipare, anche perché la nostra casa è stata distrutta dalle bombe", disse bluffando, qualcosa doveva pur inventarsi.

"Mh. Capisco", disse pensieroso studiando Aria, poi lanciò un'occhiata esaustiva al tizio con gli stivali rossi che taceva con una strana espressione in visto.

"Esatto, distrutta. Era poco prima della pianura, ai margini del bosco, lontana dal sentiero", precisò Will.

"Ecco spiegato tutto", disse voltandosi verso la donna che ora sembrava incredula, "dai una nuova casa ai ragazzi, e abbiamo risolto", poi si voltò verso di loro, "a patto che non vi facciate vedere sul campo di battaglia. Se, e quando, avremo bisogno… vi contatteremo noi".

"D'accordo signore", disse Aria stringendo il braccio lungo la vita di Will. Lui rispose accarezzandole le spalle, tentando di non essere imbarazzato, ma lo era lui per tutti e due. E si scordò di guardarla con rimprovero. Era chiaro che a queste persone desse fastidio che Aria rispondesse.

"Ma ci prenda in considerazione, nel caso ce ne fosse bisogno", aggiunse Will poco prima che l'uomo uscisse, seguito da quello con gli stivali rossi. Aria fissò la spada scintillante sulle sue spalle, brillava come uno specchio, doveva tenerci molto, perché era l'unica cosa pulita della sua persona.

La donna, senza dire una parola, prese il braccio rotto di Will e lo esaminò con attenzione, Aria lasciò la stretta.

"Va molto meglio ora", disse Will, la ragazza non capì se stesse dicendo la verità, poi guardando meglio capì che era proprio così. Riusciva a stenderlo, anche se farlo lo faceva ancora tremare, ma il dolore era sicuramente diminuito. Will pensò subito che quel posto, in cui tutte le ferite vengono curate, stava facendo effetto anche su di lui, ciò che lo spaventava era che forse non sarebbe dovuto succedere. In fin dei conti loro non appartenevano a quel mondo, e l'ambiente esterno non avrebbe dovuto toccarli, ma forse si sbagliava. Smise di rifletterci quando la donna, con abili movimenti, gli fasciò il braccio stretto, una fasciatura che però non gli impedisse di muoverlo. Sembrava più un modo per riconoscerlo, distinguerlo tra gli altri nel caso avessero fatto qualche scherzo, non era molto utile. Forse era stato più un gesto automatico. Poi però prese il suo braccio e lo legò al collo, così come doveva essere. Will mosse la mano, cercando di riacquisire il completo movimento. Ogni minuto che passava la situazione andava migliorando.

Henry starà bene, molto presto, si disse senza guardarlo. Aria gli strinse la mano una volta, stava pensando probabilmente alla stessa cosa. Molto presto sarebbero potuti fuggire.

"Forza, venite con me", disse la donna.

Dopo aver lanciato un'occhiata furtiva a Henry, i due la seguirono lentamente, ora prendendosi semplicemente per mano. Nessuno parlò lungo il tragitto.

Fuori il capo e quello con gli stivali avevano parlato fitto fitto, si erano voltati solo un istante per osservare Aria e Will mentre si allontanavano.

La ragazza si chiedeva come avrebbero fatto a portare via Henry di lì, presupponendo poi che quel Red se la fosse bevuta, cosa poco plausibile in realtà. Aveva visto i due confabulare.

La donna scivolò nel bosco, la notte era ormai calata e Aria rimase incantata di fronte allo spettacolo che si erano trovati di fronte. Tra gli alberi, in mezzo ai cespugli, piccole luci splendevano come delle lucciole. Avevano sistemato l'illuminazione come se sembrasse una pioggia dorata. Il bosco era la zona che separava la pianura con l'edificio dal loro accampamento, quindi era chiara la necessità, doveva essere ben illuminato per prevenire gli attacchi, pensava lei.

I due passarono sotto gli alberi cercando di non mostrare sorpresa, la donna controllava ogni singola reazione, ma Aria ogni tanto correva con lo sguardo tra i rami, osservando le piccole luci e cercando di individuare anche gli animali che emettevano quei suoni così curiosi, che di rado le era capitato di ascoltare. Sembrava un bosco incantato, quella prima impressione avuta pochi istanti prima, di notte era amplificata. Sui cespugli le bacche sembravano brillare, persino il sentiero era illuminato da piccole lampadine infilate nella terra, apparentemente. La donna camminava velocemente senza neanche soffermarsi a guardarle. Aria pensò che mai si sarebbe potuta abituare a tanta meraviglia.

Will era dello stesso avviso, stringeva la mano di Aria e a volte abbozzava un sorriso guardandola. Lei ricambiava, ma a tratti abbassava lo sguardo ricordandosi che quella era la prima volta da tanto tempo che non camminavano mano nella mano.

***

La prima volta accadde quando lei tornò a scuola dopo la morte di Dan.

La notte precedente Will era rimasto a dormire da lei, come faceva ormai quasi ogni notte di quell'ultimo lungo periodo. Henry non c'era, spesso doveva aiutare a casa per via dei numerosi fratelli, e poi aveva ormai capito di cosa l'amica avesse bisogno, e in quel caso non era lui.

Un pomeriggio Henry e Will si erano seduti in caffetteria e si erano fissati a lungo sorseggiando un caffè. Non avevano detto una parola. Passarono così più di un'ora. Anche se non aprivano bocca, in realtà era come se stessero dialogando.

Quando Henry finì il suo secondo caffè, disse semplicemente, "lo sai, tu lo sai. Ma non è di me che ha bisogno stavolta, ed è da lungo tempo che ormai me ne sono accorto. Perciò vai, e non ti preoccupare per me. Starò bene", poi si alzò.

Will scattò in piedi, "sei sicuro? Tu sei…"

"Anche tu", lo interruppe, "è destino amico mio", Henry scrollò le spalle e uscì.

Will sospirò, sperando che le cose non sarebbero cambiate.

Quella notte le cose, che erano già cambiate sensibilmente nel corso del tempo, accelerarono all'improvviso, come se i due fossero ormai stanchi di ignorare che non esistesse niente tra loro.

Will dormiva a terra, su un materasso che Wade aveva comprato apposta per la situazione, si lamentava di continuo con la moglie, ma lei lo rassicurava, dicendogli che la figlia ne aveva bisogno e che niente sarebbe successo. Aria aveva bisogno di conforto, e aveva bisogno di Will e Henry, questo era quanto. Wade avrebbe fatto di tutto per rivedere sua figlia com'era prima. Erano stati mesi difficili per tutti. La mamma di Aria parlava poco, dopo la morte di Dan. E Wade si era ritrovato a correre dalla figlia alla moglie senza essere di particolare aiuto. Se Will poteva risolvere almeno uno dei problemi, era il benvenuto.

Perciò Will dormiva sul materasso, anche se dormire era una parola grossa, il più delle volte non ci riusciva, sia per l'agitazione dovuta a quella situazione, sia perché Aria si lamentava nel sonno, e spesso aveva degli incubi terribili. Quando succedeva. Will si alzava e si sedeva accanto a lei accarezzandole i capelli, senza che lei si svegliasse. Ma forse era sveglia e fingeva di dormire. Lo aveva fatto per molte notti, stringendo il suo cuore ferito e indeciso. Fino a quando non ebbe scelto definitivamente.

Quella notte, prima del suo ritorno a casa, Aria scivolò in punta di piedi dal letto, tastando il pavimento freddo. E senza dire una parola si infilò nel letto di Will, innocentemente. Scostò le lenzuola e si raggomitolò appoggiando la fronte sulla sua schiena calda. Will, già sveglio e sempre attento a ogni suo respiro, non si mosse, ma il cuore prese a battergli con una tale forza che sarebbe potuto esplodere. Dopo pochi momenti, giusto il tempo di realizzare che quello non fosse un sogno, Will si voltò verso di lei e la strinse a sé. Lei, dopo una leggera esitazione, si lasciò abbracciare. Poggiò la testa nell'incavo tra la spalla e il mento, e lui le tirò indietro i capelli e prese ad accarezzarle la testa, delicatamente, fino a quando non si addormentò. A quel punto anche lui crollò pian piano e dormirono, senza più svegliarsi.

La mattina successiva, quando Will aprì gli occhi, trovò Aria già pronta, sembrava tornata quella di sempre.

"Pigrone, andiamo su. Faremo tardi", disse raccogliendo lo zaino da terra e infilando disordinatamente, alla sua maniera, i quaderni dentro. "Henry sarà in caffetteria", aggiunse come se non avesse mai passato quelle settimane a letto.

Will si sentì rinfrancato, felice, credendo di aver contribuito a curare le sue ferite, almeno un po'. Per un attimo dimenticò di aver dormito abbracciato a Aria, e lei sembrò aver fatto lo stesso, anche se non era realmente così. Erano entrambi felici ed emozionati per quel passo avanti nel loro rapporto, per aver finalmente definito ciò che già era da tempo tra loro, sospeso. Aria, aveva passato un'ora intera in bagno, sciacquandosi spasmodicamente il viso con l'acqua fresca, cercando di calmare il respiro e di non pensare che Will se ne stava dormendo di là. Non era la prima volta certo, ma quella era stata differente. Sentiva ancora il suo odore addosso, sui capelli. Se li era spazzolati di fretta, senza intaccarlo minimamente, aveva respirato a fondo. Poi era uscita con tutta tranquillità.

Will notò la tela incompleta ora colorata; un verde intenso e luminoso si allungava verso un sole che sembrava mettercela tutta per liberarsi dalle nuvole. Era un chiaro messaggio di speranza.

Sorridente si alzò, sistemandosi il solito ciuffo ribelle, e i due scesero a fare colazione. Wade si aprì in un enorme sorriso e chiamò sua moglie, che notò subito il cambiamento impercettibile nel rapporto tra sua figlia e il ragazzo, ma prima di questo, vedere sua figlia vestita e pronta a uscire sembrò rasserenarla e aiutarla a riconquistare un po' di serenità. Vedere sua figlia in quello stato l'aveva fatta cadere in depressione. Ma ora, tutto poteva ricominciare. Ce l'avrebbero fatta.

Wade diede una pacca sulla spalla di Will e gli chiese di sedersi, accettato una volta per tutte nella famiglia, così come lo era stato Dan. Poi, proprio di fronte la porta di casa, quando i genitori erano impegnati in altro, Aria allungò la mano verso Will che la prese e, senza dire una parola, uscirono ad affrontare il mondo, insieme.

Henry era felice che l'amica si fosse ripresa, e si era limitato a uno scappellotto sulla testa di Will, infine a un abbraccio per Aria, che appariva un po' timorosa di mostrarsi all'amico di sempre, mano nella mano con un altro. Ma Henry era già preparato a quell'evenienza, da molto tempo. Stava ormai aspettando solo che accadesse. Era deluso ma ormai si era abituato a quell'idea, e poi in fondo era giusto così.

"Sono contento che tu stia bene, impiastro", gli sussurrò Henry, e l'aveva stretta più forte, lei era felice di non aver perso il suo più caro amico, quasi un fratello ormai, anche se aveva percepito una leggera ansia nel suo abbraccio, la rassegnazione. Era certa che il suo umore fosse cambiato in quei pochi istanti, lo conosceva troppo bene.

Aria sospirò, "ti voglio bene, lo sai?", disse guardandolo dritto negli occhi.

"Certo che sì", rispose sospirando, poi le spinse la fronte con l'indice, e lei sorrise.

Tutti e tre si diressero sotto braccio verso l'ingresso della scuola, si fermarono solo a pochi metri e sospirarono all'unisono, le cose non sarebbero più state le stesse, eppure erano convinti che ce l'avrebbero fatta di sicuro. Entrarono lentamente ma con decisione, iniziando una nuova pagina della loro vita, sempre e comunque uniti.

***

Le sembrava di riappropriarsi dei ricordi pian piano. Come se a ogni passo che faceva in avanti, verso la salvezza, piccoli cassetti dentro di lei si aprissero. Più proseguiva, convinta in ciò che faceva, più la consapevolezza del suo passato ritornava, premiandola. Se ne stava riappropriando lentamente, e riviverli l'aiutava a capire ciò che aveva perso e ciò che doveva riconquistare.

Guardò il palmo dove la chiave era incisa, era anche merito suo se le era permesso di rimediare ai suoi errori.

Lanciò un'occhiata a Will e si chiese se anche lui avesse pensato a quei vecchi momenti in cui tutto era realmente iniziato. Will in risposta strinse ancora più forte la mano, sintonizzando il suo passo al suo. Sicuramente era così.

"Manca poco e siamo arrivati", disse la donna con un tono senza sentimenti, piatto e inespressivo.

Di contro Aria tornò con gli occhi prima sul sentiero, poi sugli alberi. Riprendendo a studiare le piccole luci e i rumori della natura. Quel posto era naturale e innaturale insieme, non era sicurissima che le luci in alto fossero state inserite da quelle persone. Concentrandosi su alcuni punti, per quanto potesse riuscirci camminando, non le sembrava di vedere lampadine o cose simili. Iniziò a riflettere sulle alternative, convincendosi sempre di più che quel posto fosse incantato, attraversato da una sorta di magia, così come l'aveva percepito quel giorno, attraversandolo per la prima volta.

"Eccola", disse indicando una graziosa casetta tra gli alberi, "troverete alcune provviste per la sera. Riposatevi. Ma domani siete attesi di primo mattino per la colazione. Ci riuniamo al centro della cittadina, ma lo saprete già", disse insinuando qualcosa.

"Certo. Grazie. Ci vediamo domattina", rispose Aria decisa.

"Grazie, a domani", disse formalmente Will trascinando Aria lungo il vialetto che separava la bassa staccionata dalla porta di casa.

Entrarono con una strana emozione addosso. Will non voleva lasciarle la mano e a lei non dispiaceva. Si guardarono intorno, era un luogo semplice e ordinato, un paio di mobili lungo i lati, un tavolino di legno al centro, sulla sinistra un paio di fornelli e sulla destra un piccolo corridoio che portava presumibilmente alla camera da letto. Il tutto illuminato da una lampada al centro della stanza, sul soffitto, e alcune lanterne già accese, sparse, una poggiata sul tavolo, un'altra appesa al muro. Era una dimora calda e accogliente, e li fece sentire a casa, anche se solo per un momento, quando entrarono e chiusero la porta alle loro spalle.

I due continuavano a non parlare, concentrati sul loro respiro spezzato e sul battito del loro cuore. Erano da soli sul serio per la prima volta, da chissà quanto tempo. Ebbero lo stesso pensiero.

"Da quanto tempo", disse Will, "siamo lontani da casa?", serrò le labbra cercando di quantificare un tempo impossibile.

"Non lo so, forse molti anni. Credo. Sto riacquisendo man mano il senso del tempo, e i miei ricordi. Tutto ciò che torna alla mente sembra realmente lontano, non riesco a quantificarlo, ma sono sicura che presto ci riuscirò", rispose Aria guardando avanti. Strinse la mano destra a pugno, passando la punta delle dita sul marchio che al tatto sembrava una cicatrice.

Will prese fiato, "siamo riusciti a guadagnare un po' di tempo, poco credo, non ci hanno chiesto i nomi, è strano no?".

"Già. L'ho pensato anch'io, staranno tramando qualcosa", rispose Aria fissando la chiave sulla pelle.

"Comunque ora dovremmo riposare", disse senza guardarla, sembrava imbarazzato. Poi si tolse la fascia che legava il braccio al collo, "sto molto meglio", disse anticipando la sgridata di Aria.

"Ne sei sicuro? Non fare lo scemo. Puoi tenerla per stanotte".

"Sul serio Aria, sto veramente bene. E presto anche Henry si sveglierà".

"Ne sono sicura".

Poi i due s'immobilizzarono, fissandosi negli occhi con intensità. Will prese di nuovo la sua mano. Il silenzio li avvolse in un profondo abbraccio, separandoli per un istante dal resto del mondo. Il suono di una civetta, fuori tra gli alberi, interruppe quello strano momento.

"Hai fame?", Aria sciolse la presa e andò in cucina, sul bancone c'era della verdura appena colta, e un filone di pane nascosto in un panno bianco. Sul tavolo, proprio al centro, sempre nascosta in un panno, stavolta di un giallo pallido, una forma di formaggio a cui mancava una sola fetta.

Will annuì e si avvicinò, entrambi si lavarono le mani al lavandino, cercando di non scontrarsi, erano diventati di colpo legnosi nei movimenti. Aria usò una saponetta che era sul lavabo, molto ruvida al tatto, poi la passò a Will, e mise le mani sotto l'acqua, si aggiunse lui, lei si ritirò, e così più e più volte, in uno strano balletto pieno d'imbarazzo, ma Will le prese il polso, "qui sei insaponata, aspetta", e lo guidò sotto l'acqua.

"Bene, puliti e profumati, ora pensiamo a mangiare", disse lei, afferrò, con una strana fretta, un coltello e lo passò a Will, poi ne prese uno per sé, aveva la lama molto affilata, scosse le spalle sorpresa, era tutto così rustico lì, la tipica vita in mezzo alle montagne, poi però si trovavano davanti questi oggetti moderni che poco avevano a che fare con il resto. Ma ormai ci avevano fatto l'abitudine. E in un certo senso erano riusciti a inserirsi tranquillamente. Aria pensò all'uomo con gli stivali di gomma rossa e le scappò un sorriso.

"Che ti prende?", chiese Will sorpreso. Di colpo si sentì più rilassato.

"Niente", e continuò a tagliare il pane, ora più rilassata. Era stata in una stanza da sola con Will talmente tante volte, eppure ora era una cosa a cui si doveva riabituare. Quello per loro era un nuovo inizio.

Will tornò al tavolo con un coltello e tagliò il formaggio in piccole fette sottili, conoscendo l'appetito di Aria se lo sarebbero mangiato tutto. Anche se da quei tempi lei era cambiata, chissà quanto di lei era rimasto, gli venne da pensare con un po' di tristezza. Di colpo desiderò accertarsene. Si bloccò a testa bassa e prese fiato. Lasciò stare il formaggio, si pulì le mani e tornò da Aria senza fare rumore. Lei continuava a tagliare il pane, con concentrazione, era sempre stata un disastro con i coltelli, e si poteva notare dalle povere fette martoriate. Will abbozzò un sorriso e poggiò le sue mani sul bancone dove Aria era appoggiata, incastrandola tra il pane e lui. Lei smise di tagliare ma non si mosse. Sentiva il respiro di Will sui capelli, lasciò il coltello e senza girarsi scivolò indietro, poggiando la nuca sulla sua spalla. A occhi chiusi, quasi senza respirare, Aria gli prese la mano destra ancora stretta sul bancone e la guidò delicatamente verso la sua vita. Will la dirottò verso le sue spalle, staccò anche la mano sinistra e l'abbracciò forte, ignorando la fitta di dolore. Lei sfiorò con la punta delle dita il suo avambraccio scoperto e rimasero così a occhi chiusi per alcuni secondi, come se fossero ancora incerti se quella fosse realtà o immaginazione. Poi Aria riaprì gli occhi e si voltò verso di lui. Ora erano faccia a faccia. Lei, appoggiata con la schiena al bancone, diede un lungo sguardo a quegli occhi verdi che erano gli stessi di sempre, sorrise, si allungò sulle punte e lo baciò. Will le prese le guance e l'accarezzò mentre ricambiava il suo bacio, lungo, intenso, sofferto, così tanto a lungo aspettato. La mano sinistra di Will tremava, Aria non seppe dire se a causa del dolore al braccio, o se per l'emozione.

La ragazza sfiorò il ciondolo che Will aveva ancora al collo, quello che lei gli aveva regalato tanto tempo prima, era stato quello a rompere la corazza della sua coscienza e a riportarla sulla strada giusta. Gli sistemò il piccolo ciuffo nero dietro l'orecchio, come sempre era sfuggito, e a Will scappò un sorriso sereno, mentre la ragazza fu invasa da altri pensieri.

Ad Aria stavano salendo, senza volerlo, le lacrime agli occhi, ricordò quei momenti lontani e non poté far altro che provare un profondo dolore, e nostalgia, *le cose torneranno mai più com'erano?*, pensò, e si staccò di colpo da lui, liberandosi dal suo abbraccio. Si avvicinò al tavolo, dove il formaggio appena tagliato emetteva un intenso profumo, ma non ci fece caso, impegnata com'era a trattenere le lacrime, quel groppo d'angoscia chiuso in gola che quasi le toglieva il respiro.

"Tutto bene?", chiese Will raggiungendola, sorpreso per quell'improvviso distacco.

"Sì", rispose ancora di spalle, poi prese un pezzetto di formaggio e se lo infilò in bocca, cercando il buonumore. "Mh", lo stomaco rispose e le lacrime si ritirarono. Ne prese un altro pezzo e lo porse a Will che invece di prenderlo con le dita allungò il collo, facendosi imboccare. Lui fece la stessa cosa con Aria. Sorrisero, entrambi imbarazzati, nonostante il gesto fosse venuto automatico. Del resto l'avevano fatto tante di quelle volte quando erano nel loro mondo, eppure ora erano così arrugginiti. Non sapevano più come stare insieme in coppia. *Deve essere passato tanto tempo*, pensò ancora Aria con le guance arrossate.

Finalmente si decisero a cenare, e spazzolarono tutto ciò che si ritrovarono davanti. Accompagnando il tutto con abbondante acqua del rubinetto, sperarono fosse potabile, ma se scorreva, perché non doveva esserlo? Gli sembravano anni che non mangiavano qualcosa.

Will la prese in giro per il modo che aveva di tagliare le fette, "guarda come sono ridotte…"

"Potevi tagliarle te, io avrei pensato al formaggio".

"L'avresti conciato male, lo sai. Sarebbe diventato una specie di povera groviera".

"Eddai".

Aria controbatteva come suo solito, ristabilendo gli equilibri di sempre. In quel momento si sentirono come se fossero tornati indietro. Aria con il suo appetito da bufalo, Will con la sua ironia, seduti alla tavola dei genitori di Aria, per la colazione magari. Aria si rabbuiò, e il ragazzo non mancava mai di accorgersene.

"A cosa pensi?", chiese abbandonando un pezzetto di formaggio sul tovagliolo.

"Mi manca mio padre. Ora che ricordo bene, ancora di più. E mia madre, le nostre colazioni, ricordi?".

Will sospirò, aveva pensato alla stessa cosa pochi istanti prima, "li raggiungeremo, vedrai".

"Mancano anche a te?".

"Ogni volta che ci penso", abbozzò un sorriso. Aria ricordava benissimo il viso dolce della madre di Will e quello divertente di suo padre Lucas. Persino il suo modo magnifico di cucinare gli hamburger. *Mi mancano, tutti.*

Aria iniziò a fissare le sue mani sul tavolo, Will allungò la sua e le strinse, "che altro c'è?", sembrava voler dire il suo sguardo.

"Le cose torneranno mai come prima?", chiese infine alzando gli occhi su di lui.

"Saranno anche meglio", assicurò Will, "farò qualsiasi cosa perché succeda, te lo prometto", non smise di fissarla infondendogli le sue sicurezze.

Quando Will parlava in quella maniera, lei si sentiva sciogliere e sapeva che tutto ciò che aveva promesso, sarebbe successo. Will manteneva sempre le promesse, e lei fu invasa da un'ondata di sicurezza e serenità che da tantissimo non provava.

Gli sorrise e prese fiato, "finiamo il formaggio?".

"Ma certo, dopo di te", rispose lui, sapeva quanto ancora avesse fame, ma per un momento fu distratto da un pensiero, *che intenzioni avranno? Sarà meglio stare all'erta, ma ne dobbiamo approfittare per riposare e...*

"Henry", disse lei completando la sua frase come se l'avesse letto nel pensiero, "dobbiamo portare via Henry di lì".

"Sì. Prima possibile", a stomaco pieno era più facile ragionare, "non credo se la siano bevuta, eppure ci lasciano riposare, forse domani succederà qualcosa".

"Dobbiamo approfittare di tutto il tempo che ci concedono, Will. Almeno finché non capirò come andare via di qui".

"Sì", confermò Will deciso, "ci prenderemo tutto il tempo che occorre. E se si muoveranno, scapperemo a nasconderci. Questo mondo sembra grande".

"Chissà chi sono gli uomini contro cui stanno combattendo. Dietro a quell'edificio dove ci siamo risvegliati, hai visto? Sembravano essercene altri, forse è una città".

"Forse. Ho notato anche io qualcosa di simile. Comunque ora pensiamo a riposarci, ok?".

"Sì", rispose Aria alzandosi, e camminò decisa lungo il piccolo corridoio, sotto gli occhi di Will, "c'è una doccia", disse entusiasta, "io ne approfitto".

Will sorrise, "intanto do una ripulita qui", sapeva che neanche questo era un talento di Aria, sbuffò poi sorrise ancora. Ricordò quella volta a casa loro, suo padre Lucas stava preparando la cena, era bravo a grigliare la carne, non ne parlava mai, ma Will credeva di aver capito che il padre aveva lavorato in qualche fast food o ristorante, prima che Dan nascesse. Non l'aveva mai più ripetuto, odiava parlare di quel periodo, ma era più che chiaro, conosceva, infatti, la precisa cottura della carne, e sapeva come preparare un ottimo hamburger.

Quella sera, la prima volta di Aria a casa sua, la ragazza aveva tentato di dare una mano finendo per rompere più di un bicchiere, forse era solo stata questione di agitazione, fatto sta che la ricordava come un elefante in una cristalliera, "un elefante molto carino", pensò Will ridacchiando.

Il ragazzo sentì Aria sfregare qualcosa con energia, forse stava lavando i vestiti, se li guardò e pensò non fosse una cattiva idea. La casa era molto calda, e sicuramente si sarebbe asciugato tutto prima della mattina. Si chiese che ora fosse, non c'erano orologi. Si avvicinò alla finestra e guardò fuori, le luci luccicavano tra gli alberi. Nel giardino, subito fuori dalla porta, notò un piccolo melo, ancora in crescita, e un minuscolo orto ben coltivato. Chissà chi se ne era occupato fino a quel momento. Se la gente che moriva continuava a risorgere, a chi poteva appartenere quella casa? E perché l'avevano lasciata?

Aria spuntò dal bagno con un asciugamano bianco addosso, i capelli neri bagnati lungo le spalle. Will smise di nuovo di respirare.

"Senti, ho lavato i vestiti, perché ho visto nell'armadio delle magliette e della biancheria mista, pulita. Possiamo usare quelle cose, nel frattempo".

"Sì, faccio una doccia anche io e penso ai miei vestiti", si incamminò verso il bagno come un burattino di legno.

"Il detersivo è quella polvere bianca sotto il lavabo", aggiunse Aria mentre Will stava per chiudersi la porta alle spalle.

Lui mugugnò qualcosa e Aria ridacchiò per il suo palese imbarazzo, stranamente quella sera aveva perso la ruvidità che di solito la caratterizzava. Sarà stata la vicinanza di Will ad addolcirla.

Entrò in camera da letto, senza pensare assolutamente a nulla. Il bagno si trovava nel piccolo corridoio che separava la sala da pranzo dalla stanza da letto, non molto grande. Appena entrata, si trovò accanto a un mobile di legno, e sulla sua destra si apriva una finestra quadrata che illuminava il lato lungo del letto.

S'infilò una delle magliette, ben piegate nel mobile di legno, sopra la biancheria altrettanto pulita, sembravano aver studiato le loro taglie, era impossibile altrimenti, e poggiò le cose per Will sull'angolo del letto più vicino al bagno. In realtà aveva estratto un mucchio di roba dall'armadio, ci avrebbe pensato lui a scegliere cosa gli poteva essere utile.

Si sdraiò sul letto per orizzontale, studiando il soffitto, mentre lo scroscio dell'acqua accompagnava i suoi pensieri.

***

"Hanno la chiave", ripeté Wade con un misto di esaltazione e paura, mentre l'amico se ne stava a fissare le mani congiunte sul tavolo.

Isaac annuì sorridendo.

"Chi dei due?", chiese infine Lucas alzando gli occhi preoccupati.

"Chi dei due, Lucas? L'importante è che i ragazzi ce l'abbiano. Torneranno, torneranno indietro".

"Aria", rispose Isaac.

"Aria", ripeté di nuovo Wade, poi prese fiato, "la mia ragazza è forte", balbettò.

Lucas si stropicciò il volto, un misto di sollievo e preoccupazione. Da una parte era felice che non fosse suo figlio, ma dall'altra... si voltò verso Wade che continuava a fissarlo. Aveva colto la sua preoccupazione.

"Lucas?", chiamò con un tono di chi sta chiedendo una spiegazione.

"Isaac, tu cosa sai a riguardo?", chiese ancora Lucas ignorando Wade.

"Non molto, ciò che mi avete detto. La chiave può portare via chiunque da questo mondo, impedendo ai Cinque di stabilizzarlo e chiuderlo definitivamente. Questo è ciò che so. Ma non ho idea di come funzioni".

"Raccontami esattamente com'è andata", le mani aperte sul tavolo freddo.

Isaac impiegò alcuni minuti a riassumere, senza risparmiare i dettagli.

"La vecchia non c'era", disse Lucas.

"Di che vecchia parli? Insomma, ti decidi a dirmi qualcosa?", l'amico iniziava a innervosirsi e Isaac aveva assunto un'espressione confusa. Si era poggiato al lavabo e li fissava a braccia conserte, aspettando chiarificazioni.

"Tu non sai dove sono spariti", chiese Lucas.

"Non ne ho la più pallida idea".

"Maledizione. Hai sentito un cambiamento in questo mondo?".

"No, non mi pare", disse Isaac cercando di calcolare il tempo, "ma non so quanto sia passato..."

"Lucas", Wade urlò, non poteva più aspettare. Si alzò in piedi.

"I nostri ragazzi sono finiti di sicuro in una delle altre realtà parallele".

"Aspetta, mi stai dicendo..."

Isaac sembrava sorpreso quanto lui e si era limitato a tirarsi in avanti.

"Sì. Ascoltate, cercherò di essere sintetico. C'è una terra in qualche luogo che non si può raggiungere, lì vive una donna con... non saprei dire", prese fiato agitato, cercando di mettere a fuoco i ricordi, iniziava già a essere difficile trattenerli.

"Tutto bene, Lucas?", chiese Isaac, "sta già cominciando", commentò amaramente.

"Non permetterò a nessuno di togliermi i ricordi", disse deciso Lucas.

"È già tanto che siate arrivati fino a qui senza perderli. È già qualcosa di miracoloso", commentò lui, ragionando sulla forza di volontà di quei due uomini. Solitamente il passaggio dall'altro mondo a quello bastava. Ma forse era anche necessario il completo assenso. "Anche i miei ricordi erano intatti al mio ingresso qui. Se non avessi imparato subito...", si toccò la collana nascosta sotto la maglietta. I suoi incubi paradossalmente lo proteggevano.

"Isaac", Wade prese la parola all'improvviso notando la sua distrazione, "devi insegnarci il modo per trattenerli".

"Sì, spero solo ce ne sarà il tempo", sospirò.

"Ma prima… ti prego Lucas, vai avanti".

"La vecchia donna ha stretto un patto con i Cinque, così come l'ha fatto con altre persone, a cui ha richiesto lo stesso sacrificio, ne sono sicuro. Era così fiera, eppure allo stesso tempo… appariva così triste. Ricordo i suoi occhi lucidi scattare da una parte all'altra, irrequieti, mentre si voltava verso una piccola casetta che spuntava dalla nebbia".

"Mi stai dicendo che i nostri figli potrebbero essere finiti in uno di questi mondi?".

"È più che probabile. Indietro non sono tornati. Lo spero almeno".

"Che paura hai, Lucas? C'è qualcosa", disse Isaac riuscendo a scorgerla nel suo sguardo.

"Io credo che la vecchia abbia sempre avuto altre mire nei confronti di chi avesse trovato la chiave. Ci ho pensato tanto, in questi lunghi anni". *Un tassello di un grande quadro…*

"Nessuno ci è mai riuscito", disse Isaac convinto.

Wade si grattò la barba cercando di riflettere, "che ne sai?".

"Perché… io non lo so. È solo qualcosa che sento".

Lucas lo guardò fisso, interessato, "credo che i mondi siano legati l'uno all'altro, perciò se succede qualcosa a uno di loro, è possibile che ci sia una qualche ripercussione sugli altri, anche se minima. Una scossa, un terremoto, non so, qualcosa di anomalo", Isaac già scuoteva la testa alle parole di Lucas, "non è mai successo".

Wade non riusciva più a stare fermo, "dunque mi state dicendo che le possibilità sono più di una: i nostri figli potrebbero essere finiti in un altro mondo. È giusto?".

Lucas annuì.

"E maledizione Lucas, quale altri opzioni ci sono?".

Isaac, che era già arrivato a una risposta, abbassò la testa.

Che mire, che mire, si disse Lucas estraniandosi dagli altri.

"Lucas…"

"Forse quella donna ha altri progetti per chi ha trovato la chiave".

"Mi stai dicendo che c'è una reale possibilità che la chiave, che da così tanti anni abbiamo cercato, non serva a niente?", urlò Wade montando pian piano. "Mi stai dicendo che mia figlia ha in mano qualcosa che la porterà a… a…"

"Calmati, non lo sappiamo. Io non lo so", disse Lucas.

"Potrebbero rimanere intrappolati in un altro mondo e non tornare più indietro. Oppure quella donna potrebbe catturarli e... Lucas, perché diavolo non me ne hai parlato subito?", disse agitandosi sempre più.
"Sono solo supposizioni, Wade. Supposizioni", Isaac versò un bicchiere d'acqua all'uomo che sembrava non respirare più bene al pensiero della sua bambina in pericolo.
"E cosa possiamo fare?".
"Aspettare. Solo aspettare. Sperando che il tempo basti".
"Sono solo due ragazzi".
Isaac si allungò per sbirciare fuori, aveva percepito qualcosa, "se siete venuti qui di vostra spontanea volontà, c'è il rischio che loro vogliano vedervi. In questo momento delicato staranno controllando ogni ingresso. Dobbiamo metterci al lavoro e..."
"Muoverci in continuazione", disse Lucas.
"Esatto. Lucas, tu... li conosci bene, non è così?".
Lucas si limitò a annuire e strinse il polso sotto la manica scura.
"Che speranze ci sono che loro ti controllino o sappiano di tuo figlio?", sembrava riflettere su qualcosa.
"Non credo lo controllino. Non hanno più provato nessun interesse per me. Si sono solo divertiti a stuzzicarmi, vedendomi ridotto...", si morse un labbro, "in quella maniera. Ma sono certo che non sappiano neanche chi è. E se gli fosse capitato davanti, di sicuro l'avrebbero riconosciuto", disse speranzoso. Strinse le mani a pugno, promettendo a se stesso che mai più sarebbe tornato quella persona rassegnata che era stata negli ultimi dieci anni. "Mai più", sussurrò.
"Credo che anche molti dei loro ricordi si siano persi tra queste nebbie", disse Isaac come se parlasse a se stesso, gli altri non l'avevano quasi sentito.
La conversazione si arenò per un paio di minuti, Lucas prese fiato, "è tutta colpa mia se sono nati i Cinque. Tutta colpa mia."
"Ma che dici Lucas, piantala", esclamò Wade.
Lucas si strinse la manica del polso, da cui un braccialetto con un piccolo sole dorato faceva capolino.
"Temo che non abbiate fatto la mossa giusta a venire qui, soprattutto se tu hai un tale ruolo. Non credo..." Isaac stava cercando di terminare un pensiero ma Wade, che aveva taciuto in questo ultimo scambio, prese la parola all'improvviso, "io voglio andare a parlare con i Cinque".
"Che dici, Wade? Non è compito tuo ma...", stava per dire.
Di colpo i Cinque fecero il loro ingresso in cucina, uno dopo l'altro, "tranquillo Wade, siamo proprio qui", disse il Secondo.
"Mio caro Lucas, cosa ci fai da queste parti?", il Primo Sacerdote fece qualche passo avanti, mentre gli altri incrociarono all'unisono le braccia.

Wade si immobilizzò sul posto.

Lucas si alzò, serio in volto, "Marcus..."

Capitolo 6

Marcus rivide nei suoi incubi quella margherita gialla che aveva trovato e portato alla madre. In realtà aveva iniziato a pensarci steso a letto, poi il dormiveglia e il sonno avevano finito per mescolare i ricordi.

Prima di addormentarsi aveva pensato a sua sorella, alla luna che entrava nella stanza, e a quella margherita comparsa per la strada. Poi a ciò che era successo, era sicuro di aver vissuto più di una volta quella scena. C'era Lucas, il telefono che squillava, il temporale, la corrente saltata, la nebbia sulla città e quella sensazione di straniamento che aveva lasciato sul suo cammino solo una margherita, proprio di quelle che la madre preferiva. Cosa poteva significare?

***

La mia mano stringeva quella maledetta margherita come se ce l'avessi incollata. L'avevo raccolta da terra ma non ricordavo di averlo fatto. Era lì e basta.

Fermo al centro di una strada deserta ma ben conosciuta, sono convinto fosse quella di fronte al Wimpy ma non ne ero certissimo, giravo la margherita tra le dita. Qualcuno mi chiamò dal fondo della strada, proprio lì dove la nebbia si stava alzando, strisciando rapidamente.

Ero deciso a muovermi e lo feci.

"Marcus", il mio nome rimbalzava nell'aria, prima un urlo, poi un sussurro e di nuovo un urlo.

Iniziai a correre, sentii uno scricchiolio diffuso accompagnare ogni mio passo, era fastidioso, e si faceva sempre più forte. Stupidamente pensai che provenisse da dietro le mie spalle, perciò non facevo altro che girarmi a cercare la fonte del suono. Solo dopo aver percorso molti metri, mi resi conto della realtà: erano le mie gambe, le mie braccia a fare quel rumore. Mi fermai a osservare con orrore quel mutamento: i miei arti erano diventati di legno. Sembrava una sorta di tarlo che camminava sulla mia carne mangiando la pelle e sostituendola con uno strato ligneo, pronto a imprigionarmi dentro al mio stesso corpo.

E la nebbia era arrivata a circondarmi, senza che me ne accorgessi. Mi voltai da una parte e dall'altra, agitato, come avrei ritrovato la strada di casa? Ma alla fine, volevo rispondere veramente a quelle urla? Caddi seduto, e osservai con angoscia quello strano germe camminarmi addosso, rimanendo in silenzio, paralizzato dalla paura. Io, come ogni volta, non avevo percezione dell'incubo. Per me quel posto era reale, così come lo era casa mia, e tutto ciò che mi accadeva mi procurava lo stesso dolore lancinante, la stessa frustrazione della realtà.

Quella nebbia era reale, e le voci che le popolavano anche. Quella oscura sensazione di vuoto, il desiderio che provavo di lasciarmi andare era reale. Il taglio sul collo era ancora lì, nella realtà, nel sogno, che differenza c'era? *Vivo qui, come lì*, mi dissi, senza cercare più spiegazioni, *qualcosa mi risucchia e mi porta lì*. Mi guardai intorno, la nebbia calda e accogliente mi stringeva a sé, ma d'un tratto si trasformava in qualcosa di opprimente, e pesava talmente tanto che non riuscivo più ad alzarmi. Era una sensazione di amore, comprensione, desiderio di rimanere lì nascosto, come quando litigavo con mio padre e mi nascondevo sotto al letto o nell'armadio, ma ora purtroppo, un letto o un armadio non bastavano a nascondermi. Ed eccomi qui.

Quella sensazione di sollievo, si tramutava velocemente in angoscia, frustrazione, prigionia, ogni volta. Desideravo uscirne e forse non abbastanza da riuscirci. Era un rapporto che oscillava continuamente da una parte e dall'altra, un equilibrio imperfetto, un camminare su una fune tesa, anzi, uno stare immobile su quella maledetta fune, cercando di capire cosa desiderassi di più. Eppure ogni opzione era orrenda nella stessa maniera.

Un altro urlo, c'era qualcosa davanti a me ma non riuscivo a vederla. Come sempre non ero in grado di farlo. La nebbia la nascondeva e mi vorticava intorno come se fosse viva, accarezzandomi e spingendomi. Sentivo un tremendo freddo, le gambe erano paralizzate, tentai di alzarmi, facendo leva sulle mani che erano ancora di carne.

"Marcus", di nuovo quella voce, era così familiare, eppure era come se una parte di me non volesse riconoscerla. Mi feci forza e mi misi in piedi. Avevo lasciato la margherita a terra, mi voltai a guardarla come se avesse importanza, ma la nebbia l'aveva inghiottita. Proprio mentre pensavo a questo, si aprì un cerchio tra di essa e la vidi, d'impulso decisi di raccoglierla, mi allungai ma la margherita iniziò a ridere; ritirai la mano sorpreso. Pochi istanti dopo l'asfalto si spezzò, una piccola crepa si aprì muovendosi come una bocca, anzi, era proprio una bocca. Vidi i denti gialli, le labbra di pece mangiare lentamente la piccola margherita che rideva e rideva, mentre quei denti la masticavano, gustandosi ogni minuto. Ripensai a mio padre mangiato dalla televisione, in quell'altro incubo e di colpo me lo trovai davanti, come se lo avessi creato io, estraendolo dai miei pensieri.

Feci qualche passo indietro, e decisi di seguire la voce. Volevo lasciarmi alle spalle quel posto, evitare che altro accadesse. Gambe e braccia scricchiolavano a ogni movimento, cercai di non farci caso, ma avevo iniziato a sudare sulla fronte. Affrettai il passo, sentivo di nuovo la pelle tirare, trasformandosi in altro, la cosa non era più fastidiosa, ma dolorosa, come se me la strappassero un pezzo per volta. Un carretto di gelati mi passò davanti, quasi calpestandomi, un uomo senza volto vestito da clown, rideva mentre suonava una campana. Però sul carretto, al posto dei gelati c'erano dei buchi, dei vuoti bui da cui risaliva un tanfo insopportabile. Lo lasciai passare, acquattandomi istintivamente tra la nebbia, stavolta amica. Quel carretto sembrava provenire proprio dal mio condominio, è così che riuscii a ritrovare la strada.

Quasi a occhi chiusi, raggiunsi il portone di casa, nonostante la nebbia ora cercasse di trattenermi, la sentivo spingermi indietro come un'onda schiumosa. Quando toccai la porta, il mio corpo si scrollò di dosso quel torpore, tornando di carne e ossa.

Il corridoio era buio, e sembrava oscillare davanti al mio sguardo, come se i muri fossero diventati di gomma. Un odore fortissimo, ancora più fastidioso e soffocante di quello che avevo appena sentito, eppure forse addirittura lo stesso, si fece largo otturandomi le narici.

"C'è qualcuno?", balbettai facendomi largo. Nel salotto mio padre non sedeva al solito posto. Sbucò all'improvviso dalla stanza di mia madre, sembrava più vecchio e misero di quello che ricordassi.

"Dove diavolo eri finito?", disse tenendosi la mano tremante di fronte alla bocca, premuta talmente forte che quasi non riuscii a sentire chiaramente le sue parole. Poi mia sorella si materializzò accanto a lui, aveva addosso un vestito marrone a canottiera, da cui spuntavano due maniche bianche, ed era scalza, mi apparve come una surreale pastorella, di quelle che si vedono nei film. Aveva persino i capelli acconciati, come se fosse uscita da una di quelle ambientazioni, la cosa non mi inquietò, anzi, mi fece sorridere, anche se l'atmosfera era cupissima.

"Dove diavolo eri finito", ripeté Meg, gli occhi ora carichi di lacrime. Feci qualche passo avanti presagendo ciò che stava accadendo, perché ci avevo messo così tanto? Proprio di fronte alla porta di mia madre, continuai a guardare dritto verso il corridoio, senza avere il coraggio di voltarmi, mentre ondate di quell'odore tremendo mi colpivano con sempre maggiore violenza. Meg sembrava più bassa, che strano, o forse ero io a essere più alto?

Meg, con sguardo duro, mi diede uno schiaffo talmente forte da farmi girare la testa, poi sparì lungo il corridoio, barcollando, appoggiandosi al muro, fino a crollare in ginocchio proprio di fronte alla sua camera. Mio padre non parlava, lo sguardo perso nel vuoto.

Mi guardai le mani, solo in quel momento mi resi conto che sembravano passati alcuni anni, uno forse, o due, non saprei dire. Mio padre era invecchiato con sempre maggiore velocità in quell'ultimo periodo, notai i ciuffi bianchi che erano spuntati sopra le orecchie e gli occhi più stanchi di quanto avessi mai visto.

Mentre io, a quest'età lo sapevo bene quanto un anno potesse fare la differenza.

Il mio corpo non era più il mio. Di nuovo quella sensazione di torpore, seguita dalla pelle che viene tirata verso una direzione precisa. Ancora quell'arrampicare deciso, stavolta più simile a un insetto che con le sue veloci zampe correva per salvarsi. Al suo tocco la mia carne tornò a trasformarsi. Ne ebbi conferma subito, quando mossi un passo in avanti e sentii il mio ginocchio cigolare. Prima che quella forza sconosciuta conquistasse ogni parte di me, dovevo voltarmi. Il tempo sembrava di colpo essersi fermato, mio padre era diventata una statua di carne e ossa, immobile nel suo dolore. E mia sorella, anche lei era ferma inginocchiata sulla soglia, senza muovere un muscolo. Sapevo, lo sapevo bene cosa era successo. Ma dovevo voltarmi.

Mia madre giaceva sul letto, non era più lei, era un ammasso informe che le assomigliava solo perché sapevo che lei era lì sdraiata. Era una montagna putrida dall'odore pungente. Vomitai a terra e poi crollai come una marionetta, inerme sul pavimento. Senza che riuscissi più a muovermi, o semplicemente a piangere. Imprigionato ancora una volta nel mio corpo inutile. Mi sforzavo con tutto me stesso, dentro di me urlavo, piangevo, e volevo scappare lontano, ma niente si rifletteva sul mio volto, e il corpo si rifiutava di rispondere ai gesti che il mio cervello gli inviava. Ero morto, ero proprio come un burattino abbandonato dal suo burattinaio. Le braccia di legno lucido gettate di fronte a me. Poi vidi una donna, sulla soglia dell'ingresso, era di spalle e aveva lunghi capelli biondi, talmente lunghi che quasi toccavano terra. Senza girarsi camminò fuori e io sentii un tremore dentro di me: ammaliato, desideravo solo seguirla, e lasciarmi dietro tutto il resto. Non mi importava più di mia sorella o di mio padre, persino l'immagine di mia madre si era rimpicciolita all'istante.

Strisciai con sempre maggior desiderio di raggiungerla. Quando arrivai alla porta, quell'odore terribile svanì e le mie braccia ripresero a funzionare, come se la nebbia mi avesse curato. Afferrai lo stipite della porta per tirarmi su. La donna si era fermata tra la nebbia, come se fosse tutt'uno con essa, poi si voltò, ma non riuscii a vederla. La nebbia la copriva dal busto in su. Stringeva una margherita gialla, me la lanciò. La sentivo ridere dolcemente, non era una presenza angosciosa eppure ogni parte di me era in allarme, le gambe erano ancora di legno e mi impedivano di raggiungerla.

Mentre pensavo che sarei dovuto tornare dentro da mia sorella e ignorare quella donna, la nebbia sembrò appesantirsi di colpo, mi circondò il collo, arrampicandosi lentamente dalle mie braccia, graffiandomi a fondo nel tentativo di non scivolare via, fino a coprirmi del tutto, e mi sentii soffocare. Stringeva, stringeva forte come fossero due mani di pietra, iniziai a vedere sfocato, piangevo e stringevo la bocca talmente forte che temetti di inghiottire ogni singolo dente. Stavo perdendo conoscenza, ma prima che accadesse, con crudeltà la nebbia diede il colpo di grazia, per non lasciarmi fuggire dalle mie responsabilità. Con un colpo netto mi spezzò il collo e mi svegliai.

***

Marcus, d'istinto, tentò di alzarsi, inizialmente non ci riuscì, prese fiato e osservò attentamente le sue gambe, erano le sue, quando si fu liberato da quella suggestione si riuscì a mettere in piedi. Sua sorella era nel suo letto e dormiva così profondamente da non essersi accorta di niente.

Si tirò indietro i capelli che aveva incollati alla fronte, e uscì dalla stanza. Sentì le mani bagnarsi di colpo, qualcosa era colato lentamente, sudore forse, Marcus non ci fece caso. Doveva assicurarsi che la casa fosse quella di sempre, che quella fosse la realtà. Il confine tra sogno e realtà si stava rompendo in più parti, lasciando che si mescolassero pericolosamente. Pensò che ormai non sarebbe più riuscito a sfuggire a quella confusione che distruggeva anche i suoi di confini.

Suo padre dormiva come sempre sprofondato nella poltrona, la porta di sua madre era chiusa, allungò l'orecchio per individuare il suo respiro. Solo in quel momento si accorse che stringeva una margherita gialla, la scagliò a terra, stavolta più arrabbiato che spaventato. Non sapeva cosa fare per non perdersi in quel mondo in cui tutti sembravano avere la meglio su di lui. Non riusciva a difendersi lì, come non riusciva nella vita reale, o quella che doveva esserlo.

"Marcus", sussurrò Meg seguendolo nel corridoio, camminava in punta di piedi, e i suoi tocchi erano così delicati, come quelli di una bambina, che Marcus si intenerì, ricordandosi com'era prima sua sorella, e quasi dimenticandosi quel torpore.

"Che cosa hai fatto? Vieni qui", disse spaventata. Lo prese per le spalle e lo fece camminare fino al bagno, quasi trascinandolo di peso. Marcus aveva ancora quella sensazione d'immobilità e i suoi movimenti erano legnosi come se stesse procedendo in quel sogno. Per un attimo si confuse, non seppe più che scena stesse girando, come se fosse un attore impegnato a recitare più parti, in diverse commedie.

"Quando ti sei cambiata?", gli venne da chiedere, come se non l'avesse vista dormire a letto.

"Cosa dici", poi lo prese per i polsi e allungò le sue braccia sotto la luce del bagno. Le due immagini allo specchio gli apparvero distorte, due copie di loro stessi, non potevano essersi ridotti così. Sua sorella aveva gli occhi infossati, occhiaie profonde, il segno di un livido sul collo, le mani fredde e ruvide. Marcus aveva i capelli ancora bagnati di sudore, un colorito poco sano e… dei lunghi graffi che gli percorrevano le braccia fino alle spalle.

Marcus non sembrò sorpreso, ma iniziò a tremare. I piedi bloccati a terra, per il freddo sperò. Le mattonelle blu lucide sembravano assorbire tutta la luce della stanza e il suo calore. Il sangue si ritirava pian piano dalle sue estremità. Era la paura.

"Cosa hai fatto", disse tremante Meg, guardandolo come fosse un alieno.

Marcus non rispose.

"Marcus, rispondi", iniziò a scuoterlo presa dal panico, "che ti succede? Mi fai paura".

Marcus aveva spalancato gli occhi, come posseduto, fissò la sua immagine allo specchio. Le mani fredde di sua sorella lo stringevano sempre più.

"Marcus, Marcus", continuò a chiamare il suo nome. Poi si sbloccò da quello stato di panico e strappò un asciugamano dal gancio appeso al muro di lato, lo bagnò sotto l'acqua e tamponò le ferite del fratello, delicatamente, ma con la mano che tremava. Marcus abbassò gli occhi su di lei, aveva i capelli spettinati che le scivolavano sugli occhi nascondendole il viso, il collo ancora più magro, una piccola vena verde sotto pelle l'attraversava in verticale sparendo sotto la maglia del pigiama.

"Non è niente, Meg, non è niente", sentì solo di doverla confortare, sembrava così debole e indifesa, ancora più indifesa di lui. Lei continuava a tamponare, anche se le ferite erano ormai asciutte.

Marcus, senza dire altro, le tolse l'asciugamano dalle mani e lo lasciò cadere nel cesto dei panni sporchi che traboccava da ogni lato, era la sorella a occuparsene, come moltissime altre cose. E di colpo Marcus si sentì in colpa. Sua sorella scappava di notte, ma di giorno era sempre lì, ad aiutare. Mentre lui fuggiva, di notte e di giorno.

"Su, andiamo a dormire", le sussurrò e la guidò fuori dalla stanza, barcollava per la stanchezza, e la pelle le si era riempita di brividi. L'aria era fredda e pungente, tutto era immobile, ma Marcus non poteva far altro che notare quanto tutto sembrasse irreale. Entrati nella stanza, notò la finestra socchiusa, un piccolo spiffero gli rimbalzò addosso senza farsi notare, facendolo rabbrividire.

"Marcus, quei tagli", disse ancora una volta Meg, indecisa se approfondire o lasciar perdere.

"Non è proprio niente. Dormiamo ora, ok?", rispose tentando di dare al suo tono di voce un'impronta rassicurante.

Lei annuì e si lasciò cadere sul letto, infilando prima una gamba, poi l'altra.

Marcus si stese a petto in su e chiuse gli occhi, sapeva che Meg si era istintivamente allungata verso di lui per controllare che tutto fosse a posto. Pochi istanti dopo sentì il suo respiro lieve ma regolare diffondersi nella stanza, e lui riaprì gli occhi, deciso a non dormire. Non appena spuntata la luce sarebbe scivolato fuori di casa, come ogni giorno, diretto all'unico posto che gli trasmetteva una certa serenità, il Wimpy.

Allungò le braccia verso l'alto e cercò di mettere a fuoco i tagli sugli avambracci, senza riuscirci bene. La luce della luna era più flebile di quando si era addormentato. *Non posso averlo fatto io*, pensò deciso.

Si rilassò e si concentrò sul respiro di sua sorella, era così bello averla in camera, non si sentiva solo. Era così tanto tempo, gli sembrava, che doveva affrontare quelle notti da solo. Sperò che le cose tornassero alla normalità. Poi pensò a quel sogno che profumava di presagio. Si sentiva esattamente come quel pomeriggio, quando aveva vissuto quella doppia identica scena con Lucas. Sperò di sbagliarsi, perché se invece avesse avuto ragione…

Mentre rifletteva su queste impressioni, sentì un singhiozzo nella notte, poi un altro, un respiro soffocato dalle lenzuola. Era Meg. Marcus sospirò silenziosamente e smise di respirare, cercando di trattenere le sue di lacrime. Sua sorella non piangeva mai.

Appena sveglio, la prima cosa che vide nella sua mente fu la margherita gialla, mentre il primo sentimento fu un senso di oppressione che gli stringeva il petto, era come se si sentisse in colpa per ciò che poi in realtà non aveva fatto. Il suo rientro a casa, il ritrovare Meg in lacrime e suo padre di pietra, era stato così reale che ancora non avrebbe saputo etichettare la scena con il nome d'incubo. E quelle sensazioni confermavano quell'incertezza. Si sentiva in colpa, e quasi senza pensarci andò in cucina. Molto spesso, quando ancora tutto andava bene, lui cucinava per la famiglia con ottimi risultati, ma da quando sua madre era stata rinchiusa in quella stanza, non era più riuscito ad avvicinarcisi. Quella mattina si sforzò.

Era ancora prestissimo ma avrebbe trovato dei discount aperti, sgusciò come suo solito fuori di casa e fece una velocissima spesa.

In punta di piedi attraversò il salotto, la cucina era proprio dall'altro lato, abbandonata a se stessa, e chiuse la porta delicatamente, prima non c'era nessuna separazione tra salotto e cucina, ma la madre aveva insistito, odiava l'odore del cibo cucinato nel salotto, e così era stata accontentata, anche perché quando decideva una cosa....

Marcus tirò giù dallo scaffale due ampie padelle, le bagnò con un filo d'olio e mise a cuocere in una delle uova e nell'altra del bacon, poi decise di preparare anche dei pancakes, che lui e Meg adoravano, nonostante non fossero proprio prodotto nazionale. Marcus conosceva la ricetta di sua madre e sapeva come farli uscire alti e morbidi, con la giusta doratura anche. Perciò si mise al lavoro sulla pastella, in due secondi era già pronta per essere versata nella padella robusta, stavolta aveva optato per una piccola, grande quanto una noce di cocco.

Sul lavabo osservò i loro bicchieri ormai quasi inutilizzati. Lui stava usando tutti i suoi risparmi per cenare fuori, mentre Meg era quasi sempre dalle amiche, e forse da un ragazzo, non poteva saperlo.

Suo padre quasi non mangiava più. Ogni tanto una vicina portava qualcosa di caldo, era una grande amica di sua madre, perciò cercava di rendersi utile come poteva. A volte dava persino una sistemata, o mandava la sua donna di servizio a spolverare, per il resto ci pensava Meg, sempre. Soprattutto il bucato, mentre Marcus si interessava solo di tener pulita la stanza di sua madre, quando non era troppo angosciato per farlo, e la sua, non quella di sua sorella, proprio la sua vecchia camera, quella dove suo padre si trascinava di rado. Ogni tanto ci entrava e respirava l'aria con cui era cresciuto, lì si era conservata più che altrove, era l'odore della carta, dei libri e fumetti, forse dei suoi vestiti profumati di bucato, impregnati di lui. Marcus era convinto, e anzi lo sapeva per certo, che ogni essere umano avesse un odore preciso, al di fuori di creme e spray che spesso lo coprivano. La pelle era qualcosa di così diverso e interessante, il ragazzo non poteva far a meno di osservarla. E forse era stato proprio lui a imprimere quel profumo alla stanza, era questo ciò a cui pensava. Certo, la casa aveva un profumo tutto suo, e se ne era accorto quando aveva visitato quelle degli amici, ma ogni stanza aveva un'impronta particolare sopra quell'odore diffuso. Com'era possibile che nessuno se ne accorgesse?

E ora il salotto odorava solo di alcool e frustrazione, il resto della casa di paura.

Svuotò il contenuto delle padelle in tre piatti, che era riuscito a estrarre dal mobile senza far rumore. Avevano ognuno una riga colorata che correva intorno, lungo il bordo, quello con la riga rossa era il suo, viola sua sorella, verde suo padre e giallo era quello di sua madre. Rimise a posto il piatto che non poteva essere utilizzato, quasi guardando da un'altra parte, con la gola chiusa e le mani instabili. Preparò con mani esperte il caffè e lo versò nelle tazze colorate.

I pancakes erano pronti, ne uscirono fuori sei con l'impasto che aveva preparato. Ne mise due per piatto, poi entrò in salotto con i piatti in bilico. Meg spuntò proprio in quel momento nel corridoio.

"Ehi", sussurrò la ragazza per non svegliare il padre.

"Sveglia papà", disse Marcus mentre appoggiava i piatti sul tavolo, nelle posizioni di sempre. Quel gesto lo fece rilassare e abbozzare un involontario sorriso, come se il replicare quel movimento avesse fatto tornare per un momento tutto alla normalità, riassestato un equilibrio perduto.

"Papà", sussurrò Meg al suo orecchio. Il padre aprì lentamente gli occhi, richiamato da quel profumo poi, come intorpidito, si alzò e sedette al tavolo, al posto che aveva sempre occupato. Marcus fece un sorriso incoraggiante a sua sorella che era rimasta quasi a bocca aperta, anche lei stordita, non sembrava ancora aver realizzato cosa stesse succedendo.

Marcus non ci vedeva niente di particolarmente difficile da capire, aveva solo voluto preparare la colazione per dare un po' di conforto alla sua famiglia. Tornò in cucina e prese anche del succo di frutta, aveva spremuto delle belle arance tonde.

Anche Meg si sedette e infilzò un pancake con la forchetta facendo colare sopra una generosa quantità di sciroppo d'acero. Marcus osservò suo padre mangiare con gusto le uova, ogni tanto abbozzando un sorriso al figlio, come se finalmente lo vedesse.

Eppure, nonostante quel momento di serenità, il posto all'altro capo tavola era vuoto, e nessuno poteva ignorarlo, pesava. Fu un momento di stordimento, di debolezza, il padre si ritrasse dal piatto e Meg puntò gli occhi sul tavolo, poggiò la mano sulla spalla del fratello come se volesse consolarlo e si alzò.

"Vado a prepararmi", disse soltanto, ma era chiaro che il pancake le era andato di traverso non appena aveva notato il posto vuoto di sua madre. Così era successo a suo padre.

Un forte colpo di tosse proveniente dalla stanza lungo il corridoio aveva riportato anche il padre con i piedi per terra, svegliandolo da quel momento di disorientamento.

Marcus osservò il resto della sua famiglia allontanarsi senza neanche finire ciò che aveva preparato, e pensò che niente sarebbe più stato come prima. Quella casa era morta. Ma era un tentativo che doveva provare a fare, il bisogno di mostrare solidarietà alla sua famiglia. Sperò almeno che fosse servito a riavvicinarli un po', o che avesse dato loro un pizzico di sollievo al cuore. Invece temette di aver finito solo per sottolineare l'assenza di sua madre.

Sparecchiò lentamente. Gettò tutto ciò che non era stato mangiato nel cestino. Lavò i piatti e li rimise al loro posto, conscio che non sarebbero forse più stati utilizzati, non in un prossimo futuro perlomeno. I bicchieri tornarono sul lavabo.

Sentì sbattere la porta, Meg doveva essere uscita di corsa.

In punta di piedi anche Marcus raggiunse l'ingresso, la porta della madre era socchiusa, vide il padre muovere abilmente le mani sul comodino, alla ricerca di qualcosa. Sua madre teneva gli occhi chiusi. Marcus tornò in camera e fece di corsa lo zaino poi uscì con il solito peso sul cuore.

"Sei scappato di tutta fretta ieri", disse Lucas preparandogli un frappè, denso come piaceva a lui.

"Era ora che rientrassi", disse sospirando.

"Va tutto bene?", lo scrutò a fondo, sistemandosi un ciuffo dietro alle orecchie.

Le parole riecheggiarono nella sala quasi vuota. Era ancora molto presto e solo due persone erano entrate a far colazione. Un uomo e una donna dall'aria giovanile, sedevano vicino alla vetrata guardandosi negli occhi senza parlare. I raggi di sole che li incorniciavano come se appartenessero a un altro mondo.

Marcus respirò quell'aria calma, coprendo con attenzione i tagli che aveva lungo il braccio, ma senza riuscirci bene. Entrambi arrivavano fino al polso, spuntando dalla giacca. Cercava di ignorarli ma prudevano da morire.

Forse Lucas se ne era accorto e per questo gli aveva chiesto se stesse bene.

"Tu fai mai degli incubi così vividi che sembrano reali?", chiese ancora una volta, ripetendo le stesse parole della sera precedente. Aspettandosi che Lucas rispondesse nella stessa maniera.

"A volte, sì", Lucas non smetteva di fissarlo, sperava andasse avanti nel discorso, ma Marcus in quel momento si era di colpo zittito, così gli sorrise, poggiandosi sullo schienale, "succede amico, succede", si grattò la testa pensieroso, "me lo dici per un motivo in particolare?", gli occhi curiosi cercarono di cogliere nella sua espressione una risposta che ancora non era arrivata.

Lucas lo afferrò per il polso, "questi vengono da lì?", disse senza smettere di fissarlo. Era serio come non l'aveva mai visto.

Marcus era rimasto bloccato per la sorpresa, e stupidamente aspettava di svegliarsi, ma non successe.

Non sto sognando, fu il pensiero che passò rapidamente nella sua testa. Così balzò in piedi, senza sapere cosa rispondere all'amico che non sembrava volerlo lasciar andare.

"Marcus, puoi fidarti di me", gli disse lasciandolo andare. Lucas aveva capito quanto il ragazzino avesse bisogno di essere ascoltato. Un estremo bisogno.

"Scusa Lucas. Devo proprio…", disse indicando la porta, tutto il corpo lo spingeva verso l'uscita.

Lucas sospirò e annuì. Il ragazzo raccolse lo zaino.

"Ricordati che se vuoi, puoi…"

"Sì, lo so. Grazie", disse Marcus interrompendolo. Sarebbe passato molto tempo prima che riuscisse a confidarsi.

Marcus uscì fuori mentre Lucas non smise di seguirlo con lo sguardo, batté un paio di colpi sul bancone, come fosse una batteria, e accese le griglie, "al lavoro", disse ad alta voce. La coppia a quel tavolo si girò richiamata dalla voce, poi però tornò a fissarsi.

Marcus era fermo di fronte alla vetrata. Aveva trovato a terra un'altra margherita gialla e la stringeva in mano fissandola con paura. Lucas se ne era accorto.

Il ragazzo la gettò di nuovo a terra, sperando di non ritrovarsela mai più davanti. Poi si guardò intorno con preoccupazione, quell'ombra non c'era. Perché continuava a sentirsi degli occhi addosso? Non riusciva a sopportarlo, era dalla sera prima che quella sensazione non l'abbandonava mai, e ora sembrava essersi rafforzata.

Qualcuno mi sta seguendo, si disse, *o sono impazzito?* Il confine tra realtà e sogno era ancora più vago, sarà stata quella fioca nebbia mattutina a confondergli le idee.

L'attraversò pensieroso, senza paura, era di certo la realtà; le persone camminavano velocemente sui marciapiedi dirette al lavoro, le macchine erano in coda ai semafori, i negozianti avevano appena aperto, e si preparavano ad accogliere i clienti. Vide un uomo sistemare il pane appena sfornato in vetrina, un altro lavare la vetrata, un altro ancora era uscito con un secchio d'acqua insaponata e l'aveva rovesciato lungo il marciapiede, cercando di evitare i passanti. Rivoli scuri, interrotti qua e là da piccole bolle bianche, scivolavano rapidi sulle mattonelle, fino a cadere in strada, raggiungendo le ruote delle macchine in transito.

Marcus non aveva nessuna intenzione di entrare a scuola quella mattina, e affrontare ancora una volta lo sbruffone della classe e le risate dei suoi compagni, perciò si diresse al parco, deciso a godersi il fresco di quella giornata senza sole.

Il parco, come ogni volta, lo accoglieva a braccia aperte, coccolandolo con il profumo dei fiori e delle foglie. A causa del vento, il sentiero si era fatto polveroso, e il cielo si era riempito di nuvole bianche che avevano risucchiato tutta la luce del sole.

Sembra pomeriggio, si disse Marcus imboccando il viale alberato con le mani in tasca. Lo zaino rimbalzava sulle spalle a causa del suo scarso peso. Iniziò a pensare a tutto ciò che era successo nelle ultime ventiquattr'ore, il rivivere lo stesso momento due volte di seguito, la confusione provata e poi… la margherita gialla, era proprio lì, sulla sua solita panchina. In fondo al viale la donna con i capelli biondi lucenti.

"Ehi!", urlò cercando di affrettare il passo, ma i piedi gli si bloccarono a terra, come risucchiati dal terreno. Intanto la donna si stava allontanando. Sembrava non camminasse, ma fluttuasse leggera nell'aria. Il lungo vestito chiaro la copriva fino alle caviglie, ma le lasciava le spalle e le braccia scoperte.

"Ehi", urlò ancora nel tentativo di farla girare, ma non successe. La donna scomparve dietro un albero.

Marcus era libero di muoversi, ma non lo fece. Con il respiro mozzato e il batticuore, come se avesse corso, fissava il punto in cui era sparita. Non riusciva a capire quei sentimenti: desiderio di rincorrerla, terrore, ansia, emozioni contrastanti indefinibili.

Raccolse la margherita e si sedette sulla panchina cercando di ritrovare la calma. Sprofondò lentamente, sedendosi proprio sul bordo, e poggiò la testa sul legno della spalliera, il cielo continuava a non essere visibile, la leggera foschia del mattino sembrava essersi trasformata in nebbia. Giocherellò con la margherita, passandosela tra le dita, senza riuscire a pensare, come se quell'atmosfera l'avesse riempito, e gli impedisse di trovare qualcosa dentro di sé, anche solo un'impressione. I tagli gli prudevano ancora, la margherita aveva il gambo duro e freddo ma soffice, la terra sotto i suoi piedi era morbida e i fili d'erba frusciavano senza sosta, furono le ultime cose a cui riuscì a pensare, prima di vedere tutto bianco.

***

Ero ai margini di un giardino che non avevo mai visto. Un giardino di aranci.

Un piccolo sentiero si faceva strada tra gli alberi. Ero indeciso se percorrerlo. Feci solo qualche passo avanti, e rimasi in attesa di qualcosa. Il profumo era intenso e dolce. Potevo vedere chiaramente ogni cosa, come se i colori in quel posto fossero più accesi. Il suono del campanello di una bicicletta, forse, mi distrasse e mi girai. Dietro a me un cancello in ferro battuto nero sembrava separare quel mondo intenso e vivo da un altro che non riuscivo ben a definire: una strada, le case, o qualcosa di simile, una densissima nebbia copriva ogni cosa. Mi chiesi il perché. Era tutto così strano, così netta la differenza fra quel giardino e il mondo esterno, ma non ebbi il tempo di approfondire, fui catturato da qualcosa.

Ero rimasto attento, teso in parte. Sapevo in quel caso di stare sognando e mi aspettavo il peggio, che quel giardino si trasformasse in lava bollente, che quell'ombra mi venisse incontro scuotendo le sue catene, un burrone, le urla, qualsiasi cosa, ero pronto a ogni dolore, tremando leggermente.

Sentivo ancora i graffi sulle braccia e lievemente quello sul collo, ormai guarito. I muscoli erano indolenziti, come ogni giorno, pensai che prima o poi mi si sarebbero spezzati, abbandonandomi definitivamente in uno di quegli incubi, senza che riuscissi a fuggire. Lo temevo più di qualsiasi altra cosa, quei posti erano reali e io avevo paura di rimanerci, intrappolato per sempre, torturato dalle mie paure che si erano fatte reali.

Ma quello non era il caso, il giardino era calmo, provavo amore e allo stesso tempo timore per quel luogo incantato, eppure mi sentivo tranquillo. Poi vidi quella ragazza. Se ne stava al centro del giardino, e fissava qualcosa davanti a sé. Non riuscii a vederla in viso perché mi dava le spalle, notai solo i capelli neri lunghi, e la decisione che trasmetteva il suo portamento. Si stava girando lentamente verso di me, come se mi avesse notato e io desideravo solo avvicinarmi, ma non lo feci, non la vidi. Perché mi svegliai.

***

Marcus era sdraiato sulla panchina, i piedi spuntavano dal bordo laterale. Allungò le braccia verso il cielo assolato, sgranchendosi anche le gambe, doveva essere ormai pomeriggio, sentì lo stomaco gracchiare. Faceva talmente caldo che la maglietta gli si era appiccicata addosso, ma se ne fregò. Erano anni che l'estate non arrivava con una tale intensità. Balzò in piedi e buttò uno sguardo sull'orologio. Si sistemò il cappello in testa e corse via con aria impassibile. Era già in ritardo per il lavoro, aveva deciso di dare lo stesso una mano a Lucas. Nonostante quel giorno fosse il suo compleanno. Aveva appena compiuto sedici anni.

Capitolo 7

Aria si svegliò di colpo sussultando. Non doveva essere passato molto, perché Will era appena uscito dal bagno, le goccioline gli correvano lungo il collo e il vapore lo avvolgeva ancora, "brutto sogno?", chiese, asciugandosi i capelli neri con un asciugamano color panna. Aria si guardò istintivamente ai piedi, ma non c'era nessun incubo, e non ci sarebbe stato mai più.

"Non proprio. Non so, era strano. Mi trovavo nel giardino degli aranci e c'era un ragazzino, di dodici-tredici anni che mi fissava. Aveva un'aria....", si poggiò una mano sul petto presa da un'angoscia improvvisa.

"Un'aria...?", la imboccò Will sedendosi sul bordo del letto.

"Così triste, ferita, così... vuota", disse lei cercando il modo giusto per descriverlo, ma non era stata abbastanza precisa, quell'impressione era stata fugace eppure intensa, si sentiva chiaramente come se fosse stata al suo posto, aveva sentito ciò che aveva provato in quel momento il ragazzo. Era una strana sensazione, angosciante e fastidiosa. Era come se si fosse sovrapposta a quel ragazzino e avesse percepito ogni cosa. Solamente guardandolo negli occhi, anche se solo per un istante, prima che svanisse.

Scosse la testa scacciando via quei pensieri e si concentrò su Will. Solo in quel momento notò che era a torso nudo, con solo un asciugamano che gli copriva i fianchi e le cosce. Arrossì involontariamente e si infilò sotto le lenzuola senza dire altro.

Will quasi volò in bagno, anche lui aveva dimenticato di essere uscito in quella maniera, tanto si era rilassato sotto il getto dell'acqua.

La camera era quasi completamente buia. Aria si girò su un lato e guardò attraverso la finestra gli alberi e le luci, le lenzuola erano un po' ruvide e non sembravano odorare di nulla, ma il materasso era comodissimo, il cuscino morbido come una piuma. Iniziò a sentire caldo e non appena formulò questo pensiero si sentì meglio, come se la temperatura si fosse abbassata, la casa sembrò adattarsi a quella sua impressione, diventando più fresca. Ma non era possibile.

Strinse più forte le lenzuola, presa da uno strano batticuore. Sentì Will uscire di nuovo dal bagno e Aria si fece di colpo seria, una scintilla di consapevolezza le attraversò lo sguardo, lasciò andare la presa e si voltò lentamente verso l'altro lato. Will stava entrando nel letto con passo felpato, temendo di svegliarla, e saltò sorpreso quando la ritrovò a fissarlo. Si immobilizzò con un lembo del lenzuolo ancora in mano, piegato in avanti, come se fosse stato sorpreso a fare qualcosa che non doveva, un ladro in un negozio di gioielli.

Will sospirò, con quella maglietta che a lui stava così bene, sotto un paio di pantaloncini molto corti, più simili a un boxer, e continuò il suo gesto. Si mise a pancia in su e poggiò la testa sulle braccia piegate, sovrappensiero. Quell'atteggiamento apparentemente distratto serviva a coprire la sua tremenda agitazione. Stava ripensando a quando dormiva a terra in camera di Aria e...

"Ricordi quella notte?", l'anticipò la ragazza come se l'avesse di nuovo letto nel pensiero.

Will si voltò a guardarla, i raggi della luna e delle luci alle sue spalle la illuminavano facendo risaltare i suoi contorni. I suoi capelli sembravano d'argento.

"Sì", disse sospirando ancora.

Aria si avvicinò a lui all'improvviso, e appoggiò la guancia sul suo petto. Will ne fu sorpreso, ma sciolse subito l'incrocio delle mani sotto la testa e l'abbracciò forte, scivolando su un lato. Si ritrovarono faccia a faccia e non smisero di fissarsi per alcuni lunghi momenti. Riuscirono a percepire con grande precisione tutto ciò che avevano provato quella notte, e le passate, in cui si erano trovati insieme, uniti in uno stesso battito.

Aria socchiuse le labbra e accarezzò la guancia di Will sistemando quel ciuffo che proprio non ne voleva sapere di starsene dietro l'orecchio, neanche nei momenti importanti.

Will fece lo stesso, allungò la mano e tirò indietro i capelli che le erano finiti sul viso. Poi un tonfo sordo, proprio fuori dalla finestra. Aria si girò di colpo ma non vide niente. Entrambi balzarono giù dal letto e corsero alla finestra. Una piccola sagoma scura era nascosta dietro un albero. Le luci sulla sua testa si spensero in quel momento, poi inseguirono le altre fino a quando tutto il bosco non crollò in un'oscurità fitta, anche se la luna era sempre lì, ferma in cielo, anche se incompleta.

"Chi diavolo era", disse Will.

Aria uscì sulla soglia. Un vento affilato la fece rabbrividire. Lo sbalzo di temperatura fra fuori e dentro era stato fortissimo. A piedi nudi calpestò l'erba stringendosi le braccia, mentre la maglietta chiara ondeggiava delicata. Iniziò a respirare con affanno, come se stesse affogando, e come se fuori da quella casa non potesse più sopravvivere. Era così presa da queste sensazioni che non si era accorta della presenza di Will accanto a lei. Anche il ragazzo rabbrividiva, ma era concentratissimo sui rumori, così come Aria lo era su ciò che aveva davanti, dietro l'albero la sagoma era sparita. La cercò a lungo tra gli alberi, i cespugli, persino tra i rami.

"Aria", chiamò Will sussurrando. Non si era ancora accorto di quanto la loro casetta fosse isolata dalle altre, prima aveva visto luci in lontananza, ma ora c'era solo oscurità e i lievi rumori della natura, non più benigni come potevano esserlo di giorno. La notte trasformava ogni cosa e la rendeva più pericolosa.

Aria non rispose, come incantata, raggiunse la bassa staccionata senza smettere di guardare avanti, lasciò cadere le braccia sui fianchi nonostante il vento stesse man mano aumentando d'intensità, raffreddandole la pelle che sotto il chiarore della luna sembrava ancora più pallida.

"Dall'altro mondo", sussurrò impercettibilmente.

"Che cosa?", Will cercava di capire dove stesse guardando, "Aria, Aria ci sei?", sembrava caduta in una sorta di trance. Forse con i suoi occhi riusciva ancora a scorgere la figura. Strinse la mano della chiave, talmente forte da farla sanguinare.

"Aria", quasi urlò lui stavolta.

Lei si sciolse, "non era nessuno, visto?", disse come se niente fosse successo. "Al diavolo, che freddo, entriamo?", rabbrividì, i piedi scalzi inghiottiti dall'erba bagnata dalla rugiada.

"Sì, andiamo", la spinse quasi dentro, voltandosi ogni tanto a osservare il punto in cui l'ombra si era nascosta. Poco distante, un gufo scandì il loro ingresso in casa.

"Aria", disse Will guardandole la maglietta sporca di sangue, stava per vedere se fosse ferita in quel punto quando si accorse della mano, "vieni sotto la luce", le disse. Una lanterna era rimasta accesa in cucina, mentre l'altra, quella che aveva solo una candela, si era ormai consumata.

"Non me ne sono accorta", disse scrutandosi la ferita sul palmo, proprio quella della chiave.

"L'ho notato, eri… come incantata", prese un tovagliolo di stoffa e lo bagnò, poi tastò la ferita delicatamente.

Aria sembrava sorpresa quanto lui, "incantata, figurati. Stavo cercando quella figura, e per il freddo ho stretto la mano con troppa energia", rispose tranquilla, "certo che fuori di notte la temperatura si abbassa incredibilmente", Aria prese il tovagliolo dalle sue mani e fece da sola, controllando che la chiave non avesse subito qualche mutamento. Non si era accorta che una delle foglie dell'albero era sparita.

"Di giorno estate, di notte inverno", sospirò il ragazzo, e iniziò a tamburellare con le dita sul tavolo.

"Già, sembra proprio. Ehi", gli prese la mano, "è tutto a posto, a parte lo spione, possiamo ancora farci una bella dormita, poi domani si vedrà", disse rassicurante, "non farai come tuo solito lo scemo apprensivo, vero?".
"Beh, grazie tante, come sempre gentile tu eh?", ci era rimasto male sul serio, tolse la mano dalla sua.
"Su, dai. Non te la prendere, è che a volte esageri. Va tutto bene".
"Potresti lasciare almeno per una volta che io mi preoccupi per te invece che il contrario?", camminò fino alla camera con passo nervoso e si fermò al suo lato del letto, con le dita tra i denti e l'altro braccio appoggiato al fianco.
Aria lo seguì sospirando e scuotendo le spalle, come una madre che si lamenta con il figlio perché fa i capricci. "Lo sai che sono fatta così", mormorò a difesa, ma Will non l'aveva sentita.
Lo abbracciò da dietro, "dai su, scusa, ok? Dormiamo ora?", sussurrò.
"Non hai ancora capito? Non ho intenzione di perderti un'altra volta", disse fissando avanti.
Aria non aveva sul serio capito, il cuore si agitò, "non succederà, te lo prometto", poi Will si voltò verso di lei e la baciò stringendo le sue guance tra le mani, si scambiarono un sorriso, ad Aria scappò uno sbadiglio involontario.
"È ora di dormire, dai", disse Will. E entrambi si infilarono sotto le coperte, non sapevano da quante ore non dormissero, anche lì il tempo era vago, come in quell'ultimo posto in cui avevano vissuto, quella che era diventata la "loro" realtà, nonostante non lo fosse.
L'imbarazzo era di colpo svanito, lasciando spazio a quella profonda stanchezza che ottunde i muscoli e stordisce la mente, facendo dimenticare qualsiasi altra cosa.
Will la guardò cadere nel sonno, *chissà quanti anni avremo avuto nella realtà in cui siamo nati. Quanti saranno in realtà?* Sospirò, poi allungò il collo per baciare Aria sulla fronte e augurarle la buona notte. Chiuse gli occhi e anche lui abbandonò subito quella terra.
Il suono degli uccelli e i raggi del sole svegliarono per prima Aria che era più vicina alla finestra. Si stiracchiò soddisfatta, le sembravano secoli che non dormiva così. Ancora una volta guardò d'impulso ai piedi del letto.
L'incubo non c'era, anche perché non ne aveva fatti, o forse sì. Non lo ricordava e neanche le interessava.
"Magnifico", sorrise portandosi indietro i capelli disordinati, guardò Will sprofondato nel suo cuscino che dormiva come un angioletto e gli scappò un altro sorriso. Gli tirò indietro i capelli dal viso, poi scese dal letto e in punta di piedi si diresse verso il bagno.
La maglietta le si era arrotolata lungo i fianchi, se ne infischiò, tanto entro pochi minuti se la sarebbe dovuta togliere. Tra uno sbadiglio e l'altro si

sciacquò il viso. I vestiti che avevano lavato la sera prima erano per fortuna asciutti, se li infilò. Ora che aveva dormito avrebbe potuto affrontare chiunque. Proprio chiunque no, per il chiunque era necessario prima mangiare.

Quando Aria tornò in camera, Will non era più a letto, fu presa da un attimo di panico e si affacciò in cucina circospetta, tirò subito un sospiro di sollievo, il ragazzo stava smontando un cestino di vimini che lei non aveva mai visto. Lui la notò sulla soglia, "buongiorno! Guarda cosa ci hanno lasciato fuori dalla porta?".

Aria si avvicinò rinfrancata, il cestino era carico di barattoli di vetro pieni di marmellate, di tantissimi tipi diversi: c'era fragola, mirtillo, frutti di bosco, arancio, e anche un bel filone di pane ancora tiepido.

"Magnifico... ma non si doveva mangiare tutti insieme al centro città?".

Will scrollò le spalle, "approfittiamone, poi andiamo dritti da Henry", disse scoperchiando una delle marmellate e sentendone l'odore, "sembra fresca, nessun inganno".

"Vai a vestirti, io intanto finisco di preparare", disse Aria, tirando fuori un altro barattolo dal cestino. Ci infilò due dita e se le ficcò in bocca come una bambina.

Will non poté che sorridere, "d'accordo. Ma occhio al pane, ti prego".

"Che?", disse distrattamente.

"Il pane, cerca di farlo sopravvivere".

"Ah. Ah.", disse con le mani sporche, aveva appena provato quella alla fragola.

Will ridacchiò e la baciò sulle labbra, succhiando la marmellata rimasta, poi sparì in camera senza dire una parola. *Buona...* disse fra sé e sé con il respiro corto. *Prima o poi mi abituerò.* Era così difficile dopo tanti anni non sentirsi così, eppure quando mai si era abituato alla presenza di Aria? Era inevitabile che si agitasse. Lo rendeva così felice sentirsi in quella maniera, ma allo stesso tempo si sentiva esposto, e temeva da morire per la vita di Aria, più che per la sua. Era uno stato altalenante di felicità e frustrazione. Soprattutto perché lei era... Aria. Una persona che non poteva essere rinchiusa in una stanza, non che avesse intenzione di farlo. *Ma capisci che intendo*, si disse come se parlasse alla sua mente.

Aria afferrò il coltello con cui aveva tagliato il pane la sera prima e si mise al lavoro, "che scemo", disse senza pensare, mezza rossa per la sorpresa. Sperò di riuscire a fare un lavoro migliore della scorsa volta. Si concentrò, non poteva dargliela vinta, avrebbe tagliato delle fette perfette.

Nell'afferrare il coltello sentì il palmo bruciarle, doveva essere il taglio che si era procurata quella notte, fu allora che notò la foglia in meno.

"Cosa diavolo..."

Quando Will tornò in cucina vestito, trovò ancora Aria che si studiava la mano, "qualcosa non va?".

"Guarda qui", alzò il palmo verso di lui.

"Che ha che non va?".

"Guarda bene", disse decisa.

Will le prese la mano e la studiò attentamente, "qui… le foglie non erano sei?".

"Esatto. Erano sei. E di colpo sono cinque", disse con precisione Aria.

"Che significa?".

"Che diavolo ne so?", non staccò gli occhi dal disegno, cercando una spiegazione.

"Aspetta. Se le foglie rappresentassero i mondi, come inizialmente avevamo pensato…"

"E come la vecchia ha praticamente confessato".

"I mondi, sì. Deve essere così", Will lasciò la sua mano e si tastò il mento in riflessione.

"Sì, hai ragione. I mondi. Questa grande riempita rappresenta il nostro. Quindi se una è sparita vuol dire che…", la ragazza cercò di proseguire il ragionamento.

"Un mondo è andato".

"Andato…", rifletté Aria.

"Ricordi quando parlavamo del tempo per trovare la chiave?".

"Massì certo, il tempo. Il tempo è scaduto e il mondo è sparito nel nulla".

"Sparito è una parola dura, chiave e sigillo saranno spariti, il mondo sarà sempre lì".

"Ma nessuno potrà uscirne o entrarci".

"Questo non lo sappiamo", Will incrociò le braccia al petto.

"Comunque, se questa è una sorta di mappa, ora non c'è più. E poi, che ce ne interessa? Noi usciremo da qui e andremo dritti a casa".

"Sì. Ma ora perché non mangiamo? Visto il lavorone che hai fatto con quelle fette".

"Hai visto? Chi è che non è capace di tagliarle?", disse fiera.

"A parte quest'ultima….".

"Che ha l'ultima, ora?".

"Un po' storta, non trovi?", disse tenendola tra due dita.

"Sei tu che la stai rovinando. Perfettino. Da quando sei diventato così insopportabile?".

Will fece una pausa, "da quando non c'è più nessuno che ti fa notare i tuoi errori e non ti spinge a migliorarti", disse come se gli fosse sfuggito di colpo.

Aria si rattristì, ripensando ai genitori e a Dan, era lui che la spingeva a dare sempre il massimo.

"Scusa", disse Will rendendosi conto. L'aria intorno sembrava essersi paralizzata.

"No, è vero. Sei tu ora quella persona", abbozzò un sorriso, poi tuffò il naso nella marmellata di mirtilli, "mh, senti che odore incredibile, come se li avessero colti stamattina".

Will sorrise, ancora un po' dispiaciuto della sua uscita, ma felice della risposta che aveva provocato. Ora c'erano solo loro, e dovevano preoccuparsi l'uno dell'altro.

Aria, mentre divorava fette di pane e marmellata, non smetteva di pensare alla chiave, al sigillo o in qualsiasi modo lo si volesse chiamare. Will se ne stava in silenzio, e stava pensando alla stessa cosa, a come sarebbero riusciti ad andare via di lì.

Quanto tempo rimaneva a quel mondo? Su questo riflettevano entrambi. Dovevano trovare un modo per andare via prima che fosse troppo tardi. Un mondo perennemente in guerra, Aria non avrebbe mai voluto vivere in un posto del genere. Mai.

In camera si sorpresero di trovare dei vestiti adatti per il luogo.

"Chi diavolo…", disse Aria.

"Qualcuno deve essere entrato dalla finestra".

"O la casa è magica e genera tutto ciò che ci serve", scoppiò a ridere. Poi si guardarono seri, come se la ragazza avesse centrato il punto.

"Ma non è possibile", aggiunse.

"Ti stupiresti?", disse lui massaggiandosi il braccio.

"Ti fa ancora male Will?", disse raccogliendo il vestito turchese e facendo una smorfia.

"Solo un po' indolenzito. Sarai carina con quello", commentò con un sorriso a quaranta denti.

"C'è poco da prendere in giro. Io non ho intenzione di metterlo".

"Ci conviene Aria, lo sai".

Lei sbuffò. "Non vedo perché le donne in questo posto non indossino i pantaloni".

"Non possono. È una specie di mondo rurale, non l'hai visto?".

"Mondo rurale, ma hanno le armi e gli stivali di gomma rossa".

"Li hai visti anche tu? Era ridicolo… e un po' inquietante".

"È un mondo assurdo, Will. Dobbiamo andar via il prima possibile".

"Chissà che c'è oltre all'edificio in cui ci siamo svegliati".

"Oggi lo vedremo".

"Bisogna vedere se non saremo sotto controllo".

"Sotto controllo o meno troveremo una scappatoia".

Will la baciò di sorpresa e lei rimase di sasso, non aspettandoselo, "mi piace quando sei così ottimista. E poi quando arrossisci…", disse il ragazzo che fischiettando si diresse in bagno.

"Scemo!", urlò, scrollò la testa e osservò il vestito sbuffando.

Con poca difficoltà seguirono il sentiero che li avrebbe portati di nuovo al centro città. Aria trascinava quel vestito lungo il sentiero, aveva difficoltà a camminare tranquillamente. La donna, non appena li vide uscire dal bosco, le allungò un cappello di paglia, Aria scosse la testa capendo cosa volesse, mentre Will continuava a ridere sotto i baffi. Da quando si erano vestiti era scoppiato in una risata nel vedere con che modo impacciato Aria lo portasse, non era proprio il suo stile, ma lei non era stata allo scherzo e se ne era uscita lasciandolo indietro.

"Forza", disse la donna insistendo, "il sole è molto caldo per noi donne".

"Per noi donne", borbottò Aria contrariata, *che razza di modo è di considerarsi*, pensò infastidita, ma si infilò il cappello, non poteva fare altrimenti visto che la donna la guardava minacciosamente, sembrava più ostile del giorno prima. Aveva ancora legato ai capelli il nastro rosso.

Will sembrava a suo agio nei suoi vestiti, un semplice pantalone verde militare che gli stava piuttosto attillato, una camicia beige a quadretti neri e una cinta di cuoio. A Aria sembrava fin troppo tranquillo. La chiave sulla mano bruciò. Ormai lo faceva ogni tot passi. Non appena si sentiva più rilassata o semplicemente inserita nel luogo, quando abbassava la guardia, ma Aria non se ne era ancora accorta. Tirava una lunga fila di parolacce silenziose non appena sentiva il palmo bruciare, poi tornava attenta a ciò che le era intorno.

Ora che era riposata, Aria era riuscita a studiare con più attenzione quella costruzione al centro in cui le guardie si agitavano ferocemente. Doveva abitarci quell'uomo, Red, *e quell'incredibile spada*. Non capì perché l'avesse colpita così tanto.

Will venne distratto dal profumo del pane che aleggiava tutt'intorno. Una buona parte dei cittadini era già al lavoro, nonostante fosse prestissimo. Passarono di fronte a una donna che strofinava i panni in una tinozza. Il fango si era asciugato, ciò che rimaneva era una lunga scia di solchi secchi. La gente tra le case non li guardava più storto, vestiti nella maniera adatta, non sporchi di fango, erano riusciti a risultare quasi cittadini di quel posto. Eppure Aria era convinta di esser riuscita, utilizzando la terra, a mascherare bene i loro vestiti moderni. Ma forse avevano una sorta di fiuto per gli stranieri. *Chissà se anche in questo mondo è possibile l'ingresso*, si chiese lei, strattonando il vestito. Will ogni tanto le lanciava uno sguardo divertito e lei avrebbe voluto strozzarlo, *peccato che uno sguardo non possa uccidere*, si disse sbuffando. Poi notò a ogni angolo, ben inseriti nel paesaggio, dei cilindri marrone scuro, chiusi da un coperchio. Più di una donna era intenta a lucidarli. Aria, per curiosità, alzò uno dei coperchi, appena se ne trovò uno a tiro. Ma dentro non c'era nulla.

"Non toccare!", urlò la donna. "Dovresti sapere che le botole funzionano solo prima della guerra", disse per stuzzicarla, sapeva benissimo che non aveva la più pallida idea di cosa stesse parlando.

Botole, "Certo. Sì", disse Aria incuriosita, sperando che la donna si facesse scappare qualche altra informazione.

Botole che funzionano solo prima della guerra, che diavolo vorrà dire? Will si era messo sulla difensiva, *lo scopriremo oggi*. Guardò Aria con una punta di disapprovazione, perché come al solito non la smetteva di mettersi nei guai, lei scrollò le spalle, senza che la donna la vedesse.

"È strano sia aperta però", disse la donna contrariata. Tentò di aprirla per controllare, non ci riuscì. Era ben incollata alla superficie, come succedeva ogni mattina e ogni notte. Si chiudeva da sola e non c'era modo di aprirla.

"Come diavolo hai fatto?", balbettò a occhi sgranati, nessuno le toccava, se non per lucidarle, nessuno riusciva ad aprirle se loro non lo permettevano.

"Proseguiamo?", chiese Aria per staccarla da lì.

La donna prese fiato e lasciò stare. Li guardò con profondo sospetto durante tutto il resto del giro. Ora aveva un'altra informazione da riportare al suo capo.

Passarono di fronte all'infermeria e si sforzarono di non guardare. Will, con molta nonchalance, cercò perlomeno di allungare un orecchio verso il tendone e sentì la voce di Henry, mescolata ad altre. Anche Aria se ne era accorta, si tese, sperò che l'amico stesse bene. Dopo, avrebbe provato a intrufolarsi lì per parlarci. Ma vide stivali rossi uscirne e raggiungere la donna che li stava scortando. Lanciò un'occhiataccia ai due, *questo è l'unico che non sa recitare bene*, si disse Aria. Il suo sguardo era palesemente ostile. Come, notò, quello della donna ormai. Si doveva essere spaventata.

"Falli lavorare", sussurrò alla donna stivali rossi, che nemmeno si era preso la briga di presentarsi.

Poco distante dai campi, qualche casetta oltre il tendone o l'infermeria, si apriva uno spazio di prato sempre verde, uno dei pochi punti in cui non c'era fango, occupato da sette lunghe tavolate di legno massiccio che terminavano nella piazza principale della città, da un lato, mentre dall'altro quasi a ridosso dei campi di grano. A ridosso delle tavolate un altro lungo tavolo ricco di ogni tipo di cibo. Donne andavano e venivano portando piatti. Una si stava trascinando dietro un secchio di marmellata che sembrava essere stata creata dal nulla.

Ad Aria brontolò lo stomaco, e questo fece sorridere Will. La ragazza scrollò le spalle, non si poteva rimanere indifferenti a tutto quel cibo.

"Ora faremo colazione, poi inizieremo i soliti lavori giornalieri. Ma lo sapete già", disse la loro guida, insinuando qualcosa.

"Certamente", rispose Aria.

Will sembrò distratto da un uomo indaffarato in mezzo al campo di grano, "dopo colazione come al solito lavoreremo nei campi", disse sicuro.

"Sì ragazzina, ma ora per favore, aiuta per la colazione".

Aria guardò Will, non voleva che si dividessero, ma lui annuì lievemente, l'avrebbe tenuta d'occhio. Così si allontanò contrariata, trascinandosi dietro quel maledetto vestito turchese.

Perché diavolo continuano a far finta di niente. Che intenzioni hanno? È chiaro che siamo stranieri, non ci hanno praticamente chiesto i nostri nomi. Hanno in mente qualcosa, dobbiamo sbrigarci a squagliarcela.

"Ehi tu, prendi il cestino col pane", disse una donna magrissima, dal volto pallido, più spaventata che cattiva. Aria obbedì, e osservò la lunga tovaglia a quadretti rossi e bianchi che presentava il cibo; tantissimi tipi diversi di pane, alcuni più scuri, altri più chiari, tutti caldi o tiepidi. Altrettanti tipi diversi di marmellata, poi c'erano uova, salumi, formaggi appena nati dalle mani sapienti di qualcuno di loro, persino delle brioche, e la frutta fresca, tagliata o intera, condita o semplice. Poi la sua attenzione fu dirottata su una ragazzina dai lunghi capelli biondi raccolti in due trecce, di circa tredici anni, che era inciampata con un cestino pieno di more, assomigliava a quella che aveva visto nel bosco il giorno prima. Nessuno l'aiutava ad alzarsi, perciò andò lei, "tutto bene?", disse Aria.

"Vai via", rispose lei sussurrando, "qui non…", ma non fece in tempo a finire che la donna con l'elastico rosso, la loro guida, che Aria non aveva visto arrivare, la strattonò per il braccio, tirandola su, "stai attenta Mary, quante volte te lo dovrò ripetere? E tu…", rivolgendosi a Aria, oscillando nel cielo un coltellino con cui stava, forse, iniziando a tagliare il formaggio, "come ti permetti di aiutarla? Hai dimenticato quali sono le regole?", sapendo bene che non le conosceva affatto, eppure continuavano tutti questa recita.

"Ma è caduta. Non vedo cosa ci sia di male ad aiutarla", disse Aria che non riusciva mai a stare al suo posto. Will, in lontananza, sembrò indeciso se fare qualcosa.

Poi si inserì un'altra ragazza, quella dal volto pallido, "scusala tanto", disse alla donna che sbuffò, allontanandosi come se fosse la padrona. Passava il coltellino da una mano all'altra, ridendo. Aria non si era accorta che razza di mostro fosse, *ambigua e cattiva.*

"Tu…", disse la ragazza dal volto pallido puntandole il dito contro, mentre la sua treccia sembrava rizzarsi in piedi per la rabbia.

"Ti chiedo scusa, sorella. Starò più attenta", raccolse il cesto, "le poggio qui, va bene?", disse alla sorella.

Aria si chiese come potessero esserlo. La donna, ferma a una decina di metri da loro, le lanciò una bruttissima occhiata, sapeva che non sarebbe finita lì. Si tolse il cappello, ne era stufa, ma la tizia la continuava a fissare con quel coltellino in mano, così se lo rimise. Aria tentò di parlare con la ragazza pallida, ma non ci riuscì, si teneva alla larga, e così faceva la sorella.

Quando il tavolo fu pronto, gli uomini formarono una fila.

Aria avrebbe voluto rovesciare il tavolo addosso a tutti loro. Will, vedendo la sua espressione nervosa, pensò che sarebbe andata bene se la ragazza non avesse preso a calci qualcuno.

Il vestito turchese le prudeva sulle gambe e le stringeva il petto, al contrario delle donne più grandi, il suo era più scollato, quasi non se ne era accorta, quando si piegava si vedeva bene il decolté.

Servì contro voglia alcuni ragazzi timidi, ma poi arrivò il turno dell'uomo con gli stivali rossi, avrebbe potuto riconoscerne il passo da chilometri di distanza. La ragazza magra e pallida, che sembrava chiamarsi Loren si ritirò, palesemente impaurita, e iniziò a servire un'altra fila.

"Uh, questo vestito ti dona", disse lui sbirciando nella scollatura con un sorriso ebete e sporco impresso in viso.

"Cosa vuole?", Aria già stava tentando di trattenersi.

"Che?".

Will sentiva già aria di guai, ma non sarebbe potuto intervenire.

"Di cibo intendo", quel posto era un incubo.

"Dammi i due formaggi più freschi, una mela e... te", l'afferrò per il polso con il sorriso stampato in volto. Aria, di riflesso, gli sbatté il piatto di ceramica dritto in faccia, facendolo crollare come un sasso. Calò il silenzio ovunque. La donna dall'elastico rosso, fece per muoversi. Will si agitava sul posto, non poteva correre in suo soccorso, avrebbe aumentato gli sguardi su di loro, solo se la cosa si fosse fatta grave si sarebbe mosso.

Loren era rimasta senza parole, con un'espressione tra la furia e la sorpresa, ma sotto sotto nascondeva un sorriso, chissà quante volte l'aveva fatto anche con lei. Mary invece sorrideva apertamente, si accostò a Aria.

"Cos'hai fatto?", disse poi Loren, ridestandosi dallo shock. L'uomo a terra scuoteva la testa per riprendersi. Quando fece per alzarsi, Loren d'impulso fece qualche passo indietro, chiaramente impaurita nel vedere l'espressione che aveva assunto l'uomo. Aria se ne era accorta bene, stavolta.

"Gli uomini si dovrebbero servire da soli. Avete lasciato un mondo già abbastanza maschilista per ritrovarvi in uno che è anche peggiore?", affermò senza riuscire a resistere. Loren sgranò ancora più gli occhi, non aveva mai incontrato una ragazza così.

"Ma di che cosa parli. Forza", disse una donna grande e grossa, poi si asciugò le mani sul grembiule e si avvicinò di più a lei, "ragazza, riprendi a servire, o qui finisce male", suggerì. Così ognuno riprese il suo posto, l'uomo si era alzato in piedi e sembrava voler prendere Aria a schiaffi se non peggio, ma Mary si mise in mezzo ricambiando il favore, "volevi due formaggi morbidi e una mela, giusto?", li prese agilmente, "ecco qui", le mani tremavano lievemente. L'uomo dagli stivali rossi prese il piatto e toccò la spalla della ragazzina, "che brava. Così si fa, lei sì che sa come si serve", lei sbiancò a quel tocco. Aria ne fu nauseata.

"Forza, abbiamo fame", disse uno, alcuni metri indietro, rompendo gli indugi.

L'uomo umiliato, ancora viola in viso per la rabbia, guardò Aria dritta negli occhi e strappò il piatto dalla ragazzina che indietreggiò di qualche passo, "non finisce qui" disse rivolta a Aria, poi se ne andò.

Will sospirò, quante altre volte sarebbero finiti sull'orlo del precipizio?

"Ti chiami Mary, vero?", chiese Aria.

"Sì", sorrise lei componendo i piatti, mentre riprendeva fiato.

"Io sono Aria".

"Ciao Aria", sembrava voler dire qualcos'altro ma erano troppo indaffarate, e poi Loren la stava controllando. Tutti gli uomini che vennero dopo sembravano spaventati da Aria, si mantenevano a distanza, come se avessero paura di ricevere un bel piatto stampato in faccia. La cosa faceva sorridere Will, ma anche Aria, che nonostante quel vestito turchese e il maledetto cappello di paglia, appariva quella di sempre. •

Persino Loren sembrava diventata più benevola nei suoi confronti sul finire del servizio, ogni tanto le dava dei consigli su come comporre i piatti, cosa inserire per primo. Aria intanto malediceva questa schiavitù. Ed erano passati solo quindici minuti.

Quando tutti vennero serviti, le donne si ritirarono nella casa che era alle spalle della tavolata, una sorta di magazzino delle provviste, e anche spogliatoio-bagno. Aria lanciò una rapida occhiata a Will che la stava guardando da lontano, con un'aria chiaramente sollevata.

All'interno della sala c'erano dei blandi separatori, tinozze d'acqua, altre vuote, saponette, sacchi di farina e riso, una specie di armadio su un lato con alcuni ricambi. La finestra, alla destra della porta, lasciava entrare dei leggeri raggi obliqui che finivano per illuminare zone inutili.

Aria si sciacquò il viso con abbondante acqua poi, in un angolo, quando nessuno la vedeva, si tirò su il vestito fino alle ginocchia e si grattò i polpacci, piena di soddisfazione.

Questo vestito prude sul serio, pensò. Persino quelle scarpette di cuoio, stile ottocentesco, le aveva viste in tante di quelle foto sui libri di scuola, le sembravano fuori luogo, così scomode, come avrebbe fatto a resistere tutto il giorno?

"Non sei proprio di qui", squittì Loren avvicinandosi circospetta. Mary era rimasta in disparte, in attesa.

"Ciao", disse Aria perdonandole la freddezza di quella mattina, che ora le sembrava più una sorta di timore che altro. Aria notò che, a parte il viso pallido e il corpo magro, era una bella ragazza, con le proporzioni e le forme al posto giusto. Ma nascoste sotto quell'abito sformato, apparentemente di taglie più grandi, arrivava fino al collo, e raggiungeva le caviglie, come il suo.

"Loren", disse a bassa voce.

"Già è vero. L'ho sentito prima. Ciao Loren, sono Aria".

"Aria, mai sentita. È proprio vero che non sei di qui".

"Lo sapranno tutti immagino".

"Beh", si guardò intorno, "sì".

"Hai idea di cosa stiano complottando?".

"Non lo so, ma state attenti, tu e il tuo amico. Questa gente non scherza. E soprattutto quell'uomo", fu scossa da un brivido e raccolse una mano dentro l'altra, stava per parlare di nuovo quando la donna grassa di prima, richiamò la sua attenzione urlando il suo nome, "Loren! Sbrigati, vieni a fare colazione".

Loren lanciò un'occhiata rapida a Aria, poi a sguardo basso quasi corse fino alla porta. "Mary, anche tu", disse la donna.

"Arrivo subito, mi sciacquo un attimo", disse lei girando le spalle alla signora contrariata.

"D'accordo, ma sbrigati. E non perderti in chiacchiere inutili".

Aria a quel punto si era già girata e tentava di tirarsi su il vestito in modo che coprisse meglio il seno.

"Sono terribili questi vestiti, eh?", Mary si era avvicinata silenziosamente, ormai erano rimaste da sole. Forse stava aspettando proprio quello.

"Terribili è dire poco, ma come fate?".

"Abitudine", scrollò le spalle.

"Perché non ve ne liberate?".

"È tanto che vanno così le cose, da queste parti", prese fiato, "volevamo un mondo senza tecnologie, così come era sempre stato, per vivere solo con i frutti della natura, ma non è andata come ci aspettavamo. Non c'è più libertà. Non che prima ce ne fosse molta, ma qui è peggio".

Aria la fissava a bocca aperta, *loro ricordano che sono venuti qui da un altro mondo, non come noi. Non hanno dimenticato.*

"...poi alcuni erano scontenti e se ne sono andati oltre il bosco. Hanno creato quegli edifici e aumentato le armi, ricreando, in parte, quel mondo da cui siamo scappati. Red ha preso il comando, e continuiamo a combattere, inutilmente, perché che cambia se raggiungiamo gli altri? Non possiamo uscire di qui. La gente entra, ogni tanto, e non so come, forse esprime solo un desiderio, o forse è Red che li chiama, o..., però non so come, ma lo so che qui non si può uscire, lo dicono tutti. Scusami, straparlo".

"Figurati", risponde Aria sorridendo. Stringe la mano a pugno, ringraziando per la chiave, ma riflettendo, *anche qui ci deve essere la chiave*, ricordò le parole della vecchia, *è questo il modo per andarsene forse.*

"Aria, ci sei?".

"Sì, questo mondo ora è praticamente tale e quale a quello da dove siete venuti, il tuo, il mio. La realtà", rispose Aria.

"Non lo so, è più complicato di quello da cui siamo venute. Non so come siamo arrivati a questo, è difficile separare le cose che sono successe. Sembra tutto molto..."

"Indefinito, senza tempo, no?".

"Sì, è proprio così".

"Ognuno di voi ricorda di essersi spostato da quella realtà a questa?", chiese curiosa Aria.

"Credo di sì, sì. Ma te l'ho detto. Non ricordiamo molto, solo che lì era un paradiso in distruzione. Penso che ormai il mondo di là sia tale e quale a ciò che c'è oltre il bosco, anche se non ho potuto vederlo. Red ce ne ha parlato tanto".

"Red, il capo", chiese Aria senza interrogazione.

"Red, il capo, sì".

"E quella spada?".

"La spada. Ah, la spada che porta sulle spalle dici? Da quella non si separa mai, non l'ho mai visto senza. Comunque....", continua Mary, ormai non riesce più a fermarsi.

Aria ascoltava con attenzione, prendendo nota dei dettagli, forse sarebbero stati utili.

"Nient'altro?".

"No. Io vorrei tanto lasciare questo posto, se si potesse... non mi piace da tanto tempo stare qui".

"Ti svelo un segreto. Io e il mio amico prima eravamo in uno di questi mondi. Ce ne sono altri, sai? Intendo, altri diversi dalla realtà da cui proveniamo".

"Davvero?".

"Sì. Ma sai chi è stato a portarvi qui?", chiese con nonchalance, doveva saperlo, perché è da lui che dovevano dirigersi. Lui di sicuro sapeva della chiave. Mary non l'aveva menzionata.

"Uno degli uomini che è andato dall'altra parte, si diceva che era stato lui a portarci qui. Quando ha iniziato a fare il capo, Red si è messo in mezzo, la situazione...", si sforzò di ricordare, "è diventata brutta e quello se ne è andato con molti altri uomini".

"Ricordi il nome dell'uomo?".

"Merrick", indurì l'espressione, come se ce l'avesse davanti, "era terribile. Gli mancava qualcosa, aveva perso qualcosa, dopo averci portato qui, e prima... non lo ricordo, ma non era così. Sono sicura".

Aria sospirò, avrebbero dovuto cercare quell'uomo. "Me lo sapresti descrivere?".

"Magro, tanto pallido. Occhi vuoti e dei baffi neri. Indossa sempre una spilla con una stella".

"Capito".

"Che vuoi fare?".

"Niente, non te ne preoccupare".

Mary sembrò esitare, guardò in basso ma poi chiese, "porterai via anche Henry?".

Aria la guardò per la prima volta sorpresa, "lo conosci?".

"Sì, ogni tanto mi prendo cura di lui. Siamo diventati amici", disse sorridendo beata, era cotta. E come poteva non essere altrimenti.

"Puoi aiutarmi a incontrarlo?".

"Oggi?".

"Sì".

"Posso provare. Magari quando tutti sono in battaglia. C'è meno gente".

"Siamo d'accordo?", allungò la mano.

Mary la prese, "d'accordo", sospirò. "Da qui non è mai andato via nessuno", aggiunse poi.

"Io non sono nessuno", disse Aria sicura e le fece un occhiolino.

A un altro urlo della donna che doveva essere la madre, Mary la salutò con un rapido gesto e corse fuori. "Sbrigati a venire".

Aria annuì. Si appoggiò al muro e rifletté su ciò che le era stato detto. Si sorprese del fatto che ci fossero differenze sul loro mondo di nebbia e su quello, forse dipendeva dal tipo di patto che veniva stipulato. La vecchia lo aveva detto, "stipuliamo un patto", è così che agiva. Il mondo di nebbia era... indefinito e senza ricordi proprio perché era quella la sua funzione, il motivo per cui era stato creato. Ricominciare, lasciandosi alle spalle ogni sofferenza.

I Cinque, cosa avranno dovuto subire per riuscire a dare vita a un posto del genere?, si chiese la ragazza, dovevano aver tremendamente sofferto. In un certo senso sentì una sorta di legame con loro, una sintonia, riusciva a mettersi nei loro panni, se erano arrivati a tanto dovevano aver sofferto più di quanto si potesse immaginare. Avrebbe voluto scoprire di più, forse sarebbe riuscita a farli ragionare e a superare la cosa così come aveva fatto Dan con lei. Quanto le mancava Dan e il suo sorriso luminoso che allontanava tutti i cattivi pensieri. Sospirò, e impresse in viso un sorriso accomodante, era l'unica facciata da adottare in quel posto, e se le serviva per andare via di lì, lo avrebbe fatto, senza indugi, evitando di fare danni. Forse.

Aria uscì velocemente, dopo aver abbandonato il maledetto cappello di paglia, e si guardò intorno tentando di capire come muoversi, cercò Will, senza riuscire a individuarlo, poi lo notò. Nessuno aveva finito di fare colazione; lì i pasti erano dei lunghissimi banchetti, forse perché le giornate erano dure e faticose, tra campi da arare e battaglie.

"Ehi tu", disse la donna grassa, la presunta madre di Loren e Mary, "non puoi fare come ti pare. Mangia veloce, che abbiamo da lavorare", disse con tono duro, guardandola di sbieco.

Aria mantenne il suo sorriso e sforzandosi disse, "sissignora, mi sbrigo". Passò attraverso i tavoli, superando quelli occupati dalle donne, per raggiungere Will, seduto a uno di quelli più distanti, non appena passò, sentì dei fischi e delle risatine fastidiose, poi si accorse del perché, quella parte era occupata esclusivamente dagli uomini, c'era una diversità di trattamento persino in questo. I maschi sedevano da una parte, le femmine da un'altra, e i tavoli degli uomini erano più lunghi e ricchi di cibo di quanto non fossero gli altri. Aria proseguì, le si stavano contorcendo le budella per la rabbia.

Will le fece segno di tornare dalle altre donne, per evitare guai. Lo poteva leggere nei suoi occhi verdi che era quella l'intenzione, non farsi notare, e per farlo si dovevano rispettare le leggi di quel posto.

"Ehi, dolcezza, vuoi sederti sulle mie gambe?", un tipo con pochi capelli arruffati sulle orecchie e un dente mancante proprio davanti, si allungò e le diede una pacca sul sedere, mentre l'uomo che aveva ricevuto il piatto dritto sul naso ora viola, la guardava con aperta ostilità, stringendo un tovagliolo di stoffa bianco sporco di sangue.

Aria era diventata rossa, tutti ridacchiavano, "guardate, è arrossita", "ha visto il vero uomo", "se vuoi puoi venire da me, bellezza", e via dicendo, nessuno, tranne Will, aveva capito quale fosse la realtà, Aria era arrossita per la rabbia, non per l'imbarazzo. Stringeva la mano destra a pugno pregando che qualcuno la trattenesse, e lo fece la dolce Mary. Sentì le sue mani delicate e fresche sull'avambraccio, "vieni Aria. Da questa parte", se ci fosse stato qualche dubbio sul fatto che non provenissero da quel luogo, beh ormai non ce ne sarebbero più stati. Erano visibilmente spaesati.

Will però si era fatto degli amici pareva, un ragazzo magro con un cappello ben calato in testa gli aveva dato pacche sulle spalle, sapeva, come tutti, che erano venuti insieme, quindi presupponeva che stessero insieme.

Aria si sedette tra Mary e Loren, ormai sue protettrici, per quanto potessero, mentre la signora grassa che la ragazza capì chiamarsi Louise, era proprio di fronte e scuoteva la testa osservandola, "ragazza mia farai una brutta fine se non mi dai retta", disse ancora, e gli porse una ciotola fonda piena di fragoline di bosco, e un bicchiere di latte freddo. Poi le sorrise. Forse con quell'avventato gesto, la piattata contro quel tipo odioso, che si chiamava Clifford, detto Cliff a quanto pareva, si era conquistata più ammirazione di quanto credesse. Erano molte a sorridergli, tranne alcune. Una in particolare, quella dai capelli raccolti in un nastro rosso, e una biondina dall'aria tranquilla, che però la fissava di traverso, come se stesse progettando qualche brutto tiro, ma quando Aria la guardò, quella distolse rapidamente lo sguardo.

"Mangia le fragoline di bosco, che questa qui se le spazzola sempre tutte in un istante", disse Loren fissando Mary infastidita, ma con una punta di divertimento.

"Ehi, ma che dici", ribatté lei. "Non è vero".

"È vero. Sei un'ingorda", proseguì Loren mettendole davanti ad Aria, stava cercando di fare amicizia con lei. Mary sbuffò.

La ragazza sorrise, ringraziandola, e mangiò le fragoline con gusto a duecento chilometri l'ora, nonostante avesse già fatto colazione, come al solito aveva una tremenda fame, lo stomaco le brontolava già da un po'. Ogni tanto lanciava delle furtive occhiate a Will che sembrava divertirsi. Voleva parlare con lui e dirgli cosa aveva scoperto, ma non ci riuscì per tutto il resto della mattinata. I lavori in quel posto erano spartiti in modo che uomini e donne non si incrociassero praticamente mai. Era riuscita a salutarlo con un cenno, proprio quando veniva fatto salire su un carretto di legno. La ragazza era preoccupata da questa separazione, come avrebbero potuto difendersi se non erano insieme? Ma all'ora di pranzo avrebbe fatto di tutto per avvicinarsi, avrebbe preso di nuovo a calci Cliff se fosse stato necessario. L'idea di picchiarlo le aveva dato la carica. Era pronta per quella mattina.

Aria, dopo aver lavato i piatti di tutte le persone che avevano partecipato alla colazione, fu assegnata alle carote, insieme a Mary e Loren che erano riuscite a inserirla nel loro piccolo gruppo. Le due si spalleggiavano sorridendo. Aria quasi non riconosceva più Loren, la mattina era stata così scontrosa, mentre ora invece, sembrava adorabile, affettuosa con la sorella e con gli altri. Era paura, Aria non si era sbagliata. *Questo mondo tira fuori il peggio delle persone, credo.*

Il campo sembrava immenso, Aria lo guardò quasi rassegnata, quei lavori non facevano per lei, "che caldo", disse alzando gli occhi al cielo, il sole sembrava pulsare, si coprì con una mano mentre cercava di individuarlo. Sembrava il classico sole dell'altro mondo, per un attimo si paralizzò, era stato così naturale l'ingresso in quel mondo, e era stata così impegnata a non finire nei guai, che non se ne era accorta. Era così tanto tempo che non vedeva il sole, non coperto dalla nebbia.

Quasi si commosse al pensiero, era intenso e allegro, proprio come lo ricordava. Immaginò, come se ce l'avesse davanti, Dan con le braccia allungate verso l'alto e un sorriso talmente felice che riusciva a oscurarlo. Sorrise anche lei di rimando, imprimendo in quel gesto tutte le energie che aveva, rideva per lei e per lui.

"Aria, vieni", la chiamò Mary agitando il braccio. Lei eseguì. Le due sorelle le spiegarono come si estraevano le carote da terra senza danneggiarle.

"Che caldo", ripeté Aria prima di iniziare, si pentì di aver lasciato il cappello in quella specie di magazzino. Non fece in tempo a pensarlo che Louise, non troppo lontana, la coprì con uno che aveva di riserva, calcandoglielo ben in testa.

"Grazie", disse grata, lei sbuffò e si voltò. Mary e Loren ridacchiarono. Aria aveva capito bene il tipo.

Aria passò i primi cinque, dieci minuti in silenzio, per imprimersi bene in mente il meccanismo giusto per estrarre le carote senza fare danni. Poi iniziò a parlare, voleva avere delle indicazioni in più su quel mondo, senza però che sembrasse un interrogatorio.

"Come vi trovate qui?", chiese vagamente alle due sorelle, impegnate accanto a lei.

Loren serrò le labbra e estrasse con eccessiva energia una carota, "che rimanga tra noi, io vorrei solo tornare da dove sono venuta".

"Chissà da quanto tempo siamo qui", aggiunse Mary, "sì che andrei via Aria, te l'ho detto".

"Questo posto non è come ce lo immaginavamo. All'inizio forse", abbassò lo sguardo.

"Capisco, la separazione tra uomini e donne è una cosa nuova?".

"No, quella è sempre stata così, anche se è diventato più... difficile", disse Mary con un groppo in gola.

Aria non capì bene, ma non chiese altro. Loren sembrava essersi ammutolita. Ci fu un momento di silenzio poi parlò, "è peggiorato gradualmente, ma non ci è voluto tanto. Sembrava naturale in una comunità di questo tipo. Le donne sono quelle che sono. Mia madre...", si interruppe un momento e scansò la terra con la punta di una scarpa, "lei si è più che abituata, ma si sente in colpa per averci trascinate qui, però è l'unica. Le donne, ormai qui, è come..."

"Se non esistessero", concluse Aria sospirando.

"Non hanno nessuna importanza", disse Mary. "Alla fine anche di là era così. Ma non eravamo oggetti".

"Gli uomini... gli uomini fanno come vogliono", concluse Loren. Aria notò di nuovo quel pallore, e le mani tremare, aveva capito che doveva esserle successo qualcosa. Le poggiò una mano sulla spalla e lei sobbalzò, "ehi, tranquilla", disse indecisa se confidarsi. Mary la guardava con grandi speranze, come se si aspettasse da lei qualcosa d'importante.

"E se vi dicessi che io ho un modo per andare via di qui?".

***

"Marcus", disse Lucas fissando quelle cinque ombre con attenzione.

Wade e Isaac erano meno calmi di come apparissero, eppure non mossero un passo, lasciando la parola a Lucas che appariva tranquillo e sicuro, come un tempo.

"Per quale motivo sei venuto qui?", disse il Primo rimanendo fermo sul posto, manteneva una distanza di sicurezza come se avesse paura. Gli ultimi due sacerdoti erano nascosti dalla penombra del corridoio.

Lucas lo osservava, con una punta di tristezza nello sguardo.

"Tuo figlio è qui, non è così? Era qui, anzi", disse uno di quelli nascosti.

"L'abbiamo riconosciuto subito, non appena ci è capitato davanti. La somiglianza è a dir poco impressionante", il Secondo cercava di provocare una reazione, aveva iniziato per gradi, Lucas però non muoveva un muscolo e non faceva altro che fissarlo.

"Will", continuò l'ultimo della fila.

"Non sapevamo che ne fosse nato un altro. Sei stato bravo a nascondercelo", disse continuando il discorso degli altri.

"Non l'ho nascosto", rispose pentito Lucas.

"Sì che lo hai fatto. Ma ormai non ha più importanza".

"Il tuo ragazzo è vivo, ma chissà per quanto", ora guardava a terra, sembrava non riuscire a guardarlo.

Lucas li scrutava con una sorta di pietà negli occhi, anche se sentir parlare del figlio gli aveva aumentato il battito in petto.

"Ora verrete con noi", disse il Primo. Apparivano un po' spaesati, era la presenza di Lucas a gettarli in confusione, la sicurezza che mostrava nel fronteggiarli.

Il secondo aggiunse, "se non ci darete delle risposte…"

Ma Lucas li interruppe e disse con voce spezzata, "come stai, Marcus?".

Capitolo 8

"Come stai, Marcus?".

"Mh?", gli occhi del ragazzo vagarono prima nel fast food, poi si poggiarono di lui.

"Mi sembri distratto. Perché hai voluto lavorare nel giorno del tuo compleanno, è una follia!".

Lucas aveva compiuto ventun anni proprio un paio di mesi prima, si era fatto crescere il pizzetto e sembrava ancora più felice di un tempo.

A un tavolo alcune ragazze ridevano. Marcus non le notò, mentre l'amico ridacchiò a sua volta, indicandole, ma il ragazzo era troppo preso dal suo sconforto. Lucas notò quanto fosse diventato alto, negli ultimi anni era così cambiato, cresciuto velocemente come un'erba incolta. Eppure non sembrava accorgersene minimamente, a volte era come se avesse ancora tredici anni.

"A casa non c'è nessuno", disse vago.

"Tuo padre è di nuovo partito?", chiese sorpreso.

"Sì. Non so dove sia andato, non ha lasciato nulla", sospirò lui. I suoi occhi erano ancora più tristi, e allo stesso tempo distaccati, di un tempo.

"Ho un'idea", disse Lucas battendosi un pugno sul palmo, "stasera vieni da me. E festeggiamo. Che te ne pare? Magari prima ci andiamo a fare una birra".

"Ma non posso…"

"Bere? Su, la prendo io e te la passo".

"Non dovresti bere neanche tu", Marcus finiva sempre per pensare al padre in quei frangenti. Tutto avrebbe voluto, tranne che Lucas si trasformasse in un povero ubriacone. Ma non era il tipo.

"Conosco un posticino…"

"Fuorilegge".

"Figurati", disse ridacchiando, "beh, sì".

"Sono solo sedici anni, a che serve?", si lamentò Marcus.

"Ogni compleanno è importante! E poi sei un impiegato del Wimpy".

"Part-time. Ma non capisco il punto".

"Ah, non lo so. Non so più che dirti per convincerti. Dai su, vieni".

Marcus sbuffò e abbozzò un sorriso, "d'accordo. Ci sto".

"Bene, bene. Avverto mia moglie, intanto", disse lui con un sorriso a cento denti, battendogli la mano sulla spalla.

Marcus aveva conosciuto la signora Ross solo di sfuggita, non era mai capitato. Lei era venuta a prenderlo un paio di volte, era molto impegnata con il lavoro e l'università a quanto pareva, e lui gliel'aveva presentata. Molto spesso Marcus aveva chiuso al suo posto perché lui doveva correre a casa. Le cose erano cambiate da quando si era sposato.

Ricordava ancora lo sbigottimento e il senso di smarrimento che aveva provato quando lui glielo aveva comunicato, era passato quasi un anno ormai, eppure gli sembrava ieri.

"Marcus, devo confessarti una cosa. Ho incontrato una ragazza meravigliosa, si chiama Clara e… mi sposo".

"Che cosa?".

"Cioè, mi sposerò, non le ho ancora chiesto nulla, ma lo farò presto. Lo so che sembra prematuro, ma io la amo".

Marcus restò a bocca aperta, senza sapere cosa dire. Lo invidiava per la sua capacità di dire tutto ciò che provasse, senza nessuna difficoltà.

Gli avrebbe voluto dire che lui era un fratello, e che aveva paura di perderlo.

"Non fare quella faccia. Io e te saremo sempre amici. Mica scappo. Pare io sia destinato a questo lavoro per l'eternità", sbuffò, ma non sembrava dispiacersene poi così tanto.

Vedendo quell'espressione smarrita, lo spettinò, poi gli strinse un braccio al collo, "ehi, io ci sono sempre per te. È chiaro? Non farti scrupoli", si era davvero affezionato a lui.

"Per me… io. Tu", balbettò Marcus imbarazzato.

"Sì, lo so amico", Lucas ripensava ogni volta a ciò che quel ragazzino aveva dovuto subire e non poteva non provare un moto di angoscia, misto a pietà e ad affetto, gli voleva sinceramente bene. *Nessuno dovrebbe passare ciò che ha passato lui in questi tre anni e più, nessuno*, si ripeteva spesso, e spessissimo ne parlava a sua moglie che rispondeva, "povero ragazzo. Stagli vicino", o almeno era così che diceva all'inizio.

Ma non era poi così facile, Marcus era più sfuggente di quanto già non fosse prima. Passava le giornate al parco, e a scuola litigava con tutti facendosi sospendere, era già un miracolo che fosse riuscito a non farsi bocciare negli scorsi anni. Suo padre era assente, sempre. Sua madre era andata via da tempo, e sua sorella…

Lucas neanche riusciva a pensarci che gli saliva un'angoscia incontenibile.

Quasi non parlarono più. Marcus appariva molto stanco e Lucas non poté fare a meno di chiedere, in un momento di pausa, "ancora quegli incubi?".

Lui annuì, "sono sempre peggiori". Lucas non aveva notato i nuovi graffi, né il taglio sull'orecchio.

"Passa a casa a farti una doccia, dai. Ci penso io qui", disse Lucas anche se il locale era super affollato e la fila non sembrava finire mai.

"Sei sicuro?".

"Sì. Riposa un po', ci vediamo più tardi. Oggi si chiude prima", Lucas ormai aveva questo potere, erano anni che lavorava lì e aveva un certo credito.

"Ok", fece un mezzo sorriso che suonava come un grazie e andò nel retro a raccogliere le sue cose.

A passo lento percorse il marciapiede che in quei tre anni non era cambiato, solo alcuni negozi ai lati erano stati sostituiti. A terra una vetrina era stata sfondata sicuramente a scopo di rapina, avevano circondato il punto con un nastro giallo.

La crisi mordeva e lui temeva per il suo futuro, non ci pensava spesso, ma quella paura rimaneva ben salda dentro di lui. Se fosse sopravvissuto a ciò che era accaduto, e stava accadendo, nella sua vita, se ce l'avesse fatta, allora avrebbe dovuto affrontare anche quello, qualcosa di più naturale, ma sicuramente altrettanto spaventoso. Era un periodo buio, i giovani non riuscivano a far valere i loro studi, a lavorare, i negozi fallivano rapidamente, la borsa si alzava e scendeva, i politici, sempre gli stessi, sempre pessimi, non sapevano cosa fare o non erano interessati. Tutto stava andando fuori controllo, la criminalità era vertiginosamente aumentata, nel pensarlo gli venne la nausea e si dovette fermare, si appoggiò a un palo e aspettò che gli passasse.

Quando riprese sentì dei passi, si voltò, era ancora quell'ombra, la ignorò come faceva sempre. Ma il vederla l'aveva spinto a cercare lei, come se si fosse ricordato solo in quel momento della sua esistenza.

"Dove sei?", urlò al vento, mentre tutti lo guardavano male, "dove sei?", la cercava tra la gente, come un drogato che ha bisogno della sua dose. Iniziò a sudare e poi la vide, proprio all'angolo della strada, tra il continuo via vai di macchine. Indossava quel vestito bianco e i capelli lunghi cadevano morbidi, si voltò e gli sorrise. Lui ricambiò, fu invaso da una beatitudine che lo rasserenò, come niente ormai riusciva a fare.

"Ehi, non mi sfuggire oggi", provò a dirle, "per favore, resta", Marcus si avvicinò all'angolo, come se fosse certo di riuscire ad afferrarla. Si sentì sempre più stanco, come se la donna avesse il potere di risucchiargli le energie. Lei iniziò a camminare, "aspetta", disse lui seguendola come se non avesse coscienza di se, "aspetta"..

***

L'odore forte dei fiori lo colpì al naso, non ricordò di essere entrato in casa. I suoi sbalzi tra realtà e sogno ormai erano così frequenti da confonderlo, stordirlo, ma allo stesso tempo non sembrava più importargliene.

Accese la luce rapidamente, la stanza era sommersa di margherite gialle. Marcus fu preso da un raptus di follia, le raccolse a grandi bracciate e le buttò fuori dalla finestra, "maledette, maledette", ripeteva, gli ricordavano sua madre. "Basta. Basta", sudava, gli occhi stralunati e stanchi, i tagli sparsi per il corpo, perlopiù invisibili. Non ce la faceva a vedere quelle margherite, solo in mano alla donna dei suoi sogni riusciva a tollerarlo e a non percepirlo come una sorta di tortura.

Era quella sagoma che lo seguiva a torturarlo, era leï: la maledetta vecchia, lo sapeva ora, perché era riuscito a vederla nei suoi incubi, era lei a non lasciarlo respirare. Quando gettò le ultime margherite, crollò a terra, sfinito, le spalle si alzavano e abbassavano pericolosamente, scosse dagli spasmi. Le mani tremavano. Era sfinito.

Si alzò come uno zombie e camminò lungo il corridoio buio. La stanza di sua sorella era chiusa a chiave, mentre lui, ormai da anni, da quando sua madre era morta, aveva riconquistato la sua camera. Suo padre non dormiva più, né sul divano né in camera sua. Con il sussidio che gli era stato dato, pagava lunghi viaggi, vagava, immaginò Marcus, come un vagabondo. Poi, ogni tanto si faceva rivedere, come se nulla fosse, e di colpo ripartiva. Nessuno sapeva in che condizioni vivesse Marcus, tranne Lucas, che aveva cercato di spingerlo più volte a contattare qualcuno. Lui stesso avrebbe voluto parlare con i servizi sociali, aveva sedici anni, e Lucas sapeva che non poteva vivere da solo bastando a se stesso, anche se l'aveva sempre fatto. Però, pensò, i servizi sociali forse sarebbero stati anche peggio, non funzionavano come avrebbero dovuto, perciò si limitò a tacere e a sostenerlo, facendogli da fratello, amico e anche padre. Gli preparava la cena, la colazione, spesso lo portava in giro nel weekend. Erano andati a pescare, lo aveva persino trascinato a delle mostre d'arte, ma più di così non poteva fare. Poteva solo lenire, per quello che potesse, il suo immenso, interminabile dolore. Un dolore che si autoalimentava in continuazione, come un pozzo buio senza fondo.

Si arrestò di fronte la camera di sua madre e entrò. Le margherite erano anche lì, nel vaso. Non si chiedeva più chi diavolo le cambiasse ormai, immaginando fosse la vecchia donna. Osservò con sguardo vacuo il letto ben fatto e ripensò a ciò che era successo, come faceva ogni giorno, da sveglio e da addormentato. Era andato tutto esattamente come aveva visto quel giorno. Lui non era a casa, sua sorella e suo padre si erano trasformati in pietra e la loro famiglia era definitivamente crollata in pezzi, distrutta.

Con passo trascinato lasciò la stanza con la porta ancora aperta, e si infilò in bagno, doveva farsi una doccia, sentiva la maglietta di cotone incollata alla pelle fredda. Sotto il getto dell'acqua sembrò rinascere, si accucciò in un angolo, lasciando colare il sapone sul suo corpo e si addormentò.

***

Una leggera risata partì dal fondo della mia coscienza, cercai di individuarla. Nel corridoio di casa mia sorella Meg se ne stava immobile, con i vestiti disordinati, i lividi su un braccio, il trucco sbafato e i capelli arruffati, le ginocchia le tremavano e sembravano voler cedere da un momento all'altro. Gli occhi stralunati mi fissavano quasi senza vedermi, era imbambolata eppure rideva, sempre più forte. Di colpo le comparve in mano una margherita, iniziò a strappare lentamente i suoi petali, "morta o non morta. Morta o non morta".

"Fermati", gli dissi. Notai papà appoggiato al muro di lato, con una smorfia impressa in volto e le braccia incrociate. Non faceva nulla.

"Morta o non morta", i petali erano quasi finiti. La porta laterale si socchiuse lentamente.

"Piantala!", urlai facendo un passo avanti.

La sua voce era diventata un sussurro come se qualcuno pian piano la stesse privando delle sue corde vocali.

"Tesoro balliamo", disse papà rivolta a qualcuno che non c'era. Poi iniziò a muoversi a ritmo di valzer sorreggendo un'ombra. Il suo corpo oscillava come una marionetta nell'aria polverosa.

"Morta o…"

Strappai dal suo pugno la margherita a cui restavano solo due petali e la calpestai con tutta l'energia che avevo in corpo. Lei sorrise, il viso una maschera nera, gli occhi pieni di capillari rossi, la pelle di un pallore mortale.

Tirò fuori dalla tasca un'altra margherita e riprese, "morta o non morta". Mentre lo faceva, un attacco di tosse colpì l'essere nella stanza accanto, non sembrava mia madre, era un suono meccanico, innaturale. Man mano che Meg contava i petali la tosse aumentava.

Rabbrividii, senza sapere cosa fare, la cosa sarebbe andata avanti all'infinito, è questo che sentivo.

"Morta o non morta", riprese dopo una piccola pausa.

Papà danzava ancora dietro di lei, strusciando le pantofole sul pavimento sporco.

La tosse sempre più forte, come un rimbombo.

"Morta o non morta".

Mi coprii le orecchie con le mani, "basta! Basta! Basta! Basta!", urlai chiudendo gli occhi, fino a quando i rumori sparirono. Sentii la pioggia cadere, il soffitto era diventato una nuvola scura. Alzai gli occhi e mi svegliai.

***

Era sotto la doccia da non si sa quanto tempo. Si osservò le mani, quelle fastidiose grinzette sulle dita erano profondissime. Faticò a rialzarsi, scivolò più volte senza avere un appiglio su cui farsi leva. Il muro era umido. Il bagno una nuvola di vapore.

Passò una mano sullo specchio, *quanto sono cresciuti*, pensò osservandosi i capelli, eppure era convinto che il giorno prima non fossero così. *Non lo erano*, si disse misurando la lunghezza con le dita. Nonostante l'acqua fosse bollente il suo viso era ancora pallido, come se la sua pelle rigettasse il calore, ogni tipo di calore.

Strappò un paio di forbici dal mobiletto e si tagliò i ciuffi quasi a caso, quando furono decenti sciacquò le forbici, e ricordò quel giorno. Sua sorella Meg con le forbici in mano, che in una delle sue crisi di astinenza minacciava di uccidersi se non le permettevano di uscire.

Ma non c'era nessuno a fermarla. Suo padre non aveva più forza vitale e lui, lui era solo un ragazzino, nessuno era in grado di fermarla, e forse lei avrebbe solo voluto che qualcuno lo facesse. Marcus si poggiò al lavandino e inarcò la schiena, piegato da quel peso. Forse avrebbe potuto fare qualcosa, e non l'aveva fatto, non ci era riuscito.

Quel giorno, quando aveva tentato di avvicinarsi a lei, Meg lo aveva colpito con la forbice sul braccio. Chissà cosa si immaginava di avere davanti. Sudava nonostante fosse pieno inverno e tremava cercando di mantenere salda la stretta.

Marcus non era indietreggiato e non riusciva a parlare, quelle scene si erano ripetute tantissime volte, in tante diverse maniere che replicavano lo stesso motivo, e finivano nello stesso modo.

"Papà!", urlava Marcus e lui si affacciava o dal salotto o dalla camera da letto, come un fantasma in una casa che non gli apparteneva.

"Tesoro, ti prego", diceva a volte. Altre non parlava. Sembrava uno di quegli incubi reali. Ormai la sua vita era tutta così. Un forte intreccio di incubi e realtà, talmente stretto da non chiedersi più quale fosse realtà e quale immaginazione. Anche perché non era convinto che gli incubi non fossero reali, spesso erano più reali e sinceri della vita stessa. Nutrendosi del suo inconscio, mostrandogli ciò che non riusciva a vedere da sveglio. Eppure, erano un bagaglio pesante con cui doveva convivere. Avrebbe voluto liberarsene, l'avrebbe fatto se fosse stato possibile. E invece se lo trascinava dietro e lo teneva legato a tutto ciò che di brutto c'era nella sua vita e dentro se stesso, una doppia catena che faticava a sganciare, se mai fosse stato possibile.

Meg non ascoltava e scivolava via, lasciando cadere le forbici insanguinate a terra. Pentita, forse, ma troppo stanca anche solo per pensare. Suo padre riprendeva la sua posizione e tutto tornava immobile, mentre quella stanza ormai vuota rosicchiava piano piano, come un parassita, ciò che rimaneva di loro. I ricordi, il passato, il presente, la loro stessa carne, le emozioni, i pensieri, le speranze. Lasciandosi dietro solo una scia di paura. Marcus aveva paura per il suo futuro, per quello di suo padre e di sua sorella. E il mondo non lo aiutava a trovare appigli, strumenti per poterlo costruire quel futuro.

Si sentiva smarrito, cosa ne sarebbe stato di lui? Senza una famiglia che potesse supportarlo, senza una società che lo aiutasse a trovare il suo posto. Come sarebbe finita?

Se Lucas non gli avesse affidato quel lavoro part time, forse litigando molto per farlo accettare ai piani alti, se non gli avesse regalato la sua amicizia, ora... *ora forse sarei con mia sorella. Dovunque lei... dovunque lei si trovi*, si accasciò a terra, stringendo ancora il lavandino, i graffi sul corpo erano spariti, persino quello sull'orecchio, si guardò con attenzione allo specchio, sembrava diverso da quando era entrato nella doccia, una strana sensazione. Poi riprese fiato e come se fosse stato di colpo caricato, corse in camera sua, si preparò e uscì.

Non sapeva che ore fossero, ma doveva correre, di certo. Fuori si era già fatto buio. Passò davanti a un fioraio che era già chiuso e pensò che forse avrebbe dovuto portare qualcosa, ma non sapeva cosa, e forse era tardi. I fiori sarebbero stati una buona idea, ma ormai... e le birre? Non avrebbe mai potuto comprarle.

Era già andato a casa di Lucas, un paio di volte, eppure sembrava sempre la prima volta. Anche provando a concentrarsi, non gli veniva in mente neanche l'arredamento, e in più si sentiva così confuso da quando si era risvegliato. Si fermò sbigottito di fronte alla vetrina che aveva visto distrutta, circondata dal nastro della polizia, non poteva credere ai suoi occhi, era integra, non potevano aver risolto tutto in poco più di un'ora. Marcus scosse la testa più volte, che cosa era successo? Sembrava che il tempo si fosse riavvolto, e la mente di Marcus con esso. Non ricordò più bene quel pomeriggio, e pensò che i suoi *quindici anni* appena compiuti erano stati veramente terribili, con la scuola che aveva chiamato per parlare con un genitore e le sue mille scuse per giustificare la sua assenza. Aveva litigato con un compagno, e una compagna l'aveva difeso, non ricordava più il nome, *perché sto andando da Lucas?*, si chiese. Ma proseguì.

Passò di fronte a una gioielleria che stava per chiudere e rallentò il passo fino a fermarsi. Fu attratto da alcuni oggetti esposti, e sembrò venirgli qualche idea, per un attimo tornò al giorno in cui doveva essere, si sentiva ancora più confuso, *non ho quindici anni io*, si disse tastandosi la testa e continuò a guardare la vetrina.

Nei mesi successivi sarebbe passato più volte di fronte a quella vetrina, a testa bassa, e con le mani in tasca. Il gioielliere l'avrebbe controllato, come ogni giorno, e avrebbe scommesso ridacchiando con suo padre, che gli stava insegnando pazientemente il mestiere, se si sarebbe mai deciso a entrare. Chi lo sa.

"Ahi", il taglio sull'orecchio era ricomparso e sanguinava. Lo toccò, sparì lentamente sotto le sue dita, lasciando solo una piccola cicatrice. Riprese a camminare perplesso, la nebbia era tornata, la attraversò a pugni stretti, pronto a affrontare qualsiasi cosa all'interno, pur di rivedere lei. Ma non c'era. Respirò a fondo, intorno a sé il nulla, l'indefinito. Come fosse un ventre materno si accovacciò a terra, senza preoccuparsi di altro, ma la nebbia stava per essere soffiata via, sentì un vento tirare da sud e si alzò di scatto. Doveva muoversi, aveva un appuntamento, non poteva stare lì, non si sarebbe mai dovuto fermare, non era giusto.

Quando ne uscì, sentì i muscoli tirargli come se fossero cresciuti in quei pochi istanti in cui si era perso in quel vuoto. E senza neanche accorgersene si ritrovò di fronte casa di Lucas.

Dopo un momento di esitazione bussò alla porta, si sistemò di corsa i capelli appena tagliati e prese fiato.

"Marcus, eccoti, stavamo per preoccuparci", la faccia sorridente di Lucas gli fece dimenticare ogni residuo di pensiero su sua sorella. "Entra dai".

"Scusa, mi sono addormentato", disse con una punta di imbarazzo.

"Non ti preoccupare", aggiunse la moglie di Lucas, torcendosi una mano nell'altra. Era bella da togliere il fiato. Marcus rimase a bocca aperta, *e lei che ci fa qui? Già vivono insieme allora?*, pensò.

"Che succede?", chiese Lucas notando l'enorme stupore e confusione di Marcus.

"Questa è Clara. Mia moglie, ricordi? L'hai già vista, uhm… almeno altre tre volte, credo. Vero cara?".

"E vivete insieme?", Marcus non aveva scordato ciò che l'amico gli aveva confessato quel pomeriggio, "mi sono innamorato, lo so che è prematuro, voglio sposarla", non era sposato.

Lucas lo guardò perplesso, "ma certo. Lo sai. È… mia moglie", lanciò un'occhiata a Clara chiedendo pazienza.

Che diavolo stava succedendo? Si tastò la testa. La moglie lo guardava preoccupata, con un'espressione palesemente confusa impressa in viso. Lucas gli strinse la spalla.

"Su, vieni di là", disse poi rivolgendosi a Marcus. Lucas si era vestito con una maglia scura su cui spiccava uno scheletro.

"Iron Maiden", sussurrò Marcus.

"Conosci?", disse Lucas entusiasta cogliendo la palla al balzo, "è uno dei miei gruppi preferiti. Dovresti sentirli, e poi sono pure inglesi", parlò fiero, come se fosse stato lui stesso a crearli. "Ma te ne ho già parlato", disse con tono di scusa.

"Veramente no", rispose Marcus a disagio. Poi li distrasse un lamento di bambino. E Marcus si irrigidì, *un bambino?*

I bambini non erano il suo forte. Quando ne incontrava per la strada o al parco, distoglieva lo sguardo, gli occhietti furbi e vivi dei bambini gli sembrava che lo scrutassero a fondo come nessun altro, sembrava follia ma quella era la sua impressione. Se li guardava, loro rispondevano con un'espressione tesa, quasi spaventata, un'espressione di rimprovero. Era convinto di non esserselo inventato. Come era convinto che Lucas non si fosse sposato ancora, né che avesse un figlio. Marcus iniziò a tremare credendo di trovarsi in qualche incubo contorto.

Lucas sparì in una stanza e tornò con il piccolo in braccio, "questo è Dan", disse fiero. Marcus cercò di guardarlo per non essere maleducato e abbozzò un sorriso, "che carino", disse a fatica, il bambino non smetteva mai di sorridere, apparentemente felice anche solo di stare in braccio al padre.

"Vuoi tenerlo?", la moglie di Lucas lo guardò storto, non credeva fosse una buona idea, ma lui già era partito in quinta, con la sua solita luminosa fiducia per il prossimo.

"Tieni, non morde", disse ridacchiando.

Marcus se lo ritrovò in braccio senza volerlo, lo guardò, mentre sentiva le energie sparirgli da ogni estremità, come risucchiate da un punto sconosciuto, dentro o forse fuori di sé, non sapeva dirlo.

Il bambino lo guardava con aria perplessa, come se cercasse di capire che tipo di persona avesse davanti. Serrò la piccola bocca e smise sia di ridere che di piangere. Non sembrava reale, percepiva il suo peso, il suo calore, eppure non lo sentiva reale.

E accadde l'impensabile, le braccia cedettero e il bambino volò a terra. Forse lo fece coscientemente, era una prova, un tentativo di scardinare quell'incubo, ma se non si fosse trattato di un incubo? Lucas, per fortuna, era abbastanza vicino e lo prese al volo. Sua moglie aveva lanciato un urlo che aveva distrutto tutto ciò che poteva rimanere di quella serata.

"Io... non...", balbettò Marcus a bocca aperta, spaventato, meno convinto che si trattasse di un incubo.

Si scusò rapidamente, e uscì dalla porta d'ingresso. Lì sentì litigare.

"Abbi pazienza".

"Non... non so che dirti".

"Pensa a sua madre e poi sua sorella..."

"Lo so, so tutto Lucas, non c'è bisogno che me ne parli. Ma ha qualcosa che non va. Mi dà una brutta sensazione addosso, mette i brividi. Io non..."

"Vieni di là", gli disse Lucas sbirciando dalla finestra.

Questo era tutto ciò che aveva sentito. Sospirò, dicendosi che la donna non aveva poi torto.

Dopo dieci minuti, il tempo che ci volle, pensò il ragazzo, a convincere sua moglie, Lucas si affacciò e si sedette sui gradini.

"Va tutto bene?", chiese Lucas vedendolo in ansia.

Marcus agitava una mano nell'altra e sentiva freddo, come se la morte gli si fosse appoggiata sulle spalle e lo cingesse senza lasciarlo andare.

"Sì, scusa ancora. Io... non so come dire", voleva confessarlo a Lucas, voleva farlo. "Lucas, oggi non è il mio compleanno, non è così?", disse fissandolo dritto negli occhi con aria spaventata. "Quanti diavolo di anni ho, ora?", gli sembrava di essere saltato dai sedici, ai quindici e di nuovo in avanti in pochissimo tempo, quel tardo pomeriggio. E si era addormentato, si era perso, poi era tornato. Si strinse la testa fra le mani, gli veniva da vomitare. Era così confuso, non riusciva a ritrovarsi con chiarezza.

Lucas lo era altrettanto e cercò di mantenere un tono calmo e rassicurante, "No, Marcus. Il tuo compleanno è stato dieci mesi e mezzo fa, ormai", serrò le labbra, "ricordi? Ti ho regalato la maglietta che indossi oggi".

Marcus se la osservò come fosse la prima volta, eppure un barlume di conoscenza gli illuminò il viso, ma durò solo un istante.

"Io non ricordo i dieci mesi e mezzo che sono appena passati", disse, sperando di non essere giudicato un pazzo, "oggi pomeriggio era il mio compleanno. Sedici anni. Ho compiuto sedici anni. Poi... poi mi sono addormentato, è successo qualche altra cosa. Sono diventati quindici, poi sedici, e ora mi trovo qui", disse fissandosi le mani aperte, *e in tutto questo balletto i miei ricordi si sono modificati ogni volta*, come faceva a spiegarglielo con chiarezza? Non era chiaro neanche a se stesso.

Lucas aveva socchiuso le labbra e spalancato leggermente gli occhi, "ti è successo spesso?".

"Io... non lo so. Non credo. Ho perso la cognizione del tempo da molto tempo ormai. È tutto così... così irreale", disse aprendosi finalmente con lui.

"E gli incubi? Fai ancora quegli incubi?", chiese Lucas interrompendolo.

"Sì", sospirò Marcus tentando di calmare il suo cuore, quella notte cosa l'avrebbe aspettato? Cercò di non pensarci.

"E quell'ombra che ti segue. C'è ancora?", strinse le mani l'una nell'altra.

"Che ne sai dell'ombra?".

"Me ne hai parlato".

"Scusa, non me lo ricordo".

"Anche io l'ho vista un giorno, sai".

Marcus non parlò per più di un minuto, era atterrito per la sorpresa.

Lucas lo guardò con un mezzo sorriso malinconico, e respirò tutta l'aria che aveva intorno prima di riuscire a trovare le parole. "Quando è morto mio nonno ero perso, lo sono stato per tanto tempo. Ero piccolo. Un ragazzino. E sentivo quella presenza seguirmi. Voleva qualcosa da me, Marcus".

Marcus era attentissimo a ogni sua singola parola.

"Si nutriva della mia disperazione e aspettava il momento in cui fossi stato abbastanza distrutto per... per farsi avanti".

Marcus annuiva, era proprio così che andava, più era disperato, più quell'ombra gli girava intorno maliziosa, "ed è successo?".

"Sì", disse Lucas come se ce l'avesse davanti. Marcus vide la sua mascella stringersi fino quasi a frantumarsi, "un giorno, ero seduto in macchina, mia madre era venuta a prendermi a scuola perché avevo risposto male al professore ed ero stato sospeso. E in quel momento era dentro con i professori. Sentivo che nessuno mi capiva, solo mio nonno aveva quel dono. Mi sentivo solo, e pensai che niente sarebbe più tornato come prima. Vedevo tutto nero, mai come quel momento. Spensi la luce in quella stanza che rappresentava la mia speranza, fino a farla inghiottire dalle tenebre. Fu in quel momento che comparve.

'Lucas', mi disse, 'puoi far sparire tutto questo dolore se lo vuoi'. Attraverso lo specchietto, vidi un'ombra sul sedile posteriore e rabbrividii fino alle ossa, era un sogno o la realtà? Mi chiesi.

'puoi avere tutto ciò che vuoi. Vuoi un mondo pieno di felicità? Di alberi? Un mondo in cui non si va a scuola? Un mondo in cui ogni essere umano è tuo schiavo? Persino quell'antipatico professore', disse sapendo bene cosa era appena successo, come se mi seguisse, 'se vuoi, puoi averlo', e che cosa devo fare per averlo? Gli chiesi, proprio così. 'Stringi un patto con me', ma io sentivo i miei sensi in allarme, e dissi che no, non lo volevo e feci bene. Mia madre tornò subito dopo con parole d'incoraggiamento. Passammo la giornata insieme, facendo tutto ciò che amavo di più e la speranza, si riaccese. La stanza non era più poi così buia".

"E l'ombra?", chiese Marcus ancora a bocca aperta, non aveva idea che anche lui fosse stato sua vittima.

"Non è più tornata. Ormai mi stavo riprendendo, rafforzando se così si può dire", sfoderò uno dei suoi sorrisi rassicuranti, "perché lo so che è difficile. Ma tutto si può affrontare. Vogliamo provarci?", gli disse stringendo con affetto la spalla.

Marcus annuì, non era solo. Insieme rientrarono a casa.

Il ragazzo si scusò più volte. Lucas sapeva che non l'aveva fatto apposta, ma la moglie non ne era così convinta, aveva notato qualcosa nel suo sguardo e quell'impressione non riusciva ad abbandonarla. Per tutta la sera non fece altro che fissarlo. E Marcus cercò di rimediare come poteva, beandosi di quella casa piena di amore, che aveva costruito una barriera tutt'intorno per proteggersi da ogni male. Questa barriera rigettava Marcus, così come faceva buona parte di quella famiglia.

Quello fu l'inizio della fine. Gli inviti a casa si fecero sempre più rari. Poi inesistenti. Era chiaro che sua moglie non volesse fargli incontrare il bambino. E Lucas, di contro, aveva sempre meno voglia di parlarne, aggirava l'argomento sempre più spesso e questo lo faceva soffrire.

Mi sono accorto che era tutto finito, pensò Marcus in un momento di lucidità, *quando Lucas ha smesso di sorridermi*. Ma quella sera, ancora sorrideva.

Il ritorno a casa quella notte, fu lungo e sofferto. Sembrava un povero cieco in una città di specchi. Dovunque si girasse ritrovava se stesso a inseguirlo. Si diresse senza volerlo al ponte, pochi quartieri a ovest di casa sua, come calamitato. Non voleva tornare a casa dove non l'aspettava nessuno ma, allo stesso modo, non voleva raggiungere quel luogo, eppure eccolo lì, appoggiato al suo bordo, a guardare giù, verso i gradini, in quel punto preciso. Un vento intenso saliva su dal fiume scompigliandogli i capelli scuri, di nuovo lunghi. Le mani, che pendevano fuori dal bordo, divennero di ghiaccio. Le strinse a pugno per ritrovare la sensibilità.

Poco distante c'era proprio lui, l'ultimo uomo sulla Terra che avrebbe voluto vedere, fissava lo stesso punto con aria affranta ma confusa, le occhiaie scure e i capelli arruffati gli davano un tono disordinato, calpestato. Sembrava che un camion ci fosse passato sopra più e più volte. Marcus avrebbe voluto guidarlo quel camion.

Dopo un attimo di smarrimento lo inseguì, e il ragazzo se ne accorse quasi subito, iniziò a correre verso la direzione opposta, in maniera scomposta, eppure era veloce. Marcus si dovette fermare a metà del tragitto e rimase fermo a vederlo sfilare lungo la strada che costeggiava il fiume. Fino a quando non diventò un puntino nero.

Ancora ansimante, si poggiò al muretto, come al solito le sue notti non erano riposanti, si sentiva così stanco. Guardò ancora quel punto preciso del fiume e si morse le labbra, frustrato.

L'immagine di fronte a sé iniziò a tremolare, tutto diventò una macchia confusa. Con la fronte sul muro freddo, cercò di calmare il respiro e quella sensazione di oppressione che gli stringeva lo stomaco. Come se ci fosse qualcun altro dentro di sé, si accasciò sul marciapiede e vomitò.

Con gli occhi ancora pieni di lacrime si alzò in piedi, e vide quella donna bionda, era proprio in fondo al ponte, ma lui non riusciva a metterla a fuoco. Si strofinò gli occhi più volte, ma non faceva altro che lacrimare, forse anche per lo sforzo della corsa, e per tutto ciò che gli vorticava dentro.

La donna non restò, come sempre lasciò una margherita, che ora era diventata più qualcosa di dolce, quel senso di oppressione e angoscia che provava nel vederla era quasi smarrito. La margherita gialla, in quel periodo si era staccata dall'immagine di sua madre, che stava per essere sostituita da quella donna, eppure il dolore era triplicato. E quel ponte... non poteva far altro che andarci, quasi ogni giorno. Non si aspettava di incontrare proprio lui, il dolore lo colpì di nuovo, ma si sforzò di non pensare. Lo ricordava quel ragazzo, ricordava quel ponte, ricordava quella notte. E ricordava come fosse ieri sua sorella.

Raccolse la margherita e tornò a casa sua.

In quella notte di incubi, la protagonista fu proprio Meg. Rideva, piangeva e rideva ancora. Il suono della sua voce mi risuonava nelle orecchie come se mi colpissero con un martello chiodato. Ogni risata una forte fitta. Quella terra di nessuno piena di nebbia era sempre di fronte a me. In tutti gli anni passati, non ero riuscito a liberarmene.

Mi sdraiai a terra in mezzo alla nebbia e mi lasciai sovrastare, nascondere da tutto e tutti. Per un po' sarei stato bene. Poi sarei stato pronto ad affrontare tutto quello che mi meritavo.

Mentre i miei se ne stavano a guardare, ridendo di me, e quelle catene comparvero da terra, legandomi stretto, chiusi gli occhi e aspettai che finisse.

"Come sta tua moglie? E il piccolo Dan?", chiese un giorno, durante il loro turno al fast food.

"Bene. Si va avanti", serrò la mascella.

"C'è qualcosa che non va?".

Lucas sembrava meno allegro del solito, forse quella volta sarebbe stato Marcus a porgergli una spalla su cui appoggiarsi. Fuori aveva iniziato a piovere da alcuni minuti, e il cielo scuro gettava un'ombra sul locale. Le persone sedute si erano fatte più silenziose, come se anche loro stessero aspettando che Lucas parlasse.

"Non è nulla Marcus", gli diede una pacca sulla spalla.

Marcus si girò verso di lui, stringendo ancora in mano il ketchup che stava riordinando, "insisto".

Lucas sospirò, quando Marcus era così testardo, c'era poco da fare, "e va bene. Ma non è nulla, davvero. Tu conosci il mio appartamento".

"Sì".

"Hai visto, insomma non è enorme, però è accogliente".

"E?", non riusciva a cogliere il punto.

"Mi piacerebbe molto offrire alla mia famiglia una casa più grande, solo che ho problemi già a mantenere quella", si carezzò la nuca spinto da una sorta di imbarazzo. "E questo mese, fra le spese per i… per il bambino e mia moglie che non lavora, ecco, credo che avrò difficoltà a pagare l'affitto. Niente di che, in qualche maniera farò, insomma capita. Vedi che non era niente di che?", ridacchiò, dopo aver parlato a raffica, cercando di mascherare quell'imbarazzo che era così palese, tipi come lui non sapevano nascondere le loro emozioni, erano cristallini. E questo era il motivo per cui Marcus l'apprezzava.

"Capisco", disse stringendosi il polso, come a trovare il coraggio per una qualche azione, qualcosa sotto la maglietta formava un piccolo dosso.

"Ehi, non fare quella faccia. Non è niente di che. Mica ci sfrattano, forse. Ah ah ah".

Marcus sospirò, "in qualche maniera si farà, dai. Ne sono certo", gli strinse la spalla.

"Su, su con la vita", disse Lucas dandogli una manata sulle spalle, non poteva sopportare che si preoccupasse anche per lui. Ma Marcus lo faceva, era chiaro quanto Lucas fosse assillato da quel problema.

Le risatine di alcune ragazze interruppero la conversazione, erano state così rumorose e acute da far voltare più di una persona. Lucas gli diede una gomitata, "amico mio, fai conquiste", disse ridacchiando, Marcus avvampò, le quattro ragazze lo fissavano con attenzione, una gli fece persino l'occhiolino.

"Perché non offri un frappè alla più carina?" suggerì Lucas divertendosi un mondo.

Marcus non si rendeva mai conto di quante conquiste facesse, era convinto che gli occhi fossero sempre e solo puntati su Lucas, eppure a volte accadeva, e non sapeva come comportarsi, come fosse un bambino cresciuto per sbaglio che si ritrovava rinchiuso in un corpo sbagliato. Si osservò le grandi mani, la peluria sulle braccia come se non l'avesse mai vista. Si rese persino conto di quanto fosse diventato alto, quasi raggiungeva Lucas, eppure prima lui lo superava abbondantemente, *com'è possibile*, si chiese realmente sorpreso. Per lui la concezione di tempo era diversa, aveva perso quel ritmo che apparteneva alla vita di qualsiasi essere umano, per Marcus era qualcosa di elastico e confusionario, che non seguiva la classica linea. Spesso dimenticava interi periodi e si risvegliava mesi in avanti, o indietro, era una strana sensazione. Era come se vivesse in un mondo parallelo che si intersecava con quello della realtà ma che aveva regole completamente sue, che cambiavano forse in base al suo stato d'animo. O forse era semplicemente diventato pazzo, aveva vuoti di memoria, forse qualche strana malattia che non avevano diagnosticato. Ciò che sapeva è che si sentiva sballottato tra due mondi che pian piano si stavano sovrapponendo l'un l'altro, confondendo le carte. Quel mondo, quello che aveva soprannominato degli "incubi" o di "nebbia", lo continuava a trascinare ogni notte in mezzo alla nebbia conciliante e allo stesso tempo pieno di ansie, eppure lì a volte si sentiva più vivo di quanto non gli sembrasse nella realtà. Quando si risvegliava, si ritrovava parti del corpo marchiate da quel luogo, come se fosse la realtà, ormai spesso non gli sembrava neanche di addormentarsi, come se fosse un semplice prolungamento della sua vita. Poi c'era la realtà, o detta tale, quella in cui viveva Lucas, ma chi lo diceva che era proprio quella la realtà? Si sentiva così confuso, e stanco, Lucas era il suo collegamento col mondo, la sua speranza di libertà, però il futuro che aveva davanti, e che doveva affrontare da solo, lo terrorizzava, che cosa avrebbe potuto fare? Quelle ragazze gli facevano ricordare quanto si sentisse fuori luogo in quel posto. Forse solo nella nebbia, nonostante tutto ciò che subiva, si sentiva nel posto giusto. Strano a dirsi, ma iniziava a diventare l'unica verità.

Una delle ragazze non sorrideva al ritmo delle altre, se ne stava all'angolo a osservare, lanciando qualche imbarazzato sorriso. Marcus notò solo lei. Abbozzò un sorriso, per una volta si sentiva presente. Lei stava proprio guardando lui, e così le altre.

"Insomma, ti sei imbambolato?", lo richiamò Lucas. "Fosse la prima volta che qualche bella ragazza ti fissa. Ma non te ne accorgi?", disse quasi esasperato, incrociando le braccia, "che disastro. Ma ci sei?".

"Mh? Mh", Marcus preparò un frappè al cioccolato e prese una grande boccata di fiato poi, come calamitato, proseguì fino al tavolo dove sedevano e lasciò il frappè davanti alla ragazza. Il tavolo sembrava così basso, più basso di un tempo, si dovette piegare per poggiarlo con delicatezza. Quel giorno, in quel momento, si sentiva esattamente dov'era, ancorato a quella realtà, aveva piena consapevolezza di sé, come non succedeva da moltissimo tempo, ma non sapeva quanto sarebbe durato. Fuori dal locale, la donna con i capelli biondi era immobile, il volto coperto da un cartellone appeso alla vetrina. Marcus sospirò, il batticuore che già aveva avuto alla visione di quella ragazza al tavolo, così timida e moderata nei gesti, aumentò di colpo, e ebbe una vertigine. Tornò dietro al bancone, la donna era sempre lì. Ne era così catturato, che rimase a guardare per minuti interi.

"Marcus, ehi Marcus", la voce di Lucas gli rimbombava nelle orecchie ma come un eco lontano.

"Sì".

Lucas indicò con lo sguardo qualcuno, fermo di fronte al bancone. Era la ragazza, da vicino era ancora più graziosa, "volevo ringraziarti per il frappè".

Lui gli sorrise, imbambolato.

Lucas gli diede una leggera gomitata di incoraggiamento.

"Di niente".

Lei sorrise, "come ti chiami?".

"Marcus".

"Io Rose", allungò la mano, "tanto piacere, Marcus", il modo in cui lo diceva gli fece venire il batticuore di nuovo, gli occhi di un marrone profondo lo fissavano con sicurezza, nonostante l'imbarazzo della situazione. Marcus la strinse e lei si voltò per andare, "ci vediamo", disse il ragazzo in un tentativo di fermarla, lei sorrise ancora, le guance ora rosse, "sì".

Le amiche se ne stavano imbronciate, sedute al tavolo, ma avevano già spostato le mire su Lucas che muoveva sfacciatamente in aria la mano con la fede.

"Ben fatto. Carina, cavolo", disse Lucas.

"Deve essere più piccola di me. Avrà meno di diciotto anni", commentò lui.

"E che importa?".

"No, niente", riprese a lavorare come se niente fosse successo, fuori dalla vetrata la donna era sparita, ma aveva lasciato il suo solito regalo, la margherita gialla, un obbligo per Marcus, un monito. A non poterla ignorare.

"Ci andiamo a bere qualcosa stasera, che dici?", invitò Marcus, con una punta di imbarazzo, fissava il bancone e stava stringendo quel ketchup così forte che sarebbe potuto esplodere da un momento all'altro sulla faccia del povero malcapitato di turno.

Lucas lo guardò sbigottito, sorpreso eppure rasserenato, abbozzò un sorriso, "ma certo, mio caro Marcus".

Era la prima volta che lanciava un invito e Lucas ne fu lieto. Qualcosa stava cambiando, Marcus finalmente sembrava pronto alla rinascita, sorrise verso di lui, poi continuò con il ketchup. Lucas prese a fischiettare, "prego signori, avanti!", urlò sorridendo. Marcus pensò che fosse merito della ragazza che aveva incontrato, ma per un attimo non fu sicuro, *è successo proprio oggi?*

Andarono a un pub non troppo distante, erano stanchi per tutta la giornata passata in piedi e non avevano nessuna voglia di camminare, uno dei tanti che facevano sempre un'eccezione per loro. All'uscita dal Wimpy, Marcus si guardò intorno, ormai lo faceva di abitudine, voleva vedere se fosse solo, anche se in realtà ormai solo non si sentiva mai.

Il ragazzo aveva deciso di offrire le birre a Lucas quel giorno, anche se questi aveva insistito per pagare lui, "insomma, sei solo un ragazzo, non te lo permetto".

"Anche tu sei solo un ragazzo", ribatté Marcus fissandolo a fondo.

Lucas sorrise, poi appoggiò la fronte al bancone, "hai proprio ragione".

Alla quarta birra, Lucas fece un brindisi, "a noi ragazzi. Perché siamo e saremo sempre ragazzi", urlò così forte che tutto il pub alzò la pinta verso la sua direzione, "alla tua, ragazzo!".

"Alla nostra!", disse Lucas ridendo, la pelle pallida di un bel colore rosso.

"Ragazzi per sempre", disse alzandosi in piedi. Tutto il pub si alzò per partecipare a quel momento.

"Puoi dirlo forte", disse un cinquantenne dall'aria poco sobria.

Questo era il potere di Lucas, triste o felice che fosse avrebbe potuto guidare un mondo in rivolta se avesse voluto, era carismatico per natura, e infondeva serenità e calma al prossimo con la sua sola presenza. *Chissà se i suoi figli saranno così*, si chiese istintivamente Marcus alzando imbarazzato la pinta per fare il brindisi.

"Non fare quella faccia, saremo sempre giovani amico. Basta esserlo qui", si puntò il dito sulla fronte, "non importa nient'altro per un essere umano, sorridi amico, sorridi, il mondo è magnifico. E un giorno troverai una donna, e lo condividerai con lei", disse Lucas sorridendo, "con lei", ripeté sussurrandolo.

Marcus pensò che sarebbe stato bello vederla così, ma non ci riusciva, lui pensava che sarebbe stato meglio non invecchiare. Aveva visto ciò che succedeva con l'incorrere dell'età, il corpo, la mente, la malattia, ma avrebbe avuto senso rimanere giovane solo a una condizione: che si potesse liberare di quel fardello, avrebbe voluto diventare una persona senza passato, pensò persino che avrebbe pagato qualsiasi prezzo pur di essere libero da quel peso e di non doversi preoccupare di quel futuro che sembrava più buio di qualsiasi altra cosa, più buio persino del passato. Forse solo dentro di sé c'era quel tipo di oscurità, quell'incertezza, quel vuoto. Strinse il polso, cercando il coraggio.

Fuori, dopo numerose birre, Marcus aveva perso totalmente il conto, i due proseguirono abbracciati, sorreggendosi l'un l'altro, mentre Lucas continuava a lanciare brindisi verso l'aria, "ai tuoi diciotto anni. Mi sembra ieri che eri alto così e ti offrivo il frappè". Marcus era poco meno che brillo, reggeva benissimo. Al contrario dell'amico più grande di lui, riusciva ancora a ragionare lucidamente, purtroppo, quante volte aveva provato a ubriacarsi, eppure il destino voleva che fosse sempre sobrio. Non poteva allontanarsi dai suoi problemi, mai.

"Ti prego, Lucas", disse schifato, ma in fondo gli faceva piacere. "E poi sono passati da un po' di mesi, quante volte si deve festeggiare ancora?", disse sbuffando.

"Quanto basta".

"Basta, allora".

"Non è mai abbastanza. Auguri, Marcus!", disse sbracciandosi, quasi perdendo l'equilibrio.

"Ehi, attento", lo afferrò al volo, ma il peso era troppo e i due caddero a terra, sul marciapiede ancora bagnato di pioggia. Alle loro orecchie il rumore delle ruote sull'asfalto pieno di pozzanghere.

"Ti auguro una vita felice, voglio che sorridi. Sorridi", scoppiò a ridere.

Marcus sorrise, anche da ubriaco non smetteva di pensare agli altri, "non me ne sono dimenticato, sai?", tirò fuori una piccola scatola nera e gliela infilò in tasca senza dargli il tempo di guardare.

"Cos'è?", chiese Lucas cercandola, ma senza riuscirci, i suoi gesti andavano a vuoto. "Dai, tirala fuori".

"A casa. Guarda a casa", bofonchiò agitato, impedendo i suoi già inefficaci tentativi.

"Buon compleanno Lucas", disse imbarazzato, ma sorridendo. "Ventitré anni, questa è un'età da festeggiare", disse come avrebbe detto Lucas, cercando di sembrare allegro. Si grattò la fronte imbarazzato, poi strinse di nuovo il polso con la mano libera, mentre un'aria fresca si alzò dal fondo della strada, facendolo rabbrividire.

Lucas sorrise di rimando, sorpreso ma apprezzando il suo sforzo, "te ne sei ricordato. Grazie amico…", poi crollò addormentato. Marcus fece in tempo a attutire la caduta della sua testa sul marciapiede. Poi lo trascinò a casa e lo lasciò sui gradini. Bussò alla porta e sparì. Sapeva che sua moglie non l'avrebbe voluto trovare. Sospirò affranto. Ma il pensiero di quella ragazza… "Rose", sussurrò con un mezzo sorriso, era così che si chiamava. Con tutte le sue forze doveva aggrapparsi alla roccia e scalare quella montagna, se voleva avere qualche speranza di sopravvivere a tutto quello.

***

In quel sogno, stranamente, sentivo la presenza di qualcun altro. La solita fitta nebbia mi impediva quasi di muovermi, ero a terra, i muscoli indolenziti come se mi fossi seduto molto tempo prima e stessi solo aspettando qualcosa. Strizzando gli occhi cercai di trovare un riscontro a quella sensazione.

"Dove mi trovo?", disse una voce familiare.

Il cuore mi iniziò a battere e quasi mi mancò il respiro. *Oddio*, pensai, alzandomi in piedi. Mossi qualche passo e me lo trovai davanti, non riuscivo a crederci, il cuore mi salì in gola, "non è possibile", sussurrai realizzando la cosa.

"Marcus sei tu, che posto è questo?", disse cercando di mantenere la calma.

Ero terrorizzato, la voce mi uscì come un sussurro, "cosa ci fai qui, Lucas?".

Capitolo 9

"Di cosa parli", chiese Loren con un sussurro, incredula.

"Io provengo da un'altra realtà, ne ho già parlato a tua sorella, ce ne sono altre, simili a questa".

Loro non aprirono bocca, in attesa che Aria continuasse.

Si pulì le mani piene di terra sul vestito, "provengo da un mondo dove il sole non brilla in cielo come qui", alzò gli occhi solo per un breve momento, "ma in cui il tempo non scorre e le persone non muoiono, proprio come succede qui. Anche se non è proprio così, sarebbe lungo da spiegare", come avrebbe potuto raccontare degli incubi che prendevano una forma e che funzionavano come carburante? Troppo incredibile da far digerire, "però ciò che è incredibile è che voi, nonostante abbiate perso la nozione del tempo, siete coscienti di essere in un'altra realtà, sapete di esservi spostati di vostra spontanea volontà".

"Tu no?", chiese Loren incuriosita.

"No. Ci abbiamo messo moltissimo tempo per ritrovare consapevolezza. Questi mondi sono nati da un patto tra un uomo e una vecchia donna che vive in una zona grigia", ripensando a quella donna fu scossa da un brivido involontario, ricordò le sue parole e quelle della voce alle sue spalle, "tu ci appartieni", era quello che avevano detto, eppure la donna aveva esitato.

"Aria?", chiamò Mary.

"Dicevo, un patto. Non so cosa richiede in cambio, ma deve essere qualcosa di enorme. E io, come qualsiasi altro cittadino, ho perso i ricordi, il senso del tempo, ho lasciato nella mia terra d'origine tutto il dolore accumulato durante gli anni. Era un mondo senza dolore il mio, ma proprio per questo insulso, vuoto come un guscio di noce. Mi capite?".

Le due annuirono lentamente.

"Ritrovare la consapevolezza è stato un lungo percorso", chiuse gli occhi, "sono stata costretta a mettermi in gioco, a affrontare me stessa e tutto ciò che mi aveva fatta fuggire. Comunque non è questo il punto. Il punto è che questi mondi, e le sfumature che li caratterizzano, sono nati da un patto stretto tra questa donna e un uomo che voleva sfuggire dalla nostra realtà per un motivo o per un altro".

"Quindi dipende tutto da chi ha stretto il patto", disse Mary.

"È la chiave per ogni cosa", disse Loren scrostandosi la terra dalle mani. E Aria strinse a pugno la sua, sentendo la chiave sotto i polpastrelli, quasi si era dimenticata di lei e di quella foglia che si era colorata. Voleva delle conferme, forse le avrebbe avute dopo aver capito come andar via di lì e per farlo gli serviva Merrick.

"Sì, lo credo anche io". Ripensò ai Cinque ancora una volta, quanto avrebbe voluto conoscere la loro storia, cosa li aveva spinti a scappare in quel luogo, doveva essere stato qualcosa di terribile, però non se la sentiva di giustificarli. Così come non poteva giustificare se stessa, era lei ad esserci andata, e ora sarebbe stata lei a uscirne, con le sue stesse mani.

"Mi serve Merrick", disse decisa, "io devo incontrarlo".

"Aria, no", fece subito Loren visibilmente spaventata, teneva una mano sospesa in aria come a proteggersi o a volerla fermare, gli occhi immobili, "gliene hai parlato?", chiese alla sorella, Mary annuì. "Aria, lascia stare", confermò la sua contrarietà all'idea.

"Invece ha ragione", disse Mary.

"Che dici?".

"Dico. Se è l'unico modo per andare via".

"Non ci hai spiegato qual è il modo".

"Avete ragione. Non ve l'ho spiegato perché non lo so neanche io. Per questo devo vedere Merrick".

Le due la guardarono un po' spaesate, non immaginandosi quale potesse essere questo modo.

"Che abbiamo da perdere?", disse Mary, ritrovando la decisione.

"La nostra vita", disse Loren accartocciando le braccia al petto. Mary teneva ancora le mani nella terra fresca, muovendo le dita ogni tanto.

"Sarò io ad andare".

"Potresti morire", disse Loren.

"Vi fidate di me?".

Le due si guardarono, poi annuirono. "Però vorremmo…", disse la sorella più grande.

"Che stessi attenta, Aria", concluse Mary.

Lei sorrise, "intanto ho bisogno di vedere Henry. Poi vedrò come muovermi, dovrò parlare anche con il mio amico".

"Il tuo bell'amico", disse Loren cercando un po' di leggerezza in quella conversazione.

Mary ridacchiò.

"Ha gli occhi più belli che abbia mai visto", disse guardando a terra imbarazzata, probabilmente voleva dirlo fra sé e sé ma le era uscito involontario. Arrossì per l'imbarazzo, all'istante, come se avessero acceso una lampadina.

Aria sorrise senza dire nulla, era proprio vero.

"È Henry ad avere gli occhi più belli", disse Mary sognante.

"Ma guardala, questa piccola pulce si è presa una vera cotta", disse Loren sorridendo, sembrava aver ritrovato una sorta di serenità, era forse la presenza di Aria a darle sicurezza, con lei sapeva di non dover correre rischi.

"Pulce ci sarai te", ribatté la sorella.

Aria scoppiò a ridere, mentre le due presero a spingersi come due bambine. Loren teneva Mary ferma per la testa mentre lei dimenava le mani sporche di terra per raggiungerla, senza riuscirci. Entrambe ridevano.

"Tieni giù quelle manacce sporche".

"Sono belle le tue. Aria aiutami!".

"Non posso schierarmi, ragazze", rispose lei incrociando le braccia e godendosi lo spettacolo con un sorriso divertito impresso in volto.

"Non è giusto. Pensavo ti piacessi più io di questa stampella", disse Mary accennando alle forme della sorella.

"Stampella a chi, pulce?"

Quell'atmosfera allegra era proprio ciò che le ci voleva. Era tantissimo tempo che non rideva così di gusto. Aveva trovato due nuove amiche.

Mentre le due sorelle ancora litigavano, Aria si alzò in piedi spinta da un forte impulso, quello di grattarsi le gambe, non ne poteva più di quel vestito. Perciò se lo tirò su, avvolgendolo sulle ginocchia e lo fece, "ah, che sollievo", sussurrò. La donna con il nastro rosso e i capelli ora crespi, come paglia imbrunita dal sole, era in fondo alla loro fila, si bloccò a guardare, chissà da quanto le stava osservando, "che diavolo vuole?", disse continuando a grattarsi, *è proprio vero che ce l'ha con me*, pensò subito.

Le due amiche si immobilizzarono, fu soprattutto Loren a richiamarla, "Aria, smettila".

Mary prese le sue mani e lasciò che il vestito ricadesse sulle caviglie.

"Che avete? Voi non lo sentite il prurito?", disse accorgendosi di aver interrotto involontariamente quel momento di giochi.

"Siamo abituate. Ma non è questo", Loren indicò con un lieve cenno della testa, la donna in fondo alla fila.

"Quando c'è quella lì. Non devi farti notare", sussurrò Mary.

"Non devi esporti", disse Loren con altre parole. Era diventata di nuovo pallida, si sistemò il vestito, controllando che arrivasse dove doveva arrivare e che fosse ben abbottonata.

"Che vi prende? Si può sapere che razza di ruolo ha?"

"Non urlare".

La tizia si era avvicinata, Loren se la ritrovò dietro senza accorgersene, "ciao Loren", disse con voce squillante e viscida come una serpe. Lei sobbalzò e fece qualche passo indietro. Aria uno avanti.

"Non ci siamo ancora ufficialmente presentate, nonostante tu ci abbia salvati dal campo. Io sono Aria", disse prendendo l'iniziativa, cosa che a quanto pareva a quella tizia non era piaciuta. Indurì l'espressione, guardandola storta. Non sembrava così ostile il pomeriggio precedente e la mattina, doveva essere stato il capo, o forse qualcosa che aveva fatto, a metterla in allarme.

"Lavorate, invece di ridere. O lo farò sapere a chi di dovere", disse con un mezzo sorriso di minaccia. Si muoveva in modo ambiguo e calcolato, piegando ogni tanto la testa su un lato, come se stesse osservando le sue vittime prima di attaccare.

Ma chi si crede di essere?, si disse Aria. "Tranquilla. Noi facciamo il nostro lavoro, ma tu è il caso che faccia il tuo".

Loren e Mary si paralizzarono, e l'altra sembrava non sapere come rispondere, presa com'era dalla sorpresa, la guardò con un tale odio che l'avrebbe potuta fulminare. Le puntò un dito addosso, "tu. È meglio se tieni a freno quella lingua. E anche quelle mani, sennò finiranno per venire spezzate", mimò il gesto. Poi si voltò e si allontanò, sparendo tra le vigne in fondo al campo di carote.

"Ma si può sapere chi è quella bastarda viscida?", disse Aria per nulla intimorita dalle sue minacce.

Loren era crollata a terra e tremava come una foglia con le mani raccolte al petto. Mary cercava di consolarla ma era paralizzata anche lei, le gocce di sudore le si erano asciugate sul corpo.

"Aria, tu non devi avere niente a che fare con quella donna. Non la contraddire, non la guardare", disse Mary interpretando il pensiero della sorella a cui mancava ancora la parola.

"Perché? Chi è?".

"È... la moglie di Clifford, Cliff, quello dagli stivali rossi. Non importa il nome. Nessuna di noi ha mai il coraggio di chiamarla".

"Ah, si spiega tutto. È un po' risentita eh? Beh, se lo farà passare".

"Non hai capito Aria. Quella gente non scherza", disse Loren guardando fisso un punto sconosciuto.

"Quei due sono una squadra. E sanno come punire. Non hanno scrupoli", guardò sua sorella con occhi tristi. Loren ora fissava la terra.

"So tenere a bada brutti ceffi del genere", replicò Aria cercando di immaginare cosa potessero fare.

"No, Aria, dacci retta. Non sono solo loro due, Cliff comanda un piccolo gruppo di persone. Non ti puoi immaginare".

"E perché non me lo dite, allora".

"Sono violenti e...", disse Mary, ma Loren la prese per il polso chiedendole silenziosamente di fermarsi poi, scossa dai brividi, si addentrò nel campo in cerca della madre.

"Ma che cosa le è successo?".

"Non, non me la sento molto di parlarne. Scusa", la guardarono allontanarsi, quasi barcollando, la sua figura sotto al sole sembrava essere ancora più esile, quasi trasparente.

"Dacci semplicemente retta. Stai alla larga, me lo prometti?".

Aria sospirò, "sì. Te lo prometto".

Mary sorrise, "ora torniamo al lavoro. Queste carote non si tolgono da sole da terra".

Aria sospirò di nuovo, non aveva molta intenzione di rispettare la promessa. Era così curiosa di sapere, e ugualmente attratta dal pericolo, come dal bisogno di sconfiggere i soprusi, che... *passerei sopra a qualsiasi cosa, sì*, pensò. Ma avrebbe tentato di non infrangerla. Non voleva deludere la piccola Mary.

L'ora di pranzo arrivò in un lampo, le ragazze erano così prese a chiacchierare e a strappare a ritmo le carote, che non si erano accorte dello spostamento del sole in cielo.

Loren era tornata già da qualche ora, rinfrancata. *La madre deve avere doti magiche*, pensò Aria vedendola scherzare con la sua sorellina. Anche se ogni tanto la vedeva allungare il collo in cerca di un certo nastro rosso. Quella donna le faceva terribilmente paura. Chissà quanto era costato alle sorelle, tirarla via dallo scontro con Cliff, quella mattina. Non ci aveva pensato, ma doveva essere stata una delle azioni più coraggiose che avessero mai compiuto in quel mondo senza libertà, e lo avevano fatto solo per lei. Vedere la reazione di Loren, prima di fronte a quell'uomo, e poi a sua moglie, le aveva fatto capire, solo in quel momento, quanto le fosse grata per l'amicizia che le aveva dimostrato, anche se si conoscevano appena. Entrambe l'avevano difesa, anche se tremavano come una foglia al solo vederli. Le scappò un sorriso, e promise che le avrebbe protette e portate via di lì. Si guardò il palmo, il marchio era identico, le foglie non erano cambiate.

Quanto tempo mancherà ancora?, si chiese preoccupata. Loren si era accorta di come guardasse con intensità la sua mano. Aria era così assorta da non sentire Mary chiamarla qualche metro più in là.

"Aria, ehi", disse Loren.

Lei si voltò.

"È ora di pranzo. Comunque Mary ti sta aspettando", la indicò.

"Sì. Grazie", disse alzandosi. Si spolverò il vestito, evitando di tirarselo su stavolta e, al passo che quella stoffa maledetta le permetteva, raggiunse Mary.

"Dopo pranzo, ti porto subito da Henry", sussurrò, "ci vediamo al magazzino. Quello di stamattina", aggiunse facendo l'occhiolino.
Entrambe sapevano che non sarebbero più riuscite a scambiarsi quelle indicazioni, una volta raggiunte le lunghe tavolate. Sperò che il mentire al capo e a quella donna su Henry l'avesse tenuto al sicuro, ma era chiaro quanto ogni singola persona in quel villaggio sapesse tutto.
Almeno il tempo di riprendersi, pensò Aria dirigendosi verso la zona pranzo.

Will aveva passato il tempo con un ragazzo magro, e all'apparenza esile come un grissino, di nome Peter. Gli era subito risultato simpatico, già dalla sera prima, quando gli si era seduto vicino, aveva un modo di fare molto semplice, un'aria bonaria, e soprattutto si era preso il compito di spiegargli il lavoro. Scesi in mezzo ai campi di grano, si occuparono di raccogliere il raccolto.
"Come fa a essere così abbondante? Sembrano mesi che non viene toccato", osservò argutamente Will.
"Infatti è come fosse così", rispose il nuovo amico calcandosi bene il berretto sulla testa. "Il raccolto cresce ogni notte, come per magia".
"Eh?"
"Eh, sul serio. All'inizio nessuno di noi ci credeva, siamo rimasti a fissare i campi increduli, per notti intere", disse ridacchiando, quando lo faceva tutto il viso sorrideva, riempiendosi di piccole rughe d'espressione, non avrà avuto più di vent'anni eppure ne dimostrava molti di più. Era colpa del lavoro nei campi, forse.
Quando erano seduti sul carretto, pronti a essere trasportati, Will aveva notato che gli mancava anche un dente di lato, e ciò lo rendeva ancora più buffo. Sembrava un po' scoordinato nei movimenti, ma era fortissimo. Riusciva ad alzare balle di fieno alte quattro piedi e non sembrava stancarsi mai. Aveva poi degli invidiabili capelli biondo cenere che gli ricadevano sugli occhi a ciuffi.
"Su, amico. Segui me", gli disse. Mentre alcuni guardavano Will con ostilità.
"L'ospitalità non è il loro forte, eh", osservò muovendo con cautela il braccio prima rotto, ormai perfettamente guarito.
"No, ma tranquillo. Non sei tu, sono già una manica di bastardi di loro natura".
Will si arrotolò le maniche sopra i gomiti e seguì i movimenti del nuovo amico. I due si erano distanziati dagli altri. Ma Will non poté fare a meno di osservare Cliff, dall'altro lato del campo. Era sdraiato sul carretto, il viso nascosto da un cappello, e faceva un pisolino.
"Oh, lascia perdere. Quello non lavora mai".

"Come mai?".

"È il braccio destro di… del capo. E un grande lavativo. Uno scansafatiche di primo ordine. Fa fare tutto alla sua piccola squadra e nessuno si lamenta".

Cliff iniziò a fischiettare. Il suono di quel fischio riuscì ad arrivare alle orecchie di Will. Quello alzò gli occhi proprio verso di lui. Will distolse lo sguardo.

"Meglio se eviti di guardarlo. Anzi, stagli proprio lontano. È una delle peggiori persone di questo posto".

"Me ne sono accorto", confessò Will. Ci fu un momento di silenzio.

"Insomma… da dove vieni tu?", chiese Peter curioso.

Will voleva essere prudente, "si è capito che non siamo di qui".

"Tu e la tua… amica", disse insinuando qualcosa, ma in tono scherzoso.

"Già".

"Chiaro come il sole di oggi", disse alzando gli occhi al cielo, era così forte che gli lacrimarono.

Will continuò a strappare grano, il calore gli premeva sulla testa e sulla schiena.

"Insomma, da dove? Se non vuoi dirmelo non lo chiederò più".

"Preferirei non dirlo, Scusa. Ma capisci che…"

"Prudenza. Sì, fai bene. Non si può mai sapere con queste persone", disse gettando un'occhiataccia ai tipi che non smettevano di fissarli, ridacchiando.

"Non finirai col litigare con i tuoi amici?".

"Non sono miei amici".

"Non ne hai qui?".

Peter abbassò lo sguardo, "non molti, no".

Will sospirò, quel ragazzo aveva assunto un'espressione così triste, "dai, non te la prendere", disse a mo' di consolazione, "ma perché sei finito qui?".

"Ho seguito mio padre, sono stato costretto", disse con voce nervosa, gli occhi ridotti a due fessure.

"Capisco", non chiese altro, non voleva angosciare il nuovo amico, soprattutto perché vedeva che la questione padre era un argomento spinoso, d'altronde poi, poteva anche diventargli utile. Non era per questo che Will si era avvicinato, alla fine aveva bisogno di una guida in quella nuova realtà, ma le informazioni che poteva ricavarne gli potevano servire. Pensò ad Aria da sola, lontana da lui, poi ricordò le ragazze che l'avevano difesa, *non è sola. E poi lei di tutto ha bisogno, tranne che di protezione*, pensò ricordando il piatto che lei aveva spiaccicato sulla faccia di quell'uomo viscido che aveva subito rilevato come un problema, già dal pomeriggio precedente. Lo aveva inquadrato subito, nascosto sotto quello strato di calma nascondeva qualcosa di malvagio, sporco e maleodorante. Sperò che non desse loro problemi. Aveva capito che la cosa non sarebbe finita lì. All'ora di pranzo doveva assolutamente parlare con Aria.

"A che pensi? Alla tua bella ragazza?", disse dandogli una gomitata.

Will cercò di rilassarsi e ridacchiò, "sì", e si asciugò il sudore dalla fronte. Il ciuffo gli impediva la vista da un occhio, dandogli il tormento.

"Ci penserei anche io se ce l'avessi", sospirò Peter piegandosi in avanti, le lunghe braccia quasi arrivarono a toccare le ginocchia.

Will si limitò a sorridere. Stava avendo meno problemi del previsto. Ma cosa sarebbe successo? Forse era solo la quiete che precedeva la tempesta. Pensò a Henry, doveva cercare di vederlo.

Una folata di vento caldo alzò la terra e lo colpì in viso, sentì il sapore rugginoso in bocca, si era anche morso la guancia interna con i denti. Il sapore della terra si mescolò a quello del sangue.

Dopo essersi sciacquati e rinfrescati con l'acqua del pozzo, si diressero verso il solito spiazzo dove sarebbe stato servito il pranzo. Molti uomini erano già seduti in attesa che le donne finissero di preparare la lunga tavolata. Will cercò Aria con lo sguardo e la trovò indaffarata, a spostare enormi pentole insieme alla ragazzina che quella mattina l'aveva aiutata. Non aveva invece notato lo sguardo che Cliff le lanciava, uno sguardo pieno di odio e di intenzione. Aria, ogni tanto, alzava gli occhi per controllare chi stava arrivando, e si notarono. Con un leggero cenno del capo si rassicurarono a vicenda.

Will era sollevato nel vedere che stesse bene. Si era legata i capelli con un pezzo di stoffa bianco, e non sembrava per nulla stanca, scattava diligente da una parte all'altra, sotto gli occhi attenti di una donna grande e grossa.

L'aria era ancora più calda che in mezzo ai campi, c'era come una cappa di calore sopra le loro teste, come se quella zona lo trattenesse.

"Will, vieni", disse Peter nel vederlo imbambolato, e lui seguì le enorme impronte che l'amico spilungone lasciava nella terra al suo passaggio.

Il tempo sembrava non passare mai. A Will sembrava di essere arrivato in quel posto da una vita, eppure non erano passate ancora ventiquattr'ore.

I due nuovi amici si sedettero all'angolo di un tavolo e subito li raggiunsero i due con cui avevano fatto colazione quella mattina. Erano stati assegnati a un altro gruppo e perciò erano stati costretti a separarsi. Will così si distrasse, e non notò cosa stava per accadere.

Aria stava sistemando delle fette di pane su un lungo vassoio di ceramica.

Qui mangiano come bufali pure a pranzo, si disse.

"È perché vanno in guerra", rispose Mary come se l'avesse sentita.

"Eh?"

"Hai l'aria perplessa".

"Si notava?", disse lei sorpresa, ma più sorpresa dalla capacità intuitiva della ragazzina.

"Comunque si mangia tanto a pranzo, per avere energie per la guerra".

"Capisco, ma che intenzioni hanno?", disse distogliendo l'attenzione dalla tavolata.

Loren si avvicinò e venne in soccorso della sorella che non aveva mai saputo spiegare bene questo punto, "il capo".

"Red".

"Sì, Red, ha dato direttive ben precise. Devono cercare di superare l'edificio, quello che immagino tu abbia già visto, e entrare nella loro città, se così si può chiamare. In realtà c'è una squadra addetta a questo, i comuni mortali devono fare da apripista, cercare di permettere a loro di introdursi".

"E a che scopo?".

"Questo proprio non lo so. Andranno a cercare Merrick. Fatto sta che la squadra è ben nascosta a tutti, non si fanno mai vedere, in modo che se qualcuno passasse all'altra sponda, Merrick non lo verrebbe a sapere", disse separando due pagnotte di tipo diverso.

"Secondo me non ce la faranno mai", commentò Mary.

Aria rifletteva ancora sulle parole di Loren, "chiaro. Ma sono alcuni di loro", disse indicandoli con la testa, "a far parte di questa squadra?".

"Sì, certo. Sono molti gli uomini vicino a Red, perciò è abbastanza difficile capire chi siano quelli che compongono la squadra, però un'idea non è difficile farsela. In questi giorni, ad esempio, manca Hank, l'hai notato?", disse rivolgendosi a Mary che annuì mentre non smetteva di sistemare vassoi.

"Hank?".

"Sì, Aria, mancano un paio di persone, e possiamo tutti immaginare dove siano finite. Saranno in missione o cose simili. Quelli che mancano faranno parte della squadra. Con un minimo di osservazione si può capire".

"Me li potresti indicare quando torneranno?".

"Sì, ma perché? Che intenzioni…", Loren non fece in tempo a finire. Cliff poggiò le sue grosse mani sporche sul tavolo, fissando Aria che già si era accorta del suo avvicinarsi, gli stivali di gomma rossa erano inconfondibili. Loren si tirò indietro e così fece la sorella, la madre era distratta. Aria non indietreggiò.

"Vuoi qualcosa?".

Non smetteva di guardarla con aria arrabbiata e in parte voluttuosa. Aria notò la donna con il nastro rosso rizzare il collo, seria in volto eppure per nulla colpita, come fosse un gioco, quello, che si ripeteva già da tempo.

Cliff con quella mano afferrò il polso sinistro di Aria e lo tenne ben premuto sul tavolo, nessuno se ne accorse, tranne chi stava guardando con attenzione.

"Ti conviene lasciarmi, o ti cavo un occhio con l'altra mano", disse Aria senza spaventarsi, conosceva uomini di quel tipo, ci aveva combattuto tutta la vita, a partire da quel ragazzino vigliacco che gli aveva tirato la pallonata. Non c'era niente di peggiore che quel tipo di uomini. La ragazza l'aveva inquadrato ormai, era prepotente e credeva che tutto gli fosse dovuto. In più trattava le donne come oggetti, e le guardava con quell'aria da porco, ma sotto sotto non valeva un bel niente. Bastava essere più duri di loro. I caratteri forti li spaventavano.

L'uomo cercò di trattenere la sorpresa e rimase a fissarla. Aria si piegò verso di lui, per nulla intimorita, "non scherzo", prese una forchetta con molta calma e Cliff la lasciò andare, ma non smise di guardarla. Sembrava frustrato e fuori di sé, fece un passo indietro, ma lei era sicura che non si sarebbe arreso così facilmente.

Senza parlare, come se fosse un povero scimmione che non era ancora in grado di farlo, si diresse al suo tavolo. Fece un leggero cenno alla moglie che annuì.

Aria vide che Will non si era accorto di nulla, e alla fine era molto meglio così, non voleva farlo preoccupare. La ragazza riprese fiato e fece un passo indietro.

"Stai bene?", chiese Mary.

Lei si limitò ad annuire, ma non lasciava andare la forchetta. Sul polso dell'altra mano il segno della stretta. Era forte, molto forte, ma lei non aveva emesso un gemito, pure se glielo avesse spezzato lei sarebbe stata zitta.

"Devi allontanarti quando lo vedi, ce l'hai promesso", disse Mary con la voce che traballava.

"Scusa Aria", Loren si riavvicinò a occhi bassi, "quando c'è lui intorno io…"

"Ehi, non ti devi preoccupare", le disse stringendole una spalla, lei abbozzò un sorriso, pallida. Poi Aria scoppiò a ridere, lo fece apposta ma funzionò; le due ragazze, ancora paralizzate dalla paura, sembrarono sorprese, ma timidamente la seguirono. Molti si voltarono incuriositi. Cliff batté un pugno sul tavolo, mentre la moglie sembrò indecisa se alzarsi o meno per andare a rimettere in riga le ragazzine.

Le tre risero a lungo, ritrovando la calma perduta. Aria era riuscita a farle rilassare. Quanto avrebbe voluto aver avuto amiche così nella sua città, eppure non era mai successo. Una pallida imitazione di amica era stata Cecile, molto pallida, era una brava persona, una ragazza dolce, piena di difetti, ma dolce. Si chiese se stesse bene, se qualcuno avesse già rimpiazzato il suo posto in classe, così come quello di Will. Pensò che sarebbe dovuta tornare lì a prendere sua madre, a trascinare sua nonna, e la madre di Henry. Tutti dovevano tornare indietro con lei. Ma alla fine non sapeva che ripercussione avesse subito quella realtà dopo che lei aveva trovato la chiave, forse la gente era già andata via, ma poteva essere così semplice? Non credeva. Forse doveva essere lei a guidare le persone lontano da lì. Forse la chiave era anche una guida, la luce che illuminava il lungo tunnel buio. Sperò che stessero bene, ma ora doveva solo capire come individuare la squadra misteriosa, e raggiungere Merrick.

Il pranzo si svolse senza traumi. Cliff era stato servito dalla mamma di Loren e Mary che si era prudentemente messa in mezzo, scansando Aria. Anche lei cercava di proteggerla, pure se non ce n'era bisogno. Mary era riuscita a far un rapido scambio, in modo che Aria potesse servire Will e scambiare qualche veloce parola con lei.

"Dopo pranzo", mise un po' di cavoli su un piatto, "al tendone", aggiunse una fetta di pane.

Lui, nel prendere il piatto, gli sfiorò la mano con la sua e i due sorrisero.

Aria si rilassò, poi con la coda dell'occhio sentì un altro sguardo addosso, non era Cliff stavolta.

Dall'alto della lunga balconata che circondava la casa del centro città, il capo la fissava a braccia conserte. Quel posto non era poi così lontano dalla "sala da pranzo", anche perché la città era molto ristretta, e in più il fatto che fosse l'unica costruzione rialzata la rendeva presente in ogni punto. Il suo sguardo poteva raggiungere ogni persona, ogni angolo.

Aria fece finta di nulla, *quanto saprà quell'uomo?*, si chiese con insistenza, *conoscerà la chiave?*, pensò che avrebbe dovuto dare un'occhiata a casa sua per capirlo. Strinse la mano della chiave a pugno, rimproverandosi per non aver ancora fatto nulla di concreto. *Mi devo dare una mossa.*

Alla fine del pranzo le tre ragazze sparecchiarono di tutta fretta, e portarono a termine ogni operazione dovuta, poi raggiunsero il magazzino e uscirono dal retro. Silenziose come gatti, si infilarono nel tendone dell'infermeria, non c'era nessuno a controllarlo a quell'ora, molti si trattenevano a chiacchierare seduti dopo pranzo, altri si riposavano prima della grande battaglia. Nessuno si sarebbe curato di loro.

Henry era seduto sul letto e dava le spalle alle ragazze. Aria rimase imbambolata, era così felice che l'amico stesse bene, dopo tutto quello che aveva dovuto subire.

"Henry", sussurrò Mary. E il ragazzo si voltò. Vedendo Aria, lì ferma sul posto, spalancò gli occhi e si aprì in un enorme sorriso. Lasciò il letto e le andò in contro con passo ancora zoppicante, lo stesso fece Aria, poi, a pochi centimetri di distanza, si abbracciarono forte. La ragazza sparì tra le sue braccia.

"Aria, stai bene per fortuna", disse accarezzandole i capelli raccolti nella coda.

"Mi dispiace di averti perso di vista e di tutto quello che…", balbettò lei.

Lui si allontanò, "ehi, ehi", le tirò su il mento e si piegò per guardarla bene negli occhi. "Non è colpa tua".

"E invece…"

"Sh. Basta. L'importante è che siamo qui".

Henry sembrava essersi riacceso. Mary aveva già capito tutto, così come Loren.

"Ragazze, grazie per averla condotta qua", disse Henry chiaramente sollevato.

Le due annuirono senza avvicinarsi. Mary guardò a terra sospirando, la sorella le diede una gomitata.

"Questo mondo è un…"

"Sì, me ne sono accorto. Ma Will, dimmi di Will. Lui sta bene?".

Lei annuì proprio nel momento in cui lui fece il suo ingresso nella tenda, seguito da Peter.

"Will", chiamò Henry e Will tirò un lungo sospiro di sollievo, abbracciò l'amico.

"Stai bene per fortuna. Ti avevamo visto legato al letto".

"Ma come diavolo ti sei vestito? Sembri un cowboy", ridacchiò Henry, tenendosi la costola con una mano.

"Perché, non mi donano?", disse facendo un giro su se stesso.

"Il ragazzo è cambiato. Ora sa essere anche ironico", disse Henry con un mezzo sorriso. I due si abbracciarono di nuovo. Will alzò il braccio e lasciò che Aria s'infilasse tra loro. Will la baciò sulla fronte. Rimasero immobili abbracciati per alcuni istanti, consolidando il loro legame.

"Non accadrà più", commentò Will serio. Aria sorrise.

Ma Henry si ritrasse di colpo, "lui che ci fa qui?", disse indicando Peter. Anche lui, come le due ragazze, era rimasto alla porta a osservare la scena in silenzio.

"Tranquillo. È un amico. Mi ha aiutato lui a venire senza che nessuno ci facesse caso", gli lanciò uno sguardo riconoscente.

"Sei sicuro?", disse Henry fissandolo. "Lo sapete chi è?", abbassò ancora di più la voce. Aria lo osservò meglio, "no, chi è".

"Quello è il figlio di Red, il capo di questo villaggio, se così si può chiamare".

"Che cosa?", chiese Aria.

Will si limitò a voltarsi a guardarlo, Peter che aveva sentito fece un cenno, "credo ci si possa fidare".

"Fai attenzione", disse Henry.

"Ragazzi il tempo stringe", interruppe Loren guardandosi intorno impaurita.

Raccolsero l'informazione e iniziarono a parlare di cose serie.

"Idee per andarsene di qui?", chiese Henry, "inizio a scocciarmi".

"Non ti fanno uscire?", disse Will, "possiamo provare…"

"No, amico. Lascia perdere. La mia presenza qui, permette a voi di essere liberi. Sono una sorta di garanzia. E se potete essere al sicuro e allo stesso tempo siete liberi di muovervi… non mi importa. Resto qui".

"Non ci avevo pensato", disse Will. Aria sospirò.

"Parliamo di ciò che conta", riprese Henry, "vi prego, ditemi che avete uno straccio di idea".

"Io ho qualche cosa da verificare. C'è un 'concorrente', in questo mondo, si chiama….", abbassò la voce fino a un sussurro, "Merrick".

"Quello contro cui combattono ogni giorno", aggiunse Will.

"Esatto. Lui vive dall'altra parte dell'edificio dove ci siamo risvegliati. E credo che il capo di qui, voglia sconfiggerlo, anche se poi la vedo dura visto che tutti loro si rialzano tipo zombie, perché sa come trovare la chiave. O almeno spero sia così", sbuffò lei.

"Può essere", commentò Will.

"Non è tanto folle. Ma cosa ti fa pensare questo? Magari è il capo di qui a sapere come si trova e quello lì sta cercando di prenderla".

"Se volesse, ci metterebbe un attimo a farlo. Sono più avanzati di loro. È questo che non torna. Se vogliono qualcosa perché non se la prendono? Ci metterebbero poco a distruggere questa sotto specie di villaggio".

"Non hai pensato che quelli non possono superare il bosco?", disse Will.

"Il bosco, ma certo", disse illuminandosi.

"Spiegatemi. Non vi seguo", disse Henry.

"C'è un bosco che separa quel palazzo da questo villaggio. E deve essere una sorta di barriera che impedisce agli uomini di Merrick di farsi vedere", disse Will.

"Ma la squadra allora? Perché nasconderla?".

"Squadra?", chiese Will.

"C'è una squadra che pare agisca in segreto. Nessuno li conosce. Anche se Mary e Loren dicono che alcuni scompaiono per giorni. Ho chiesto di indicarmeli. Potremmo seguirli".

"Pericoloso", disse Will.

"Senti, Will", abbassò la voce "se quello è il figlio del capo, tu devi farti aiutare a entrare in quell'abitazione sospesa, quella al centro città. L'hai vista no?".

"Sì".

"Ci serve sapere se lì dentro c'è qualcosa".

"Ecco sì, questo sarebbe utile", disse Henry incrociando le braccia.

"Me ne occupo, ok".

"Io penso a fare altro", annunciò Aria massaggiandosi il polso indolenzito.

"E quello?", chiese Henry vedendo la mano.

Will era già andato oltre, immaginandosi le intenzioni della ragazza, "che hai intenzione di fare?".

"Io cerco di raggiungere Merrick".

"Che? Non scherzare. Tu aspetti noi".

"Non puoi andare da sola", disse Henry con aria preoccupata, "sul serio".

"Tranquilli, per ora mi limiterò a farmi indicare quell'Hank".

"Hank?".

"Il tizio della squadra speciale".

"Ok. Ma ti prego non essere avventata", disse Will.

Henry sospirò, sapendo bene che era impossibile strappare ad Aria una simile promessa.

"Ehi, è ora, andiamo via subito", Mary la tirò per il braccio. Aria sentì i passi di gomma fuori. Loren era scivolata fuori dalla tenda da qualche secondo.

Peter si sbracciava con i suoi lunghi tentacoli.

Mary ora la stava strattonando con energia, "se ti trova qui, Aria...", il tono spaventato nella sua voce allertò Will e Henry. Will si allungò e la baciò sfiorandola solamente, diede poi una pacca di rassicurazione a Henry che annuì, sdraiandosi di nuovo a letto come se non si fosse mai alzato.

All'ingresso di Cliff in infermeria, tutti erano spariti. Henry fingeva di dormire.

Quando Cliff si affacciò all'uscita posteriore, notò distintamente la coda nera di Aria sparire dietro l'angolo. Strinse il pugno ancora più convinto che avesse bisogno di una lezione.

"Scusa se te lo chiedo", disse Will dopo aver raggiunto un punto sicuro, al riparo dagli sguardi, "è stato tuo padre a dirti di starmi dietro?", Will non poteva fare a meno di domandarlo, voleva avere una risposta, la poca chiarezza non la sopportava. Ora capì di colpo perché un ragazzo di vent'anni circa, apparentemente in gamba com'era lui, non andasse in guerra. Era il figlio del capo, chiaro.

"No", rispose deciso, "io non sono il suo schiavo" disse innervosendosi, "io..."

"Ho capito, scusa. Deve essere dura stare con tuo padre, visto che è il capo".

"Dire duro non è abbastanza. È un uomo... insopportabile. Pieno di orgoglio e smania di comandare. Una specie di dittatore".

"Tipo Hitler".

"Chi?"

"Hitler".

"Non lo conosco", disse sinceramente lui.

"Gli anni '30 del Novecento, anche una parte dei quaranta. La guerra mondiale. Gli ebrei nei campi di concentramento".

"Hai detto anni '30 del Novecento?", lo guardò a bocca aperta.

"Sì, perché?", Will era incredulo, gli era sorto il dubbio ma ancora faticava a tirare le linee del discorso, Aria in quel caso già avrebbe fatto la domanda giusta.

"Perché noi non siamo ancora arrivati al Novecento… insomma, siamo ancora al diciannovesimo secolo, o almeno lo eravamo prima di venire qui".

"Cosa?", chiese Will a occhi spalancati, "e le armi, e gli stivali di gomma?" chiese stupidamente, ma era la prima cosa moderna che gli era saltata in mente.

Peter scuoteva la testa lentamente, "alcune cose sono nostre, molte vengono dall'altra parte del bosco, altre sono cadute dal cielo, altre le abbiamo costruite noi. Altre ancora… la maggior parte direi, provengono dalle botole, le chiamiamo così. Li hai visti quegli strani cilindri marroni? Quei cilindri il pomeriggio si aprono e ci forniscono tutto ciò che serve, le armi intendo. Ma con delle limitazioni".

"Cadute dal cielo? Cilindri che generano oggetti?", disse profondamente confuso.

"Sì, nel senso che le abbiamo trovate già qui. Le botole sono magiche, è chiaro. Il resto viene dal gruppo di Merrick", cercò di essere chiaro, "forse hanno anche loro i cilindri". A Will girava la testa. Forse era colpa del caldo anche.

"Il gruppo di Merrick non è venuto in questo mondo con voi?".

"Ma certo".

"E allora com'è possibile?".

"Io non lo so. Scusa, mi devo sedere", disse Peter poggiandosi a una balla di fieno mentre gli altri uomini si stavano preparando alla battaglia.

Will lo seguì, non smetteva di guardare fisso. "Arriva gente qui? Magari compare all'improvviso in mezzo al bosco o…"

"Sì, è successo, molto di rado in realtà. Anche perché non credo che siamo qui da molto. Sai, noi eravamo una piccola comunità rurale nascosta tra i boschi, eravamo contro la guerra e ci eravamo nascosti. Vivevamo come viviamo adesso, ma con meno benessere e più sofferenza. Poi la guerra ci è venuta a cercare, la rivoluzione industriale, lo sviluppo delle tecniche, non riuscivamo più a vivere in disparte, a estraniarci. È stata dura, mio padre era sempre più esasperato. Andava in giro a vedere cosa succedeva e è così che ha conosciuto Merrick, una mattina, dopo essere sparito per quarantotto ore, chissà dove era finito. I due sono diventati amici e segretamente rivali, cercavano di non calpestarsi i piedi ma finivano sempre per farlo. Merrick era alla guida di un altro gruppo che cercava strenuamente un luogo tutto suo, e l'aveva trovato, tramite un patto stretto con una donna che gli aveva promesso campi da coltivare, che magicamente ogni notte si rigeneravano, boschi incantati e tutto ciò che desiderava. Ciò che desiderava anche mio padre. Poi mia madre è morta per... un errore. E mio padre è cambiato. Era già un uomo predisposto al comando e qui in questo posto le sue attitudini si sono rafforzate. Lo stesso valeva per Merrick, l'uomo fantasma, lo chiamavo e lo chiamo tutt'ora io. Un uomo senza anima a mio parere, o almeno è diventato così appena ha messo piede in queste terre, poco prima che suo figlio morisse.

Mio padre e lui iniziarono a litigare sul comando, i due gruppi si erano ormai uniti e non ci potevano essere due capi. Questo mondo sembrava rafforzare ogni istinto dell'essere umano. L'uomo non può vivere senza scontri, senza desiderare di più, e questo mondo non dava altro che campi e tranquillità, si sono resi conto forse che non era più abbastanza, eppure non desideravano tornare indietro, no, loro volevano e vogliono il potere che quella donna gli ha promesso quando Merrick ha stretto quel patto, anche se non so bene come è andata, è una sorta di segreto, quello. Forse nessuno dei due potrà averlo il potere che cercano, io spero che nessuno dei due riesca a raggiungerlo. Sai... è stato un brutto periodo, non riuscivamo a integrarci, ci sabotavamo a vicenda e lo stesso facevano mio padre e Merrick. Una notte mio padre li ha cacciati da qui e loro sono andati via, ma avevano altri piani. Si stanno tutt'ora contendendo qualcosa, e finché uno dei due non l'avrà, continuerà la guerra".

"Sai che cosa stanno cercando?".

"Un sigillo. Un qualcosa che è nascosto qui da qualche parte e che può dare un immenso potere, oltre alla supremazia su questo mondo. Ma non so come cercano di trovarlo. Io vedo solo due uomini che si sfidano ogni giorno per il potere".

Will sospirò, "se non troveranno il sigillo, o il suo opposto, questo mondo si chiuderà e nessuno potrà mai più uscirne".

"So che c'è un tempo per farlo. Per questo si affannano tanto, ma nessuno mi ha detto che poi non ci sarebbero state più possibilità di uscirne", disse visibilmente agitato.

Gli poggiò la mano sulla spalla, "ehi, faremo in modo che non succeda".

Peter era troppo scosso per poter chiedere quale fosse il suo piano, persino troppo rassegnato, non aveva mai pensato di potersene andare, perciò non rispose. Continuò a cercare di elaborare le loro precedenti affermazioni.

"Io voglio andarmene", disse stringendo i pugni magri, le vene sul braccio si mossero di scatto, "non posso uscire da questo villaggio, non da questa realtà, proprio da queste quattro case. Mio padre mi controlla. Sono in trappola", Peter serrò la mascella ma sciolse i pugni e sospirò, rimanendo in silenzio, forse riflettendo sulle informazioni che aveva su suo padre e Merrick.

"Io non credevo tu venissi da un periodo storico così distante", Will si stropicciò il volto, ancora incredulo, ignorando tutto il resto.

"Perché tu da dove vieni?".

Prese fiato, "dal ventunesimo secolo… dagli anni duemila".

"Che cosa?", Peter scattò in piedi come se avesse visto un marziano.

"Sì, lo so. Fa paura", sospirò lui fissando gli uomini a guardia della casa rialzata.

"Non ci credo".

"La mia realtà è quasi diventata un sogno per me. Mi sembra una vita…"

"Il mondo che ti ha separato da casa tua, com'era, se posso chiederlo".

Will sospirò, "un mondo senza dolore".

Peter rimase in attesa che l'amico continuasse.

"Nel mio vero mondo ho perso il mio unico fratello", disse chiudendo gli occhi, "Dan".

"Non devi raccontarmelo se non vuoi".

"Mi fa bene, ho dimenticato per così tanto tempo…", prese fiato, "quando è morto mi sono chiuso e mi sono concentrato solo ed esclusivamente su Aria, era l'unico modo per cacciare indietro il dolore. E poi sono caduto nella trappola, ho inseguito Aria per portarla indietro, ma la verità è che anche io avevo bisogno di perdermi…" strinse una mano nell'altra.

"Capisco", disse senza aggiungere altro.

"Senti, tu hai detto che vuoi andare via di qui, giusto?", disse di colpo Will.

Peter rispose "sì", con ritardo, ancora preso in quei pensieri, a immaginare come dovesse essere perdere un fratello.

"Allora devi aiutarmi. Vuoi?".

"Se mi spiegherai".

"Ma certo", ormai sapeva di potersi fidare.

"Affare fatto", allungò la mano e Will la strinse con un mezzo sorriso, anche se credeva che la cosa non sarebbe finita bene, aveva ora ancora più dubbi che gli giravano in testa, *se usciamo da questa realtà, finiremo nell'Ottocento? Come facciamo a tornare nella nostra? Per farlo dovremmo uscire dal mondo di nebbia, e solo da lì. Ma come tornare lì? Dobbiamo uscire di qui prima che il tempo scada. A questo punto prego di saltare in un'altra realtà*, ormai non aveva dubbi, la vecchia aveva di certo stretto molti patti, con diverse persone e diverse epoche, era chiaro. Ma quante erano? Rabbrividì al pensiero di girare in eterno alla ricerca del suo mondo. Eppure, se volevano tornare, non potevano fare altrimenti. O forse sarebbe bastato ritrovare la vecchia. Se lei, infatti, era la fonte di tutto era a lei che bisognava rivolgersi. Doveva parlare con Aria, ma prima l'abitazione di Red.

Quando gli uomini iniziarono a raccogliersi nella piazza centrale per partire e affrontare un altro pomeriggio di battaglia, Will e Peter rimasero a guardare, appoggiati al muro della casa di quest'ultimo, una piccola abitazione dalle pareti rosse dove lui viveva perlopiù da solo, suo padre dormiva nella sua casa rialzata, come se dovesse stare a guardia di un ricco tesoro.

Dopo una manciata di minuti, tutti si mossero in direzione del bosco, tra le urla di incitamento e gli applausi delle donne e dei bambini che avevano interrotto per un attimo le loro normali funzioni.

Will non poteva far altro che notare l'assurdità della cosa, ogni giorno si ripeteva la stessa identica scena, e con che risultati poi? Il ragazzo lanciò un'occhiata a Red che se ne stava affacciato al balcone con la mano alzata, e pensò che forse quello era un modo che aveva il capo per tenere occupati gli uomini, sembrava assurdo ma non riusciva a non pensarci. Quell'esercito improvvisato si fermò proprio nei pressi dell'abitazione rialzata, in attesa degli ordini del suo capo.

Dall'altro lato della strada notò le due amiche di Aria, Mary e Loren, entrambe visibilmente spaventate, con le mani raccolte davanti al petto, Will realizzò subito cosa stava succedendo senza neanche bisogno di guardare: Aria aveva rubato una divisa e marciava in mezzo agli altri uomini con i capelli raccolti sotto un berretto e un fucile, che forse non sapeva neanche usare, stretto in una mano, che razza di intenzioni aveva? Andare a combattere pur di avvicinarsi a Merrick?

Non glielo dovevo lasciar fare, pensò Will rabbrividendo, serrò le labbra e cercò di far finta di niente, scuotendo la testa alle domande silenziose delle due ragazze, e pregandole con un nascosto gesto della mano di non apparire così allarmate. Sarebbe stato anche peggio. Avrebbe voluto andar lì e fermarla, *perché non la pianta di fare l'uomo della situazione quella scema?*, era così arrabbiato, e ugualmente preoccupato, che scordò per un istante cosa aveva in mente di fare. E d'altronde poteva realizzarla solo lui quella parte del piano, Aria non aveva gli agganci necessari per avere quel tipo di informazioni, così come lui non sapeva molto di Merrick e del modo di trovare la chiave. Non c'erano altre alternative.

'Mi farò solo indicare Hank', diceva lei, *che razza di impiastro*, pensò Will cercando di calmarsi. Peter era al suo fianco, gli diede una leggera spinta con la spalla secca, la bocca mezza spalancata. Anche lui aveva visto Aria, dopo gli avrebbe detto, "ma è pazza. Che ha intenzione di fare?", l'avrebbe fissato spiazzato, quasi spaventato, Will avrebbe risposto con un: "quando si mette in testa una cosa…", Peter sarebbe scoppiato a

ridere, "è incredibile. È... è grandiosa. Pazzesca", avrebbe sussurrato realmente divertito, eppure ancora pieno di sorpresa, "e il fucile poi? Mai vista una cosa del genere", avrebbe commentato, pensando alle donne della sua epoca in confronto a quelle delle epoche future, con una sorta di preoccupazione, in parte.

"Aria è fatta così".

Aria stringeva la mano a pugno mordendosi il labbro inferiore come se le bruciasse, teneva la testa bassa per non farsi vedere, ma agli occhi di Will era tutto più che chiaro.

Poi l'attenzione fu catturata da Cliff: l'uomo passò, fingendo di salutare con un inchino, davanti a Loren che sobbalzò, e poi raggiunse il capo, che prese a scendere adagio i gradini di casa sua, dopo un piccolo cenno del capo alle guardie.

"Allora gente, come ben sapete, ma una volta in più non fa male, questa operazione è molto importante, superare quell'edificio è necessario per raggiungere i traditori e Merrick. Nessuno vuole che lui ci sovrasti, no?".

"Signore, no!", urlarono tutti all'unisono come un perfetto esercito.

Quei campagnoli si sapevano trasformare all'occorrenza in soldati ben addestrati, eppure di campi di addestramento non ne aveva visti, dove avevano imparato tutta quella disciplina? *Forse in mezzo ai boschi...*, Will pensò a quella parte di selva inesplorata, ma non distolse gli occhi da quei uomini, persino Aria si era adattata al saluto con agilità, senza destare sospetti.

Will continuava a pensare che quel ruolo dovesse essere suo, ma sapeva bene che a Aria non si potevano togliere i suoi spazi. Se voleva stare con lei, doveva accettare che lei agisse di testa sua, anche se i suoi ragionamenti e piani lo terrorizzavano il più delle volte, ma era anche vero che, il più delle volte, finiva per aver ragione. Anche questo era un aspetto da non sottovalutare. Quando Aria notò Will fermo a fissarla a braccia conserte, gli lanciò un occhiolino, con un mezzo sorriso impresso in volto. Will la guardò arrabbiato e Aria scosse le spalle facendo una linguaccia appena accennata, come a dire: *e che ci vuoi fare?*, lui sorrise, che altro avrebbe dovuto fare con quella testa calda? Era la sua natura, e lui l'amava anche per quello.

Lei si fece seria, il suo sguardo diceva di non preoccuparsi. Eppure Will, vedendola stringere quel fucile, non riusciva a stare tranquillo. Sospirò al pensiero che potesse venir uccisa, sarebbe risorta, lo sapeva bene, ma la cosa che conseguenze avrebbe potuto avere su una persona che non apparteneva a quel mondo? A questo Aria ci aveva pensato?

Red, che era rimasto in silenzio a lungo, iniziò a camminare senza aggiungere altro. Gli uomini lo seguirono stringendo i loro fucili.

Era il primo pomeriggio, il sole si era nascosto dietro un groviglio di nuvole che nessuno aveva notato arrivare. Dopo pochi momenti si fece sentire, scaldando di nuovo l'aria. Will arricciò le maniche sui gomiti e fece un'occhiata a Peter che si mosse.

Come si erano accordati, Will girò intorno alla casa, lì dove la struttura sfiorava degli alberi, gli unici all'interno del villaggio. Peter salì convinto i gradini e, dopo aver scambiato alcune parole con le guardie, passò oltre.

Le donne erano tornate al lavoro, alcune fissavano ancora gli uomini allontanarsi, quello era l'unico momento di disordine del giorno, quello in cui i ruoli vacillavano per alcuni minuti, per questo Peter lo aveva scelto. Era il momento perfetto per non farsi notare.

Suo padre non c'era, e la gente era distratta. Will si arrampicò sull'albero e raggiunse una sorta di ballatoio che serviva per scaricare i rifiuti, qualche metro sotto l'altezza del piano in cui le guardie stazionavano, poi attese in silenzio, la porta si aprì con un leggero cigolio, e il ragazzo pensò quanto il servizio d'ordine fosse ridicolo. Nessuno lo aveva visto, nessuno era accorso. Forse non aveva poi molto da nascondere quel Red, o forse, semplicemente, per il figlio c'era un lasciapassare.

Peter gli fece strada, salì per una piccola scala che portava al piano delle guardie, direttamente in una larga sala che fungeva da studio e salotto. Si meravigliò che il padre di Peter non fosse un ex militare, ma solo un contadino: le pareti erano piene di mappe del mondo ingiallite, modellini in scala di soldati, oggetti che provenivano da una realtà che non era quella. Una poltrona in pelle su un lato, un tappeto di pelliccia di animale di fronte a una scrivania in mogano carica di appunti, sul muro, sopra la scrivania, un quadro di un esercito in guerra, Will lo conosceva, ne era certo, si sforzò senza riuscire a estrarre dalla sua mente il nome.

Le due guardie erano fuori a scherzare, il rumore del loro chiacchierio li rilassò.

Peter gli indicò in silenzio la scrivania, Will iniziò a spostare e leggere tutto ciò che gli capitava a tiro, erano schemi per nuove armi, buttate lì giusto per fare scena, sembrò a lui. Un bicchiere di vetro e una bottiglia di cognac su un angolo, "e questa?", sembrò dire Will all'amico che si limitò a scrollare le spalle. Nei cassetti non c'era nulla, solo una vecchia foto sbiadita di Red e... "Merrick", sussurrò l'amico sospirando. *Assomiglia a Hitler*, pensò Will, *i dittatori si assomigliano tutti*, si disse, prima di metterla a posto, poi diede per sbaglio una spallata al quadro e questo oscillò. Non sembravano affatto amici, notò Will, erano immobili, rigidi l'uno vicino all'altro, chissà cosa li aveva spinti davvero a unire i loro due gruppi. Peter sembrò ricordarsi qualcosa, ma una guardia bussò.

Will si nascose sotto la scrivania trattenendo il respiro. "Tutto bene qui dentro?", disse facendo il suo ingresso con un fucile in mano e un piccolo coltello attaccato alla cintola.

"Sì, certamente".

"Trovato ciò che ti serviva?".

"Non ancora".

"Beh, cerca di muoverti. Tuo padre non ama che tu venga qui".

"Sì, lo so. Faccio veloce", ma la guardia non accennava ad andare.

"Ti aspetto".

Peter iniziò a sudare freddo, la guardia incrociò le braccia al petto puntando i piedi. Will lanciò un'occhiata in giro e notò, da quella posizione, qualcosa sotto al quadro, si distrasse, mentre l'amico tentava di trovare un modo per far andare via quel tizio, "dovrò dire a mio padre che tu non ti fidi di suo figlio e che l'hai disturbato?".

L'uomo indietreggiò con una punta di sospetto e sparì dietro la porta. Will saltò fuori sempre fissando il quadro, "lì dietro cosa c'è?", disse quasi muovendo solo le labbra.

Peter annuì, era, probabilmente, proprio ciò che voleva mostrargli, lo staccò delicatamente, "non so se può esserti d'aiuto".

Un ampio tubo di circa sette centimetri correva a spirale sulla parete terminando il suo percorso in una piccola sfera trasparente. All'interno del lungo tubo un liquido rosso, grumoso e scuro, lo percorreva senza far rumore.

Will lo osservò sorpreso, "cos'è questo?".

"Il nostro tempo", rispose Peter serio, il corpo piegato in avanti come se gli pesasse.

"E come…?".

"Ora che mi hai spiegato come funzionava da voi… riesco meglio a capirne la funzione", disse come se lo vedesse per la prima volta. "Come funziona dici?", sospirò agitandosi, "quando quel liquido rosso raggiungerà la sfera sarà finita".

"Che cosa? Ma ha superato la metà", disse sistemandosi il ciuffo, stranamente ebbe una fitta al braccio che si era rotto, fece una smorfia.

"Lo so".

Si guardarono intensamente per alcuni istanti poi, come si fossero messi d'accordo, riposizionarono il quadro, Peter strappò un libro a caso dalla scrivania e Will tornò nel retro.

***

Aria ripensò con una punta di divertimento, nonostante fosse agitata per ciò in cui si era andata volontariamente a cacciare, alla faccia di Mary e

Loren quando aveva chiesto, alla fine dell'incontro con Henry, di trovargli una di quelle divise da uomini, che poi non era propriamente una divisa, i "soldati" erano vestiti in modo misto: camicie, pantaloni e scarpe di vari tipi. Aveva visto anche un paio di sneaker marciare di fronte a lei, e la cosa era piuttosto buffa.

Loren aveva fatto un sacco di storie alla proposta di Aria, ma nel vecchio magazzino, a poche abitazioni di distanza da quello in cui veniva raccolto il cibo, c'era la lavanderia. I vestiti per gli uomini venivano lavati e rammendati, poi restituiti ai legittimi proprietari ogni tot giorni, perciò non sarebbe stato difficile, più arduo sarebbe stato trovare dei vestiti della misura di Aria, o vagamente somiglianti alla sua corporatura.

C'erano molti ragazzi sopra i venti, molto magri e bassi, Mary era già pronta a fare una lista, mentre Loren l'aveva fulminata, "non devi incoraggiarla, idiota", diceva il suo sguardo.

"Tranquilla Lor, non mi metto nei guai, vado solo a dare un'occhiata", aveva risposto Aria. "Mi servono solo dei vestiti, anche comodi, e un cappello soprattutto, dove possa nascondere i capelli".

"È comunque pericoloso, e ci sarà anche…"

"Cliff? Starò alla larga".

"Non ci credo molto", aveva risposto Mary.

"Promesso, vado solo a guardare".

Così dopo vari sbuffi Loren si era messa alla ricerca di una camicia, Mary di un paio di pantaloni, e in pochissimo tempo Aria si trovò pronta a marciare. La camicia era abbastanza larga e le nascondeva le forme, i pantaloni lo stesso, li aveva rigirati in vita varie volte.

"Per il fucile?", aveva poi detto.

Le due sorelle si erano guardate senza aspettarselo. "Aria… non puoi farne a meno?", aveva domandato Loren, "posso trovarti un coltello".

Aria aveva scosso la testa.

Mary aveva preso fiato, "la questione fucile è un po' più complicata. Hai visto le botole no? Quelle il pomeriggio si riempiono di fucili".

"Bene, basterà andare lì e prenderlo".

"No, non è così semplice. La botola decide. Solo chi è predisposto a combattere, o almeno credo sia così, può prenderlo", disse Loren.

"Cioè… non compare proprio".

"È un po' difficile da spiegare".

"Botole magiche che distribuiscono armi? Magnifico. Ormai non mi sorprendo più di niente", aveva sbuffato Aria. "Andrò a tentare, allora".

"No, Aria. Non mi sono spiegata, solo gli uomini possono prendere i fucili. E uno solo per persona", Loren non poteva mollare, aveva troppo terrore.

"Oggetti magici maschilisti…", aveva scherzato lei, con una punta di fastidio, "beh, lascerò decidere a quell'affare se posso combattere o meno. Se non spunterà nulla andrò senza nulla".

"Aria… i fucili si ritirano insieme agli altri. Davanti agli altri".

Aria aveva preso fiato, "non mi farò di certo scoraggiare da questo". E Loren e Mary si erano guardate, non c'era niente da fare, "testarda come un mulo", aveva commentato la sorella minore, Loren aveva sorriso, ormai arresa.

Così si era presentata nello spiazzo, a testa bassa per non farsi riconoscere, si era avvicinata, mentre gli uomini si prendevano a spallate nell'attesa, e aveva aperto il cilindro trattenendo il respiro, il fucile era lì e Aria non aveva esitato. Nel vedere la scena Mary e Loren erano sobbalzate per la sorpresa. *È troppo forte!*, aveva pensato Mary, ammirandola ancora di più. *L'ha presa per un uomo*, aveva pensato Loren a bocca aperta.

Aria tirò il fiato, pensando al rischio, ma l'aveva scampata. Pensò poi alla donna che aveva visto sul campo di battaglia il giorno prima e si chiese cosa ci facesse visto che solo agli uomini era permesso, forse dovevano svolgere un qualche altro servizio, probabilmente quello di raccogliere la gente, ma avrebbe studiato anche le dinamiche del pomeriggio. Pensò anche alla moglie di Cliff, come se le cose fossero in qualche modo collegate. Se non ci fosse stata Louise, il piano non si sarebbe mai potuto realizzare, "cosa ci fai qui a spiare come una ladra?", chiese a qualcuno l'energica madre delle sorelle.

Solo in quel momento Aria e Loren si erano accorte che la donna dal nastro rosso se ne stava lì ad ascoltare. I capelli mossi le cadevano sul viso nonostante dietro li avesse legati come al solito.

"Niente", aveva risposto seccamente, colta in fragrante, mentre Louise non aveva smesso di tenerle gli occhi puntati addosso.

Sicuramente Cliff l'ha mandata per seguire me, si era detta Aria pensando a quanto fosse insistente quell'uomo. Non solo rabbia, ma anche una piccola ondata di brividi l'aveva attraversata. Aveva tentato di non darle peso e aveva continuato a parlare con le due amiche. Aria aveva fatto segno a Mary di abbassare la voce, la ragazzina era di spalle e non aveva ancora notato quell'arpia.

"Torna a casa tua, riposa che dopo ne avrai di cose da fare. E se non andrai via subito, ancora di più", aveva minacciato con il sorriso Louise, l'età aveva ancora il suo peso, sembrava, e la donna, controvoglia, si era limitata a girare i tacchi e a sparire dietro l'angolo.

Poi Louise si era rivolta a loro, "non so cosa voi stiate complottando, ma fate attenzione".

Aria aveva ringraziato in silenzio, e la donna se ne era andata.

***

Il bosco sembrò aprirsi al passaggio degli uomini, come una presenza viva e incoraggiante. Le luci erano scomparse dagli alberi, ma il sole lanciava fili dorati tra i rami e gli uccelli non la smettevano di cantare, anche se era impossibile individuarli, come se appartenessero a un nastro registrato e non alla realtà.

Aria alzò gli occhi e osservò con maggiore attenzione il bosco. *Sono abeti o pini?*, non si intendeva di alberi ma quelli erano così alti da toccare il cielo, e avevano un magnifico, delicato profumo. Sorpassò con i suoi scarponi cespugli di more e di frutti selvatici che non aveva mai visto, piccoli e gialli, ma quella foresta sembrava ospitare ogni tipo di pianta; vide ortiche, semplici margherite, betulle e rosmarino, piante che si arrampicavano sugli alberi, come una strana edera grigia e verde, funghi, erba dalle foglie a conca che raccoglievano le gocce di rugiada e brillavano alla luce del sole. Persino un cactus in uno spiazzo assolato. Del resto lì la temperatura era un continuo oscillare tra estate e inverno. *Nello stesso giorno*, pensò lei. *La notte fa così freddo, e il giorno così caldo, sarà sempre così?,* pensò ancora alla casa che si adattava alla temperatura dei suoi ospiti, così come faceva il camaleonte mimetizzandosi con i colori che lo circondavano.

Sentì l'odore dell'alloro, quello l'avrebbe riconosciuto tra mille, annusò l'aria per capirne la direzione. Quel profumo le ricordava casa sua, la sua prima, vera e unica casa. Suo padre spesso portava a casa tantissime foglie di alloro o anche di rosmarino, lavorava in un edificio che si affacciava su un piccolo giardino dove crescevano rigogliosi.

Si rilassò respirando il profumo di casa, le sembrava una vita intera che non lo sentiva. Eppure le piante di quel bosco erano diverse, non davano l'impressione di stancarsi mai, erano sempre come appena sbocciate, nel pieno della loro fioritura. Aria pensò che come nel loro mondo il tempo non scorreva, e così anche per le piante. Ma era diverso, quando ci passava attraverso, riflettendo, sentiva come se le piante si voltassero a guardarla, ascoltando i suoi pensieri.

Sentiva il bosco vivo. E si chiese se qualcuno se ne fosse mai accorto, impegnati com'erano tutti nella guerra. Poggiò una mano sull'albero e quello sembrò scaldarsi, ma non capì se fosse la corteccia a rispondere al suo calore, o se la chiave incisa sulla pelle stesse cercando di riportarla sulla terra. Si era talmente distratta a osservare quel luogo magico, cercando di seguire il sentiero senza calpestare niente, da non essersi accorta dello sguardo di Cliff addosso, sarà stato uno stupido ignorante, una bestia, ma aveva intuito, proprio come un animale. Ogni tanto si voltava a guardare.

"Forza gente, camminate", urlò.

Deve essere il vice capo o qualcosa di simile.

Arrivati ai confini del bosco, una fila di frecce colpì i primi uomini che erano usciti senza essere prudenti.

Aria lasciò che i compagni si disperdessero e si nascose dietro un albero, mentre gli spari e le esplosioni iniziarono a colpire terra, saturando l'aria. In un attimo era scoppiato il finimondo, come se la battaglia fosse già cominciata da ore. Il terreno, che prima era piatto e perfetto, si coprì di buchi e di sangue. Gli uomini trafitti vennero calpestati, mentre Cliff, e una piccola squadra che si era formata alle sue spalle, avanzavano scansando i proiettili.

Poi notò una macchia marrone sfrecciare sulla sua destra, tra la polvere. Erano degli uomini ben nascosti, come camaleonti si erano acquattati nei cespugli e nessuno li aveva notati.

Aria li seguì, *deve essere la squadra speciale quella*, pensò subito, e non a torto.

Un uomo baffuto, nascosto da un casco, guidava in silenzio gli altri, mentre le persone con cui lei era venuta fungevano da diversivo. Si voltò a guardarli e pensò al capo che ogni giorno mandava quegli uomini a morire senza interessarsene. Anche se si sarebbero svegliati non le sembrava giusto, e poi lui dov'era? Non combatteva ovviamente. Quella *capra di Cliff, fa le sue veci. Stupido com'è penserà che sia un onore*, Aria poteva vedere anche a tantissimi metri di distanza gli stivali rossi. Più ne sarebbe stata lontano, meglio sarebbe stato, di certo.

Un uomo molto più equipaggiato di quelli con cui era venuta sfrecciò dall'edificio di marmo fino al bosco, schivando abilmente gli uomini, ma non appena arrivato ai confini, il bosco lo rigettò indietro facendolo volare per alcuni metri, come ci fosse una barriera invisibile.

Aria osservò a bocca aperta, quasi perdendo di vista la squadra dell'uomo baffuto. Si chiese con insistenza come avevano fatto lei e Will a passare, visto che erano semplicemente comparsi nell'edificio. A rigor di logica, sarebbero dovuti appartenere allo schieramento di Merrick, e quindi il bosco avrebbe dovuto bloccarli. Forse era merito della donna che li aveva raccolti, facendo da apripista e permettendogli di passare.

"Che sfortuna", pensò Aria, se fossero stati trovati dagli uomini di Merrick sarebbe andata molto meglio, e invece era finita in quel posto da incubo.

La squadra non entrò nell'edificio come Aria si era aspettata, ma se ne tenerono ben lontani, passando tra i cespugli.

Dietro all'edificio finalmente vide ciò che stavano cercando di raggiungere. Il muro, chiaramente. Alle spalle c'era l'intera città di Merrick, con un altro edificio, gemello a quello, proprio in fondo. Poteva vederne la cupola di vetro, ma era troppo lontano perché riuscisse a distinguere altro.

La città era tutto fuorché uno stupido villaggio polveroso. Sembrava una piccola città europea in miniatura, non era estesa come una normale città. Aria spalancò gli occhi, prima meravigliata, poi spaventata, come avrebbe sorpassato quel muro?

Poi, sempre sul lato destro, vide Red, era proprio lui, non c'erano dubbi, notò la spada sulle sue spalle, stavolta ben coperta e ben legata al corpo, come se avesse paura di perderla. Camminò con grande sicurezza fino al muro, lo toccò delicatamente e una porta si aprì. La squadra sfilò verso destra, nascondendosi. Cliff lo raggiunse. Aria si ritrasse, *mi è girato intorno senza che me ne accorgessi.*

Uscì un altro uomo, baffetti neri, aria pallida e contro natura, *è Merrick quello,* Aria ne era convinta.

L'uomo si voltò verso la sua direzione, Aria si ritrasse di nuovo, nascondendosi dietro il tronco, i piedi immersi in un cespuglio dalle foglie seghettate, *mi avrà vista?*, tornò a guardare con più prudenza. Merrick non si era voltato, fissava Red, *tutto a posto,* sospirò Aria.

Red fece un segno dietro di lui e un paio di uomini che non appartenevano alla squadra comparvero apparentemente dal nulla con un carretto. Scaricarono delle casse pesanti di legno, ma erano coperte e la ragazza non riuscì a capire cosa contenessero, fino a quando una mela non rotolò giù.

Merrick chiamò con un cenno qualcuno dietro al muro che raccolse le cassette di legno e lasciò loro delle sacche di iuta colme, forse di fucili, non poteva dirlo. *Ci sono le botole, che se ne fanno di altri fucili? Deve essere qualcos'altro... ma perché si vedono durante la battaglia.* Poi capì, forse il bosco era attraversabile solo in quel momento della giornata, così come le botole erano in funzione solo poco prima della battaglia e subito dopo, evitò di pensare *per chi* fossero in funzione, sbuffò. *È tutto scandito da tempi imposti non dagli esseri umani, ma da questo stesso mondo, un po' come qualsiasi altra realtà,* pensò Aria, *ma in modo differente, qui forse è persino peggio, gli uomini sono spinti a combattere, è come se il mondo si fosse adattato ai loro desideri, le botole che lasciano le armi, il bosco che funge da barriera, la città contro il villaggio... stanno replicando ciò da cui sono scappati, dimenticandosi il motivo per cui è stato creato questo mondo, è pazzesco, non ha senso.* Aria credette fosse colpa del sigillo. *Il potere, il potere è il male dell'umanità.*

Merrick e Red rimasero a fronteggiarsi per alcuni istanti, prima che qualcuno si decidesse ad andare. Lo scoppio di una bomba, a poca distanza, fece tremare la terra e mise fine a quell'incontro segreto.

Ognuno tornò da dove era venuto. Cliff salutò da lontano Merrick.

Aria sudava freddo, la sola vista di quell'uomo l'aveva fatta rabbrivire. Doveva essere lui ad aver stretto il patto, eppure i Cinque non l'avevano mai gettata in un tale panico. Ciò che l'aveva spinto era sicuramente diverso da ciò che aveva spinto i creatori del suo mondo. Non c'era dolore, ma solo smania di potere, era diventato solo un gioco. Entrambi mandavano i loro uomini a morire, mentre loro si scambiavano favori, mantenendo una stretta rete di rapporti.

Se la gente sapesse... si disse Aria.

Red sparì e la squadra ricomparve dal nulla, tastò il muro in cerca di un passaggio e uccise la sentinella che si era affacciata perché allarmata da qualche rumore.

Non capisco..., pensò lei, *hanno un accordo eppure si combattono. Ed è chiaro che Merrick non sappia della squadra, almeno credo. Ogni giorno tentano di entrare senza riuscirci, o senza volerlo, replicando gli stessi gesti, gli stessi movimenti, senza modificare la situazione neanche di un po'. Ma loro ne saranno coscienti? O sono incoscienti come lo eravamo noi nel mondo di nebbia?*, si chiese con insistenza, *da quanto gireranno intorno a quel muro?*, pensò amareggiata, *solo Merrick può trovare gli strumenti giusti per avere il sigillo, così come li avevano i Cinque. Questi uomini non hanno speranze*, poi capì una cosa a cui non aveva proprio pensato, *incontrare Merrick non mi serve, se prima non troverò tutte le persone che sono destinate, come lo ero io, a trovare la chiave. E Merrick non lo è.* Era così chiaro, eppure non ci aveva pensato, *che stupida. Le cose si fanno ancora più complicate. Perché Merrick non fa nulla? Sono sicura che abbia il potere necessario, eppure... forse all'interno dei suoi confini non ci sono le persone che gli servono. Forse prende tempo.*

La squadra sparì attraverso il muro e non era possibile per Aria raggiungerla ormai, si era seduta a terra, piena di dubbi. Si mordeva il labbro mentre tamburellava con le dita sul fucile, sospirando. Stranamente una forte ondata di rassegnazione l'aveva colpita. Non si accorse nemmeno che gli spari erano cessati. Un'ombra scura, nascosta dietro un albero, la osservava in silenzio, ma non si era accorta neanche di questo.

È una missione impossibile, si disse Aria. Non poteva trovare quelle persone, non poteva parlare con Merrick. Pure se avesse trovato il luogo dove il sigillo si nascondeva, come avrebbe fatto?

Qualcosa la fece tornare attenta, e non erano le donne che erano accorse sul campo per raccogliere gli uomini, ma un profumo, un profumo così familiare... allungò il naso verso il cielo, il cappellino le si era incollato in testa per il caldo, e lì dov'era scoppiata la battaglia sembrava un inferno di calore. Un'altra ondata.

Sono arance queste, pensò sorpresa. Camminò lungo il bordo del muro, in un punto, a circa un centinaio di metri da dove era partita, una pianta rampicante spezzata costeggiava la parete. Aria lasciò il fucile a terra e tentò di arrampicarsi, non c'erano altri appigli se non quella, gli alberi erano distanti, l'edificio di marmo era liscio e comunque impossibile da avvicinare. Alcuni uomini di Red si stavano riprendendo lentamente, li poteva vedere muoversi, come se rinascessero dalla terra.

La pianta era instabile, scricchiolava ogni volta che Aria si aggrappava al ramo successivo, non avrebbe resistito a lungo, ma riuscì comunque a allungare la testa oltre il muro. Le sentinelle stazionavano su una lunga impalcatura di ferro, mista a legno, che costeggiava il muro ma a distanza di una decina di metri. Erano ferme a osservare gli uomini risvegliarsi, senza fare niente, il tempo era scaduto, nessuno avrebbe più infierito. Alcune sentinelle, sul lato destro, ridacchiavano, altre fissavano il bosco sterminato, con le braccia sui fianchi. Erano tante però nessuna aveva notato Aria spuntare dal muro.

Cliff stava camminando tra i feriti e si era accorto subito di quell'incosciente aggrappato al muro, fece per avvicinarsi. I capelli di Aria uscirono da sotto il cappello, lui si immobilizzò. La ragazzina aveva il fucile, persino. Era chiaro il suo stupore.

Aria seguì la direzione del vento e aguzzò la vista. Lo vide. In cima all'edificio gemello, sotto quella cupola di vetro che aveva già potuto ammirare, c'era un giardino, "il giardino degli aranci", sussurrò, non poteva vedere bene, ma aveva la sensazione che fosse proprio quello dove aveva passato tanto tempo, era solo un'impressione, ma così forte da farla tremare. Un puntino nero guardava verso di lei, ma non seppe affermare con chiarezza chi fosse, non poteva essere Merrick perché era appena sparito dietro le mura. La chiave sul palmo iniziò a fare male, la guardò, le linee sembravano tremare come scosse da un terremoto.

"Ahi", mormorò Aria, e lasciò la presa sul rampicante, cadendo di schiena sul terreno, "basta, ferma", disse stringendosi il polso, le linee rallentarono, poi si fermarono. Aria rimase sdraiata con la mano in alto a osservare il marchio e a riflettere.

C'è un giardino degli aranci anche qui. Dovrà pur dire qualcosa. Non è di sicuro un caso, balzò in piedi, ritemprata, senza accorgersi che il cappello era rimasto a terra, lo raccolse di corsa e se lo infilò. Camminò nel bosco per raggiungere gli altri uomini che si stavano muovendo verso gli alberi. Cliff le aveva dato volontariamente le spalle, con le dita sporche sul mento sembrava riflettere sul da farsi, poi fissò la schiena della ragazza. Di colpo gli salì una forte rabbia. Aria, che era tra gli altri uomini ormai, vide Cliff cercare qualcuno, abbassò la testa, ma non era lei l'obiettivo. Prese sua moglie, quella donna antipatica, per il polso, e la trascinò via, dopo aver guardato nella direzione di Aria.

"Rimanete qui", disse agli altri. E tutti obbedirono. Si sederono pazienti, cercando di riprendersi. Red era già sparito con la sua squadra. Aria non resistette, senza farsi notare seguì Cliff nel bosco.

Si acquattò dietro un albero e osservò tutta la scena.

"Voglio ora. Forza", disse imperativo alla donna. Poi le diede una spinta talmente forte da farla cadere con la schiena sul prato. Quella allungò le braccia, tentando di sorridere maliziosa. L'uomo crollò su di lei, prese le mani che cercavano di accarezzargli la nuca e le spinse a terra tenendole ferme, senza che potesse muoversi. Poi iniziò con violenza a muoversi. Spingeva con forti strattoni, tanto da spostare il corpo esile della donna che era quasi scomparsa sotto di lui. Aria si ritrasse disgustata e quasi provò pena per lei. La donna se ne stava immobile, gli occhi inespressivi puntati verso il cielo, mentre Cliff terminava ciò che aveva iniziato.

Non è andata male, Aria voleva riportare ciò che aveva scoperto a Will. L'uomo di Merrick rigettato dal bosco, l'impressione che aveva avuto di Merrick stesso, lo scambio con Red, la squadra, il muro, il giardino degli aranci. Ma molte cose non tornavano: *perché Merrick che ha più armi, ed è più tecnologicamente avanzato, ha stretto un accordo con Red? A che pro? Per avere frutta e verdura? Può essere così stupida la cosa? E poi che diavolo gliene frega di attaccare? Per mantenere il potere agli occhi dei suoi uomini? Per schiacciare Red? Per semplice divertimento? Deve avere qualcosa in mente. Forse non sanno come trovare il sigillo, o forse si sono così abituati a farsi la guerra da non riuscire a smettere. Non riesco a capire*, si continuò a ripetere Aria, mentre marciava in fila tra gli alberi.

Ogni tanto i suoi pensieri erano attraversati dalle immagini di poco prima. Cliff che blocca gli uomini, porta via la sua donna, come un uomo delle caverne, perché in quel momento ha semplicemente bisogno di sfogarsi. Di scaricare la rabbia forse. Le tornò la nausea e Cliff, ora oltre a fargli schifo, la faceva rabbrividire. Aveva guardato verso di lei, proprio poco prima di sparire tra gli alberi, i suoi occhi puntati addosso le erano comparsi in mente come un flash improvviso. Pensò, senza volerlo, a una dimostrazione di potere, persino a un avvertimento, *no non può essere, non può avermi riconosciuta*, eppure il suo istinto spingeva per la prudenza. A Will non avrebbe accennato niente di tutto ciò.

Arrivati in città Cliff ordinò a chi era intero di andarsi a ripulire, agli altri di andare in infermeria.

"I fucili nelle botole, forza", Aria pensò al motivo di quel nome, *una botola è ben diversa da quell'oggetto*, scrollò le spalle e lasciò il suo, quello sparì, risucchiato dal buio, come se quel cilindro non avesse fondo. Poi si allontanò a testa bassa, vide la moglie di Cliff sospirare, con un'espressione più mite impressa in volto, più... *spenta*, sui polsi i segni delle grosse mani del marito.

Il pomeriggio era volato via, il sole era già sparito dietro agli alberi, Aria si chiese come fosse possibile, era accaduto tutto così velocemente, come se quel bosco dilatasse il tempo. Sul villaggio era calata la sera, il cielo bianco attendeva solo di essere colorato dalla notte.

Aria deviò verso casa e Cliff, che non l'aveva persa di vista un attimo, la lasciò andare, ora più rilassato e calmo. Aveva capito come si doveva muovere con lei, di certo, perché sorrideva beato.

Dentro casa ritrovò Will, che agitato se ne stava a braccia conserte ad aspettarla.

"Che diavolo...", stava per dire, ma Aria lo abbracciò, sollevata, si era spaventata più di quanto avrebbe mai potuto ammettere. Will la strinse e le tolse il cappello dalla testa, liberando la chioma scura.

"La prossima volta te ne parlerò, te lo prometto".

"Ti rendi conto di quanto mi hai fatto preoccupare?".

"Scusa, ma ho scoperto davvero tante cose", si allontanò da lui col pugno stretto e si sedette, era sfinita, sentiva la pelle del volto tirare, la polvere attraverso cui era passata si era solidificata diventando uno strato uniforme e duro, se la strofinò via.

"Anche io ho qualcosa da dirti. C'è una specie di orologio che tiene il tempo di questo mondo, nell'ufficio di Red. E ce ne deve essere solo uno, sembra qualcosa di... magico. Appena ho messo piede qui ho iniziato a pensare... se solo Red tiene il tempo, l'altro come fa? Nel senso, ha un altro modo per calcolarlo che noi non conosciamo? Anche se a detta di Peter quello è l'unico esemplare. Allora perché se la prende comoda?".

"Lo so io perché", e iniziò a raccontare tutto a Will che ascoltò in silenzio. Dopo aver ascoltato cercò di tirare le somme, "hanno un accordo, eppure combattono. C'è un giardino degli aranci ben protetto, di cui hai sentito il profumo, anche se intrappolato sotto una calotta di vetro".

"È esatto... era come se mi chiamasse, Will. Non è stata un'impressione, ho proprio sentito quell'odore".

"Red è un bugiardo, e la squadra di controllo di certo cerca di raggiungere quel giardino".

"Non è detto, io non credo sappiano qualcosa. Neanche Merrick sa come trovare il sigillo".

"Se la smettessero di perdere tempo a combattersi".

"Io l'ho visto Merrick, non cederà mai, è uno di quegli uomini che vive nutrendosi di potere, non cederà mai il passo".

"Ma non troveranno mai il sigillo".

"Forse quello ha un piano. Forse la battaglia è solo un diversivo".

"Potrebbe essere così anche per Red, allora".

"Quella squadra non mi sembrava sapesse cosa stava facendo".

"Mh, questo mondo è una completa follia".

"Amano la guerra, entrambi i capi. E forse la questione sigillo è andata in secondo piano, sapranno entrambi che il mondo verrà sigillato comunque. Non lo so, i miei pensieri saltano da un'idea all'altra, e nessuna di queste è molto chiara. Ma già sappiamo qualcosa in più. E se forse non desiderano il sigillo…"

"Ma vogliono il potere Aria, e solo il sigillo può darlo, anche se non saprei proprio come. Mi hai detto che Merrick vive per il potere".

"È l'impressione che ho avuto".

"Allora farà di tutto per essere l'unico. E il sigillo gli serve".

"Sì, ma non capisco i loro movimenti. Proprio non capisco".

"Non so, forse dobbiamo solo aspettare".

"Interroga quel Peter. Lui saprà qualcosa, o può spiare suo padre".

"Non posso chiederglielo".

"Lo farò io, fammelo incontrare".

Will sospirò, "d'accordo, ma lo faremo insieme. Stasera, però prima fatti una doccia che quasi non ti riconosco".

"Ok vado… cowboy".

"Piantala".

Aria ridacchiò e scivolò in bagno. Si tolse con enorme soddisfazione tutta la terra che aveva addosso, non poteva credere a quanta se ne fosse accumulata, si era insinuata sotto i vestiti mescolandosi al sudore. Vedendosi allo specchio si era quasi spaventata. Lasciò cadere i pantaloni con profonda tristezza, al pensiero del solito vestito che l'aspettava. Si sciacquò ancora il viso e le mani, ricordava ancora la sensazione del fucile freddo sulla pelle, che terribili le armi, e che senso di potere davano, le venne da pensare.

Quando tornò di là, vestita con ciò che era saltato fuori dall'armadio, un altro stupido abito turchese, e che di sicuro quella mattina non c'era, trovò Will pensieroso, appoggiato con il viso sul mento a fissare il vuoto.

"Tutto bene?".

Non rispose, gli occhi verdi spalancati.

"Ehi Will, tutto bene?".

"Sarebbe così male restare?", disse di colpo, e Aria si sentì attraversata da un fulmine.

"Che diavolo dici?".

Lui si alzò e le prese le spalle, mentre i capelli bagnati le ricadevano disordinatamente sul viso.

"Abbiamo una casa, degli amici. Una vita tranquilla".

Aria lo fissò negli occhi, sembrava imbambolato, vedeva ma non sembrava vedere.

"Non scherzare".

Sembrava di colpo essersi abituato a quel posto. Prima che lei entrasse in bagno era una persona che voleva fuggire, ora una che voleva restare. Che cosa era successo?

"Will, non scherzare".

La baciò mozzandole il respiro, con una tale energia da farle piegare la schiena indietro. Lei lo scansò, "non ora Will".

Lui la guardò ferito. Aria invece era irrequieta, si agitò sul posto, si grattò la fronte per trovare le parole giuste, "noi vogliamo andare via di qui. Giusto?".

"Perché non restare", allargò le braccia, "abbiamo una casa tutta nostra".

Lei era rimasta a bocca aperta, diceva sul serio, "questo mondo è anche peggiore dell'altro, Will. Non ti rendi conto? C'è la guerra e poi... non è casa nostra".

Will piegò la testa su un lato, perplesso dalle sue affermazioni, e tutto convinto disse, "ma questa è casa nostra".

Capitolo 10

"Mi vedi?".

"Sì, che ti vedo. Ma dove siamo?", rispose Lucas terrorizzato, ma tentava di mantenere la calma, prendendo fiato.

Non potevo crederci, era proprio lui, pensai a quanto fosse potente la mia immaginazione, era esattamente così che lui si comportava nella realtà, quella notte non sarei stato da solo. Mentre me ne stavo sdraiato a guardare il nulla, l'ho pensato intensamente. Avrei voluto fosse lì, e nello stesso momento in cui l'ho pensato, Lucas era comparso. Anche se fosse stata un'illusione, che importava? Mi avrebbe salvato di nuovo, anche lì. Ero convinto fosse una proiezione, poi vidi il braccialetto. Il piccolo sole pendeva dal cinturino nero. Quello non me lo aspettavo io stesso, gli avevo lasciato il mio regalo solo poco prima e non avrei mai immaginato che l'avrebbe indossato, perciò non poteva essere possibile.

"Non vedo nulla", disse Lucas.

"Lucas, sei proprio tu?", dissi spaventato, guardai il mio polso, anche io indossavo il braccialetto, la luna d'argento sembrava beffarsi di me.

"Sì che sono io. Marcus, dove siamo?", disse già capendo.

"In uno dei miei incubi", mormorai angosciato.

La nebbia si attorciglio intorno a quelle parole e le fece sue. Lucas si avvicinò, "d'accordo. D'accordo", gesticolò, "manteniamo la calma. Se è un sogno ci sveglieremo molto presto".

"Mi dispiace".

"Non te ne preoccupare, anche se non capisco come tu abbia fatto".

"Forse è colpa di questi", oscillai il polso.

"Grazie a proposito".

Abbozzai un sorriso. Mi chiesi come faceva Lucas a essere così tranquillo, eravamo intrappolati in un banco di nebbia, nel silenzio più assoluto, tesi nell'attesa di qualcosa. La nebbia profumava di nuovo di zucchero filato e sembrava più appiccicosa del solito, sentivo il viso e le mani bagnate, la maglia incollata alla pelle.

"Perché proprio un sole?".

"Per me tu lo sei", dissi molto imbarazzato e mi voltai verso la parte dove si trovava la strada alberata.

Sentii lo sguardo di Lucas addosso, nascosi la mia piccola luna sotto la manica. La mano del mio amico mi scompigliò i capelli come se avessi ancora tredici anni, non mi dava fastidio.

"Cerchiamo di andare via di qui", e prese a camminare verso la zona alberata.

"Lucas, non andare lì".

Un rumore di catene che venivano trascinate sulla terra secca. Le urla in fondo al burrone, tutto ancora una volta. Chiusi gli occhi e mi preparai.

L'aria si fece di colpo pesante e mi schiacciò a terra, tra la nebbia non riuscivo più a vedere Lucas, che la nebbia l'avesse, da amica benevola, messo in salvo? Lo sperai.

"Che succede?", urlò lui, era ancora con me. Era tutto così irreale, me lo fece notare la sua presenza. Come potevo farlo uscire?

Una catena mi legò il collo, mentre ogni parte del mio corpo se ne stava abbandonato a terra, come se non mi appartenesse, ancora quella sensazione, l'essere il nulla.

Il mio battito accelerò, era così veloce che pensai stesse per esplodere, poi mi accorsi che, non era lì, era come se fosse lontano, vicino alle urla. La sensazione di averlo perso era così viva che spalancai la bocca tentando di urlare, mi contorcevo, spingevo in alto la testa ma non usciva nessun suono, sul mio petto si era aperto un buco. Un altro vuoto.

"Marcus, che succede…", disse Lucas inginocchiato ai miei piedi con gli occhi spaventati. Tentò di togliermi la catena che mi stava strozzando, volevo dirgli di lasciar perdere, che era inutile, ma non ci riuscii. Dietro di lui stava comparendo tra la nebbia un'ombra scura.

Lucas, nel vedermi ridotto in quella maniera, iniziò a perdere la calma, "sembra tutto così reale", sussurrò. Poi afferrò la catena e riuscì a strapparla via, ma non ero in grado comunque di muovermi, mi tirò su di peso, la nebbia si diramò per un istante, permettendomi di vedere in fondo al viale alberato una chiesa dalle pareti bianche, ma Lucas mi trascinava verso un'altra direzione.

"Marcus, stai bene?", disse più volte mentre il sudore gli colava dalla fronte sulle guance.

Volevo dirgli di non andare lì verso il burrone ma ero stordito. Cademmo giù entrambi.

Pensai alla donna dai lunghi capelli biondi e sperai di riuscire a rivederla. Lì, nel sogno, quella volta credetti di essere vicino alla morte. Ero sdraiato su un manto di pietre aguzze, il petto mi faceva male e sanguinava, sentii ancora una volta il mio corpo spezzettato, il collo come se avesse ancora una catena a trattenerlo. Poi pensai al mio amico, "Lucas?".

"Sto bene", disse una voce soffocata, sentivo gli sforzi che faceva nel tentativo di rialzarsi. Di colpo me lo trovai accanto.

"Forza, alzati", mi incoraggiò e ci provai, con poca intenzione.

"Marcus, questo posto non è reale".

"Lo è, Lucas. Purtroppo lo è".

"Lo è se vuoi credere che lo sia".

Ciò che aveva detto Lucas mi spiazzò.

"Non lo è. Non dargli questo potere".

Riuscii a rialzarmi, senza troppa difficoltà.

"Perché vieni qui? Perché ti fai questo?", mi chiese Lucas come se fosse colpa mia. Notai che nella caduta si era rotto una gamba e tagliato l'avambraccio, che sanguinava senza sosta, sgocciolando sulle pietre.

"È reale, Lucas. Tutto ciò che succede qui è reale".

"Perché lo fai?", chiese ancora.

Cosa diavolo voleva da me? Non era colpa mia, o insinuava che lo fosse? Per la prima volta desiderai di litigare con lui, di riuscire a prenderlo a parolacce per quello che mi stava dicendo. E allo stesso tempo sentivo le lacrime agli occhi per la rabbia e la frustrazione, perché non mi capiva? Eppure ero convinto che solo lui ci sarebbe riuscito.

La nebbia, che era poggiata pesantemente sul burrone, venne spazzata via da una raffica di vento caldo e ci ritrovammo sulla spiaggia. Sulla riva c'era mia sorella, era proprio lei, indossava quel costume rosso che tanto le piaceva. Avevo ancora ben impressa in mente l'immagine di lei con quel costume, anche se era di spalle sapevo che stava sorridendo, amava andare al mare. Amava quando eravamo tutti insieme lì. Cercai i miei, ma non li trovai, c'era solo lei. A riva calciava le piccole onde spumose con la punta dei piedi, e si ritraeva quando quelle tentavano di vendicarsi. Il sole era una palla arancione che iniziava a nascondersi dietro l'orizzonte, la linea del mare ne aveva già mangiata una parte.

Era così bello quando Meg sorrideva, come anche mia madre, e entrambe avevano smesso da tempo di farlo. Anche se avessero voluto non avrebbero potuto, perché erano entrambe morte.

Il cuore iniziò a scalpitare, poi lo sentii scivolare via, fuori da me, il mio corpo tramutato in una statua di sabbia. Non sentivo più Lucas chiamarmi.

"Marcus. Marcus. Combatti, Marcus. Puoi interrompere tutto questo", diceva Lucas, ma era un eco lontano. Sulla sinistra la donna con i capelli biondi osservava la scena, la nebbia la nascondeva alla mia vista. Solo davanti a me l'immagine era nitida e accogliente, eppure provavo un forte disagio, c'era qualcosa che non andava. Gli occhi erano calamitati su mia sorella che oscillava le braccia in cielo e si muoveva sul bagnasciuga per lasciare che l'acqua coprisse le piccole buche che aveva scavato nella sabbia.

Volevo vedere ancora il sorriso di Meg, ma lei non si girava come faceva in quelle splendide giornate, no, lei si ostinava a guardare avanti. Era come se il mio ricordo fosse stato modificato da qualcuno.

Iniziò a immergersi piano piano, prima le caviglie, poi le ginocchia. Camminava lentamente verso il sole, senza voltarsi.

"Dove stai andando?", le chiesi, ma nessuno mi stava ascoltando. Sentivo caldo e freddo insieme, l'acqua aveva inghiottito mia sorella fino al petto.

"Si fermerà", dissi, "si deve fermare".

Lei sorrideva così spesso prima, come eravamo giunti a quel punto?

L'acqua era arrivata al collo, non sapevo cosa fare. La sabbia mi aveva bloccato le gambe, la lingua senza parole, la gola chiusa. Il dolore al petto si allargava inghiottendo ogni intenzione.

Il mare era piatto come una tavola, immobile, come una fotografia. La testa di mia sorella spuntava a pochi metri dalla riva, come se non avesse fatto altro che camminare sul posto, il sole non sembrava essersi spostato, ma io sì, ero quasi sul bagnasciuga anche se non mi ero mosso.

Fissai la nuca di mia sorella, e desiderai con tutto me stesso che si girasse e mi sorridesse, che mi dicesse che sarebbe andato tutto bene, che non mi dava la colpa di niente.

E si voltò. Lanciai un urlo che scosse ogni mia fibra. Mia sorella era senza volto.

***

Nel locale entrava ancora la luce del giorno. Lucas e Marcus erano nello stanzino posteriore, gettati a terra come sacchi di patate. Entrambi si svegliarono nello stesso momento: Lucas tastandosi l'avambraccio, Marcus il collo, la gola gli bruciava.

"Marcus", disse confuso guardandosi intorno, "cosa ci facciamo qui?".

Marcus si alzò e tornò nel locale, una lunga fila di persone attendeva un po' spazientita che qualcuno si mettesse al lavoro e li servisse.

Iniziò Marcus, senza dire una parola. Lucas comparve pochi istanti dopo, massaggiandosi la testa. Marcus non aveva il coraggio di guardarlo, l'aveva trascinato in un suo incubo, e in un certo senso avevano anche litigato. Sentì nella tasca interna la piccola scatola nera.

I due amici non parlarono fino alla fine del pomeriggio. Ma mentre ripulivano Lucas prese la parola, "cosa è successo Marcus? Noi eravamo… eravamo appena tornati dai festeggiamenti, non me lo sono inventato. E ora… ora…"

"E ora siamo al pomeriggio", disse sicuro, "sì, è così. Mi dispiace averti trascinato in quella cosa. Non succederà più", si toccò il polso dove era il braccialetto.

Lucas notò il tono diverso, "ehi. Lo sai che puoi contare su di me. Ma quello che tu…"

Marcus lo interruppe, non voleva sentire un altro rimprovero, tirò fuori la scatola nera e la fece scorrere sul bancone, "buon compleanno. Ancora una volta".

Lucas guardò il polso, il braccialetto non c'era, la raccolse, pieno di perplessità, senza aprirla, "come abbiamo fatto? Mi sai spiegare cosa è successo?".

"Se lo sapessi, te lo direi", disse il ragazzo passando una pezza sul bancone. *Come puoi dire che questo non è reale*, pensò depresso. *Come puoi dirlo.*

"Dobbiamo fare qualcosa. Mettere fine a quello che ti accade. E puoi farlo".

"Non posso. Comunque sono io a dover fare qualcosa".

Lucas proseguiva con il suo ragionamento, "e quella donna, sembra lei, sai? L'ho percepito. Lei è la causa di tutto".

"Lei non c'entra niente", disse addolcendosi, "lei…"

"Lei niente, Marcus. Mi ascolti? È quella donna il problema, non devi cedere".

Il problema sono io, si disse Marcus. *Lei non c'entra nulla*, era fin troppo chiaro, anche a lui ormai, ma non sapeva, o non voleva, porre rimedio.

Marcus proseguiva a passare la pezza nello stesso punto. Lucas lo prese per le spalle quasi con violenza, Marcus notò un'impronta di paura nei suoi occhi.

"Non devi darle retta".

Marcus sorrise beato, non sentiva più il dolore al collo, vedeva solo lei.

"Marcus, ti prego".

L'aria si bloccò per un istante, come se qualcuno avesse messo la scena in pausa, non volava una mosca, i clienti seduti ai tavoli apparivano immobili, mentre il giorno pulsava all'esterno, come sempre.

Marcus prese un coltello dal bancone e ne osservò la lama, incantato, non sapeva perché ma quell'oggetto lo aveva richiamato, era come se avesse dimenticato qualcosa.

"Marcus", lo chiamò subito Lucas, notando lo stordimento dell'amico e quella strana espressione.

Lo lasciò andare. Fuori notò la ragazza dell'altro pomeriggio, quella a cui aveva offerto un frappè. Ma quanto era passato? Non ne era certo. Si mosse, ognuno riprese i suoi gesti. Lucas non insisteva più, aveva iniziato a friggere nuove patatine, ignorandolo.

Il ragazzo si avviò verso l'uscita, l'aria era rarefatta, il giorno sembrava aver cambiato colore. La ragazza lo baciò e lui rimase di sasso.

"Tutto bene Marc?", chiese lei preoccupata.

Marcus si toccò il collo, nessun segno. Alle sue spalle il Wimpy, Lucas lo osservava con la coda dell'occhio, con uno strano sguardo. Era forse paura quella? Lucas gli diede le spalle.

Quanto tempo sarà passato questa volta?

Cercò di non ricordare sua sorella senza volto.

"Marcus ci sei?", la ragazza con aria interrogativa scuoteva il suo braccio.

Marcus tentava di ricordare, ma non ci riusciva, doveva fingere.

"Scusa Rose, come stai?", disse vagamente, sperò fosse il tono giusto.

Rose si aggrappò al suo collo con le braccia esili e lo baciò di nuovo, "bene, ora", disse spostandosi, ma senza lasciarlo andare. Il cuore di Marcus prese a battere per l'eccitazione, la situazione non era poi così brutta, la abbracciò e si lasciò andare, baciandola lui stavolta. Il sapore delle sue labbra era familiare, eppure non ricordava il loro primo appuntamento, né il giorno in cui si erano messi insieme. La ragazza gli accarezzò dolcemente i capelli e lui non poté far altro che sciogliersi, era così dolce. Però quella sera doveva assicurarsi di una cosa.

"Rose, ti dispiace se ci vediamo domani?".

"Perché?".

"Devo fare una cosa e da solo".

Lei ci era rimasta male, lui d'istinto, come se lo facesse da sempre, la prese per le guance e la baciò, "solo per oggi". Le mani si erano mosse da sole, e a seguire le parole, gli sguardi. Gli riuscì tutto naturale.

Lei sorrise, "passami a prendere a scuola, finisco alle due. Poi, visto che è il tuo giorno libero, puoi restare da noi a cena come al solito".

Lui annuì, ancora sorpreso per quei suoi gesti che non sembravano appartenergli, eppure gli riuscivano con una tale semplicità.

Rose si allontanò e Marcus cercò di calmare il battito, era affetto per quella ragazza e insieme paura per il buco di ricordi che si era formato, ancora una volta. Solo in quel momento si accorse che era vestito leggero, doveva essere estate. Come aveva fatto a non accorgersi del calore che gli carezzava la pelle?

Restò fuori dal locale, in attesa di Lucas, avrebbe chiesto a lui a che punto fossero della loro storia, lui avrebbe saputo di certo rispondere. Immobile dietro l'angolo, per ripararsi dai raggi del sole, fissava dentro il suo amico correre da una parte all'altra per servire gli ultimi clienti. C'era qualcosa di frenetico in quei movimenti, una certa palpabile ansia. Ogni tanto alzava gli occhi verso Marcus, per vedere se era ancora lì. Marcus si convinceva sempre più di quanto quello non fosse il solito sguardo, era cambiato qualcosa in quei mesi, era chiaro, e voleva scoprire cosa. Sarebbe bastato parlare. Loro due l'avevano sempre fatto.

Ricordò uno dei terribili giorni in cui aveva litigato con i compagni di classe, era il periodo in cui si limitava a reagire senza comunicare, finiva sempre per rispondere alle parole picchiando, ma solo dopo aver preso una dose di botte. Inizialmente si diceva che sarebbe passata subito, doveva solo avere pazienza e fare sfogare i suoi aguzzini, ormai non aveva più paura, non aveva nulla da perdere in fin dei conti, poi però la sequela di botte non finiva, sentiva i suoi compagni ridere tra loro, e capiva che non avrebbero mai smesso. Così partiva all'attacco e rispondeva, per quello che riuscisse a fare: una serie di pugni nel vuoto, altri a segno, le gambe che tremavano. Non capiva perché ispirasse un tale odio, era forse solo il suo atteggiamento?

Iniziò a riflettere sul suo modo di fare. L'atteggiamento faceva molto, il modo in cui ci si poneva verso se stesso e gli altri era fondamentale, e lui andava male in entrambe le direzioni. L'atteggiamento era un biglietto da visita, dava agli altri un'idea, giusta o sbagliata che fosse, della persona, che poi difficilmente veniva cambiata, e scolpiva a sua volta una maschera sociale necessaria per la sopravvivenza. Rifiutarsi di indossarla, o solo di averla disponibile all'occorrenza, era una follia, non si poteva sopravvivere in quella società senza indossarne una. Marcus portava solo la sua faccia, una faccia piena di dolore e frustrazione, che terrorizzava inconsciamente ogni persona che lo incrociasse, tranne Lucas. Per questo si tenevano tutti alla larga, e per questo stesso motivo nessuno si azzardava ad avvicinarlo.

Oltre alla sua faccia, Marcus aveva un atteggiamento autodistruttivo, per lo più passivo e fuori dal mondo, come se vivesse in una sfera impermeabile a chiunque. Un atteggiamento sbagliato verso se stesso e gli altri che gli impediva di superare quel lungo momento di stallo che era diventata la sua vita.

L'atteggiamento, l'*attitude* inglese, era necessario per la sopravvivenza. Marcus affondava lentamente in un pozzo di fango, formato dalla tristezza e dai sensi di colpa, dalla rabbia e dall'umiliazione. Sul ciglio del pozzo, seduta comoda, se ne stava la donna dai lunghi capelli biondi, lo guardava affondare senza degnarsi di dargli una mano. Aspettava. Aspettava che affondasse sempre più, fino a quando non sarebbe più riuscito a risalire. Aspettava di vedere la sua testa quasi sotto il filo del fango, di riuscire a scorgere solo qualche ciuffo di capelli e poi avrebbe agito. Non aveva fretta.

Quel momento era vicino, a quel punto non ci sarebbero state più speranze.

Marcus rifletté sul suo atteggiamento in uno di quei giorni, uno casuale, e pensò di essersi meritato le vessazioni dei suoi compagni di classe. Pensava di meritarsi tutto ciò che lui ispirava agli altri.

Quel pomeriggio era passato davanti al Wimpy e Lucas l'aveva visto zoppicare scansato dalla gente, pieno di lividi, senza che nessuno a scuola avesse pensato di indagare o semplicemente di riaccompagnarlo, il cortile era fuori dalla giurisdizione, i professori chiudevano gli occhi. Marcus, l'anello debole della classe, il soggetto agli occhi di tutti inutile, era preso continuamente di mira e l'unico a accorgersene sembrava essere Lucas. Lucas e nessun'altro.

Quel pomeriggio, come molti, moltissimi altri, lo aveva fatto entrare, l'aveva medicato, aveva scherzato ed era riuscito a farlo ridere. Con il suo atteggiamento positivo gli aveva fatto sembrare il mondo un posto migliore, così come lo ricordava, e ogni cosa superabile.

A volte si precipitava a chiudere il Wimpy o a farsi sostituire da qualche collega, e lo trascinava al parco, o allo zoo, a mangiare qualcosa, o a bere una birra, facendolo sentire apprezzato e adulto.

Anche a tredici anni, lo trattava come se ne avesse venti, ed era ciò che a lui serviva, almeno nei momenti in cui era in cerca di una rivalsa, soffocato dal bisogno di essere notato. E allo stesso tempo, come un ragazzino della sua età, facendogli da guida, e donandogli il suo affetto quando era chiaro che nessuno gliene stava dando, accarezzandogli la testa come si fa con i bambini, considerandolo, quando ne aveva bisogno, per ciò che era: un bambino. Senza che chiedesse mai qualcosa in cambio.

Era uno strano equilibrio, e Marcus si sentiva allo stesso tempo, figlio, fratello e amico. Stati di essere che si alternavano in continuazione, facendolo sentire bene.

Lucas lo teneva a galla, l'aveva sempre fatto. Ma quel giorno lo fissava con uno sguardo diverso, negli ultimi tempi qualcosa si era modificato fra loro. Doveva essere successo dal momento in cui aveva quasi lasciato cadere il bambino. Non ricordava quando. Lucas non si lasciava andare come al solito, era più trattenuto, quasi sull'attenti, e era una cosa che Marcus percepiva benissimo, essendo un animale che aveva usato ogni sua risorsa per sopravvivere, molto più di chiunque altro.

E quel suo strano modo di percepire il tempo, di viverlo, non lo aiutavano a chiarire i suoi pensieri. Il tempo non era qualcosa che potesse controllare, era anzi quello a controllare lui. Il tempo era un'entità astratta eppure viva. Ogni essere umano poteva gestirlo, fingendo di averlo in pugno, fingendo di controllarlo, quando era esso a farlo. Per Marcus la situazione era peggiore, perché lui il tempo non riusciva neanche a gestirlo, era anzi quello a divertirsi con lui. Guardò il sole sparire dietro gli edifici lentamente, la luce spegnersi, anche se era ancora intensa nonostante fosse quasi sera, e si chiese quanti mesi fossero passati. L'odore forte dello smog e il rumore dei motori delle macchine ferme ai semafori, il calore proveniente dal marciapiede che non aveva fatto altro che assorbirlo per tutto il giorno, tutte queste sensazioni lo distrassero per un momento. E proprio in quell'istante spuntò Lucas che quasi correva verso la direzione opposta.

Marcus se ne accorse, "ehi, Lucas".

Lui si fermò, restando di spalle.

"Ti stavo aspettando, non mi hai visto?".

Lucas si girò lentamente, Marcus vide il braccialetto con il sole spuntare dalla manica, questo lo fece sorridere.

"Scusa, ma devo correre a casa".

"Problemi con tua moglie o il bambino?".

Lucas lo guardò spaesato, si era dimenticato qualcosa di nuovo, "sai in che mese siamo?".

Marcus lo guardò con una punta di imbarazzo, sospirando.

"Agosto. Hai diciannove anni", disse grattandosi la testa, sembrava non poterne più.

"Diciannove", ripeté Marcus, "e Rose…"

"State insieme da un bel po' di mesi ormai. Non chiedermi quanti perché non mi ricordo. E… pare che lei stia bene", disse insinuando qualcosa, forse temeva che venisse anche lei trascinata nei suoi incubi, ma non era successo, probabilmente non era abbastanza importante per Marcus.

"Fra noi è tutto a posto?", gli venne da chiedere, notando tutte le volte in cui l'amico distoglieva lo sguardo.

"Sì, certo", gli mise una mano sulla spalla abbozzando un sorriso rigido, l'ombra di quelli del passato, "ma devo andare". Neanche sforzandosi riusciva più a sorridere, quei suoi sorrisi che Marcus amava tanto. E era colpa sua se erano spariti.

"Non usciamo più insieme", commentò Marcus resistendo, come se si fosse riappropriato delle informazioni necessarie per rispondere.

Lucas sospirò, "ho un figlio e una moglie. Devo pensare prima di tutto a loro".

"Capisco", abbassò lo sguardo.

"Ehi, ti prometto che usciremo presto", disse come a togliersi dal problema.

"Va bene. D'accordo, come vuoi".

"Che altro c'è che non va?".

"Sei diverso Lucas. Scalpiti per andare. Dimmi che cosa ti ho fatto".

"Non mi hai fatto niente".

"Ma guardati, sei già rivolto verso la direzione, pronto a fuggire".

"Senti. Ho una famiglia…"

"Smettila con queste stronzate. C'è qualcosa che non va, e lo sento".

Lucas allargò le braccia, "che cos'altro vuoi da me, Marcus? Ho fatto di tutto, e tu non fai altro che ignorare ciò che ti dico".

"Che dici? Non è vero".

"Oh, sì che lo è. Hai sognato oggi?".

"Sì..."

"Hai visto la donna?".

"Sì".

"E allora vedi che non mi ascolti? Tu non ascolti nessuno, per questo sei solo".

"Lucas..."

"Quella donna, ti ho ripetuto di non ascoltarla. E io... tu mi hai trascinato in quegli incubi per settimane, io ero stanco, e alla fine ho smesso di starti dietro, e tutto è passato. Le cose vanno meglio, non devo strapparti più paletti dal corpo, vederti soffrire nelle maniere più disparate, intrappolato in quella maledettissima nebbia. Io non ce la faccio, non posso correre a salvarti, ho una famiglia, e non so cos'altro fare", urlò Lucas tutto d'un fiato, lasciando Marcus a bocca aperta. Lucas aveva davvero paura. Notò il pallore del suo volto.

"Pochissimo tempo fa festeggiavamo i nostri compleanni... come siamo arrivati a questo? È colpa di tua moglie, non è così? Lei mi odia".

"Non mettere in mezzo lei. Non c'entra. La cosa riguarda solo me e te", tentò di aggiungere altro, e mentre cercava le parole, scosse la testa gesticolando, "io non lo so. Lo sai bene quali sono i problemi, o no? Ora hai Rose eppure la trascuri, corri dietro alla donna senza interessarti di chi è realmente qui", si indicò, "mi vedi Marcus? Io sono qui. E nonostante te l'abbia ripetuto e dimostrato, tu non mi vedi".

"Non è così, Lucas", si toccò il braccialetto e poi notò la donna in fondo alla strada, era proprio lì e guardava la scena, Marcus fu invaso da un calore che pungeva però come una scheggia di ghiaccio.

"Il sole dici?", chiese notando il suo gesto, "per te non sono un sole, sono il nulla. Perché se esistessi tu mi ascolteresti", si tolse il braccialetto, affranto. Non gli sorrideva più.

Marcus a quelle parole rimase tramortito. Lucas era davvero importante per lui, come aveva fatto a rovinare tutto? Poi ricordò vagamente alcuni incubi reali, forse non troppo distanti nel tempo, in cui era partito quel graduale cambiamento nel loro rapporto, si stupì di averli dimenticati e di non aver rimediato nei mesi appena passati. Lucas faceva bene ad allontanarsi il perché era presto detto: Marcus aveva iniziato a strappare Lucas dal suo letto ogni notte, ogni giorno. Il povero amico veniva trascinato nei suoi incubi e Marcus non poteva far nulla per impedirlo, anche se si impegnava, Lucas finiva sempre per risvegliarsi in mezzo alla nebbia, costretto ad assistere alle angosce di Marcus, al suo io più profondo. Lucas ne usciva sempre sfinito eppure non si arrendeva, tentava di capirne la fonte, vedeva quella chiesa in fondo al viale ma non era mai riuscito a trascinarci il ragazzo, né era riuscito a salvarlo da se stesso. Anche se spaventato, tentava di prenderla con filosofia, con quell'ottimismo proprio del suo carattere. Spingeva Marcus a reagire e intanto aspettava che tutto finisse. Da sveglio tentava di analizzare gli incubi per risolvere il problema di Marcus ma quest'ultimo non sembrava essere intenzionato a farlo, sembrava dar retta infatti solo a lei, "fra poco ci incontreremo", gli diceva lei, "non temere il tuo buio", ripeteva, "povero piccolo bambino smarrito", non riusciva inizialmente a vedere nessuno, ma immaginò fosse la donna, era sempre così che aveva immaginato la sua voce, dolce, intrigante, come il canto di una sirena per un marinaio disperso, e lui lo era.

Lucas non poteva vederla e cercava di sovrastare le parole della donna con le sue, senza riuscirci. Ma un giorno le cose si erano spinte oltre. Una lancia sbucata dal nulla gli aveva trapassato la spalla inchiodandolo a terra e Marcus era rimasto immobile a guardare. Sarebbe bastato un paio di centimetri e l'avrebbe colpito al cuore. Questo aveva terrorizzato Lucas, che non aveva intenzione di morire, né poteva più prendersi tali rischi, ormai aveva capito che quei sogni potevano essere reali come la realtà stessa, e la sua determinazione iniziò a scemare, non vedendo in Marcus nessun risultato, nessun cambiamento. Lucas si era poi risvegliato nel suo letto in un mare di sangue. La moglie lo aveva accompagnato di corsa in ospedale e lo aveva costretto a prendersi una settimana per guarire dalla ferita. Alla richiesta di spiegazioni però, si ritrovava di fronte a una porta chiusa. Lucas non poteva dir nulla, ma la donna era convinta c'entrasse Marcus, era una sorta di intuito, perché non appena lo nominava a Lucas morivano le parole in gola e il suo entusiasmo si spegneva di colpo. Marcus stava iniziando a fargli del male, era diventato un peso che gli risucchiava ogni energia positiva. Per questo si doveva allontanare, per questo l'aveva fatto e Marcus lo capiva. La donna dai capelli biondi lo comprendeva meglio di quanto ormai non facesse Lucas, tutto sulla difensiva, *preoccupato della sua dannata famiglia. Eppure prima c'ero solo io*, si disse egoisticamente.

"Io sono stanco, devo prendermi una pausa", infilò il braccialetto in tasca dopo un momento di esitazione.

Una pausa da me, pensò Marcus, senza aprire bocca, le risate di lui e Lucas gli risuonarono nelle orecchie e si chiese se mai sarebbe successo di nuovo. Lucas strinse le mani in tasca e, dopo un'ultima sofferta occhiata, cercò le parole per concludere, forse si era accorto di essere stato troppo duro, eppure credeva in ogni singola sillaba pronunciata. Ma Marcus sembrava non stare ascoltando, si era voltato verso l'altro marciapiede.

"Marcus", chiamò Lucas in un ultimo tentativo.

Marcus attraversò la strada, la ragazza camminava a testa bassa quasi volando sul marciapiede.

"È questo che intendo", sussurrò Lucas arreso, "come posso combattere contro i tuoi spettri se tu non lo fai?", sospirò e si allontanò, rinunciando a inseguirlo.

Marcus stava seguendo quella persona, a occhi spalancati non perdeva un singolo movimento di quella che sembrava sua sorella Meg.

Camminava veloce ma sembrava barcollare. Quei vestiti gli ricordavano qualcosa, il pensiero però rifuggì dalla mente, si limitò a seguirla.

Di colpo calò la notte. Notò alcuni negozi chiusi e l'ombra di sua sorella allungarsi sul marciapiede ogni volta che passava sotto a un lampione, per poi sparire, inghiottita nel buio.

Sentiva delle risate provenire da un televisore perso in qualche appartamento, il rumore delle posate sui piatti. Doveva essere ora di cena.

Aveva una strana sensazione addosso, ma non se ne curò.

Entrò in casa sua come se fosse la prima volta da tantissimo tempo, suo padre era di fronte alla porta, la camicia sbottonata. Marcus aveva vissuto scene del genere migliaia di volte ma quella era diversa.

"Dove diavolo eri finita? Sei stata ancora in giro con quei delinquenti?", urlò senza muoversi.

Lei non rispose.

Marcus rimase immobile sulla porta, gli occhi di Meg sembravano essere usciti dalle orbite, aveva le occhiaie come se non dormisse da giorni, e ricordava quando l'aveva vista così, la ricordava. Voleva dire la cosa giusta, invece, come un burattino, fu costretto a replicare esattamente quella scena, così come anni prima l'aveva vissuta.

Il padre prese Meg per il braccio, Marcus si mise in mezzo, "lasciala stare, lasciala dormire. Parliamo domani".

Meg si liberò del padre e spinse via il fratello, "e tu ora che diavolo vuoi? Da quando fai il cavaliere?", disse stringendosi il braccio.

Fu Marcus stavolta ad afferrarlo, la giuntura aveva un buco scuro e malandato, la vena risaltava sulla pelle come se l'avessero strappata.

"Meg…"

Il padre si chiuse gli occhi e se ne andò in salotto.

"Lo stai ancora facendo", riuscì a dire. Recitò le battute di un copione già scritto, mentre dentro di lui rimaneva in silenzio, aggrappato al tempo a cui apparteneva, *diciannove anni, agosto*, si ripeté più volte per non perdere l'orientamento, *deve essere così*, ma la confusione prendeva man mano il sopravvento. I vestiti addosso erano cambiati, mentre seguiva Meg a casa, e persino la sua corporatura, la presa sul braccio della sorella era più piccola e meno forte di quanto non fosse pochi istanti prima.

Avrebbe voluto dirle tante cose, quella notte, per impedirle di uscire, eppure non poteva. Era costretto a seguire il copione di quella scena già vissuta, intrappolato nel suo stesso corpo.

Meg si liberò, "fatti gli affari tuoi", disse con l'alito che sapeva di alcool stantio.

"Meg, lascia perdere quella gente".

Un ragazzo dai capelli lunghi, l'aria più fatta di sua sorella, spuntò dalla porta senza neanche bussare.

"Ehi, andiamo, è ora".

Marcus l'avrebbe potuto riconoscere ovunque, l'aveva incontrato da poco, su quel ponte, e lui era fuggito, da vigliacco qual era.

Meg gli si buttò al collo, molle come una pianta squassata dal vento, "amore, amore, andiamo", disse con un sorriso ebete.

Marcus non riusciva a togliersi dalla mente quel braccio bucato, il sangue raggrumato intorno, la vena sporgente. Il volto di sua madre che piangeva. Sua sorella non era riuscita a superarlo e lui era sull'orlo di un precipizio.

Il padre tornò alla sua tv, distrutto dai singhiozzi, con il corpo che tremava come una foglia al vento, vinto dagli avvenimenti.

Il ragazzo prese Meg per il braccio e la trascinò fuori. I piedi di Marcus si mossero verso di loro.

"Lasciala stare".

Il ragazzone, alto il doppio di lui, tentò di dargli un pugno ma lo mancò, il suo corpo oscillava come quello di Meg, come se fosse ubriaco, la mente offuscata dalla droga. Il calcio che seguì però colpì l'obiettivo. Marcus si accasciò a terra e Meg scoppiò a ridere, parandosi la bocca sgraziata con la mano. Da quando si era ridotta così? Marcus, che da così tanto tempo non la vedeva, restò immobile a terra, a osservare l'ultimo stato di disfacimento di sua sorella, vedendolo forse bene per la prima volta. Il processo graduale che aveva già vissuto non poteva rendere lo shock che stava invece provando in quel momento nel ritrovarsela davanti direttamente nel suo stadio finale, anni dopo che tutto era accaduto.

È questo ciò che proverebbe un estraneo nel ritrovarsela di colpo davanti, pensò Marcus. Il volto sfigurato, l'aria stordita, gli occhi coperti da un velo, spenti, il trucco sciolto, la pelle bianca e sporca. Il buco che le faceva marcire il braccio, i vestiti disordinati, il passo trascinato, instabile, quel sorriso che ora le sfigurava il viso. Quel sorriso che apparteneva a sua madre e che lui adorava, distrutto, proprio come sua sorella. Di lei non era rimasto nulla.

Meg si allontanò, abbracciata al capellone, i due ora oscillavano insieme, tentando di coordinare il passo, inutilmente.

Accanto al corpo di Marcus, comparve una margherita gialla, ancora una volta. Si alzò in piedi, la raccolse e rientrò, ancora attore di se stesso, anche se avrebbe voluto inseguirla e impedire ciò che sarebbe successo, non molte ore dopo.

Marcus non era riuscito a chiudere occhio quando, nel cuore della notte, squillò il telefono di casa. Il ragazzo si allungò ad ascoltare gli squilli regolari che squarciavano il buio, chiedendosi se fosse realtà o se non stesse sognando. Era così tanto che quel telefono non squillava. Nessuno li cercava, ormai si erano fatti terra bruciata intorno, e avevano di fatto dimenticato persino l'esistenza di quello stupido apparecchio che se ne stava certamente in salotto coperto da uno strato di polvere e dalle cartacce. Il padre aveva ridotto quella stanza in una specie di magazzino, carico di giornali sparsi ovunque, sembrava ora divertirsi a raccoglierli e a archiviarli, quando c'era. Marcus pensava non fosse salutare quella fissazione, ma perlomeno lo distoglieva da tutto il resto, e lui ne era felice. Lo aveva visto piangere, disperarsi, girare per casa come uno straccio in balia degli eventi, più animale che essere umano, e non poteva non ringraziare quelle piccole fissazioni, se questo voleva dire avere la possibilità di riavere il padre indietro prima o poi. Erano state quelle attività: i ritagli, la raccolta dei giornali, i grandi quaderni in cui archiviava ciò che gli interessava, a spingerlo poi a viaggiare, a decidere di uscire da quella casa per ritrovare se stesso.
Il padre era sempre stato un debole, era sua madre il pugno ferreo della famiglia, e senza di lei tutto era perduto. Marcus rimproverava al padre le sue mancanze, la sua vigliaccheria e allo stesso tempo era sollevato quando non lo trovava a casa, guardarsi in faccia era diventato difficile, già in quel momento.
Perciò il telefono squillò e Marcus si chiese se fosse reale, se non risuonasse solo nella sua testa. Si alzò di scatto, così velocemente che gli girò la testa, e andò in salotto. Suo padre dormiva con un giornale sulle gambe, una bottiglia vuota a terra, quel vizio non l'aveva perso.
La notte Marcus evitava di farsi vedere perché suo padre era troppo aggressivo, e gli faceva troppa pena. Provava una tale angoscia, un tal peso sul cuore a vedere sua sorella e suo padre ridotti così, che si chiese se non sarebbe impazzito, prima o poi. Quanto dolore poteva ancora sopportare? Non guadagnava abbastanza da cercarsi un altro tetto e in più non se la sentiva di abbandonarli, eppure cosa stava facendo? Proprio un bel niente, opponeva una vaga, inutile resistenza che non portava nessun tipo di miglioramento, e forse non lo stava neanche più cercando. Voleva solo sopravvivere, sperando che le cose, un giorno o l'altro, sarebbero andate migliorando. La frase: *il tempo cura ogni ferita*, gli risuonava in testa ogni

tanto, ma non è che ci credesse. A lui sembrava di soffrire sempre più, man mano che il tempo passava.

Il telefono continuava a squillare, senza sosta. Marcus era fermo sulla soglia del salotto, disordinato come non l'aveva mai visto, non osò cercarlo, qualcosa, un residuo di coscienza, bloccava il suo sguardo. Stringeva un oggetto, tirò su la mano sin davanti al volto, stringeva un coltello insanguinato, pensò di stare sognando, perché niente quella sera era andato in quella maniera, non c'era nessun coltello, eppure sentiva il sangue scorrere dalla lama fino al polso. E il telefono squillava.

Tornò con lo sguardo a terra, come se un peso gli fosse calato sulla testa, "non c'è nessun coltello. Non c'è stato nessun coltello", sussurrò, e quello scomparve. Guardò con la coda dell'occhio suo padre, lui era lì, sulla poltrona. A passo trascinato, preso da un silenzioso panico, raggiunse il telefono e rimase a fissarlo. Aveva smesso di squillare, restò in attesa, dopo un minuto circa ripartì.

"Pronto?", rispose a bassa voce, per evitare di svegliare il padre che comunque non si sarebbe alzato nemmeno con le cannonate.

"Cosa?", la voce si era abbassata di un tono. Marcus si poggiò al muro accanto, chiedendosi se avesse sentito bene.

Con un filo di voce disse, "arrivo subito".

Non svegliò suo padre, si limitò a infilarsi con una strana calma un paio di pantaloni e una maglietta, le mani però gli tremavano. Le dita erano ghiacciate nonostante non facesse così freddo quella notte. Fuori dalla finestra il miagolio di un gatto si trasformò in una lieve risata.

Si diresse al ponte che gli era stato indicato al telefono. In lontananza le luci blu e rosse intermittenti illuminavano la notte, donandogli un senso di urgenza.

A occhi spalancati attraversò, la polizia era meno di quanto immaginasse, le macchine molte di più. L'ambulanza era ferma dall'altro lato, due soccorritori si fumavano una sigaretta poggiati allo stesso sportello, parlottando a bassa voce.

L'aria sembrava immobile, *forse è così che accade quando qualcuno muore*, pensò Marcus riacquisendo una vaga ma fredda, incredibilmente fredda, lucidità.

La donna dai capelli biondi stava camminando lungo la banchina del fiume, nessuno riusciva a vederla tranne Marcus, ma ora non aveva tempo per farsi distrarre. Raggiunse il poliziotto più vicino.

"Sei tu la persona con cui ho parlato?".

Marcus annuì.

"Dove sono i tuoi genitori, ragazzo?".

"Sono solo io", lo disse con una tale sicurezza che il poliziotto non ebbe il cuore per dire altro.

"Te la senti?".

Marcus annuì di nuovo e lo seguì. Non passava una macchina, e ogni persona sembrò tacere di colpo. In quel momento le luci blu e rosse dell'ambulanza e della polizia sembrarono incrociarsi tra loro, nonostante fossero mute Marcus ne sentì il rumore come se ce lo avesse nelle orecchie.

Se ne coprì uno per un breve istante, aveva iniziato a fischiare così forte da avergli procurato una fitta in testa.

Solo in quel momento notò il capellone che era uscito con sua sorella, un paio di agenti lo avevano nascosto involontariamente alla sua vista. Marcus scattò di colpo verso la sua direzione, senza che chi lo scortava riuscisse a bloccarlo.

"Fermalo!", urlò il poliziotto.

Il capellone si liberò dei due uomini, con un'insospettata abilità, e scappò verso il lato opposto, sparendo in una strada laterale.

Due agenti gli erano corsi dietro, un altro aveva bloccato Marcus.

"Calma, ragazzo. Calma", gli sussurrò all'orecchio. Marcus a occhi spalancati, stordito e stanco, smise di muoversi e gettò lo sguardo sotto al ponte. Un misto di incredulità e angoscia, un improvviso senso di distacco, come se la cosa non stesse toccando lui, era tutto così irreale, così distante.

Sulla banchina, sotto il lenzuolo bianco c'era il corpo di sua sorella. Era caduta dal parapetto, schiantandosi a terra.

La donna dai lunghi capelli biondi lasciò una margherita sul lenzuolo, i petali gialli risaltavano sul bianco del tessuto che nascondeva ai suoi occhi il corpo immobile di sua sorella. Marcus si guardò i palmi improvvisamente sporchi di sangue, il lenzuolo iniziò a oscillare davanti ai suoi occhi, le cose persero definitivamente i loro confini. Il lenzuolo era solo una macchia bianca, mescolata alle luci della polizia e alle statiche, inutili figure che cercavano di prestargli soccorso. Si accucciò e nessuno riuscì a spostarlo da lì, fino all'alba.

"È colpa tua", urlò il padre da cui Marcus sperava di avere un abbraccio, una parola di conforto. "Solo colpa tua".

"La colpa non è mia", sussurrò Marcus, così a bassa voce che l'uomo non riuscì a sentirlo.

"Vattene. Vattene ora", disse con un filo di voce, "vai via", urlò ancora. Iniziò a piangere e si sedette sul divano, quasi sparendo.

Che cosa sei diventato, pensò Marcus, era lui che avrebbe dovuto raccogliere i pezzi della loro famiglia e fare in modo che superassero quel dolore, o almeno che riuscissero a condividerlo. Condividere il dolore aiutava a superarlo. Poteva valere per tutti, forse anche per loro. Eppure se ne stavano chiusi in loro stessi a farsi divorare vivi, perdendo completamente il controllo della propria vita. Sua sorella Meg per prima, dopo a chi sarebbe toccato?

"Papà, dovremmo… io e te".

"Non c'è nessun io e te. Non c'è…", allargò le braccia, "non c'è rimasto niente. Non vedi?".

"Ci siamo noi".

"Non basta. Non… lasciami da solo", disse confuso.

Quando poi tornò a casa la sera successiva, suo padre era sparito senza lasciare neanche un biglietto. Marcus non aveva nonni da contattare, ma aveva notato i cassetti svuotati, era semplicemente andato via. Il vuoto che provò, l'amarezza e la rabbia, combattevano contro il suo senso di sollievo. Tutti sentimenti che non andavano bene in un ragazzo.

***

La notte Marcus l'aveva passata accovacciato sul freddo marmo a pensare a tutto ciò che era successo fino a quel momento e anche oltre. La voce di quei ricordi si mescolava a quella della donna che gli sussurrava dolcemente nelle orecchie, "ci sono io, tranquillo".

Marcus si chiedeva perché dovesse rivivere quei momenti, e allo stesso tempo ci era talmente dentro da riviverli come fosse la prima volta. O forse li riviveva e basta, ormai la sua mente era un groviglio confuso.

Quella voce suadente gli accarezzava la mente, "sei pronto ora, vuoi venire con me?".

Marcus lanciò un urlo e si risvegliò in un posto inaspettato. Era seduto su una panchina, con la testa pendente all'indietro, tramortito, e Lucas era accanto a lui, "tranquillo, Marcus, tranquillo". Lucas era rimasto in silenzio, sapeva bene che si sedeva spesso su quella panchina ed era stato il primo posto in cui era andato a cercarlo. Una volta trovato, aveva pensato di lasciarlo dormire, la notte appena passata non doveva esserci riuscito. L'assenza di Marcus al Wimpy, in cui passava ogni giorno, lo aveva insospettito e spinto fino a casa sua. Lì aveva visto una macchina della polizia e il padre di Marcus seduto sui gradini, si era avvicinato di soppiatto e aveva sentito parlare di 'cadavere', aveva subito pensato fosse Marcus che si era tolto la vita, e gli si era congelato il sangue nelle vene, era già pronto a scappar via quando i due uomini in divisa avevano nominato 'la ragazza'. Allora Lucas aveva capito tutto, era corso al Wimpy e cercato qualcuno che lo sostituisse, il tizio si presentò solo ore dopo, e Lucas era riuscito ad andarsene verso mezzogiorno.

"Ho fatto un incubo orribile", disse Marcus mettendosi a sedere.

Lucas si fisso le mani poggiate mollemente sulle gambe, "Marcus…", si voltò a guardarlo, lo sguardo smarrito, indeciso e il viso pallido.

Marcus aveva capito tutto, voleva scappare via e invece il suo corpo si fece di pietra. Lucas lo trascinò a se cercando di abbracciarlo, ma Marcus opponeva resistenza, le labbra serrate e i pugni stretti, poi si abbandonò tra le sue braccia e scoppiò per la prima volta a piangere.

Non è possibile, pensava, *non è possibile. Mia sorella è morta.*

Lucas aspettò che Marcus esaurisse le ultime lacrime, poi lo portò a mangiare qualcosa, tentando di rinfrancarlo, così come aveva sempre fatto. Marcus non aveva intenzione di mangiare, e quando tentò, spinto dall'amico, scappò fuori e vomitò tutto sul marciapiede, di fronte allo sguardo disgustato degli ignari passanti. Così Lucas pensò di fargli fare due passi, i due non parlarono più. Entrambi con le mani in tasca procedevano nella notte.

Lucas pensava che avrebbe dovuto riportarlo a casa, quando Marcus alzò lo sguardo su un piccolo pub inglese e entrò senza dir nulla. Lucas gli andò dietro, era troppo piccolo ancora per chiedere da bere, perciò lo fece lui, capì che desiderava solo questo e non pensò fosse una brutta idea.

"Due birre", disse deciso.

L'uomo dietro al bancone scrutò Marcus che lo fissò con sguardo torvo, sembrava più grande di quanto non fosse, "due birre. D'accordo", disse, poi si girò e riempì due pinte.

Marcus buttò giù la prima tutta d'un sorso, senza batter ciglio, sotto lo sguardo apprensivo di Lucas che tamburellava con le dita sul bancone in un gesto inconscio. Il bancone era appiccicoso, Lucas si ripulì le dita con un tovagliolino blu che tirò via da una ciotola di noccioline.

Il ragazzo poggiò il bicchiere appena svuotato e si tirò indietro i capelli poi, inaspettatamente, scoppiò a ridere come un ossesso, a voce sempre più alta. Lucas reagì come fecero tutti gli altri, voltandosi a guardarlo sbalordito, *che gli prende*, pensò senza ridere, non era come quelle persone che seguivano a ruota ciò che faceva l'altro, e poi aveva compreso che quel ridere non era naturale, era totalmente scollegato da tutto ciò che stava accadendo, ma era pur sempre un modo di reagire.

Rideva così forte, beffandosi del destino che lo stava distruggendo. Lucas temette che non si sarebbe più ripreso da questo secondo colpo. Cos'altro poteva succedere?

"Senti Marcus", pensò di richiamare lui, ma Marcus continuava a ridere a occhi chiusi, ora sbattendo anche il palmo sul bancone.

"Ragazzo", disse con voce roca l'uomo dietro al bancone, teneva le braccia incrociate tentando di incutere terrore, ma Marcus neanche lo aveva notato.

"Marcus, appena ti sarà possibile vorrei che venissi a lavorare al locale, anche per un part time", disse serio Lucas, pensando che questo lo avrebbe rinfrancato, e forse distratto da tutto ciò che stava succedendo, lavorare impegnava il corpo e la mente, in più sapeva quanto Marcus amasse il Wimpy e stare con lui.

Strinse una mano nell'altra sul bancone appiccicoso aspettando che Marcus smettesse di ridere, sapeva che l'aveva sentito, ora le sue risate si erano affievolite e erano diventate, quasi, solo un suono attutito proveniente dalla gola, come se si stesse sforzando di non smettere.

Quando la finì, ognuno tornò con gli occhi sul proprio tavolo e Marcus guardò Lucas.

"Che ne dici?".

Marcus si limitò ad annuire, poi poggiò la fronte sul bancone e con l'altra mano chiese un'altra birra.

***

"Abbassalo Marcus".

La voce di Lucas mi arrivava alle orecchie come un sussurro carico di paura.

"Che ti prende?", gli dissi senza capire.

Lucas teneva la mano destra protesa verso di me, vidi il ciondolo a forma di sole penzolare stanco dal suo polso, "lascia andare quel coltello".

"Non ho nessun...", e invece ce l'avevo, stringevo un coltello insanguinato. Spalancai gli occhi, pieno di sorpresa, la lama sotto il sangue era affilata, l'impugnatura era quasi diventata tutt'uno con la mia mano. Il sangue gocciolava lento sul pavimento. Di chi era?

Non volevo vedere altro e, come se uscisse dai miei pensieri, uno strato di nebbia coprì ogni cosa.

E poi tutto prese a scorrere velocemente. Come una giostra impazzita.

***

"Un'altra. Il mio amico ha sete", era la voce di Lucas. Marcus si rasserenò, la loro litigata era stata un atroce incubo. Era tutto a posto.

"Un'altra sì. Ho davvero sete", urlò e Lucas scoppiò a ridere. Le guance pallide gli si erano colorite di un leggero rosso. Il pub era caldo e affollato, la musica era così forte che i due dovevano urlare per riuscire a sentirsi. Buttò giù la birra.

"Auguri amico, ai tuoi quindici anni", disse Lucas alzando il calice.

Marcus sentì un tuffo al cuore ma se ne disinteressò, "grazie amico mio", rise fino a sfinirsi, stava così bene quel giorno. Uno dei migliori giorni della sua vita.

"Ehi Marcus, apri gli occhi ubriacone", Lucas lo chiamava mentre alcune voci sconosciute ridacchiavano. Aprì gli occhi.

"Lucas chiama Marcus, Lucas chiama Marcus, Marcus rispondi".

"Pronto…", disse con voce malferma e con un sorriso ebete impresso in viso.

Tutti i presenti scoppiarono a ridere. La casa dalle luci tiepide traballò davanti ai suoi occhi. Lucas lo tirò su.

"Hai bevuto un po' troppo oggi, eh?", disse Lucas sorreggendolo.

"Sono solo le undici", commentò una.

"E lascialo stare. Marcus è una forza", disse un tipo con la barba che gli copriva interamente il viso, indossava una bandana gialla in testa che oscurava tutto il resto.

"Ecco, lasciami stare. Sono una forza, non hai sentito?".

"Sei così carino", una delle ragazze che circondavano il divano prese Marcus e se lo trascinò su per le scale.

"Ehi, vacci piano Sasha", disse Lucas.

"Te lo riporto tra un po'. Ehi e questo taglio?", toccò con le dita una ferita sul collo ma Marcus le prese tra le sue e le baciò con un sorriso.

"Non sta bene, non vedi?".

"Sto benissimo", effettivamente si era ripreso, "non rovinare la mia ficaggine", disse, e tutti scoppiarono a ridere, il barbuto gli diede il cinque e Marcus si sentì realizzato, finalmente al posto giusto. Trascinò Sasha su per le scale e spuntò solo un paio di ore dopo.

Era stata una gran notte. Eppure Lucas non l'aveva più riportato a quelle feste, nonostante Sasha l'avesse incontrata più di una volta, per vari anni, in varie zone, compreso il vicolo dietro al locale, anche nel periodo in cui frequentava Rose, portando alla luce un lato di sé che non aveva ancora mai conosciuto. Era stato un periodo nuovo, ma era passato in un baleno e non aveva lasciato altro che Rose e un gran stordimento. Il confine tra realtà e sogno si stava facendo talmente pressante da fargli chiedere se effettivamente quelle notti fossero mai esistite.

**

"Marcus guarda che bello", disse Rose con le mani attaccate al vetro.

"Dove siamo?", stava per chiedere ma capì subito. Ci era andato spesso con sua madre sulla ruota panoramica. Rose intrecciò le dita alle sue e sorrise dolcemente. I suoi occhi da gatta calamitarono la sua attenzione. Marcus ricambiò il sorriso, si sentiva sereno.

Rose si strinse a lui nel buio soffice che invadeva la cabina, e lo baciò. Marcus ricambiò. Lei indossava una camicetta chiara che lasciava intravedere il seno. Con un lieve sorriso impresso in viso, avvicinò la mano al corpo caldo di lei, giocò con i bottoni e in quel momento riuscì a non pensare a nient'altro.

**

Marcus e Lucas si trascinarono verso casa ridendo, uno sorretto dall'altro, "sono un pessimo esempio per te".
"Sono io che sono pessimo per te", ribatté Marcus.
"La prossima volta andiamo al cinema".
"Ci sto".
"Basta birre, basta feste. Andiamo a mangiarci un hamburger".
"Ci sto".
"Stai ridendo? Mi piace quando ridi. Ridi, ridi", urlò Lucas staccandosi da lui e inciampò nei suoi stessi piedi. Marcus per riacciuffarlo cascò insieme a lui, il marciapiede era bagnato, il proprietario del negozio doveva aver gettato una secchiata per ripulire. I due rimasero a terra a godersi il fresco. Scoppiarono a ridere osservando le poche stelle che era possibile scorgere da quella via desolata, molto vicina al centro. Ce ne era una che brillava più delle altre. Marcus pensò che un giorno sarebbe andato a viverci.

Me ne sono accorto, mi sono accorto che era tutto finito, quando ha smesso di sorridermi.

**

Marcus bussò alla porta, "aprite, aprite".
La moglie di Lucas si affacciò con un coltello nascosto dietro la schiena.
"Cosa vuoi ancora?".
"Lucas sta bene?".
"Sta bene".
"Posso vederlo?".
"No, non se la sente ora".
"E quando?".
"Senti Marcus... devi lasciarlo stare. Ora lui non ce la fa".
Le immagini davanti a lui si mossero come se venissero sostituite da altre. Stranamente Marcus si sentiva più alto di quanto non fosse poco prima, guardò a terra per vedere se aveva salito qualche gradino, senza accorgersene, ma no, non era successo. La porta era chiusa. Lucas la aprì poco dopo, un cono di luce lo illuminava, Indossava la maglietta degli Iron Maiden, il braccialetto al polso, e non sembrava affatto malato.
"Lucas...", disse Marcus.

L'amico lo afferrò per le guance e lo baciò, poi sparì dentro casa e richiuse la porta.

Marcus osservava la porta attonito, non faceva altro che ripetersi che le cose non erano andate così.

***

Le piccole mani di Rose strinsero il suo braccio, "amore, vieni su, non stare imbambolato", gli tastò con le piccole dita la guancia ferita. Marcus era grato per l'affetto che quella ragazza provava per lui.

"Lo sai che puoi contare su di me, vero?", disse scrutandolo con i suoi bellissimi occhi da gatta. Marcus notò che aveva un piccolo neo sopra al labbro.

"Io ti amo", lo baciò.

"Sì... sì. Ti amo anche io", rispose di riflesso. Quelle parole gli diedero un senso di liberazione, ma sentirle rivolte a lui l'aveva fatto volare. Ripensò alle sue piccole dita mentre afferrava il bicchiere di coca, e le sue belle labbra carnose mentre mordeva con grazia un hamburger. Le sue gambe distese quando si sdraiavano sul prato. Gli ottimi panini che gli preparava o i pasti caldi che gli lasciava fuori dalla porta di casa. La sua risata piena di calore. Il modo in cui si arricciava i capelli intorno all'indice.

Quella notte, o forse era un'altra, vagarono per la città senza mai stancarsi, baciandosi a ogni angolo. Marcus era vorace e non la lasciava mai libera di respirare. Il suo petto era caldo e pieno di speranze. Eppure a parte quel calore nel cuore non riusciva a provare nulla, come se le parti del suo corpo fossero atrofizzate. Ma non gli interessava, gli bastava divorare quella ragazza, nutrirsene in quel momento per stare bene. Non pensò a Lucas per una volta, non pensò a niente, ciò che gli serviva era solo Rose in quel momento, ci si aggrappava con tutte le sue forze, quando Lucas non c'era o non voleva esserci. La donna dai capelli biondi non era presente.

Quelli erano stati i momenti migliori della sua vita dopo la morte di sua madre, doveva riconoscerlo. Non pensava a nessuno dei suoi guai e tentava di sorridere.

Ma la donna riprese a tornare, ogni qual volta Marcus era costretto a discutere con il padre, a essere ignorato da lui o a tornare in una casa vuota e abbandonata. E ogni notte tentava di sopravvivere, da solo.

"Marcus", lo chiamava Rose, ricordava il tono della sua voce ogni volta che succedeva, sempre più spesso.

"Cosa guardi?", chiedeva, "cosa continui a guardare?".

Non riusciva a distogliere lo sguardo da lei, sentiva la sua risata nelle orecchie ogni volta che ci pensava. Vedeva le margherite gialle ovunque. Una volta l'aveva vista tra i capelli di Rose e Marcus aveva capito che era arrivata fino a lei.

"L'ho trovata sul banco oggi", diceva sorridendo, "mi sta bene?".

Marcus iniziò ad avere paura.

"Non vuoi stare con me?".

"No, che dici".

Gli occhi da gatta feriti erano pieni di lacrime, "vai dalla donna bionda se vuoi farlo. Anzi vacci, è solo lei che meriti", disse duramente.

Marcus la guardò attonito, "che dici? Cosa ne sai tu…"

"Corri da lei, non vuoi altro no? Perché perdi tempo?", eppure non sembrava che le sue labbra si muovessero, ma la voce era la sua.

La rabbia montò piano piano dentro di lui, senza sapere il perché. Strinse i pugni con sempre maggiore forza.

"È ciò che meriti. Pensi di meritarti me? Così come sei?", le labbra contorte in una smorfia, "povero illuso".

Un momento di blackout.

"La-lasciami…", la voce soffocata di Rose. Le mani di Marcus strette sulla sua gola. Gli occhi da gatta spalancati e sporcati di sangue.

"Sei pronto ora", quella voce rimbombante si sovrappose a se stessa, più volte.

Tolse le mani da lei, erano sporche di sangue, a terra un coltello.

Rose scivolò più volte sul prato nel tentativo di rialzarsi, poi fuggì via.

"Sei pronto".

Capitolo 11

I Cinque si immobilizzarono, spaesati.

"Come stiamo, dici tu…"

"Come stiamo", ripeté il Terzo.

Lucas cercò di ritrovarlo sotto quei mantelli, senza riuscirci.

"Non mi guardare in quella maniera", disse il Secondo avvicinandosi, in uno scatto prese Lucas per il collo e lo sbatté contro il frigorifero, tenendolo ben stretto. Wade e Isaac fecero un passo avanti, ma Lucas aveva allungato la mano verso di loro per bloccarli, ci doveva pensare lui.

"Fermo!", urlò il Primo, per la prima volta in disaccordo.

Gli altri sembravano confusi, "lascialo", disse un altro nascosto.

Lucas non aveva abbassato lo sguardo, "come stai", ripeté ancora una volta, balbettando, il volto gli era diventato rosso per lo sforzo.

Il Secondo lo lasciò e Lucas tossì un paio di volte.

I Cinque si guardarono tra loro, agitati.

"Non serve, Marcus. Non serve a niente", disse con un filo di voce, mentre Wade e Isaac si erano appiattiti su un lato della cucina, lasciando all'amico il compito di trattare con loro, così come aveva richiesto. Forse era l'unico al mondo che ci sarebbe riuscito.

"Cosa non serve? Cosa?".

Poi il Primo prese la parola, "basta così. Prendeteli", disse rivolto all'ingresso, evitando che Lucas aggiungesse una qualsiasi altra parola che li potesse confondere ancora di più. Due uomini entrarono e strapparono Lucas, Wade e Isaac dai loro posti. Nessuno dei tre sembrava avere paura.

Sulla soglia l'ometto baffuto del laboratorio faceva avanti e indietro, aveva il naso sanguinante e l'aria tesa. Quando i tre uscirono in fila tirò un mezzo sospiro di sollievo, poi un calcio forte a Isaac che quasi crollò in ginocchio.

"Che posto hai creato", sussurrò Lucas, i Cinque lo sentirono ma rimasero dietro e lasciarono i loro uomini a occuparsene. Li fecero camminare tra la nebbia. Lucas osservò la città come non aveva mai fatto, era strana, indefinita. La nebbia sembrava spezzarsi al loro cammino, e poi ricomporsi, come se fosse in dubbio se restare o andare. Guardò in alto alla ricerca del cielo, camminò a naso insù per alcuni minuti, mentre l'uomo gli teneva le braccia ben strette dietro la schiena. Notò una frattura, come se al posto del cielo ci fosse solo una calotta azzurra, un fasullo cielo, ma la fessura si richiuse subito, la nebbia la coprì.

"Questo mondo forse non reggerà a lungo", disse quasi a se stesso, Wade lo sentì.

"Credi che…", sussurrò ma non terminò la frase perché il suo carceriere li separò.

"Credo che basti un dubbio", sussurrò speranzoso lui, aveva capito qualcosa.

Incrociarono una signora in bicicletta, un'altra che vagava per la strada in confusione. Un ragazzino se ne stava seduto sul marciapiede con lo sguardo perso.

"E forse tutto si riflette sui suoi cittadini", si disse ancora Lucas.

Sorpassarono delle alte mura, a pochi passi dalla città, e si ritrovarono in un'altra. Sfilarono tra gli alti palazzi, fissati dalle persone che erano rimaste in attesa di un qualsiasi ordine. I Cinque erano spariti, e nessuno sapeva cosa fare, se continuare il lavoro o smettere.

"Continuate a lavorare!", disse il Primo, cos'altro potevano fare? Gli incubi continuavano ad arrivare e la città doveva nutrirsi. I Cinque barcollavano vistosamente, come se non riuscissero più a reggere il peso di quel luogo. La città d'altronde, si poggiava anche, e soprattutto, su di loro.

I tre furono fatti salire nella stanza dei Cinque, non c'era posto più sicuro di quello. E poi era necessario interrogarli e arrivare a una risposta il prima possibile. Neanche i Cinque sapevano bene cosa fare. Ma volevano Lucas vicino, per torturarlo come si meritava. Stranamente i sentimenti di rabbia di un tempo si riaffacciarono, rinvigoriti.

Dall'ampia vetrata era possibile vedere tutta la città. Gli uomini spinsero dentro i tre prigionieri, poi si guardarono intorno. Anche il baffuto coordinatore generale della chiusa città elettrica era lì con loro. Nessuno aveva mai visto quella stanza. La stanza dei troni. Lucas notò subito una stanzetta a parte, la porta era rimasta aperta; il pavimento era pieno di vetri, un liquido rosso e denso era scivolato sin quasi al centro. Si chiese cosa fosse.

I Cinque li fecero legare a tre sedie poco comode, non molto distanti dai cinque troni. Wade li osservò con curiosità.

"Ora andatevene e non disturbateci", disse il Quinto.

Lucas continuava a fissarli, per nulla spaventato, cercando un qualche residuo del suo vecchissimo amico, tentò di riprovare le vecchie sensazioni, anche se di tempo ne era passato tanto. Gli occhi curiosi

vagarono da uno all'altro, poi si persero dentro se stesso. Abbozzò un sorriso, come se ora ce l'avesse davanti e disse:
"Torniamocene indietro Marcus, io e te".
I Cinque sembrarono per la prima volta sorpresi, le mani del Primo tremavano vistosamente. I cinque mantelli apparvero inconsistenti, come se ciò che rimaneva lì sotto si stesse rimpicciolendo pian piano, torturato dal dubbio.

***

Will sembrò smarrito, Aria si avvicinò ma lui si scansò irritato.
"Perché mi guardi così? Ti sembra tanto strano? Io sto bene qui", disse ripensando al bosco incantato fuori dalla finestra, tra non molto si sarebbe riempito di splendide luci e il buio sarebbe calato sulla loro casetta.
"Non vuoi più vedere i tuoi genitori?".
Will rizzò la schiena, "vorrei, ma non succederà. Non riusciremo ad andare più via di qui, e se ce la facessimo, beh sicuramente non spunteremo nel nostro mondo. E poi te l'ho detto, mi basta avere te, e Henry. Del resto non mi interessa. Qui sto bene. Lavorerò la terra, e vivremo insieme, in eterno, senza mai invecchiare", disse esaltandosi, come se non avesse mai vissuto nel mondo di nebbia, come se la sua mente fosse stata ripulita.
Aria non credeva alle sue orecchie, "tu non sei così. Lavorare la terra? Vivere senza invecchiare? Come nel mondo di nebbia che tanto odiavi, certo. Io te lo assicuro, ce ne andremo di qui", fece per prendergli le mani ma lui si tirò indietro di nuovo.
"E lo faremo insieme", continuò.
"Perché non cerchi di goderti questo posto? Hai visto il bosco di notte, e i frutti della terra quanto sono gustosi. C'è cibo in abbondanza, e ti sei fatta delle nuove amiche, sono femmine. Tua madre sarebbe fiera di te se potesse vederti..."
Aria si rattristì, ripensando a sua madre che aveva abbandonato.
Will sembrò dispiaciuto, ma proseguì, "e soprattutto, abbiamo questa casa. Non è magnifico? Volevamo vivere insieme, un giorno o l'altro, e qui possiamo farlo. Non c'è denaro a cui correre dietro, né un lavoro per cui stressarsi. Siamo liberi".
"Liberi dici? Ma non dire scemenze", ormai era chiaro ci fosse qualcosa che non andava, "questo posto ieri ti faceva ribrezzo. Che cosa è cambiato?".
Non rispose.
"Ti piace un posto in cui c'è un dittatore, anzi due, in cui le donne sono schiavizzate? In cui c'è una separazione tra i sessi? Come fossimo tornati indietro".

"Anche nella società da cui proveniamo c'è una separazione dei sessi. Non essere ipocrita, l'uomo è sempre l'uomo".

"Ma ti senti? Chi diavolo sei tu?".

"Non è così? Andranno meglio le cose, nel nostro tempo, sì sicuro. Ma la sostanza di base è quella, è un archetipo indistruttibile. L'uomo è superiore alla donna, la donna, più debole, è nata per servire l'uomo. È la natura", scrollò le spalle come se credesse a ogni singola sillaba e non avesse fatto altro nella vita che ripeterlo.

Aria era rimasta a bocca aperta, Will parlava senza sbattere le palpebre, sembrava che qualcuno stesse possedendo il suo corpo.

Aria tentò di ignorarlo e di riportare la sua coscienza da lei, anche se le mani le prudevano.

"Will. Ti ricordi cosa mi hai detto? Non serve a nulla scappare, ogni cosa va affrontata, possiamo farlo, come abbiamo fatto fino ad ora, insieme. Lo ricordi? Cosa ti sta succedendo ora?".

Un barlume di coscienza gli illuminò gli occhi per pochi secondi, Aria riuscì a vederlo. *Forse non dipende da lui.*

"Io sto davvero bene qui. E penso che dovremmo restare".

"Non sono quel tipo di donna, e lo sai bene", si iniziò ad agitare sul posto, in un misto di rabbia, incredulità e frustrazione. Il caldo della stanza si fece soffocante.

Will la prese per il braccio e lo strinse forte con un che di minaccioso. Aria sgranò gli occhi, sorpresa dal suo sguardo incattivito.

"Tu, Aria, prima o poi dovrai abbassare la testa", disse con un sorriso di scherno stringendo la presa e avvicinandola a sé, "non c'è spazio per donne come te, né qui, né in nessun altro mondo. Gli uomini non te lo permetteranno mai".

A quelle parole Aria, che era rimasta imbambolata, non ci vide più, si liberò dalla sua presa e gli mollò uno schiaffo talmente forte che lo fece oscillare, nonostante fosse più grande di lei. Se avesse potuto in quel momento l'avrebbe strozzato. Il marchio sulla mano iniziò a bruciare.

"Ahi, ma che diavolo fai?".

"Tu che diavolo fai, razza di deficiente".

"Che cosa ho fatto?", si tastò la guancia, incredulo.

"Lascia perdere", gesticolò, non avrebbe potuto ripetere nessuna parola di quel discorso, soprattutto non in quel momento. Will sembrava tornato se stesso, le palpebre sbattevano, i movimenti erano i suoi, eppure Aria era disgustata e neanche riusciva a guardarlo in faccia.

Sotto gli occhi increduli di Will, finì per alzarsi e uscire. Corse nel bosco, furiosa, strattonando il maledetto vestito che le impediva i movimenti che avrebbe voluto, godendo dell'aria fresca che le sferzava il viso. La sera la temperatura scendeva di molto, come aveva avuto modo di osservare. Eppure la luce del giorno era ancora lì, dietro agli alberi.

Corse a caso, senza seguire un sentiero, con le parole di Will che ancora le rimbombavano in testa. Per un attimo le sembrò di non conoscerlo affatto. Era bastato così poco per esser convertito a quel mondo? Will era così debole?

Aria si chiese se pensasse veramente a ciò che aveva detto. "Quanto è l'imposizione di questo maledetto posto, e quanto la verità?".

Fra poco sarebbe dovuta andare a preparare la cena, e a servirla a quel branco di trogloditi. Si fermò dietro un albero e scoppiò a piangere senza riuscire a trattenersi, con il dorso delle mani si tirò via con violenza le lacrime. Lanciò un urlo frustrato e cercò la calma. Quel posto la faceva uscire di senno. Non si accorse di nuovo dell'ombra scura che l'osservava a una decina di metri. Né della ragazzina dalla gonna rossa che raccoglieva delle splendide more da un cespuglio non molto distante.

"Non ti illudere. È tutto inutile", la voce dell'ombra le sussurrò nella coscienza e lei si sentì pesante.

"Mai, mai", disse Aria a voce alta, incoraggiando se stessa. Poi riprese a correre.

Solo dopo essere arrivata in infermeria, capì dove voleva andare.

Di fronte c'era Cliff, l'ultima persona che avrebbe voluto vedere, ma non si fermò.

"Miss Aria", prese in giro lui passandosi la lingua sulle labbra.

"Vorrei vedere il mio amico".

"Non è momento di visite".

"Perché, ci sono regole a riguardo?".

"Ma certo che…"

"Oppure il mio amico è forse prigioniero? Perché allora le cose cambiano".

Cliff stava già per perdere la pazienza, quando Peter spuntò alle spalle di Aria. Era incredibilmente alto, notò lei.

"Buonasera. Cliff, facci la cortesia".

"Tuo padre ha dato l'ok?".

"Ma certo. E comunque nessuno qui è nostro prigioniero, sbaglio?".

"No. È solo prudenza", fece un passo verso Aria che rimase al suo posto.

"Temete me o i miei amici?".

"Certo che no, ragazzina…", cercò di trattenersi.

"Quindi lasciami passare".

"Per cortesia, Cliff", disse Peter mettendosi in mezzo. Quello si scansò, contrariato. Nessuno poteva far niente al figlio del capo, ma a Aria sì. La prese per il braccio con l'intenzione di piegarglielo.

"Lasciala stare subito, o lo dirò a mio padre", disse Peter.

Aria non si era neanche piegata, si aspettava una cosa del genere, e poi era ancora infiammata dal discorso con Will, in quel momento non avrebbe mai abbassato la testa, era tenuta in piedi da quella rabbia che le bruciava il petto. Poi reagì, con la mano destra gli strinse il polso peloso e sgraziato, la chiave bruciò, l'uomo iniziò a sudare, la mano perse lentamente la presa su di lei, il volto di lui diventò rosso, la pelle bruciò.

"Che diavolo", urlò guardandosi il polso, una leggera ustione, ma se fosse rimasto più a lungo non gli sarebbe andata così bene. La guardò sbalordito e spaventato. Lei lo era quanto lui.

Fece per riattaccare ma Peter stavolta ebbe la prontezza di mettersi in mezzo, "vai. Ora", suonò come un ordine e lui si decise a obbedire, senza distogliere gli occhi da lei che stringeva a pugno la mano, con un sorriso divertito impresso in volto. La chiave, quando era arrabbiata, bruciava come il fuoco, letteralmente, era una protezione di cui non aveva bisogno, ma visto che c'era… e poi non era qualcosa che poteva controllare. In quel caso era davvero fuori di sé. Chissà quando sarebbe ricapitato, non era un tipo collerico.

"La ragazza dovrebbe stare attenta a dove mette il naso", disse Cliff guardandola, "o potrebbe finire con una bomba tra i piedi". Aria capì subito che l'aveva vista quel pomeriggio, doveva stare decisamente più attenta.

Quando si allontanò, Peter fermò Aria, "non so come tu abbia fatto, ma ascolta, so che sei una… ragazza indipendente e che non hai paura di nulla. Ma devi prestare attenzione. Quello lì…"

"Quel bifolco".

"Sì, quello è pericoloso. Devi stargli lontano. Lui si prende sempre tutto quello che vuole".

"Ci deve solo provare", disse Aria.

"Ascoltami. Will mi ha parlato della vostra… epoca. Mi fa ancora strano dirlo".

"Che intendi?".

"Non te l'ha detto?".

"No… non abbiamo avuto molto tempo", sbuffò lei.

"Beh, voi venite da un'epoca diversa dalla nostra".

"Stai scherzando".

"Magari, dico sul serio. Diciannovesimo secolo".

"Oh, merda".

Peter scoppiò a ridere, "mi piacerà davvero vedere la tua epoca se le ragazze sono tutte come te".

Aria arrossì vagamente, "non proprio in realtà, ma sono certamente più libere di qui, questo mondo è… raccapricciante per quanto mi riguarda. Di passi avanti la società ne ha fatti certamente, certo non è ancora abbastanza…. Ma è meglio di qui".

"Non riesco bene a immaginarlo. Deve essere un'epoca incredibile".

"È così", e ci voleva tornare a ogni costo. La sua ansia aumentò, non solo era finita in uno dei mondi paralleli nati dall'accordo con la vecchia, ma era anche in un'altra epoca. Il ritorno a casa gli apparve ancora più difficile, quasi un miraggio. Cos'altro sarebbe successo? Aria entrò nel tendone.

Peter sospirò al pensiero di quell'epoca così distante e sconosciuta, si guardò intorno e la seguì.

"Aria. Che ci fai qui?", disse Henry in piedi al centro della tenda.

Aria fu sollevata di rivedere l'amico. I suoi occhi corsero veloci e si accorsero subito che qualcosa non andava.

"Che è successo?", non gli si poteva nascondere niente.

Aria sorrise, gli occhi dell'amico erano quelli di sempre. Forse il suo isolamento gli aveva impedito di assorbire le imposizioni di quel luogo. Oppure era semplicemente più forte di Will.

"Niente, è tutto a posto".

Lui inclinò la testa, "non me la puoi dare a bere. Che ci fai qui a quest'ora? Fra poco ci sarà la cena e sarà un caos".

Peter diede loro le spalle e rimase a controllo dell'uscita, nel caso Cliff o suo padre si facessero vivi per prenderlo a calci. Sospirò, le regole erano le regole e le aveva appena infrante, ma gli sembrava ridicolo, che bisogno c'era di tenere quel ragazzo rinchiuso lì? Era come Will e Aria, o forse lo tenevano in trappola per poter, in caso di pericolo, ricattare i due nuovi amici? Una sorta di garanzia. Suonava proprio così ora che ci rifletteva su. Poi pensò alla forza di quella ragazza, cosa la rendeva speciale? La guardò mentre stringeva la mano a pugno, cosa nascondeva lì? Voleva saperlo.

"Allora?", Henry aveva incrociato le braccia al petto e si era tirato su, tutto orecchi.

"Questo mondo ha cambiato Will. E io non riuscivo più a stargli vicino. Gli ho mollato un ceffone".

"Che novità".

"Come che novità? Questo è il tuo commento?".

"Non te la prendere".

"Non è che ogni giorno prendo a schiaffi le persone".

"Lo so. Lo so. Mi sembri sconvolta, deve essere stata una brutta litigata".

"Brutta è dir poco. Non l'avresti riconosciuto. Tu dovevi vederlo".

"Mi vuoi spiegare invece di darmi pezzi di informazioni?".

Aria sospirò, "diceva quanto si sta bene qui, che non vuole andare via".

"Che cosa?", lo interruppe Henry, "ma se non ha mai voluto altro. È il più deciso di noi".

"Poi parlava del ruolo della donna", continuò con una smorfia. "Sai cosa dice? Che è giusto che la donna venga schiavizzata, che è nata per questo e...", era troppo arrabbiata per dire l'ultima cosa.

Henry era a bocca aperta, "aspetta, aspetta. Questo non è Will".

"Credi che non lo sappia?".

"Will non direbbe mai queste cose".

"Dimmi qualcosa che non so".

"Ehi, rinfodera le unghie".

"Scusa. È che... insomma, sentirmele dire da lui quelle cose, sono rimasta come una cretina. È bastato un giorno e questo mondo l'ha risucchiato. Sai, come è successo a tutti noi nel mondo di nebbia. Sembra aver dimenticato".

"Non ha dimenticato, Aria. Questo mondo lo sta palesemente confondendo".

"Confondendo è dir poco. Ho tentato di convincerlo e non ci sono riuscita".

Henry sospirò preoccupato. "Forse..."

Non fece in tempo a continuare che Will entrò. "Aria, sei qui. Peter, e tu?".

"Anche tu qui? Ragazzi cercate di sbrigarvi", disse Peter preoccupato.

Will sospirò.

"Che vuoi?", disse ancora arrabbiata. Henry accanto a lei.

Il segno del ceffone era ben visibile sulla guancia. "Ascolta, non so cosa mi sia preso. Non so cosa diavolo sia successo. Te lo giuro. Ma ora sono tornato, sul serio", fece per avvicinarsi e scrutò negli occhi di Aria, erano così carichi di delusione che gli si strinse il cuore, "non penso ciò che ho detto".

"Chi me lo dice? Sembravi così sicuro".

"Aria...", disse Henry con una punta di rimprovero.

"Io non... non voglio vivere qui. Lo sai", disse Will.

Una voce minacciosa fuori dalla tenda, era il capo. Peter rabbrividì, "andate via, subito".

Ma nessuno fece in tempo, Red era già dentro, "bene. Riunione pomeridiana segreta?", disse incrociando le braccia, sulle spalle scintillava la spada. Il tendone venne scosso dal vento.

Red in uno scatto prese Peter per il collo, "sei tu ad avergli dato il permesso?", stringeva così forte, con la sua enorme mano, che il ragazzo si piegò in avanti come un fuscello divenendo di colpo rosso peperoncino.

"S-sì", disse lui spaventato, ma stringeva i pugni.

"Ehi, lascialo stare", urlò Will, con un tono carico di minacce.

Lui lo lasciò, "e chi ti ha dato il permesso?" chiese concentrandosi solo su suo figlio.

Peter vide con la coda dell'occhio Will muoversi in avanti, capì che l'avrebbe difeso se fosse stato necessario, voleva meritarsi la sua amicizia. "Io. Sono io ad aver dato l'ordine", disse raddrizzandosi, "volevano solo incontrarsi, non vedo cosa ci sia di male", disse cercando di frenare il tono della voce, gli occhi lo fissarono sicuri.

"Così mi piaci, ragazzo", gli diede una pacca, poi fermò la mano sulla spalla, strinse, "però non lo fare mai più, senza il mio di permesso. È chiaro?".

Lui annuì.

"Due minuti e vi voglio tutti fuori. Tranne tu, biondo. È chiaro?".

Ai quattro non restò che annuire, non era il caso di mettersi contro il capo in quell'occasione.

Peter si massaggiò il collo con una smorfia di dolore.

"Amico", disse Will avvicinandosi, ma lo raggiunse prima Aria.

"Stai bene?", disse toccandogli il braccio, e successe qualcosa. Il punto del contatto si illuminò di colpo, la chiave sulla pelle di Aria premette forte, cercando l'attenzione della sua proprietaria, lei sgranò gli occhi, Peter guardò quella luce spaesato, sulla pelle si impresse lo stesso marchio, per un solo secondo, poi svanì.

"Cosa diavolo...", disse Aria.

Peter era senza fiato. Will e Henry erano accanto ad Aria ora, tutti osservavano il punto del braccio in cui la chiave era comparsa e sparita.

"Cosa è successo?", chiese Henry. Peter domandava la stessa cosa soltanto con lo sguardo, incapace in quel momento di parlare.

Aria fissò la chiave sul palmo, ignorando la presenza di Peter, doveva capire. Il pensiero le nacque spontaneo, "abbiamo trovato un candidato", disse con un sorriso.

"Che cosa?".

"Peter. Sai del sigillo, non è così?".

"Sì", disse con un filo di voce.

"Beh, tu sei una delle persone che potrebbe riuscire a estrarlo".

"Mio Dio", disse Henry.

Will si allargò in un sorriso e cercò gli occhi di Aria che non lo guardavano, "è magnifico, amico".

"È magnifico poter sigillare questo mondo, Will? Quando io voglio solamente andarmene via?".

"No, non hai capito. Will, non gliel'hai detto?", disse Henry.

"Il sigillo è anche una chiave che serve per fuggire via di qui. Così come noi... abbiamo fatto nel nostro mondo", non aveva più senso nascondersi, sperò di non fare un errore.

Aria alzò il palmo, fidandosi dello sguardo di Will, e lo avvicinò a Peter.

"È quello?", chiese.

Will e Henry si lanciarono un'occhiata sperando anche loro nella buona fede del nuovo amico.

"È… incredibile. È con quello che hai ferito Cliff".

"Di che parla?", chiese Will, ma Aria non gli rispose, annuì lievemente.

"E forse potrei averla anche io".

"Esatto".

"E poi?".

"E poi ce ne andiamo via di qui, amico mio", disse Will dandogli una pacca.

I preparativi per la cena erano iniziati. Aria era carica di buonumore ma cercava di non darlo a vedere. Loren e Mary la guardavano preoccupate, forse più incuriosite. Mentre il gruppo di amici stava per uscire dalla tenda con un cenno di saluto e la bocca cucita, le due l'avevano avvicinata chiedendole come erano andate le cose quel pomeriggio.

"Hai scoperto qualcosa?" aveva chiesto eccitata Mary mentre Loren si era voltata di scatto, "abbassa la voce, cretina", l'aveva rimproverata.

"È andata bene. Sono sana e salva, ho visto Merrick, forse so come andare via", le due avevano sussultato.

"Ora andiamo? C'è tanto lavoro da fare", aveva risposto Aria cambiando argomento, era così piena di energie che non aveva pensato a quanto odiasse quel mondo, solo per quella volta.

"Ah, comunque grazie per il salvataggio di prima", aveva poi detto a Mary.Si riferiva a quando Cliff si era fatto trovare fuori dalla tenda, allo scadere dei due minuti; appena Aria arrivò, come si aspettava, la spinse minacciosamente, chiedendole con la mano a mezz'aria dove fosse sparita quel pomeriggio. La ragazza aveva già preparato la sua di mano, sperando funzionasse, stavolta l'avrebbe colpito in fronte, per marchiarlo, quale porco che era. Ma si era evitata la fuga dal villaggio, grazie all'immediato soccorso di Mary.

Le due sorelle seguirono Aria senza chiedere altro, eppure erano così curiose. Aria preparava la pila di piatti ben lucidati, mentre gli uomini avevano già cominciato a prender posto alle lunghe tavolate.

Il sole era sparito dietro gli alberi e le luci erano magicamente comparse nel bosco e fra le case, donando al luogo quell'atmosfera incantata che aveva solo di sera.

"Aria, i formaggi vanno da questa parte", disse Louise che non aveva visto la ragazza per tutto il pomeriggio, chissà qual era il suo compito?

Will era seduto all'angolo di un tavolo, con Peter vicino che gli parlava, ma lui fissava solo Aria. Lei sentiva il suo sguardo addosso, ma non riusciva a guardarlo.

"Aria, la moglie di Cliff sta venendo qui", l'avvertì Mary passandole un piatto carico di burro.

"Come si trova la nostra ospite dalla lingua lunga?"

Aria alzò gli occhi, non era il momento giusto per provocarla e tentò di trattenersi, "bene. Grazie".

Cliff la raggiunse, insieme a un altro gruppetto. La sua solita piccola squadra, i peggiori soggetti raccolti insieme, e lei non se ne era ancora accorta del tutto.

"Si è portato i rinforzi, il vigliacco", fu la prima cosa a cui pensò Aria.

Le donne più giovani si ritirarono dalla tavola ancora incompleta. Uno della squadra si fece avanti, gli mancava un dente proprio davanti e aveva ancora la terra sulla fronte. Si allungò verso la tavola, "ehi tu", chiamò con tono autoritario una ragazzina bionda di non più di quindici anni che esitava.

Cliff parlò, "Sally, cammina", disse guardando subito dopo Aria, come fosse una sorta di provocazione.

Lei si avvicinò titubante mentre tutti se ne stavano a guardare, tra cui la moglie di Cliff con le braccia incrociate.

"Cosa mi consigli di buono stasera?" Un ometto con pochi denti davanti e l'aria da stupido fece qualche passo avanti.

"Io non...", gli occhi impauriti correvano da una parte all'altra.

L'uomo sorrise, la prese con violenza per il collo e la baciò leccandole le labbra, poi la spinse indietro, lei scoppiò a piangere silenziosamente, tremando. La madre si fece avanti e la rimproverò, ordinandole di non piagnucolare e di rialzarsi subito.

L'uomo, soddisfatto, scoppiò a ridere. Altri si fecero avanti, ognuno afferrò una delle ragazze, sotto lo sguardo atterrito di Aria, immobile sul posto. Cliff afferrò Loren e uno più vecchio Mary, quando Louise parlò, "per cortesia. Lasciateci finir di preparare la cena. Il cibo si raffredderà".

Cliff sospirò e guardò di nuovo Aria, poi fece una scrollata di spalle, fingendosi magnanimo, "sì d'accordo. Procedete. Ora siamo più carichi per la cena. E sbrigatevi, abbiamo fame".

Le ragazze, bianche in volto, ripresero a lavorare, come se niente fosse successo. Sally rovesciò una brocca di vino e si beccò uno schiaffo da sua madre, un'amica tentò di consolarla ma la sua la ghiacciò con lo sguardo, in quel luogo non c'era spazio per quei momenti di debolezza. Dovevano essere efficienti se volevano sopravvivere.

Cliff guardò Aria con un tono che voleva intendere, "è così che le cose vanno qui", mentre la moglie la osservò con un sorriso soddisfatto, riprendendo i suoi compiti, lei era l'unica protetta tra tutte le donne, e anche la più schifosa, permetteva a suo marito di fare i suoi comodi, a discapito di donne come lei. Le mani di Loren toccarono le sue, erano fresche come quelle di sua sorella.

"Tranquilla, Lor. Tutto a posto", disse lei come se dovesse essere consolata, ma sembrava più Loren ad aver bisogno d'aiuto, era ancora pallida, le labbra ridotte a una riga.

Aria ingoiò ogni risentimento. Tutti gli uomini se ne erano rimasti seduti a osservare e a ridacchiare mentre le donne venivano oltraggiate e trattate senza nessun rispetto. *Dove sono i padri di queste ragazze? E i fidanzati? I mariti? I legami non hanno importanza qui?*, si chiedeva con insistenza Aria, profondamente nauseata, e schifata anche per non aver reagito. Quella era stata una chiara dimostrazione di forza, che lei doveva guardare con attenzione. L'uomo, in quel mondo, usava la violenza per mantenere il potere, per legittimarlo. Quel posto si reggeva su quello e le donne come lei non venivano accettate, ma il problema principale era che non ne esistevano. Avrebbe dovuto combattere contro tutti, da sola. Aria pensò che non sarebbe successo mai più, non sarebbe mai più stata a guardare, per quanto pericolosa la situazione fosse. Sentì ancora gli uomini ridere, e Cliff vantarsi, la sua voce roca si distingueva dalle altre, così come il passo degli stivali intorno ai tavoli.

Non ebbe il coraggio di alzare gli occhi. Non ebbe il coraggio di guardare Will, perché aveva il terrore che anche lui stesse sorridendo.

"Aria, ci sei", chiamò Mary che poggiò la sua mano fresca sul suo braccio.

"Sì", disse sospirando.

"Non te la prendere. A volte non si può proprio fare niente", disse sospirando. Aria si sorprese per il fatto che una ragazzina così più giovane di lei avesse colto esattamente il suo stato d'animo. Mary le assomigliava molto, anche se legata alle convenzioni della sua epoca, e ci aveva messo tanto a farci caso. Se fosse nata in un altro momento sarebbe stata come lei, ne era certa. Ma si poteva ancora rimediare, forse.

Mentre Aria era occupata a sistemare le uova sode in una grossa ciotola Mary si avvicinò di nuovo, come se l'avesse letta nel pensiero. La voce della ragazzina la colse di sorpresa, "possiamo venire via con te?", sussurrò con decisione, e iniziò a tagliare il pane con un'insolita energia.

Aria si immobilizzò con un uovo sospeso in cielo, "sì", sorrise.

Non avevano neanche fatto in tempo a sedersi che Red si fece largo, camminando tra i tavoli con quella spada sempre fissa sulla schiena. Poi salì su una panca, dopo aver fatto cenno ai poveri malcapitati che la occupavano di spostarsi. Cliff si avvicinò con le mani in tasca ma col petto infuori, col suo solito passo sicuro e baldanzoso di chi non teme niente ed è troppo presuntuoso o ottuso, da accorgersi di qualsiasi cosa, *la presunzione dell'ignoranza*, pensò Aria. Cliff si affiancò al capo, rimanendo a guardarlo con un'aria adorante.

"Uomini, so quanto siete stanchi di questa guerra, di queste battaglie giornaliere, e so anche quanto vi impegnate per far sì che tutto questo arrivi a una conclusione, ma non ci siamo ancora. Il nostro comune nemico, quello che mette a repentaglio la nostra sopravvivenza qui con le sue armi moderne, quello che ha rinnegato tutto ciò per cui abbiamo lottato, lo stesso motivo per cui siamo qui, in questa splendida e generosa terra", indicò i campi con un sorriso estasiato, e non molto sincero, "l'uomo che ci impedisce di vivere serenamente: Merrick", e partì un coro di fischi, "lui non si arrende. Vuole il potere supremo. Vuole appropriarsi delle nostre terre, persino delle nostre vite. Vuole la guerra e nient'altro. Una spiacevole, perenne guerra che non ha nessuna intenzione di terminare", a Aria sembrò di vedere l'ombra di un sorriso sul suo volto.

"A lui non importa nulla di voi, non gli interessano gli uomini, ma solo combattere. Non vede più cosa ha davanti. Non vuole vivere sereno nel posto che abbiamo scelto, nel posto che è diventato la nostra casa. Vuole ucciderci, ogni giorno, fino a quando non ci rialzeremo più", fece una pausa suggestiva, "e noi glielo permetteremo?", "NO", urlarono tutti in coro, come un perfetto esercito.

Le donne tacevano, come se non fossero abbastanza importanti da avere un'opinione. A Aria prudevano di nuovo le mani, *che ipocrita. Che razza di bastardo ipocrita. Se la gente sapesse che questo buffone bastardo è in accordi con Merrick, che scambiano cibo e chissà, forse anche armi, e che insieme hanno messo su questo teatrino... lo ucciderebbero.*

Loren poggiò una mano sulla gamba di Aria che stava saltellando sotto il tavolo facendo tremare una buona parte della panca di legno. Mary al suo fianco lanciò un sospiro, odiava quanto sua sorella, e ora Aria, i discorsi di quel bugiardo esaltato e pallone gonfiato.

"Lo permetteremo?", disse ancora più ad alta voce, con la punta fangosa di un piede ora poggiata sul tavolo.

"NO, Signore!", urlarono tutti.

Aria guardò di sfuggita nella direzione di Will. Peter si fissava le mani sospirando, la sua voce non si era unita a quella degli altri, mentre Will fissava Red come se lo stesse studiando, con la testa inclinata e le braccia incrociate. Quando si accorse di Aria, tentò di catturare il suo sguardo, senza riuscirci, la ragazza si era voltata subito, era ancora troppo arrabbiata.

Ora pensando a Will sentiva un groppo in gola, un senso di angoscia che le opprimeva lo stomaco. *Tu, Aria, prima o poi dovrai abbassare la testa, non c'è spazio per donne come te, né qui, né in nessun'altro mondo. Gli uomini non te lo permetteranno mai"*, ripensò a ogni singola parola, *cos'era una minaccia?*, e la violenza con cui le aveva stretto il braccio. Sembrava un'altra persona eppure era proprio lui. Incrociò le braccia sul petto aspettando che il pagliaccio finisse di parlare.

Quando gli applausi terminarono, ben cinque minuti dopo, finalmente iniziarono la cena. Ormai era completamente buio. I tavoli erano illuminati da candele infilate in alcune ciotole di coccio, e dalle luci appese alle case circostanti. L'atmosfera era suggestiva, incantata, come quella che si respirava nel bosco, se non fosse stato per le persone, ad Aria quel luogo non sarebbe dispiaciuto poi tanto.

Non appena seduto, Cliff iniziò a fissare Aria, strappando pezzi di pane senza mangiarli.

Red scivolò tra i tavoli, per tornare al posto che gli competeva, ma veniva in continuazione bloccato dagli uomini seduti che si alzavano a salutarlo o a congratularsi, cercando di ricevere un sorriso.

"È proprio un leader qui. Ma lo è solo perché questa gente è sprovveduta".

L'unico ragazzo che non sembrava appartenere a quella gente era Peter, fissava il padre con profondo risentimento e non rispondeva alle pacche dei compagni vicini che si complimentavano e allo stesso tempo invidiavano il fatto che lui fosse il figlio di quel grand'uomo.

Arrivato nei pressi dei tavoli delle donne Red, che non era sposato né intendeva esserlo dopo aver perso sua moglie, prese per il collo una donna seduta proprio all'angolo, la tirò indietro, quasi fino a farla cadere dalla panca e infilò la faccia nel suo prosperoso seno, provocando le risate e gli apprezzamenti degli altri uomini, che Red sapeva lo stessero seguendo con lo sguardo.

Aria osservò la reazione della donna che si limitò a scoppiare a ridere, rossa in viso. Lusingata per quell'attenzione del capo.

Peter aveva abbassato lo sguardo, lui non era come gli altri. Aria lo apprezzava.

"Maledetto troglodita, primitivo", pensò fissando Red che si allontanava trionfante. "Maledetti primitivi", Aria ora ce l'aveva pure con una buona parte di quelle donne che permettevano che gli uomini facessero i loro comodi. "Loro ci proteggono", aveva sentito dire una volta, non ricordava neanche più quando. *Ci proteggono...*

Capisco l'epoca. Io lo capisco, ma non sono più lì, sono in una nuova realtà e dovrebbero provare a rovesciare queste maledette convenzioni. Se tutte si alleassero... forse qualche cambiamento sarebbe possibile, ma la metà delle donne fissava il proprio piatto, soprattutto quando Cliff e alcuni degli uomini della sua squadra si erano alzati per seguire le orme del capo.

Aria teneva la testa alta e li fissava. Cliff sembrava stesse meditando su chi sarebbe stata la prossima preda, guardò Aria, ma cambiò idea, non aveva bisogno di un'altra umiliazione pubblica.

La ragazza riuscì a cogliere facilmente quel pensiero, eppure quello iniziò a sorridere, come se avesse qualcosa in mente. Lei non si fece vedere sorpresa. Gli uomini girarono come predatori intorno al tavolo delle donne, pronti a colpire. E Aria si chiedeva come facessero quelle donne a resistere, e allo stesso tempo si sorprese che in un posto del genere ci fosse una gerarchia e dei compiti, insomma, un'organizzazione. Vedendo come gli uomini si comportavano con le donne e tra loro, non l'avrebbe detto. Quel tipo di comportamento, forse lì estremizzato, era più tipico di un gruppo di individui non organizzato. Ma tutto era possibile, un comportamento che era accettato da tutti veniva legittimato. E così andavano le cose nella piccola cittadina rurale in cui non vivevano più di un centinaio di persone. *Forse è anche il numero ristretto il problema.*

La voce di Peter bloccò i loro pensieri, "Cliff, ragazzi. La cena si fredda. Sbrigatevi. I ragazzi stasera sono famelici", disse, "rischiate di non trovare più niente", e gli uomini, con un misto di fame e insoddisfazione per il movimento andato a vuoto, tornarono indietro. Quello che aveva esitato di più era stato ovviamente Cliff, ma gli aveva dato ragione.

Aria guardò Peter con una punta di ammirazione. Si era seduto composto, anche se il suo fisico ossuto e allampanato lo faceva apparire goffo in ogni caso.

Lo potrebbero spezzare in due facilmente, pensò Aria fissandolo. Ma lei non sapeva quanto in realtà il ragazzo fosse forte. Non l'aveva visto sollevare balle di fieno più grosse dello stesso Cliff.

Quella era una cosa che avrebbe fatto Will in altri tempi, ma stavolta, almeno questo, non poteva rimproverarglielo, loro lì erano ospiti, non potevano far gesti plateali, né avevano l'autonomia del figlio del capo. Vide il sorriso che Will rivolse a Peter dopo quell'intervento, forse era realmente tornato in sé. Will e Aria si guardarono per alcuni secondi.

"Aria, il pane", disse Mary passandoglielo.

Aria sentì Loren sospirare al suo fianco. Si chiese come facessero a vivere in quel perenne stato di paura. *Se fossi nata nella loro epoca, anche io sarei come loro?*, si chiese con insistenza Aria.

"Che faccia lunga. Dille qualcosa Mary".

"Quando sei seria sei proprio brutta, lo sai?".

"Mary!", rimproverò Aria.

"Ma ti sei vista, nanetta?".

Mary le tirò un'oliva colpendola sul naso.

Loren aveva infilato le dita di una mano nel pasticcio di patate. La sorella aveva fatto lo stesso.

Le due iniziarono a fronteggiare le mani sporche di pasticcio, pronte a colpirsi.

"Ragazze. Ragazze vi prego. Io sono qui in mezzo e non vorrei…", infilò anche lei le mani nel pasticcio e colpì tutte e due sulle guance, nello stesso momento.

"Ragazze, insomma!", sussurrò arrabbiata Louise. Le tre amiche si erano completamente dimenticate del posto in cui si trovavano. Potevano essere ovunque, in quel momento.

"Aria!", ridacchiò Loren.

Mary anche rideva, cercando di ripulirsi dal pasticcio, "ce l'ho fin sopra le trecce", si lamentò, poi se le leccò.

"Mary, ti prego!", disse schifata Loren.

"Lor, se ti guardassi. Ce l'hai pure sulla fronte", disse Aria.

Lei corse a pulirsi, Mary scoppiò a ridere.

"Che c'è? Che c'è?", si muoveva come un anguilla presa in trappola.

"Non hai niente scema", disse Mary canzonandola.

"Ti ringrazio, Aria".

"Ragazze, mangiatelo il cibo. Per favore".

Le tre tornarono con il viso sui loro piatti, scambiandosi occhiate che ancora ridevano.

"Sai, Merrick prima non era un cattivo uomo", disse improvvisamente Peter, mentre lui e Will stavano tentando di digerire la cena, in disparte, nell'attesa che le donne finissero di riordinare. "Ha perso un figlio".

"Capisco", poi gli venne da chiedere, "non è stato mantenuto nessun legame con la vostra realtà".

"No. Non c'era più niente che ci legasse. Niente a cui tenessimo. Anche se chi lo ha desiderato si è ritrovato qua".

"Mh".

"Sai, all'inizio non si stava così male. Quando le persone erano in armonia. E mio padre e Merrick collaboravano".

"Poi tutto ha preso una brutta piega".

"Sembrava che non bastasse più questa vita, a nessuno dei due. Volevano di più, come ti ho detto. Merrick è andato via e il bosco è diventato un muro invalicabile".

"Ciò che vogliono è il sigillo", disse Will.

"Sì, e una volta per tutte si deciderà chi è il capo".

"Ciò che non hanno capito però è che non possono prenderlo loro. Potranno cercarlo quanto vogliono ma a chi non è destinato quello non si rivelerà".

"Questo io credo… io credo che non lo sappiano", disse balbettando leggermente, stava riflettendo su ciò che l'aspettava.

"Io non ti abbandonerò. Qualsiasi cosa accada. Tu sei l'Aria di questo mondo. Solo tu puoi fare qualcosa".

"È buffo che sia accaduto proprio al figlio del capo", disse lo stesso Peter.

"Già", ridacchiò Will. "Ce la farai, vedrai", disse notando l'espressione preoccupata dell'amico.

Ci fu un momento di silenzio in cui Peter riprese fiato, "il tuo mondo di origine, il ventunesimo secolo, è davvero come me l'hai raccontato?".

"Sì".

Peter sospirò.

"E ci andremo insieme. Te lo prometto".

Peter abbozzò un sorriso e allungò le braccia secche verso il grano, sfiorandolo delicatamente.

"Sono sicuro che mi piacerà", sorrise ancora.

"Ne sono certo. Vedrai, ci divertiremo", disse Will convinto.

Capitolo 12

Il fruscio dei campi di grano circostanti rilassava Aria, così come le cicale, che rendevano quel mondo così simile al suo. Chiuse gli occhi per alcuni istanti, facendo finta di essere in uno dei parchi della sua città, in una delle tante serate d'estate.

Ricostruì ogni cosa nella sua mente: il vento tra gli alberi, i rumori lontani di passi, le cicale nascoste chissà dove. Respirò a fondo con un sorriso.

"Non è magnifico qui, Aria?", disse una voce familiare.

Sì, rispose mentalmente senza rompere l'illusione.

"Dovremmo dipingerlo".

"Mi manca dipingere".

"Ma lo stai facendo".

"Sono in trappola".

"Troverai l'uscita, sei una campanula ricordi?"

"Quanto mi manchi", sussurrò, e aprì gli occhi. Era immersa nel grano fitto, la luna ormai alta in cielo lanciava deboli raggi.

Doveva farsi forza, d'altronde c'era Peter, lui poteva essere la chiave per andare via, era pur sempre un passo avanti. Pensò stupidamente che la sua chiave avesse richiamato il ragazzo nel loro gruppo. Forse il candidato e i possessori erano calamitati l'uno verso l'altro, dovevano avere qualcosa di diverso che li caratterizzava e li univa in una qualche categoria, doveva essere così.

Tutte le persone che ci girano intorno potrebbero essere dei candidati, pensò Aria. Se Peter riuscirà a strappare la chiave dal giardino... *potrà aprire un passaggio, e noi saremo con lui. Ma dove andremo a finire? Chissene frega. Ogni posto sarà meglio di questo.* Lanciò uno sguardo agli uomini ancora seduti, alcuni a fumare puzzolenti sigari, altri a bere birra da enormi boccali. Fra loro c'era anche Cliff che guardava proprio verso la sua direzione. Tornò di nuovo ai campi e ai suoi pensieri.

La vecchia donna aveva detto però che non tutti i candidati erano in grado di prendere la chiave, non se l'era sognato. Peter ce l'avrebbe fatta? Aria provò per la prima volta una gran paura, ora che aveva una possibilità tra le mani, ben tangibile, tutto si faceva più spaventoso. Non era come il giorno prima in cui se ne stava chiusa in sé stessa a cercare una via d'uscita, ora ce l'aveva e non doveva sprecare l'occasione, se l'avesse fatto, chissà se gliene sarebbe ricapitata un'altra.

Non voglio vivere qui.

"Perché sei andata via dal tuo mondo?", una voce la raggiunse lieve, come fosse un soffio di vento. Era Mary, accanto a lei Loren. Forse era stata la sua aria assorta di quella sera a farle nascere il desiderio di conoscere la risposta. E ciò che era incredibile è che stava pensando proprio a quello, pochi momenti prima, proprio al suo mondo.

Senza voltarsi decise di dar loro una risposta, la doveva anche a se stessa. Era un punto fisso della sua vita che non poteva più ignorare ma che doveva imparare a lasciarsi alle spalle. Era un punto doloroso, ma necessario perché spingeva sempre oltre il suo desiderio, il suo bisogno di tornare lì.

"Perché ero spaventata. Nel mio mondo, vivevo con i miei amici e la mia famiglia, in serenità, senza preoccupazioni. Poi un giorno... è successo...", le andarono accanto stringendola tra loro, "è successo qualcosa di brutto. La persona più importante al mondo per me, è morta. All'improvviso. E io ho iniziato ad avere paura. Avevo paura della morte, e della vita, dei cambiamenti, del futuro, di dover sopportare altro dolore, e poi sentivo un senso di colpa che non mi faceva progredire, non riuscivo più a guardare in faccia Will con serenità, c'era un peso troppo grande", sospirò, "e così ho deciso di rifugiarmi in un mondo senza dolore, ma anche senza passato e senza futuro, rinnegando tutto ciò che io sono. Sono stata una vigliacca e mi sono pentita, ma in quel momento...", guardò i lunghi fili di grano oscillare morbidi, "il dolore era troppo da sopportare", serrò le labbra senza riuscire ad aggiungere altro, anche se tentò.

Mary le strinse la mano, voleva dire che poteva bastare così.

"Non voglio più avere paura, non mi fermerò finché non sarò tornata a casa".

Aria sentì Loren sospirare, forse le sue parole le avevano fatto pensare alla sua terra, e forse l'aveva spinta a non avere paura. Si ritrovò anche la sua mano a stringere la sua. Rimasero alcuni lunghi momenti a guardare il grano, mentre i loro pensieri si mescolavano in silenzio, le dita ben strette che l'ancoravano l'una all'altra. Poi la lasciarono andare. Avevano sentito altri passi alle loro spalle.

"A domani", disse Loren.

"Nessuna paura", sentì dire Mary prima di andare. Poi le due sorelle si allontanarono.

Continuò a fissare il grano e i fili d'erba muoversi al ritmo del vento e sospirò più di una volta, quel movimento la rilassava. Poi un movimento, "chi c'è lì?", disse Aria facendo un paio di passi in avanti e tendendo ogni senso, "c'è qualcuno?", e vide una sagoma nera, un'ombra a una decina di metri da lei, la testa si intravedeva attraverso le spighe sottili. "Che vuoi?", disse Aria tentando di sembrare poco intimorita, ma quella presenza improvvisa era come un'intrusione nei suoi pensieri, come se quel tizio avesse varcato una soglia che non doveva. *Chi diavolo è?* Quando si concentrò su quel punto, all'improvviso non vide più niente. Strinse una mano dentro l'altra sentendo ancora il tocco fresco delle due amiche.

"Aria", Will l'aveva raggiunta di soppiatto, nel momento in cui gli uomini si stavano ritirando nelle loro case. Le luci delle candele sui tavoli si spensero una a una.

Aria si irrigidì. Will sembrò percepirlo, perché restò alcuni passi indietro.

"So che ce l'hai ancora con me per quello che è successo oggi pomeriggio ma…"

"Noi donne siamo fatte così", disse con tono arrabbiato e canzonatorio insieme. Poi si voltò e lo superò. Si dimenticò subito dell'ombra che l'osservava silenziosamente nel buio.

Will sospirò, finché era così arrabbiata era impossibile ragionarci lucidamente. La seguì in silenzio.

Passarono lentamente tra le case, per raggiungere il bosco. Affacciate a una finestra Loren, che indossava una cuffietta di stoffa, pettinava i lunghi capelli della sorella.

Le due la videro subito e la salutarono, "a domani", sussurrò Mary.

"A domani", disse Aria quasi a se stessa e proseguì. Will la seguiva a una leggera distanza, con le mani strette in tasca.

Aria sorpassò il tendone dell'infermeria. Anche se Henry era guarito continuavano a tenerlo chiuso lì. Sembrava esser diventato una sorta di garanzia, era proprio come aveva detto saggiamente lui che lo aveva capito molto prima di loro. Will e Aria erano ancora visti come stranieri e, nella peggiore delle ipotesi, come un pericolo. La ragazza notò la guardia seduta davanti al tendone, su una cassa di legno scheggiato, mentre beveva da solo.

"Bellezza. Mi fai compagnia?", disse senza accorgersi di chi fosse, poi si tappò la bocca con una mano, e scoppiò a ridere, *già ubriaco*, pensò Aria scuotendo la testa e trattenendo gli impulsi.

"La straniera", disse alzando la bottiglia di vetro mezza vuota, "non posso far niente alla straniera, sennò Cliff… ma che, non, io, ah ah ah", non riusciva ad articolare più di due parole in fila.

Aria aveva già sentito innumerevoli volte le minacce di Cliff e di certo non la spaventavano. Poi dette da un ubriacone… la cosa assumeva ancora meno peso.

Sentì un urlo soffocato proveniente dal fienile. Un uomo, quello a cui mancavano i denti, Aria l'aveva riconosciuto a causa della forma della testa che sembrava un uovo ammaccato, stava strattonando la fragile Sally che opponeva una vaga resistenza, le lacrime agli occhi. Aria corse dentro, ma vide che Sally aveva di colpo cambiato atteggiamento. Con sguardo vacuo si lasciò baciare, lo abbracciò, gettandogli le braccia al collo e i due sparirono in mezzo al fieno.

Aria si era fatta di ghiaccio. Non riusciva a muovere un muscolo, e quel poco che aveva mangiato le correva lungo alla gola. Trattenne la nausea, con le lacrime agli occhi e i pugni stretti. Will le poggiò una mano sulla spalla. Aria la scansò pensando volesse solamente fermarla.

"Ogni mondo ha le sue regole, le sue convenzioni. Anche se ingiuste", sussurrò Will. "Non puoi sempre far qualcosa", il ragazzo pensò alla storia e a quanto fosse cambiata nel corso degli anni, *qui ci troviamo nell'Ottocento. Un Ottocento distorto, è ovvio, in un villaggio ristretto che tenta di sopravvivere e che è regredito. Come si può chiedere a un uomo dell'Ottocento di essere un uomo del ventunesimo secolo? Come gli si può chiedere di capire convenzioni sociali non ancora esistenti, o regole che sono state completamente dimenticate a causa della loro chiusura? Ma l'uomo è poi così diverso da quello di allora, da questo tipo qui?*, pensò senza parlare. *Se nel nostro mondo non esistessero le leggi, se non esistesse una società... se l'uomo venisse semplicemente lasciato libero...*

Aria era ancora inebetita e si ripeteva ciò che Will aveva appena detto, *ingiuste?*, pensò, *questo posto fa schifo. L'essere umano mi fa schifo. Io non lo accetto*, e con un senso di profonda oppressione e pentimento per non poter intervenire, tornò sui suoi passi.

Io non sono come te. Non lo accetto, si disse camminando sempre più velocemente.

Il bosco era più fresco del villaggio. Gli alberi, i cespugli, gli spazi aperti fra loro sembravano incoraggiare l'abbassamento di temperatura. Rabbrividì lievemente e sentì un ramo rompersi dietro di lei. Con la coda dell'occhio vide Will, alla stessa distanza di prima.

Aria sospirò, non aveva voglia di tornare in quella casa con lui, in quel momento avrebbe voluto solo correre e lo fece. Scappò all'improvviso, schivando gli alti tronchi, saltando i cespugli, illuminata a intermittenza dai raggi di luna che si facevano spazio tra i rami, lì dove gli era possibile.

"Aria!", urlò Will sorpreso, e dopo un momento di esitazione la inseguì.

Quel maledetto vestito le dava fastidio, ma si era fermata per tirarselo su. Ora correva veloce ma goffa verso nessuna direzione, con l'unico desiderio di stare da sola.

Terminò la sua corsa sulle sponde di un piccolo lago perfettamente rotondo. "Questo di giorno non l'avevo visto", mormorò Aria che aveva quasi rischiato di finirci dentro.

La luna piena si rifletteva sullo specchio dell'acqua spezzato dai rami, assumendo un'aria ferita e sofferta. Aria osservò le schegge di luna, assorta, anche lei si sentiva un po' così.

La ragazza sentì i passi alle sue spalle, "hai pensato che potrebbe non essere lui? Ci hai pensato?", disse subito, bloccando qualsiasi altra discussione, non aveva assolutamente voglia di parlarne.

"Che cosa", disse Will preso alla sprovvista.

"Peter. Potrebbe non essere Peter".

"Sì che lo è. Ne sono sicuro".

"Non basta la tua sicurezza".

"Dovremmo provare

Come si può fare a raggiungere quell'edificio, con Peter e anche le ragazze?".

"Le ragazze?".

"Parlo di Loren e Mary".

"Vuoi portartele dietro? Ma saranno un peso".

"Un peso sarai tu. Comunque questa è una cosa su cui non voglio discutere. Loro verranno".

Will sospirò, non potevano litigare anche per questo. Si tirò indietro il ciuffo ribelle, "il problema più grande sarà far fuggire Henry".

"Peter ci dovrà aiutare a fare molte cose".

Un rumore poco distante. Entrambi si girarono. Un uomo fuggì in mezzo ai boschi.

"Chi diavolo", disse Will muovendosi per inseguirlo.

"Lascia perdere".

Will si fermò sorpreso, la ragazza non aveva mosso un muscolo.

"È solo Cliff".

"Sapevi che ci seguiva?".

"Lo fa sempre. Ogni minuto. Quindi sì".

Will era così preso dal desiderio di far pace con Aria da non essersene accorto. "Sospetta ancora di noi".

"Non hanno mai smesso. Siamo stranieri", disse come se non fosse importante.

"E tu ti sei fatta notare".

"Tu invece non ci hai messo nulla ad ambientarti", disse Aria passandogli accanto, tentata dal dargli una spallata.

"Ancora con questa storia? Quante volte mi dovrò scusare? Non ero in me, è questo maledetto posto! E…"

"Senti. Non mi interessa ora". E si diresse verso casa lasciandosi la luna spezzata alle spalle. Era ancora così arrabbiata e concentrata sul fargliela pagare che non aveva visto l'ombra dietro l'albero. Il suo cuore era solo accelerato vistosamente, ma la colpa l'aveva data solo a lei e a Will, a nient'altro.

"Non ti illudere", disse la voce. Aria si voltò di scatto, non c'era proprio nessuno. Era solo lei. Era la litigata con Will, la stanchezza forse, a renderla così irrequieta, eppure fredda come il ghiaccio. Non sentì più il suo cuore battere, non lo percepì per minuti interi.

Will la seguì sconsolato fino alla loro casa.

La cena le era andata tutta di traverso, quel poco che aveva mangiato, e nonostante ora le brontolasse lo stomaco, non se la sentiva di buttare giù niente. Si chiuse in bagno e rimase immobile per alcuni istanti. Poi iniziò a strapparsi il vestito di dosso, con violenza, come se la stoffa la stesse soffocando. Lo strappò con energia, rompendolo in più parti, disintegrandolo tra i lamenti trattenuti insieme alle lacrime.

Will l'aveva sentita ma non si era mosso. Doveva lasciarla da sola.

Aria acciaccò più volte l'abito con le scarpe sporche di terra bagnata e riprese fiato coprendosi il viso. Si fece una doccia insaponandosi bene, per scacciar via quella giornata, poi si sciacquò la faccia con vigore, cercando di scuotere i nervi e tornare concentrata su ciò che contava. Cercò di non pensare più a Will. Uscì dal bagno e si infilò sotto le coperte, senza guardare in faccia nessuno. Will era rimasto seduto in cucina a bere una birra che era magicamente apparsa in frigo. Poi, non appena aveva sentito Aria aprire la porta, si era alzato per raggiungerla. Ma la trovò già addormentata, o presunta tale.

"Aria, senti. Mi dispiace davvero per quello che ho detto. Non so che altro dire", disse nascosto dal buio, sentendosi protetto eppure scoperto.

La figura di Aria era girata verso la finestra. Quando Will entrò in bagno con un sospiro, lei aprì gli occhi e rimase a fissare fuori dalla finestra, ripensando alla luna spezzettata, con un vuoto dentro.

La mattina successiva Aria si era alzata presto, con grande sforzo, e era scivolata fuori di casa. Will aveva allungato la mano verso la sua parte, senza trovarla. I due avevano dormito tutta la notte dandosi con insistenza le spalle. Will non era riuscito a dormire un granché, aveva passato la notte a ascoltare il lieve respiro di Aria che al contrario suo si era addormentata quasi subito, ma che si era però svegliata alle prime luci dell'alba piena di angoscia. Lei provava un tale disagio, una fastidiosa sensazione, come se qualcosa si fosse spezzato. Aveva percepito con una tale forza il rifiuto di Will, l'aveva rigettata indietro, anche se non voleva l'aveva fatto. Non riusciva più a vedere Will nella stessa maniera, almeno non quella mattina, forse non quel giorno, né i successivi. Era ancora così arrabbiata, le salivano le lacrime agli occhi quando ci pensava, ma non capiva se per la rabbia o per quella sorta di separazione che percepiva e che stava divorando tutto. Come se il loro amore si fosse di colpo spento.

Il villaggio dormiva ancora. Aria, con passo felpato, fece un giro poi si infilò nell'infermeria, sorpassando l'ubriacone che ora russava come un trombone, sdraiato al suolo in maniera innaturale, una gamba sulla cassa, le braccia a angolo, la testa reclinata, mezza appoggiata sul tendone liscio, il mento puntato sul petto.

Henry dormiva come un sasso, ma silenziosamente, Aria aveva sempre pensato che anche nel sonno mantenesse la sua eleganza. Sorrise istintivamente. La presenza dell'amico di sempre ora le riempiva il cuore.

Gli scostò i capelli biondi dagli occhi e soffiò delicatamente. Henry iniziò ad agitarsi, scansando con la mano un moscerino inesistente, poi li aprì, "Aria. Che ci fai qui?", balzò quasi seduto.

"Sei guarito eh?", disse lei, "buongiorno".

"Sono contento di vederti. Ma Will dov'è?".

"Boh. Dorme", disse distogliendo lo sguardo.

"Non avete ancora fatto pace, vero?", sbuffò lui.

"Dobbiamo parlare di questo?".

"Di buon'umore di prima mattina, come al solito, eh?".

"Sono venuta per parlarti".

Henry la osservò ancora una volta dalla testa ai piedi e ridacchiò.

"Henry".

"Scusa. È che quel vestito addosso a te... non riesco proprio ad abituarmi".

"Smettila di fare il cretino e ascoltami", riprese fiato, "abbiamo visto che Peter è uno dei candidati, ed è chiaro che i due capi non sappiano come prendere il sigillo, oltretutto vogliono farlo per un motivo ridicolo", riassunse Aria concentrata.

"Per avere il potere che ne deriva e comandare sull'altro capo".

"Che ne sai?".

"Mary".

"Già. Comunque so dove si trova. Ma non so come potremmo riuscire a raggiungerlo, visto che nessuno degli uomini di questo villaggio ci è ancora riuscito. Però... però Red e Merrick sono in accordi e ogni giorno, credo almeno, effettuano degli scambi".

"Vuoi diventare la merce di scambio?", scherzò Henry, mascherando il suo timore.

Aria sembrò pensarci, "preferirei approfittare di quel momento per entrare".

"Ma siamo troppe persone. Io, te, Will, Peter ..."

"Mary e Loren".

Henry sospirò, "sei sicura di volerle portare?".

"Loro vogliono venire. Non fare come Will ora".

"Lascia in pace il povero Will questa volta. Dico che forse non sanno cosa vogliono".

"Ma lo sai, sei riuscito a vedere com'è questo mondo? Le donne sono il nulla. Chi non vorrebbe andarsene?".

"E se non riuscissero a sopportare un qualsiasi altro mondo? D'altronde questa è casa loro".

"Henry, non voglio discutere di questo. Voglio capire come raggiungere il maledetto giardino".

Henry sospirò ancora e tornò in tema, "sarebbe utile conoscere anche Merrick, e anzi capire prima cosa i due capi sappiano realmente del sigillo".

"E cosa importa? L'importante è che ci arriviamo noi".

"Sì, questo è vero. Non riesco ancora a crederci, un giardino degli aranci anche qui".

"Già, nemmeno io ci credevo", *ed è incredibile che mi abbia dato le stesse identiche sensazioni dell'altro.*

"Ci sei Aria? Pensavo, comunque, che dovremmo sapere anche l'entità delle forze in campo, per evitare di fare errori".

"L'unico modo allora, sarebbe parlare direttamente con Red, farsi consegnare a Merrick, parlare anche con lui e poi vedere che succede".

"Mi sembra un tantino rischioso".

"Che importa? Cosa abbiamo da perdere?".

"La nostra vita", disse alzandosi in piedi.

"Quella l'abbiamo già persa da tempo", disse voltandogli le spalle.

"Aria, che ti prende", si poggiò al letto, aveva ancora i capogiri ogni tanto.

"Non so più cosa voglio", disse voltandosi di scatto.

Sospirò, "attimo di confusione".

"Sono nervosa".

"Non si vede affatto".

"Eddai, Henry".

"Ok, ok. Penso comunque che dovremmo prendere ancora un po' di tempo per decidere. E tu nel frattempo cerca di riprendere fiato", disse con una punta di preoccupazione.

"Dovremmo forse, sì. Ma non più di un altro giorno. Non resisto oltre".

"Un giorno, va bene. Ci rivediamo dopo. Spero di avere qualche idea, per quel momento".

"Lo spero anche io", gli sorrise e fece per andare.

"E prova a chiarire con Will. Non voleva dire ciò che ha detto".

"Mh", e uscì.

Non capì quanto tempo fosse passato, ma il sole era improvvisamente alto. *Il tempo in questo posto è ancora più discutibile e arbitrario. Si dilata senza nessuna regola.*

Durante la colazione Aria non aveva aperto bocca. Will continuava a fissarla e lo stesso faceva Cliff, che ogni tanto si guardava il polso guarito, chiedendosi forse come avesse fatto quella ragazzina a bruciarlo. I loro diversi sguardi la opprimevano più di qualsiasi altra cosa, ed era stata velocissima a sistemare tutto per correre tra i campi a lavorare, separata da tutti.

Solo Mary e Loren erano con lei, ma avevano capito che l'amica aveva bisogno solo di silenzio.

I lavori nei campi fuggirono veloci. Il sole si spostò rapidamente in cielo. Aria non sentì quasi la fatica, né il caldo, concentrata com'era nel distrarsi. L'unica cosa che aveva detto alle amiche era di tenersi pronte, che entro un paio di giorni sarebbero andate via di lì. Loren aveva reagito raccogliendo le mani al petto, piena di apprensione. Mary aveva iniziato a saltare sul posto, richiamando l'attenzione della moglie di Cliff, sempre all'erta.

"Ferma Mary. Sennò capiranno", le aveva detto Loren bloccandola.

Loren guardava a terra, "è ancora girata verso questa parte?".

"Non più", le rispose Mary, "insomma, hai qualche piano?".

"Non ancora. O almeno non definito. Ne riparleremo. Promesso", e si chiuse nel silenzio.

Mary non stava più nella pelle, il sorriso si allargava da una parte all'altra del viso. Loren pensava solo a sua madre, "smettila", disse Mary, "lo so a cosa stai pensando. Lascia perdere. Per lei sarà meglio così", disse coraggiosamente. Aria capì subito di cosa stavano parlando e se ne tirò fuori, non era compito suo questo. Lei doveva solamente portarle via di lì e dar loro una possibilità, *solamente*, sbuffò lei ora sempre più preoccupata.

Mary si sdraiò, poggiando la testa sulle ginocchia della sorella che prese ad accarezzarle i capelli racchiusi in una treccia. Dopo si stiracchiò, "spero accada presto", poi iniziò a giocare con una pannocchia che pendeva poco distante da lei. Il sole che si infilava tra le piante la accecava ogni volta che il vento dispettoso le scostava, liberando il passaggio.

Aria sospirò, le sorelle sembravano così serene, un perfetto quadro bucolico. Loren amava accarezzare i capelli di Mary, la rilassava. Il sorriso le era spuntato di nuovo sul viso. Mary iniziò a sbadigliare, era rilassante anche per lei. Aria pensò per un istante che le avrebbe rovinate portandole via, che forse Will aveva ragione, ma scansò il pensiero. Infilò la mano sotto la gonna e si grattò con sollievo le gambe.

Aspirò l'aria calda e profumata di erba, "dopo pranzo avrò bisogno di nuovo di una divisa", disse, pensando a quanto non vedesse l'ora di mettersi un paio di pantaloni. Si grattò con più energia le gambe.

"Va bene", rispose Mary inclinando il viso verso di lei. Loren strappò una piccola margherita gialla che era comparsa stranamente in un luogo che non le si addiceva e iniziò a fissarla, tenendola ben alta in cielo.

Non vedo l'ora di rimettermi i pantaloni, si disse nuovamente Aria, cercando ancora una volta di non pensare allo stupido vestito che indossava. Era ora di pranzo e la ragazza era corsa in magazzino per darsi una rinfrescata, prima di preparare le tavolate, sembrava già così tanto tempo che lo faceva, eppure non erano passati che pochi giorni dal loro arrivo. *Sarà colpa di questo mondo che tenta di farmi abituare ai suoi ritmi. Così come è successo a Will...,* pensò ora che si era finalmente calmata, ma ciò che aveva fatto lui, non era propriamente la stessa cosa, *il mondo, la vita di qui, può trasformare i pensieri di una persona? La sua stessa indole?*, è questo che spaventava lei, ciò che la faceva rabbrividire: quel mondo, come quello di nebbia, si nutriva e amplificava solo ciò che già era presente, non era in grado di reinventare qualcuno. Ciò che Will aveva detto in quella casa, era ciò che profondamente pensava, nascosto sotto strati e strati di altro? Doveva appartenergli quel modo di vedere le cose. Quella realtà non poteva fare più di così. Non poteva riscrivere una persona da capo per adattarla al 100% a quell'ambiente chiuso e ristretto di un secolo prima.

Però come posso saperlo con sicurezza?, si disse sciacquandosi il viso, *ogni mondo ha le sue regole. Eppure Henry mi sembra sempre lo stesso. Persino Peter è meno maschilista di quanto abbia dimostrato Will ieri...,* non riusciva a decidersi, non sapeva come perdonarlo. Continuava ad analizzare ogni singola parola, lo aveva fatto tutta la mattina, senza riuscire ad arrivare a una conclusione. E Cliff, quel gruppo di ometti viscidi e insulsi che giravano per i tavoli... l'avevano fatta impazzire di rabbia, avrebbe voluto dare una lezione a tutti, ma non l'aveva fatto, anche lei si stava uniformando? *Non succederà mai*, si ripeté per convincersi, *sono solo prudente. Ma quanto ci mettono Mary e Lor a raggiungermi?*, erano rimaste nei campi a raccogliere le pannocchie in enormi cesti di vimini, ma Lor si era sentita poco bene e si era sdraiata all'ombra. Mary aveva detto ad Aria di andare avanti e di avvertire le altre, se qualcuno avesse fatto storie, ma che comunque loro sarebbero arrivate subito. Mary era previdente, aveva una bella borraccia di cuoio, uscita da un'altra epoca, piena di acqua fresca.

Sentì dei passi dietro di lei, nel momento in cui si asciugava il volto con un asciugamano ruvido e di un grigio scuro che le fece dubitare della sua pulizia.

"Ce ne avete messo di tempo", disse. Ma era Cliff. Non aveva stranamente riconosciuto il suo passo gommoso.

"Questo non è il tuo posto", disse Aria che non si era scomposta, anche se il cuore aveva fatto un salto nel petto.

"Come mi hai fatto questo?", disse Cliff alzando il polso ancora bruciato, non era guarito.

"Magia", rispose, lanciando l'asciugamano dietro di lei e mostrando le mani vuote, come se avesse fatto un trucco magico.

"Non ti azzardare", disse lui avvicinandosi, "potrei spezzarti in due con una sola mano".

"Ripeto. Provaci, e vediamo", rispose sicura.

In quel momento Mary e Loren, insieme a Louise e a un'altra signora cicciottella e abbronzata, entrarono nel capanno, "Cliff, cosa ci fai qui? Scusa ma dovremmo cambiarci", disse Louise mostrando tutta la sua irritazione. Loren si nascose dietro al corpo della madre. Mary raggiunse l'amica che aveva preso un pettine e aveva iniziato a pettinarsi la sua coda sciolta ignorando Cliff, ciò che più faceva innervosire un uomo del genere era proprio questo, essere ignorato, far vedere che non contava nulla, che non aveva potere.

"Tu", disse Cliff puntando il dito contro Aria, "me la pagherai cara, molto presto".

"Che paura", sussurrò Aria mentre Cliff era già mezzo uscito.

"Che ti avevamo detto?", disse Mary con le mani puntate sui fianchi e l'aria arrabbiata.

"Guarda che non ho fatto proprio niente", si bagnò i capelli e se li tirò all'indietro, poi si fece una nuova coda. "È venuto lui da me".

"Ma tu non dovevi provocarlo ragazza mia, sennò finirai…", disse Louise guardando Loren, e Aria se ne accorse, che aveva fatto a Loren? "E stai attenta anche alla moglie, quella donna fa punire tutte le persone che non le piacciono", disse spolverandosi il vestito, mentre la donna grassoccia evitò qualsiasi altro commento, scuoteva la testa a ritmo guardandola come fosse spacciata. Altre donne entrarono, anche la piccola Sally che aveva un colorito ancora più smorto di quanto Aria ricordasse e un livido sul braccio sinistro, sull'avambraccio magro. Andò da lei, come calamitata, anche se non si erano mai scambiate che poche parole.

"Ciao Sally, stai bene?", disse indicando il livido per indicare altro. Si sentiva in dovere di fare qualcosa, lei che poteva, e poi doveva affogare il suo senso di colpa per il giorno prima.

"Sì, certo", sorrise convinta, dopo un attimo di sorpresa.

Come se l'avesse seguita, spuntò il tizio sdentato, "Cliff è qui?", chiese avvicinandosi a Sally, Aria si mise in mezzo, senza dare la possibilità a Sally di rispondergli, "è uscito", disse ostile, e lui se ne andò arrabbiato.
"Che cosa fai?", disse irritata Sally, "fatti gli affari tuoi".
"Ma lui…"
"Niente, non è successo niente. E poi pure se fosse, non sono affari tuoi, è nostro dovere".
Dovere? Subire una violenza dovere?, si disse, senza avere il coraggio di ripeterlo ad alta voce.
Loren si era seduta su una cassa di legno e con la testa appoggiata al muro tentava di riprendere fiato, non si capì se ancora per quel suo precedente malore o se a causa della scena appena avvenuta. Sally prese una cesta di bucato e uscì, seguita da altre donne che guardarono di traverso Aria, ora più una presenza fastidiosa, che rendeva i rapporti con gli uomini ancora peggiori di quelli che già non fossero, "ti conviene non impicciarti", disse Louise, "noi non vogliamo essere salvate".
Aria rimase imbambolata. Dopo aver visto la sera precedente ciò che era accaduto a Sally, aveva capito anche cosa poteva esser successo a Loren, non ci voleva molto ad arrivarci, e in realtà l'aveva colto da tempo, "si prende sempre tutto quello che vuole", aveva detto Loren, e lei aveva capito, ma non voleva accettarlo, perciò si era rifiutata di pensarci. Come stava facendo in quell'esatto momento.
"Aria".
"Va bene. Ora ci conviene andare a preparare", il piccolo magazzino stava diventando un forno, Aria non riusciva più a respirare, ma era realmente colpa di quelle quattro mura se si sentiva così?
Mary sembrava averle messo il muso, mentre apparecchiavano la tavola non le parlò.

***

Will e Peter erano ancora immersi nei campi a lavorare, sotto lo sguardo di Cliff o, in sua assenza, della sua squadra. Will non veniva mai perso di vista, soprattutto quella mattina. Cliff, dopo aver capito che Aria aveva qualcosa di diverso dagli altri, aveva predisposto questo controllo, come se si aspettasse che uno di loro si tradisse e gli svelasse ciò che realmente era. Non sapeva neanche lui cosa aspettarsi, ma era abbastanza furbo, o istintivo, da non lasciarsi sfuggire la possibilità, e seguirli era la cosa migliore. Anche i controlli fuori dall'infermeria erano aumentati. Henry, ormai, era in perfetta salute, a parte qualche dolore alle costole, e aveva espresso il desiderio di dare una mano, ma Cliff sapeva che aveva intenzione di riunirsi ai suoi amici e lui non poteva permetterglielo.

"Tienilo segregato", gli disse Red il pomeriggio prima, quando ancora niente di particolare era successo, "rimane la nostra garanzia. Se succederà qualcosa avremo lui da scambiare".

"Sono solo dei ragazzini", commentò Cliff, non per un qualche scrupolo, ma perché l'avere anche Henry fuori gli avrebbe permesso di maltrattare anche lui, più per farla pagare a quella ragazza che non abbassava mai la testa davanti agli altri.

"Dei ragazzini che vengono da un altro mondo. Presto li interrogheremo", continuava a passare un pezzo di stoffa sulla lama della spada con delicatezza, come fosse una parte di sé.

"Per quale ragione?".

"Non si sa mai. Potrebbero avere qualche informazione utile", disse guardando la grande costruzione a forma di spirale. Il liquido aveva guadagnato un altro bel pezzo del tubo.

"Cosa succederà se non faremo in tempo?", chiese Cliff osservando il capo assorto.

"Nulla. Il mondo si stabilizzerà, smetterà di reggersi su Merrick perché come sai…"

"È su di lui che si regge avendolo fatto lui il sacrificio", disse impaziente di dimostrare quanto fosse preparato, come uno studente a scuola.

"Anche io ho stretto il patto", aggiunse indispettito, "ho lo stesso merito", carezzò la spada.

"Tu non hai dato niente in cambio", disse stupidamente, non pensando che lo avrebbe infastidito.

"Cosa diavolo dici? Io ero lì, e sono alla pari di Merrick in questo accordo, cosa credi?".

"Sì, hai ragione. Scusami, non so a cosa pensavo".

Red aveva sfoderato del tutto la spada senza accorgersene e la faceva sfilare sotto gli occhi di Cliff che si ritrasse. La lama scintillava come se producesse luce propria.

"Anche io ho dato molto per questo posto. E non permetterò a nessuno di metterlo in dubbio", disse osservando la punta, poi scorrendo lo sguardo fino all'impugnatura. In mano sua, sembrava quasi sparire, diventando un prolungamento del suo essere.

"Io non volevo…"

"Tienili sotto controllo. Poi deciderò se parlare con Merrick stesso di questa questione. Prima voglio capire se possono essere un vantaggio per noi".

"Dovremmo aspettare che il mondo si chiuda, così saremo al sicuro. Potremo tornare insieme agli altri", disse involontariamente, pensando ai compagni chiusi nella città tecnologica dall'altro lato della foresta.

"Razza di deficiente! Cosa diavolo dici? Con quelli non abbiamo più niente a che spartire, hanno scelto un'altra strada, che non è la nostra. La chiusura del mondo senza che nessuno abbia strappato il sigillo, è una disgrazia".

"Perché non metterà fine a questa lunga battaglia?"

"Non solo, perché non si capirà così..."

"Chi è il capo".

"Lasciami parlare, deficiente", disse Red.

"Scusa. Ma se la battaglia continua che male c'è? A noi piace combattere", disse candidamente, mostrando tutto il paradosso di quella situazione.

***

"Will, tutto bene?", Peter si era accorto che Will aveva qualche preoccupazione che lo tormentava, quella mattina non aveva aperto bocca e il nuovo amico non sapeva bene come aiutarlo.

"Diciamo di sì. Scusa se non sono molto di compagnia oggi".

"Figurati. Se vuoi parlare...", disse Peter.

"Non so se puoi capirmi".

"Prova".

"Ho litigato con Aria. Lei... è diversa dalle altre", sospirò.

"L'ho notato".

"Il mondo da cui proveniamo non è come qui. La donna è indipendente, te l'ho spiegato. Lavorano, decidono di non avere figli, vivono da sole e via dicendo".

Peter ascoltava fissandolo, tentando di assimilare le informazioni per il futuro, mentre sorrideva.

"Ieri sera non so cosa mi sia successo. Aria si è vestita da soldato e come suo solito ha fatto di testa sua una cosa pericolosa, l'hai visto anche tu. Io l'ho aspettata a casa, ero così preoccupato", accolse una mano nell'altra, sospirando, "e non so cosa sia successo, un black out. Vivere qui forse mi ha fatto qualcosa, ho iniziato a dire cose che non pensavo, senza che riuscissi a fermarmi. L'ho presa con violenza per il braccio, come fanno gli uomini di qui. Come se fossi uno di voi", guardò Peter che aveva storto il naso, "non fraintendermi anche tu. Tu sei una brava persona, sono felice di averti conosciuto, ma lo sai come vanno le cose da queste parti".

"Sì, ho capito".

"Ho detto cose imperdonabili, rinnegando tutto ciò che lei è".

"Brutta storia".

"Già, dovevi vedere come mi guardava", si rattristì ancora di più, "era così delusa".

"Le passerà, lo sa che la ami".

Will sospirò.

"Sul serio, ne sono certo. Ho visto come vi guardate".

"Vi guardavate, vorrai dire".

"Su Will, avrà bisogno di tempo ma le passerà. Piuttosto inizia a pensare a qualche ragazza simile a lei da presentarmi".

"Sei sicuro di volerlo? Guarda che è tosto star loro dietro".

"Non aspetto altro. Per me i rapporti fra uomini e donne dovrebbero essere alla pari".

"È questo il bello della nostra epoca", sorrise Will. "Ti troverai proprio bene da noi", gli diede una pacca sulla spalla. Gli aveva raccontato di come passavano le giornate nel loro mondo. Dei parchi, del cinema, degli hamburger e delle patatine, della gente indaffarata che andava al lavoro. E Peter l'aveva seguito, incantato, "non vedo l'ora", continuava a ripetere sorridendo a cento denti, il viso abbronzato radioso sotto a quel casco di capelli dorati. Ma i pensieri di Will tornavano tutti ad Aria.

Quando aveva raccontato a Henry ciò che era successo, la sua reazione era stata ben diversa, "ma sei impazzito, amico? Veramente le hai detto così? Ad Aria?".

"Non girare il dito nella piaga, per favore", si era accartocciato su se stesso come un pezzo di carta, litigare con Aria l'aveva stremato, sembrava non vedere più nulla se non la sua assenza. Sentiva dentro di sé che quelle sue parole, avrebbero potuto, e forse l'avevano fatto, cambiare in peggio le cose tra loro, modificarle drasticamente. Lo aveva sentito, aveva sentito la reazione di Aria, non solo tramite le parole, ma quella che il corpo gli aveva mostrato. Quello sguardo deluso, come di un cuore spezzato. Sarebbe riuscito a sistemare le cose?

"Sicuramente non eri in te come dici. Aria è intelligente, lo capirà".

"Ho rinnegato tutto ciò che lei è".

"Lo capirà che non eri in te".

"Tu lo sai che la amo proprio per com'è".

"L'amiamo tutti per quello che è", disse Henry incrociando le braccia, con un amaro sorriso impresso in volto.

"Scusa amico".

"Dalle tempo. Le ci vuole sempre tempo. Ciò che lei non riesce a fare velocemente è digerire le cose, lo sai bene anche tu".

"Le darò del tempo. Ma vorrei spiegarmi prima".

"Per ora lasciala respirare. Sbollire. Ti conviene. Anche per evitare altri ceffoni".

Will si rilassò, "hai ragione anche su questo", i due scoppiarono a ridere.

Il tempo glielo stava dando, ma i risultati non si vedevano.

***

Pantaloni, pantaloni, canticchiava fra sé e sé mentre se li infilava. Mary era fuori dal magazzino a fare da palo. Loren la fissava con occhi persi, Aria non riusciva a capire cosa stesse pensando.

Non era una persona particolarmente complessa, anzi, si poteva dire che era un perfetto esempio del luogo in cui viveva, era una ragazza semplice, e forse proprio per questo Aria aveva difficoltà a leggerle dentro, a parte quando Cliff era nelle vicinanze, non era mai stata brava con le persone semplici, forse perché lei non lo era. Con Mary era diverso, lei sì che riusciva a capirla, avrebbe potuto essere la sua sorellina. Quando la sera prima le aveva viste in balcone a chiacchierare, mentre una pettinava l'altra le aveva invidiate e si era chiesta come sarebbe stato avere una sorella. Ormai era troppo tardi per pensarci, e poi lei nella sua realtà quanti anni avrebbe dovuto avere? Ancora non sapeva quanto tempo avessero passato nel mondo di nebbia: un anno, due, forse tre? *Potrei avere vent'anni ora*, si disse rimuginando, *ma non ha senso pensarci, non sono comunque invecchiata, non sono cambiata, né evoluta. Nessun potrei, rimango una ragazza di diciassette anni che forse ha vissuto tre anni in più, ma come se fossero un giorno solo, tutto qui.*

I pensieri furono interrotti da Loren che ora sembrava volerle dire qualcosa, era tutta piegata verso di lei, forse non voleva farsi sentire da Mary, "Aria, senti".

Aria finì di infilarsi la maglietta scura nei pantaloni, stavolta era ancora più larga, arrotolò le maniche, e si infilò un giacchetto jeans verde militare, il cappello era rosso, "Lor scusa, un cappello di un altro colore, c'è?".

"Aspetta che guardo", infilò le mani in un sacco di tela scuro e ne estrasse uno nero, "va bene anche se è sporco?".

"Non importa", lo prese e cercò di rimpicciolirne la larghezza, "stavi dicendo?".

"Sì. Io… io non so se voglio venire con te".

Aria smise di armeggiare col cappello e la guardò sorpresa, "vuoi restare qui a farti maltrattare? Ad avere paura ogni secondo della tua vita?".

"Non mi giudicare", disse seria, "non credo di poter vivere altrove. Non tutti possono, non tutti sono come te, Aria", disse con tono infastidito, la voce tremante. Serrò le labbra e non parlò più. Iniziò a inserire in quella sacca altre cose sporche che erano state lasciate in un angolo della stanza, era pomeriggio di bucato quello.

Forse sono stata troppo aggressiva, pensò Aria ferita dalle sue parole, e desiderava rimediare. Aveva capito che timori avesse l'amica, ma voleva insistere. "Ascolta Lor", lei non la smetteva, velocizzò il raccoglimento dei vestiti, spostandoli da terra a una sacca, da una sacca a un'altra sacca, freneticamente.

"Lor", si avvicinò e le prese le braccia, lei si fermò. Aria le strinse le mani, Loren stava per piangere, "non ci riesco. Io non ci riesco. Sono una vigliacca".

"Io non ti lascerò mai da sola. Né te, né Mary. Staremo insieme, tutte e tre", le disse con dolcezza.

Loren scoppiò a piangere e si afflosciò, come se avesse tenuto i muscoli in tensione per tutto il tempo e avesse bisogno di liberarsi di un immenso peso. Crollò tra le braccia di Aria che la strinse forte, tremava come un uccellino, Aria era scossa dalla sua paura, *è questo maledetto mondo che l'ha ridotta così*, pensò, e decise in quel momento che non l'avrebbe lasciata lì, a ogni costo l'avrebbe portata con sé. In quel momento entrò Mary, "avete finito? Quanto ti ci vuole a infilarti un paio di pantaloni!?", poi le vide abbracciate e fece qualche passo avanti nella stanza, "che succede?", Aria scosse lievemente la testa, Mary si avvicinò ancora, "abbraccio di gruppo?", disse col sorriso, e si gettò sopra di loro facendole quasi cadere, "razza di impiastro fai piano!", urlò Loren.

"La chiamarono kamikaze-Mary", disse Aria sorridendo.

"Kami che?", chiese Mary.

"Mary combina guai", si corresse con qualcosa di più comprensibile.

"Sei tu quella che combina guai".

"In effetti..."

"Comunque sei pronta? La gente si sta radunando".

"Sì, ci sono".

"Falli a pezzi", disse Loren come se Aria combattesse sul serio.

Aria si sorprese dell'incitamento così fuori luogo nella sua bocca. Loren scoppiò a ridere, "dovresti vedere la tua faccia".

"Divertente. Davvero divertente".

Loren le infilò i pochi capelli che erano rimasti sul collo nel cappello, "cerca di stare attenta", le sussurrò nell'orecchio.

"Ma certo". Si scambiarono uno sguardo d'intesa.

Mary era alla porta, "sbrigati".

Aria si avviò, stavolta avrebbe voluto fare di più che arrampicarsi su un muro. Sperò di averne l'occasione.

Si mescolò come meglio poté agli altri uomini, cercando di non dare nell'occhio. Aveva già preso il fucile dal cilindro e lo stringeva con determinazione. Vide gli stivali di Cliff poco più avanti, era sempre lui a comandare il gruppo, accanto a lui la sua solita squadra fidata. Ancora più avanti il posto di Red, ma oggi non c'era ancora. Aria alzò gli occhi e lo vide sul ballatoio, fissava giù stringendo l'elsa della sua spada sempre più luminosa. Aria se lo immaginò chiuso fra quelle sue quattro mura a lucidarla, non credeva facesse altro. Era un capo che non si faceva molto vivo, se non per quegli inutili discorsi. Del resto la gente era così ingenua, così... di un'altra epoca che avrebbe abboccato a qualsiasi cretinata. E creduto a qualsiasi capo. Non che Red fosse scemo, ma non era un esempio di intelligenza di sicuro, né di tattica. Aria continuava a non capire cosa avesse in mente, le battaglie ogni giorno, gli accordi sotterranei con Merrick e il tempo che avanzava velocemente. *Se vuoi il potere dovrai fare ben più di così*, pensò lei fissandolo torva.

"Avanti", urlò Red impugnando la spada e indirizzandola verso il bosco, che come al solito sembrava un mondo a parte, un luogo di pace. A Aria ricordava vagamente ciò che rappresentava nella sua mente il giardino degli aranci. Un luogo magico, vivo, che osservava sorridendo ogni movimento di quegli stupidi uomini, lasciandosi attraversare, occupare, senza interferire.

"Non permetteremo a loro di vincere. Perché siamo noi i reali cittadini e proprietari di queste terre!", urlò ancora convinto.

Aria vide con la coda dell'occhio Peter, come il giorno prima. La scena sembrava essersi replicata, ma stavolta Aria ignorò lui, e quello che gli stava vicino, di certo Will. Sul lato destro mancavano all'appello Loren e Mary, sicuramente avevano deciso di non farsi trovare lì per non metterla in agitazione e per evitare di distrarla o darle fastidio.

Il piccolo esercito marciò tra i boschi. Aria si rilassò non appena ci mise piede. Come sempre l'aria era più fresca e respirabile. Cinque file avanti c'era Cliff, si voltava ogni tanto verso la sua direzione, ma Aria si nascondeva dietro le spalle e la testa di chi la precedeva, in modo che quello non riuscisse mai a vederla.

Quando uscirono dal bosco le esplosioni iniziarono e Cliff partì all'attacco, con al seguito i suoi uomini. Ormai Aria aveva capito che direzione prendere. Corse tra gli alberi verso destra, evitando il palazzo e le mura più vicine.

Si nascose dietro un albero e aspettò la squadra di Red. Sarebbe arrivata a minuti.

"Aria", una voce familiare la chiamò, si ritrovò davanti Will, con un fucile stretto in mano.

"Cosa diavolo ci fai tu qui?".

"Volevo dare una mano", disse Will, e la pensava veramente così, si era stufato di stare a guardare, per questo aveva supplicato Peter di coprirlo, anche se Henry glielo aveva sconsigliato, "non pressare, lascia perdere".

"Ma va in battaglia, Henry!", gli aveva detto. "Tu non sei preoccupato?".

"Certo che lo sono", iniziò a tamburellare sul braccio, sospirando, "da morire. Ma lei sa quello che fa, e la devi lasciare libera di fare quello che si sente di fare".

"La lascio libera, ma vado a darle una mano".

"Questa non mi sembra una buona idea".

Ma non gli aveva dato retta. E capì in quel momento quanto Henry avesse ragione, bastava guardare lo sguardo di Aria.

"Senti, volevo solo aiutarti", disse non sapendo bene come uscirne. Niente in quel momento sembrava adeguato. Lo sguardo di lei lo aveva gettato in confusione.

"Impedendomi di venire da sola?".

"Non ti ho impedito proprio un bel niente".

"Essere qui è un impedimento".

"Sono diventato un impedimento quindi?".

Aria sospirò nervosa, "senti, non posso distrarmi ora, sto aspettando qualcosa".

"La squadra, lo so. Posso coprirti le spalle mentre ti avvicini", disse lui, anche se avrebbe voluto sostituirla.

"Va bene. Ma…", e la squadra incappucciata passò a pochi metri da loro. Aria si abbassò, lo stesso fece Will. Arrivarono al muro, come il giorno prima sfilarono di lato, nascondendosi, tranne uno, la porta si spalancò nello stesso attimo, e uscì fuori Merrick.

Quell'uno rimasto si tolse il cappuccio. Red e Merrick iniziarono a parlare, mentre tutt'intorno si alzava la polvere dovuta agli spari. Alla loro sinistra, di fronte all'edificio, le persone crollavano come mosche, Aria cercò Cliff senza trovarlo, come il giorno prima forse si era tirato indietro, aspettando che la battaglia si concludesse.

Come un film già visto arrivò il carretto e i due uomini. Merrick lo lasciò passare. Red salutò e sparì tra gli alberi con gli altri due. Intanto la squadra si era dispersa, forse tentava di passare dall'altra parte del muro cercando un altro ingresso. Tutto sembrava così stupido ad Aria, quel ripetersi, inutile. Provò una profonda angoscia, anche lei del resto aveva sempre ripetuto lo stesso giorno nel mondo di nebbia, era stupida quanto loro.

"Cosa fa?", disse Will. Aria si era dimenticata di lui, tornò a guardare Merrick e capì cosa intendesse.

Merrick era immobile, poco oltre la soglia e fissava nel bosco, proprio verso la sua direzione. Aria si alzò in piedi, "che fai?", disse Will, la prese per il braccio quando tentò di fare un passò avanti, ma lei lo scacciò, gli occhi fissi su Merrick, di colpo non riusciva a guardare altro. Perché sapeva che stava cercando lei.

Aria passò tra gli alberi e si fermò quasi all'uscita, in linea retta con Merrick. I due si guardarono intensamente.

Merrick che teneva le braccia dietro la schiena, le sciolse lungo i fianchi. Aria lasciò cadere il fucile, senza lasciarlo del tutto.

Aria non riusciva a pensare a altro, aveva sentito solo di dover rispondere a quello sguardo. Era così freddo, vuoto, persino sofferto. Non capì perché se ne sentisse attratta. La chiave sulla mano iniziò a bruciare, strinse il palmo forte, mordendosi un labbro.

Sentì di colpo la voce della vecchia, "dove vuoi andare? Sei perduta ragazza, sei perduta".

"Aria", disse Will vedendola imbambolata, la scosse prendendola per le spalle. Merrick fece due passi indietro e la porta si richiuse. Aria tornò in sé e sorrise, *perduta?*, pensò rispondendo per la prima volta alla voce a cui ormai stava facendo l'abitudine.

"Aria", urlò Will e cercò di tirarla indietro.

"Che c'è", poi capì. Cliff era a cinque, sei metri da loro, immobile, e li fissava con un sorriso inquietante ma pieno di soddisfazione. Erano stati colti sul fatto.

Aria e Will sparirono nel bosco, nascondendosi dietro un tronco. "Ci ha visti", disse Will, senza perdere la calma, "non lasciarlo più", le ridiede il fucile.

"Ci aveva già visti".

"Che intendi?".

"Lo sapeva benissimo che eravamo qui. Ieri mi ha vista, ne sono certa".

"E allora a che gioco sta giocando?".

"Sta aspettando qualcosa. Forse che riveliamo le nostre intenzioni".

"Avrà qualcosa da riportare al suo capo oggi. Spero solo che non facciano nulla a Peter, o a noi".

"Non credo che sia ancora il tempo".

"Ma cosa aspettano?".

"Hai visto il loro scambio, no? Aspettano un cambiamento, senza esserne protagonisti".

"È impossibile sorpassare il muro".

"Mi dovrei proporre, dire che so come prendere il sigillo. Così riusciremo sul serio a raggiungere il giardino".

"No, non dire idiozie. Dobbiamo capire se Peter conosce un modo per entrare".

Poi la porta da cui era passato Merrick si aprì di colpo. "Hai visto?", disse Aria, e calamitata uscì dal bosco, andando incontro al muro.

"Aspetta!", urlò Will e la seguì, raccogliendo il fucile che Aria aveva lasciato di nuovo a terra. Cliff era sparito.

Aria sorpassò la porta, seguito da Will, e subito si ritrovò immersa, come per magia, nella città. Era identica a quella che avevano lasciato. Edifici, strade, negozi. Non riuscirono a capire come fossero stati in grado di raccogliere una città di quelle dimensioni in quello che sembrava un così misero spazio, guardandolo al di fuori del muro almeno. I rumori degli spari non si riuscivano a sentire, guardarono in alto, una cupola trasparente copriva l'intera città, terminando a ridosso dell'edificio e poco prima del muro.

"Ecco", disse Aria.

"Loro hanno la cupola, così come il villaggio ha il bosco a proteggerli", disse Will.

I due sentirono rumori di passi, e si nascosero dietro un edificio dall'aria imponente. Era solo un bambino con un cane di piccola taglia. Quella parte della città sembrava deserta.

"Ma è Merrick il capo di questo mondo, Will. L'ho sentito indistintamente. È lui ad aver stretto l'accordo. È lui ad aver perso qualcosa".

"Mi spieghi cosa è successo prima?".

"Te lo spiegherò io, se me ne darai l'occasione", disse una voce alle loro spalle, era Merrick in persona.

Capitolo 13

"Sei pronto".
"Sei pronto".
"Sei pronto".
Le parole rimbombavano in testa assordandomi. Non sapevo più se stavo sognando o se ero sveglio. Poi sentii la voce di Lucas, non era reale.
"Marcus", disse. Ma io scappai via, non avevo più bisogno di lui, era lei che cercavo.
"Dove sei", urlavo debolmente, "so che sei qui. Esci fuori", inciampai e caddi ma mi rialzai subito, l'erba era bagnata di rugiada e fresca, staccai alcuni fili e me li poggiai sulle labbra, avevo tremendamente sete, chissà da quanto tempo vagavo in quel luogo. Alcuni passi dietro di me.
L'immagine di un Lucas più vecchio di almeno dieci anni si mise a fuoco lentamente. Mi guardai intorno, come se mi fossi svegliato da un brutto sogno. Intorno a me solo alberi; ero immerso in un bosco verde, dai tronchi alti. Mi sembrò di essere riuscito a rendermene conto solo in quel momento.
Lucas indossava il mio braccialetto, questo mi fece abbozzare un sorriso, ma ero ancora arrabbiato con lui, "vai via".Mi guardava come fossi un alieno, "cosa stai facendo qui? Ti ho cercato così tanto", disse col fiatone. Sembrava veramente invecchiato, osservai le rughe che gli scavavano il viso, era più magro e più stanco, la luce che aveva da ragazzo era andata perduta.
"Vai via", dissi con difficoltà, non riuscivo ad articolare bene le parole. Ero confuso.
"Ricordi perché sei qui?".
"La donna", dissi a fatica.
Lucas si stropicciò il volto, affaticato. Sembrava voler dire qualcosa ma non sapeva come. "Ascolta, ascoltami. Ho pensato tante volte a cosa ti avrei detto se fossi riuscito a rincontrarti. Ma ora che sei davanti a me non trovo le parole", mi guardò confuso, spezzato, con un'intensità che mi

immobilizzò, "non è colpa tua quello che è successo", prese fiato, "è stato solo un incidente e…"

"Che dici?", di cosa stava parlando? Non riuscivo a capirlo.

"Marcus".

"Sono qui per trovare lei".

Lucas abbassò gli occhi stanchi e sospirò.

Iniziai a provare un forte dubbio, poi mi resi conto che stringevo qualcosa, era un coltello, il sangue era ancora nitido sulla lama, "cos'è questo?", balbettai.

"Calmo", disse provando ad avvicinarsi.

"Fermo", dissi impaurito. Lucas si fermò. "Cosa ho fatto?". Lucas mi fissò pieno di pietà, con quel viso invecchiato e quei movimenti lenti e calibrati, e io volevo solo sparire.

"Marcus, ascoltami. Quanti anni pensi di avere ora? Dove ti trovi?".

Ci ragionai su, mi sentivo i miei soliti ventuno anni, giorno in più, giorno in meno. Lucas mi stava distraendo, la voce della donna mi arrivò alle orecchie, "vieni", "dove sei?", urlai.

"Smettila di cercarla, ascolta la mia voce Marcus, non la sua".

"Non voglio", dissi. La mia coscienza sembrava restringersi e dilatarsi, mi voleva strappare da quel luogo.

Qualcosa mi assillava, ancora con quel coltello in mano mi tastai la testa, era ferita. Gli alberi intorno si confusero, un'altra voce mi urlò dentro, "colpa tua", diceva mio padre, "solo colpa tua, se non fossi nato…", e un grido di dolore. Un gocciolio insistente nella mia mente, guardai il coltello, il sangue colava giù.

"Lucas", chiamai impaurito, "Lucas dove sei", intorno non vedevo nulla, solo verde, e sangue, e ancora verde.

"Sono qui". Nessuno dei due si era mosso.

Strinsi il pendente a forma di luna, ora sporco di terra secca, e sperai che tutto quello non fosse reale, "l'ho fatto?".

Lucas sapeva a cosa mi riferivo, fece qualche passo avanti.

"Non muoverti".

Lucas si bloccò a mani alzate.

"L'ho fatto", dissi rispondendo da solo alla mia domanda.

"Sì", rispose Lucas con voce incerta. "E sei sparito. Sapevo che vagavi per questi boschi. Ti ho inseguito quando è successo. Mi avevi telefonato. Ma quando siamo finiti qui ti ho perso…"

Cercai di articolare le parole, la mente si annebbiò e di colpo si schiarì, lasciandomi solo di fronte ai fatti. "Ho ucciso mio padre".

"È passato tanto tempo".

"E anche mia sorella".

"No, Marcus, che dici. Tuo padre poi, è stato un incidente".

"Ho ucciso mio padre", continuavo a ripetere, il cuore chiuso in una morsa, non avevo più famiglia, non mi era rimasto nessuno.

"Marcus, torniamo indietro, io e te".

"Lasciami in pace. Non mi è rimasto nessuno. Sono... solo", e nel dirlo sentii quanto quella frase fosse vera, mi strinsi il petto fino a piegarmi, ebbi per un momento le vertigini, ma rimasi in piedi, non meritavo riposo.

"Ci sono io".

"Ho solo lei", diedi le spalle a Lucas e la cercai tra gli alberi.

"No, no. Lei ti mente. Marcus, ascolta me. Io non ti mentirò".

"Davvero? Come quando mi hai allontanato dalla tua famiglia e da te dicendo che eri impegnato?".

"Mi dispiace", disse con voce strozzata.

Mi sentivo così stanco, come se non dormissi da giorni, da mesi. "Ho ucciso mio padre. E tu dov'eri?", dissi senza riuscire a urlare, le parole sembravano morirmi in gola.

"Ti ho cercato per tutti questi anni. Non ho mai smesso", disse Lucas allargando le braccia per affermare quanto fosse sincero.

"Che dici?", un dubbio si insinuò dentro di me, come una lama tra le mie carni. Guardai il coltello, il sangue era secco, nero, la lama incrostata. E la mia mano piena di lievi grinze.

"Cosa sta succedendo, Lucas?", dissi spaventato, lanciai il coltello a terra e indietreggiai fino a toccare un tronco duro.

Lucas si avvicinò.

"Hai detto che non mi avresti mentito", dissi toccando con i palmi la corteccia scavata, il respiro aumentò fino quasi a strozzarmi.

Lucas abbassò gli occhi, poi li rialzò deciso, "D'accordo".

"Perché sei così vecchio?", solo in quel momento mi venne di chiederlo, era l'unico pensiero, "perché è così vecchio. Perché è così vecchio", era la chiave di tutto, eppure non riuscivo a ragionare.

"Io, oggi, ho trentasei anni..."

"Cosa?", non capivo.

"Sono... undici anni che ti cerco", riuscì a dire, con la mano destra alzata. Prese fiato.

"No... no... bugiardo", un'ondata di panico, lasciai il tronco e corsi tra gli alberi, "dove sei? Dove sei?", la vidi poco distante, i capelli biondi che risplendevano illuminati da un cono di sole.

"Marcus!", urlò Lucas che ancora non mi lasciava in pace.

"Vieni", disse, e non scappò via.

La raggiunsi, lei si voltò e tutto si fece nebbia.

Sembrava una stanza dal pavimento perlato, la nebbia si diradò. Sulla parete che avevo di fronte un lungo specchio.

"Marcus, dove siamo", disse lui pensando forse che l'avessi trascinato in qualche incubo.

La donna comparve a pochi passi da noi coperta da un velo che la nascondeva, "benvenuti".

Lucas indietreggiò. Io provai a avvicinarmi ma lei mi bloccò. "Non puoi toccarmi, così ridotto".

Non capii.

Poi iniziò a parlare, "Marcus, è da tanto che volevo incontrarti di persona". Tentai di avvicinarmi.

"Fermo dove sei. Non puoi toccarmi te l'ho detto. Guardati", mi indicò lo specchio.

Mi voltai verso lo specchio, "no", la voce mi uscì come un sussurro, ma chi era quell'uomo allo specchio? Ero io?

"Sì".

Un'immagine di una persona che non conoscevo, che aveva i miei vaghi tratti, era sporco di terra e fango, i vestiti strappati, ancora quel coltello in mano.

"Hai ucciso tua sorella. Hai ucciso tuo padre e ora non hai nessun posto dove andare".

"Non darle retta", disse Lucas sempre più piegato verso il terreno come se avesse difficoltà a stare in piedi.

Sentii che aveva ragione. Lucas aveva trentasei anni, e io trentuno, avevo perso gli ultimi undici anni della mia vita, e forse anche tutti quelli prima. Non ricordavo nulla di quel lasso di tempo, tutto il resto era solo confusione.

Come se mi leggesse dentro la donna disse, "hai ucciso tuo padre e vagato nei boschi, seguendo il tempo della tua coscienza, ti sei perso ma ti ho ritrovato e riportato qui".

"Tu non hai fatto proprio niente, vattene via", disse Lucas impaurito.

Quella continuò, "ora puoi vivere di nuovo. Liberarti di tutta la tua sofferenza. Posso darti un mondo senza dolore, un mondo senza incubi, un mondo in cui tu dominerai gli incubi".

"Non l'ascoltare", disse Lucas, eppure non con molta convinzione. Io invece lo ero, lei capì che ormai non sarei tornato indietro.

"Sento il dubbio nel tuo cuore, mio adorato Marcus. Ma ascoltami, io ti ho seguito, ti sono stata vicino. Lucas no, lui ti ha abbandonato".

Lucas sembrava ancora più vecchio, prostrato a terra, la bocca cucita.

"Non posso più tornare indietro", mormorai.

"Vieni?", disse allungando la mano che sorpassò il velo, la sua pelle era candida e profumava di gelsomino. Stringeva una margherita gialla. La presi.

E tutto cambiò, ancora una volta. Ci trovammo su una terra desolata, "dobbiamo stringere un patto", disse la donna nascosta dietro al velo. Lucas si guardò intorno impaurito, senza riuscire a parlare.
Una nube nera sembrava sorridere in una casetta alle spalle della donna, ma non me ne importò, volevo solo firmare.
La margherita si trasformò in penna e un foglio comparve al posto del coltello.
"Dovrai cedere qualcosa di te per avere il mondo che vuoi. L'unico posto in cui finalmente potrai vivere, libero come non lo sei mai stato. E non sarai da solo. Ci sono tante persone come te che verranno trasportate in quel luogo in cui tu avrai il dominio indiscusso. Accetti?".
"Sì", dissi senza pensare, del dominio non mi interessava, volevo solo stare bene e cercare un posto che andasse bene per me, in quello dove ero nato non potevo più stare, non potevo, non mi rimaneva niente, ero stanco di soffrire. Serrai le labbra. Firmai il foglio e una mano sbucò da dietro il velo che cadde rapidamente a terra. Una vecchia dai lunghi capelli argentei mi fissava compiaciuta mentre una risata invase l'aria, non ebbi il tempo di pensare che la donna dai lunghi capelli biondi non esisteva e non era mai esistita, che forse era stato tutto un imbroglio, che avrei dovuto dar retta a Lucas. Ormai era troppo tardi. In una mano stringeva il foglio, nell'altra qualcos'altro. Era il mio cuore. Percepii ogni tormento dissolversi. Mi sentivo più leggero. Era una strana sensazione, ero uno eppure multiplo. Come se ogni parte di me si fosse trovata un altro corpo. Mi sentivo davvero leggero.
Lucas era a terra svenuto, chissà da quanto. Mi voltai a guardarlo, non provavo nulla. Davanti solo il bosco sommerso dalla nebbia, una porta si aprì di fronte a me e io volevo solo attraversarla e lasciarmi tutto alle spalle.
Lucas riaprì gli occhi e mi fissò impaurito.
"Vieni?", gli dissi, aggrappandomi all'ultimo brandello di sentimento rimasto.
Lui scosse dolorosamente la testa, "Marcus, ti prego. Torniamo indietro, io e te".
Poi spalancò gli occhi e osservò le cinque parti di me.
"Troppo tardi... Troppo tardi". Sorpassai la soglia.

Capitolo 14

"Torniamo indietro Marcus, io e te", ripeté di nuovo Lucas.

I Cinque rimasero in silenzio. Nessuno di loro si era aspettato questa richiesta da lui. Ormai non più. Tutto era andato così oltre. Era passato così tanto tempo... i Cinque studiarono Lucas con attenzione, cercando di spogliarlo dagli anni. Lui era lì sotto, da qualche parte. Così come pensava Lucas di Marcus. Anche lui era da qualche parte, nascosto, forse sarebbe bastato solo riaccendere un qualche sentimento in lui.

"Sono passati altri dieci anni".

"Dieci?", disse il Primo come se avesse perso la cognizione del tempo.

"Hai quarantuno anni. Io quarantasei", disse Lucas abbozzando un sorriso, era come ai vecchi tempi, quando lo inseguiva nei suoi sbalzi cercando di tenerlo a terra. Ai tempi ciò che accadeva lo terrorizzava, ma oggi, lì, era un dolce ricordo anche quello, soprattutto posto a confronto con ciò che era diventato. Nascosto da quel mantello come faceva a ritrovare il suo vecchio amico? Avrebbe voluto guardarlo negli occhi.

"Quarantuno...", disse il Terzo, tutti e Cinque sospirarono.

"Qui l'età non ha nessuna importanza", disse il Secondo in uno scatto d'ira.

"È importante, per noi", rispose Lucas toccandosi il petto. Isaac e Wade si scambiavano occhiate perplesse, non erano convinti che Lucas sarebbe riuscito a trascinarlo dalla loro parte.

"Vedi di piantarla", aggiunse sempre il Secondo.

"Ascoltami Marcus".

"La vuoi smettere? Chi diavolo è Marcus? Marcus non esiste più", era ancora il Secondo. Gli altri non sembravano così convinti. Lucas li guardò uno a uno.

"Marcus, te lo ricordi questo?", Lucas allungò il polso verso di loro e i Cinque rimasero senza parole. Il Primo, che teneva le braccia incrociate sul petto, le sciolse lungo i fianchi, persino il Secondo tacque.

"Ce l'hai ancora", sussurrò il Terzo osservando il piccolo ciondolo a forma di sole.

"Certo, siamo amici".

"Smettila!", urlò il Secondo, "questo non cambia niente! Tu mi hai abbandonato!".

"Non hai scelto me", disse il Primo.

"Troppo tardi", aggiunse il Quarto.

"Non è mai troppo tardi. I nostri figli sanno come andare via di qui", sperò di non aver sbagliato a nominarli. Wade rizzò la schiena preoccupato.

"E noi troveremo quella vecchia e romperemo il patto. Io e te ce ne torneremo indietro e inizieremo tutto da capo. Ti aiuterò io, Marcus, te lo giuro", disse pieno di sentimento.

I Cinque si guardarono tra loro, agitati, confusi, il Secondo stringeva le mani guantate a pugno, era il più ostile, il più rabbioso. Lui era tutta la rabbia di Marcus, fece un passo avanti agitandosi sul posto, voltandosi verso di loro, poi verso la vetrata, ora puntava l'indice contro Lucas che non smetteva di fissarlo, "non sto mentendo".

"Stai zitto!", urlò il Secondo, mentre gli altri si continuavano a guarda confusi, spinse un tasto sul muro e due uomini comparvero dopo pochi secondi alla porta, "ordini".

Il Secondo parlò con voce gelida, "uccideteli. Uccideteli subito".

***

Nel trovarsi davanti Merrick, Will fece un salto indietro e puntò il fucile contro di lui, con quello di Aria ancora appeso alla spalla. La ragazza si voltò poco sorpresa.

"Benvenuti", disse gelido, lo sguardo fisso su Aria, le braccia nascoste dietro la schiena.

Aria lo scrutò a fondo, "grazie", rispose poi, "abbassa quel fucile" disse a Will.

"Aria", chiamò Will in allarme, quell'uomo gli metteva i brividi, osservandolo da vicino colse una somiglianza, sembrava Chaplin nel grande dittatore, non che apparisse comico, solo… una specie di copia di Hitler, un'imitazione, come Chaplin, più spaventosa certamente, molto più spaventosa. Rabbrividì.

"Tranquillo", disse, poggiò una mano sulla canna e la fece sfilare verso il basso. Will fissò confuso prima Aria, poi Merrick, senza capire.

"Sì, tranquillo. Dai retta alla ragazza, non voglio farvi del male. L'hai percepito, non è così? Deve essere la tua chiave".

"Che ne sai della chiave", disse Will.

Aria abbozzò un sorriso che mostrava un che di ammirazione, "già, deve essere proprio così", allungò la mano con la chiave verso la sua e lui la strinse, chiuse poi le palpebre e serrò le piccole labbra nascoste dai baffi.

Quanto sono fredde le sue mani, pensò Aria rabbrividendo, ma doveva tener duro.

Will rimase imbambolato, non sapendo bene cosa fare.

Merrick sciolse la presa e imboccò il largo viale, "seguitemi", disse.

"Cosa è successo?", disse Will.

Aria scrollò le spalle, era chiaro che non voleva rispondere.

"D'ora in poi le cose andranno sempre così?", chiese ancora lui tra l'arrabbiato e l'esasperato.

Aria non poteva spiegare ciò che era successo, come era sicuro che non ci sarebbe riuscito Merrick, nonostante avesse detto poco prima che l'avrebbe fatto.

"Non è importante", rispose lei, "guardati intorno piuttosto".

Il viale che avevano imboccato assomigliava proprio a una strada della loro città, negozi, e persino macchine. Somigliava alla loro città, era vero, ma era imprecisa.

"Ma come...", Will era a bocca aperta.

"Questo mondo genera tutto quello che serve, ma non costruisce nulla".

"Fra voi ci sono uomini di altre epoche quindi", disse Aria come fosse un dato di fatto.

"È esatto".

Will iniziò a rimuginare, Merrick viene dall'Ottocento, si è stabilito qui, il mondo ha generato ciò di cui avevano bisogno, altre persone di altre epoche si sono unite, ma come? Come accadeva da noi? E per quale motivo? Comunque sono arrivate qui e insieme hanno costruito questa piccola città moderna. Ma non desiderava solo un piccolo villaggio rurale?

"All'inizio forse. Ma la magia della modernità mi ha catturato. Mentre Red non fa altro che venirmi contro".

Will si bloccò, "come diavolo hai fatto?".

Merrick emise un suono gutturale che doveva essere una specie di risata. Aria sembrava non ascoltare, guardava in cielo la cupola che a tratti veniva invasa dal sole rivelandosi.

"Ti piace?", chiese Merrick camminando lentamente.

"Sì. Questa città poi somiglia molto a quella che abbiamo lasciato", incrociarono ragazzi sugli skateboard, e passarono di fronte a una scuola che proprio in quel momento stava lasciando liberi i suoi prigionieri. Le urla dei ragazzi e le risate, unite al suono della campanella, resero Aria malinconica, persino Will si fermò a pensare con un mezzo sorriso in volto.

"Non so come Red mi abbia descritto. Ma io combatto contro di loro solo per difendermi".

"E che bisogno ci sarebbe? C'è la cupola", disse Will, stavolta a alta voce.

"È vero, ma loro non lo sanno. Noi difendiamo la stessa cupola dai loro attacchi. Red è impazzito. Vuole raggiungere il giardino", alzò gli occhi verso la piccola cupola in cima all'edificio gemello dell'ingresso, che aveva già catturato l'attenzione di Aria, le sembrava di sentirlo, il profumo degli aranci.

Will stavolta non aprì bocca, ormai era chiaro che quell'uomo sapesse molte più cose di quanto potesse immaginare. Guardò Aria che non sembrava sorpresa.

"Non stai cercando il sigillo".

"No".

"Né la chiave".

"No. Sono il presidente di questa piccola città, che altro vorrei volere? ", disse impassibile. Aria osservò la pelle pallida, solo in quel momento si accorse che sulle guance, sulla fronte, sul mento, persino sulle mani che teneva racchiuse dietro la schiena, aveva una leggera tela di capillari scoppiati. Mentre le sue palpebre non battevano mai, come se fosse un cadavere che cammina, pensò Aria, quasi aspettandosi che rispondesse lui stesso.

"È come se lo fossi", continuò a guardare dritto. "Il patto è questo che fa, svuota di ogni sentimento, rende liberi", disse lui. Will stringeva ancora il suo fucile, l'altro lo portava sempre a tracolla. Camminava un passo indietro per osservare la situazione, lui non si fidava, nonostante Aria fosse così tranquilla. Già cercava di calcolare come uscire di lì. Osservò il giardino, che si stagliava nel cielo, e si chiese come raggiungerlo con Peter. Poi smise di rifletterci, Merrick si era voltato a guardarlo con uno strano sorriso in volto. Mi avrà sentito? Maledizione, devo stare zitto.

"È un bel posto in cui vivere", disse Merrick per cambiare discorso. "Ne convieni?".

"Sì. Ma niente è come la terra a cui si appartiene".

"Sono d'accordo. Per questo vorrei che prendessi la chiave".

"Vuoi tornare a casa?".

"Non amo la guerra. E questo posto… non è casa come hai detto".

"Non è sicuro che ricapiterai nella tua epoca".

"Andrà bene comunque, purché sia la mia terra".

"Strano", si intromise Will, "che la gente del villaggio ti descriva al contrario di come sei".

"Will…"

"Sembri serio, pacifico, gentile, una persona che tiene solo alla sua gente e che non ama la guerra. Insomma, realmente il contrario di come vieni descritto. Dimmi, perché lo farebbero?".

"Perché hanno paura del cambiamento. Io sono venuto qui con le intenzioni di creare un piccolo mondo basato sull'agricoltura, in cui il cambiamento non potesse entrare e scuoterlo. Poi mi sono reso conto che il cambiamento è necessario e che porta, il più delle volte, dei miglioramenti. Così eccoci qui. Non so da quanto sono qui, ma ho costruito qualcosa di valido e voglio proteggerlo, prima di tutto. E se questo vorrà dire far prendere a voi la chiave... beh, mi va bene. Porterò la mia gente a casa. E se non riuscirete a prenderla, non fa niente. Ma avrò comunque ottenuto qualcosa, la protezione della cupola".

"Ovvero?", chiese Will mentre Aria osservava distratta una vetrina.

"Qui entrate in gioco voi", si ritrovarono di colpo sotto all'alto edificio, sembravano aver saltato metri e metri di strada. Will si voltò indietro sorpreso.

"Aria, ho un patto da proporvi".

Aria lo osservò come se non stesse aspettando altro, sapeva che quel momento sarebbe arrivato ma non lo aveva affrettato. "Sapevi che saremmo venuti. Ci stavi aspettando", sussurrò lei.

Merrick annuì. Per questo prendeva tempo, pensò Will, profondamente sorpreso.

"Vi chiedo una cosa, e in cambio vi lascerò libero accesso al giardino, a voi e a chi vorrete".

"Cosa vuoi?", disse ostile.

"Ragazzo, lascia stare il fucile. Non siamo in guerra".

Will si rese conto di averlo imbracciato.

"Will, vuoi piantarla?", lo guardò fisso come per dire, "so quello che faccio".

"Ti ascolto", disse la ragazza.

"La spada di Red, in cambio del giardino".

Aria mise in ordine le informazioni, e sorrise. Come se l'avesse sempre saputo che sarebbe stato quello il prezzo, "la spada".

Merrick non rispose, ma annuì rigido.

"A cosa ti serve la spada?", Will aveva uno sguardo sospettoso che cercava di mascherare.

"Senza quella spada Red non avrà il potere di distruggere ciò che ho costruito", una mamma con un bambino incrociò Merrick e fece un mezzo inchino. L'uomo tirò fuori dalla tasca un lecca lecca e lo allungò impassibile al bambino che dopo un primo momento di paura gli sorrise.

"E tu vuoi la spada di Red ma non il sigillo?", chiese ancora Will.

"Non mi interessa. Voglio solo neutralizzare la minaccia. La barriera sta cedendo. E io inizio a essere stanco", prese fiato.

"C'è solo un'altra indicazione che dovrete seguire. Una sola persona può prenderla".

Ecco, l'inganno, pensò Will. "Aria...", disse lui come a convincerla a lasciar stare. Ma Aria voleva ascoltare.

"Chi".

"Solo la discendenza di sangue".

"Suo figlio", non fece altre domande.

Will si tese. Peter avrebbe mai accettato? Maledizione, pensò.

"Affare fatto", disse Aria allungando la mano, "ti porterò la spada e verrò insieme ai miei amici".

"Io vi prometto che vi porterò al giardino e vi lascerò fare ciò che riterrete giusto", le strinse la mano.

"No, aspetta Aria. Non so se Peter …", non fece in tempo a protestare.

Merrick chiuse gli occhi e riprese fiato. Poi tornò a fissarla impassibile.

In un attimo il palazzo scomparve dal loro campo visivo e si ritrovarono fuori dalle mura.

Aria si guardò intorno sorpresa, Will più di lei, poi camminò sicura fino al bosco, in un punto in cui nessuno, dal muro, poteva vederla. Le esplosioni erano ancora in corso. Aria si accasciò a terra. Respirava a fatica, come se avesse il cuore in gola, e sudava.

Will lasciò andare i fucili e si inginocchiò accanto a lei, "stai bene?".

Annuì velocemente, poi si alzò in piedi, "è stato faticoso. Molto faticoso. Quell'uomo… succhia l'energia e non ho capito se sa di farlo".

"Legge anche nel pensiero, non è così? E… ci aspettava. Mi vengono i brividi".

Lei annuì di nuovo, "sapeva del nostro arrivo, sì", si chiuse qualche secondo nel silenzio, "sembra molto sensibile a tutto ciò che ha intorno, è una sorta di veggente. Percepisce emozioni e sentimenti. Me ne sono accorta subito, quando ho incrociato il suo sguardo per la prima volta", le goccioline di sudore si asciugarono sulla sua fronte.

"Eri attratta dal suo sguardo", aggiunse Will.

"Perché è un uomo interessante. Davvero interessante. E ci sa fare", sorrise compiaciuta.

"Credi a ciò che ha detto?".

"Così come lui è riuscito a leggere me, nonostante gli sforzi che ho fatto per tenerlo fuori, così io ho letto lui".

Will pensò che fossero entrati in una sorta di sintonia misteriosa, sono stati collegati. Camminavano allo stesso passo, con la stessa estrema lentezza, come se fossero diventati di colpo una cosa sola. Solo ora era riuscito a realizzarlo. Il ricordo era così inquietante che rabbrividì.

"Vuole la spada. E ci porterà nel giardino, di sicuro. Ma forse vuole fare anche altro".

"Temevo ti avesse convinta".

"Mi offendi. Pensi che io sia cretina? Ah no, scusa. Sono solo una stupida donna, il sesso debole, inferiore. Non è così?", strappò il fucile dalla sua spalla ricordandosi tutto ciò che per un momento aveva dimenticato.

Will allargò le braccia esasperato, "ancora? Hai intenzione di rinfacciarmelo per tutta la vita? Ti ho già detto…"

Ma Aria stava già sparendo tra gli alberi. Gli spari erano appena finiti. Dovevano rimescolarsi agli altri. I due corsero vicino al distrutto edificio e si sedettero, proprio mentre alcuni uomini intorno a loro si stavano risvegliando lentamente.

Aria pensò a Merrick e a quanto sembrasse uno di quei cadaveri viventi, nel momento del risveglio. Gelidi, pallidi e inquietanti. Con un velo di opaca freddezza nello sguardo. Pensò ai movimenti secchi di quell'uomo che non lo sembrava più neanche lontanamente, nonostante si sforzasse. Forse era solo un vago ricordo dell'uomo che era, a guidare i suoi movimenti.

Cosa avrà dato lui in cambio?, si chiese, cosa gli avrà portato via la vecchia?, ne aveva una più che vaga idea, la scansava perché non era possibile, ma forse tutto in quei mondi lo era.

Aria e Will, per non dare nell'occhio, si separarono, mescolandosi nel gruppo che stava lentamente ritornando indietro. Aria aveva visto Cliff subito, era in cima alla collinetta di terra smossa da una bomba e la stava cercando, ne era sicura. Incrociarono lo sguardo, Aria lo abbassò nascondendo il viso all'ombra del cappello, "è inutile, lo sa", si chiedeva per quale motivo non avesse fatto nulla, andarle incontro, smascherarla, dirlo al capo, o rinchiuderla insieme a Henry.

Si aspettava una sua mossa quanto prima.

Will le lanciava occhiate intermittenti, si stavano muovendo sulla stessa linea, ma Aria era così persa nei suoi pensieri da non accorgersi di niente. Strinse il fucile e rifletté sulla proposta di Merrick, ha di certo altro in mente, ma prenderò quella spada, si disse convinta.

Osservò poi il bosco, il vento sussurrava tra i rami degli alberi, sembrava bisbigliare, mai come in quel momento percepì i movimenti di quel luogo magico. Se si concentrava poteva sentire gli alberi respirare. I bisbigli si facevano sempre più forti, man mano che aumentava il vento. Nessuno sembrava accorgersene. Aria avrebbe voluto saper interpretare quella voce, e nello stesso momento in cui lo pensò, la chioma sotto cui stava passando lasciò cadere una pioggia di foglie rossastre.

La ragazza alzò gli occhi incantata, con le mani rivolte verso l'alto. Una foglia rosso vivo si appiccicò sul palmo della chiave. Aria la tolse e vide che aveva lasciato una scia rossa che ora colorava la linea del disegno. Aveva un brutto presentimento, si accorse solo allora che aveva smesso di respirare.

Pensò che il bosco la volesse avvertire di qualcosa. Ma poteva un bosco parlare? Se era come il giardino degli aranci, allora sì. Poteva.

Un uomo le diede una spallata, "allora ti muovi?".

Lei riprese a camminare, ora più inquieta di prima. Il bosco voleva forse dire che il piano di rubare la spada sarebbe finito male?

Ma non c'erano alternative. Sapeva che Merrick le avrebbe impedito di raggiungere il giardino e anche con grande facilità, se non si fosse presentata con la spada. Aveva sentito la sua forza e, in un certo senso, quel mondo sotto la cupola sembrava elastico, solo un giocattolo tra le sue mani. È questo ciò che aveva percepito: quel posto rispondeva ai suoi movimenti come se fosse il suo stesso corpo. Poteva muovere le pedine, trasportarli in un attimo dalla parte opposta, come se modificasse oltre al luogo anche il tempo. Forse si era sforzato persino di farle percepire queste sue doti, per distoglierla dal fare qualsiasi altra cosa. E ci era riuscito. Doveva prendere la spada.

Al villaggio le donne erano lì in attesa di ritirare i vestiti e consolare gli uomini. Loren e Mary erano di fronte all'infermeria. C'erano più feriti del previsto quel pomeriggio, ma in un batter d'ali sarebbero tutti guariti, come ogni giorno. Nonostante questo, lo spettacolo era sempre molto raccapricciante. Sarebbero guariti, ma la sofferenza di quei momenti nessuno gliel'avrebbe tolta.

Aria, lasciò il fucile nel solito cilindro, e entrò in infermeria per controllare che Henry stesse bene, lui era appiattito in un angolo del tendone, a braccia incrociate. Si accorse subito della ragazza, nonostante il cappello e il vestito da uomo, non importava, l'avrebbe sempre riconosciuta.

"Che ci fai qui?".

"Ho parlato con Merrick", gli sussurrò guardando da un'altra parte, come se fossero due persone costrette a una vicinanza casuale.

"Vuole la spada di Red e ci lascerà raggiungere il giardino".

"Con tutte le persone che vogliamo?".

"Con tutte".

"Mi sembra fin troppo facile".

"Ha di certo in mente qualcosa ma non mentiva. Lo farà".

Henry rifletté un istante e sospirò, "come hai intenzione di prendere la spada?".

"Tramite Peter. Non ti sto a spiegare, ma può farlo solo lui. Stanotte".

"Mi terrò pronto. Ma... Peter potrebbe non voler mettersi contro il padre".

"L'ha detto anche Will. Ma se vuole andare via di qui dovrà farlo. Se non lo farà lui, lo farò io".

"Non ci sono alternative".

"No, non ci sono".

"Stai attenta".

Aria gli sfiorò il braccio e uscì dalla parte posteriore del tendone, Henry coprì il varco non appena la ragazza sparì fuori.

"Aria", Mary la raggiunse, "c'è un po' di trambusto oggi. Siccome ci sono molti feriti la cena è stata posticipata di un po', non ho capito quanto. Comunque noi prepareremo lo stesso, alla stessa ora".

"Va bene. Mi faccio una doccia veloce e vi raggiungo subito".

"Fai presto", poi la guardò piena di eccitazione, in attesa di una qualsiasi informazione.

"Stanotte si evade", disse solo.

Lei sobbalzò sorpresa, poi annuì e corse a cercare la sorella.

Aria sbuffò e si massaggiò braccio e spalla, tenere il fucile in mano l'aveva stancata, o forse era stata la tensione di quell'incontro imprevisto con Merrick.

Attraversò il bosco sotto lo sguardo vigile di Cliff che non la perdeva di vista un istante.

Se tutto va bene, da domani non dovrò più vedere la tua brutta faccia, pensò Aria sparendo tra gli alberi. Ma non sapeva che Cliff aveva deciso che l'avrebbe punita, proprio quella notte.

A casa trovò Will, si era già fatto la doccia e cambiato, era sdraiato sul letto a riflettere. Aria entrò in bagno senza salutare, non aveva voglia di discutere, ma sapeva che stavolta non l'avrebbe scampata.

Will giocherellava con la piccola W attaccata alla catenina e si chiedeva se sarebbero più tornati quei tempi, se sarebbe riuscito a rimediare all'errore che aveva commesso.

Aria uscì poco dopo, si era sbrigata perché Loren e Mary l'aspettavano, sicuramente stavano tentando già di coprirla, dicendo che era in bagno o che si era tagliata il dito o chissà che altra poco probabile scusa. Non voleva metterle nei guai, perciò volò.

Indossò quello stupido vestito chiaro con la scollatura sul seno, legò i capelli con un nastro e fu pronta a uscire.

"Aria senti", la chiamò Will quando lei era già sulla soglia.

"Non ho tempo ora".

"Voglio che mi ascolti e che chiariamo".

"Non ho tempo ora".

"Io te lo ripeto ancora una volta. Non penso a niente di quello che ti ho detto. Lo sai che ti amo proprio perché sei così", disse con un po' di fatica. Era così dura dire la verità e sentire un muro rigettarla indietro.

Lei si fermò un'istante, "e invece pare sia uscito fuori come la pensi veramente".

"Ma che dici?".

"Ammetti che non è così", lo minacciò.

"Ciò che penso è che vorrei che una volta permettessi a me di proteggerti, di fare qualcosa per te".

"Lo vedi?".

"Che male c'è? Ognuno vorrebbe poter proteggere chi ama".

"No, Will. Lo hai detto e eri così serio…", iniziava a salire su quell'angoscia.

"Questo mondo mi ha rimbambito. Hai visto qui come viene trattata la donna?".

"Io non sono come te. Non lo accetto. Combatterò sempre seguendo ciò che è giusto".

"E pensi che io non lo faccia o non lo farò?".

"Non mi sembra che tu stia facendo qualcosa. Anzi, pensaci. Potresti valutare di restare qui".

"Non lo dici sul serio… sei impazzita?".

"Non accetti come sono. Se non lo accetti, non ho bisogno di te".

Will sembrò spezzarsi. "Io ti accetto, lo sai che è così".

Aria tratteneva le lacrime, era più forte di lei, non era riuscita a frenare la lingua, eppure credeva a ogni cosa, solo che non aveva ancora realizzato quello che stava per dire.

"Hai distrutto tutto", disse calma.

Will si avvicinò e l'afferrò per le spalle, "Aria, ascoltami. Non mi stai ascoltando. Credimi".

Lei scosse la testa più volte, "ti ho sentito bene, e mi hai distrutta", confessò Aria, gli occhi pieni di lacrime.

Will sentiva il cuore in gola, "io ti amo", disse, ricordandosi tutte le volte in cui aveva tentato di fermarla senza riuscirci. Anche questa volta sarebbe andata così, lo sapeva bene.

"Tu non accetti come sono, nel profondo di te è così. Come posso amare una persona del genere?", sussurrò abbassando lo sguardo. Will si fece di ghiaccio, lasciò le sue spalle, senza sapere più cosa dire per convincerla.

Aria uscì fuori al fresco, lasciò libere le lacrime, la gola le doleva per lo sforzo, il cuore martellava all'impazzata, ma di colpo si fermò, lo sentì raggrinzire, spezzettarsi. Perché non poteva dimenticare le parole che Will aveva pronunciato? Perché? Perché credeva che in minima parte fossero vere, e se in minima parte lo erano, allora lei non era la persona giusta per lui. E lui non lo era per lei.

Prese fiato e corse verso il magazzino. Loren e Mary la videro pallida, muoversi freneticamente, sistemando, ripulendo, tagliando, come una trottola. Capirono subito che doveva esser successo qualcosa, ma non dissero nulla, si scambiarono uno sguardo e la tennero d'occhio.

Non era tipo da farsi consolare, né compatire. Le due amiche le stettero vicino, allestendo un paio dei loro siparietti comici, tra litigi e spintoni, in un goffo tentativo di farla ridere. Aria comprese subito e rise, anche se il cuore piangeva.

La cena sembrò arrivare in un lampo, come se il tempo fosse stato accelerato. Aria cercò con lo sguardo Red, avrebbe cenato anche quella sera lì in cima, osservando dall'alto il suo stupido popolo.

Devo parlare con Peter, si disse, ma Peter era con Will e lei Will non riusciva neanche a guardarlo. Solo al pensiero le salivano le lacrime.

Ci penserà lui ad avvertirlo, e aveva pensato bene.

"Sì. Per andarmene questo e altro", disse Peter.

"Ottimo, amico".

"E quando?".

"Stanotte".

"Così presto?", prese fiato flettendo il suo esile corpo in avanti e sospirò.

"Cosa ti turba?", chiese Will che era tutto proiettato verso il suo amico, avrebbe fatto qualsiasi cosa pur di non pensare a lei.

"Merrick era una brava persona, ma ora non lo è più. Siete sicuri che ci si possa fidare? E che ci vuole fare con la spada?".

"Io non lo so. Comunque siamo certi che rispetterà il patto".

"E io voglio fidarmi di voi. Se tu e Aria…"

"Sì, ne è convinta", disse cercando di controllare la voce, "lo ha sentito quando ci ha parlato".

"Lei ha la chiave, lei sa come muoversi", disse ora con decisione, aveva incredibile fiducia in lei anche se non la conosceva poi così bene. Aveva la chiave e tanto bastava.

"Allora, lo farai?". Will si sentiva in colpa, era come se gli avesse mentito. Non aveva infatti detto al suo amico che solo lui poteva rubarla. Will si chiedeva con insistenza il perché, perché è necessario il legame di sangue. Che rapporto c'è fra Red e la spada, ma sapeva bene che la risposta non sarebbe piaciuta a nessuno di loro, tantomeno a Peter.

"Sì. Stanotte, quando andrà dormire. Durante il cambio della guardia di mezzanotte", disse Peter abbassando la voce alle ultime parole, un ragazzo mezzo rasato si era seduto vicino a Will e si era sfilato lo stivale per togliere un sassolino dalla scarpa. La continuava a scuotere mentre con la coda dell'occhio li guardava.

"Vuoi qualcosa?", chiese Peter allungando le sue infinite braccia verso di lui.

"No, no. Figlio del capo", rispose, e si voltò.

Peter non sopportava quando lo chiamavano così, ma quello era l'unico nome che pareva avesse, come se gli altri non sapessero nemmeno quale fosse quello reale. Strinse le mani a pugno e divenne viola.

"Peter, lascia perdere".

Peter perdeva la pazienza solo in queste occasioni. Era una persona così tranquilla e gioviale che Will finiva per sorprendersi sempre quando l'amico reagiva in quella maniera. Il viso sempre così allegro sembrava storpiarsi fino a diventare un altro. Era la stessa cosa che succedeva a Aria, sembrava un'altra persona, ma è sempre bellissima, pensò Will ora ancora più affranto, poggiò la fronte sulle mani, senza energie.

"Tutto bene?".

"No", rantolò lui.

"Non hai ancora fatto pace…"

"Temo che non accadrà mai", disse lui alzandosi di scatto in piedi, "andiamo a prendere da mangiare, tante cose. Stasera abbiamo bisogno di energie".

Peter lo seguì, senza chiedere nient'altro.

***

Aria si era piazzata all'angolo della tavolata, per servire la fila più lontana possibile a quella a cui apparteneva Will. Il ragazzo vide Cliff, nella fila centrale, che fissava Aria con un sorriso impresso in volto, ma ormai gli sembrava normale. Non si mosse, ritirò la sua razione e tornò al suo posto.

Cliff lasciò il piatto al suo posto e si sedette sulla panca al contrario, poggiandosi con la schiena al tavolo duro. A braccia conserte fissava Aria, la moglie di lui gli aveva lanciato un'occhiata di assenso.

"Straniera", disse, "vai a prendere altro pane".

"Vado io", disse Mary che non voleva che Aria andasse da sola.

"Ho detto a lei, microbo", e la spinse via, "occupati della tua fila", la sgridò. Louise guardò la scena sospirando.

"Vado io, non c'è nessun problema", disse Aria e si avviò velocemente. Cliff si alzò dal suo posto.

Mary era diventata rossa e spinta dall'influsso di Aria, cattivo direbbero tutti, lanciò una scodella piena di pure di patate addosso alla moglie di Cliff, il purè si attaccò alla faccia e la scodella scivolò lentamente giù, come nei migliori cartoni comici. Ma lì di comico non c'era proprio nulla.

La donna saltò al collo della ragazzina, Loren era rimasta paralizzata dallo spavento. Sally e un'altra, con due signore grandi e grosse, più Louise, cercarono di separarle. Gli uomini, ancora in fila, urlarono eccitati alla vista di due ragazze che lottano, incitandole a darsene di santa ragione, dai tavoli partirono dei fischi. Lo sfondo musicale dei loro incitamenti andò avanti a lungo, anche quando le due vennero separate.

"Chiedi scusa subito!", urlò Louise alla figlia, dopo averle dato un sonoro schiaffo.

"Ma…"

La madre le sussurrò, "fallo. Sennò sarai nei guai", i suoi occhi erano così arrabbiati e allo stesso tempo supplichevoli che Mary non si sentì di deluderla.

A denti stretti si avvicinò alla donna e disse, "scusami tanto. Non ricapiterà mai più".

La donna, che si stava pulendo con un fazzoletto di stoffa il viso e i capelli incollati in testa, le mollò un ceffone poi le voltò le spalle. Il ceffone non aveva spostato neanche di un millimetro il volto di Mary che la fissava con profondo disprezzo. La donna pensò subito che gliel'avrebbe fatta pagare. Mentre Mary realizzò che lì non voleva più starci e che ora se ne sarebbe dovuta andare via di corsa. Tornò al suo lavoro con le guance infiammate dai due schiaffi e il cuore in tumulto.

"Odio questo posto", si disse, "odio questo posto". Nessuno si era accorto dell'assenza di Cliff.

Nel magazzino Aria scansò la tinozza delle posate che erano state messe a mollo quel pomeriggio, e cercò il pane, nei soliti sacchi archiviati disordinatamente sugli scaffali, senza trovarlo.

Uno scricchiolio alle sue spalle. Si voltò, era Cliff.

"La resa dei conti", disse lei, anche se non era dell'umore migliore per una cosa del genere. Sentì in lontananza il suono dei fischi e delle urla degli uomini a cena. Nessuno avrebbe sentito nulla.

Qualcuno chiuse la porta e qualcun altro si piazzò di fronte alla finestra. Di sicuro alcuni della sua squadra. Aria capì subito che stavolta faceva sul serio. Strinse il palmo pronta a colpire ma Cliff fu più veloce, corse verso di lei, le prese i capelli tirandoli indietro fino quasi a spezzarli, le fece uno sgambetto che la fece inciampare nel vestito e cadere a terra di schiena. Poi le saltò addosso, strappandole il vestito. Le diede uno schiaffo, poi un altro, mentre Aria, stordita, tentava di dargli un calcio ma le gambe erano bloccate dalle sue, allora cercò di graffiarlo, si aggrappò con le unghie alle sue braccia, tentò di dargli un pugno ma uscì fuori troppo debole da quella posizione scomoda. Tentò il marchio ma non bruciava. Era in trappola.

"Allora, allora", disse poggiando una delle sue sporche mani sul suo petto. "Signorina, hai capito chi comanda?".

Aria era paralizzata dalla paura, ma non voleva cedere, gli sputò in faccia.

E lui le diede un altro schiaffo, poi tirò su il vestito con violenza, mentre lei si sbracciava.

"No, no", disse con quel suo sorriso agghiacciante. Poi si abbassò e la leccò sul collo come un'animale, le morse le labbra e lei tentò di dargli una testata, aveva la vista offuscata, le mani le tremavano. Vide gli stivali di lui, due macchie rosse che si confondevano e gli danzavano ingarbugliate davanti agli occhi.

"Chi comanda?", chiese divertito. "Rispondi".

Lei non lo fece, lo guardò duramente, sentiva gli uomini fuori dalla finestra ridacchiare.

Si sentiva così impotente. Lui voleva umiliarla, farle abbassare la testa più di qualsiasi altra cosa. Le toccò di nuovo il petto, poi con la mano scivolò sul collo e lo strinse forte, quasi soffocandola, lei non emise neanche un gemito, "chi comanda", chiese ancora, il viso a due centimetri da lei, poteva sentire il suo alito putrido.

"Vai al diavolo", disse lei.

Forse Cliff capì che non ci sarebbe mai riuscito, così ora desiderava solamente distruggerla. Preso dalla rabbia le diede un altro ceffone e tornò di nuovo a armeggiare con il vestito, "vediamo se dirai ancora di no", minacciò lui. Lei cercava di sgusciare via ma non ci riusciva.

Cliff tirò su il vestito e si tolse la cintura, mentre lo faceva, Aria si ritrovò con un braccio libero dalle sue gambe, si tirò su a sedere con uno sforzo incredibile. Lui la prese di nuovo per il collo, sbattendole la testa al muro dietro. Ma non con eccessiva forza, doveva essere cosciente. Aria vedeva tutto appannato, sentiva il rumore dei bottoni e della cerniera, una delle sue mani sulle sue gambe, grugniti di eccitazione. Ebbe la lucidità di infilare il braccio nella tinozza che prima aveva calciato verso il muro, ne estrasse un coltello da cucina.

Con tutta l'energia che aveva lo piantò nella sua mano, quella che teneva sulla coscia nuda, senza avere la forza di estrarlo per colpirlo ancora. Quello saltò indietro per il dolore e la sorpresa, ancora tutto sbottonato. Aria ebbe la forza di alzarsi, solo in quel momento si accorse del sangue che scivolava giù lungo la coscia.

I due uomini a guardia sentirono le urla e aprirono la porta.

La ragazza non aveva la forza di fare altro, si sistemò freneticamente il vestito, impaurita e confusa da ciò che aveva dovuto subire e tentò di raggiungere la porta. La schiena faceva malissimo, le braccia erano indolenzite, le gambe quasi non la reggevano in piedi. Il viso le bruciava e la testa girava e girava, a malapena era riuscita a mettere a fuoco ciò che aveva davanti.

"Cosa hai fatto, ragazzina?".

Cliff tentava di togliersi il coltello, "questa maledetta puttana", urlò.

Uno contro tre, non ce l'avrebbe fatta.

"Cosa succede qua?", disse Louise sulla soglia. Aria scivolò fuori senza che i tre potessero prenderla. Louise si ritirò, voleva salvare la ragazza evidentemente, ma dalle sue labbra era uscito tutto il contrario, "mi dispiace di avervi interrotti", disse, "serve il pane a tavola. In molti si stanno lamentando", disse a testa bassa. Cliff staccò il coltello e lo gettò via, poi uscì spintonando bruscamente Louise, che cadde a terra.

Aria si stava sforzando di stare eretta. Will, che aveva notato la sua assenza, stava andando proprio nella sua direzione e nel vederla spalancò gli occhi scioccato. Immaginando bene cosa le potesse esser successo. Cliff la inseguiva, con la mano insanguinata ben in vista.

Arrivò alle sue spalle ma non fece in tempo a prenderla, Will si mise in mezzo e gli diede un pugno talmente forte da scaraventarlo metri indietro. Avrebbe voluto fare molto di più, ma doveva andare da Aria.

"Aria", chiamò.

Mary e Loren, sedute a tavola, avevano visto la scena e con una scusa si erano alzate.

Will la prese per una spalla.

"Lasciami in pace, sto bene", era ancora sconvolta, ma il corpo non le faceva più male. Non sentiva nulla.

"Lasciati aiutare", disse Will con voce piena di disperazione.

"Non ho bisogno del tuo aiuto. Non mi hai sentito?", si liberò dalla presa.

Cliff si alzò e raggiunse Will che non poté inseguire Aria.

"Lascialo perdere, Cliff", disse Peter sbucato dal nulla.

La moglie di Cliff corse da lui, vide i graffi sulle sue braccia e li toccò con la punta delle dita, ma l'uomo la scansò con uno spintone violento che somigliava a un pugno, senza guardarla nemmeno in faccia, lei si ritirò in un angolo, con gli occhi sgranati, perdendo tutta la baldanza che l'aveva sempre caratterizzata. Aria la guardò con pietà, poi fece l'inaspettato. Superò Mary e una Loren in lacrime, e saltò sul tavolo, aveva l'adrenalina ancora in circolo.

"È questa la vita che volete?", disse sanguinando, rivolta alle donne. "È questo ciò che vi aspettavate da questo posto?".

Gli uomini scattarono in piedi, Cliff aveva abbandonato Will per bloccarla.

"Voi siete donne. Questo non può bastarvi. Questo non deve starvi bene", disse.

"Ma che dice?", disse una a occhi sgranati.

"Dovete poter avere di più. Volete una vita diversa? Se la volete, ribellatevi a queste bestie", disse indicandoli, "o venite via con me…"

Non fece in tempo a finire che Cliff l'afferrò, strappandola dal tavolo e facendola cadere in ginocchio. Aria si dimenò cercando di toglierselo di dosso.

"Che sta succedendo?", urlò Red spuntando dietro le spalle di Will.

"Niente", disse Cliff, "la ragazzina farnetica e vuole aizzare le donne contro di noi".

"Aizzare, sai usare termini difficili", rise Aria mentre cercava di ritrovare l'equilibrio.

Cliff la strattonò, senza lasciarla andare, lei gli diede un energico schiaffo con le ultime energie, poi si afflosciò senza però cadere.

L'uomo fece per rispondere ma Red parlò prima. "Portala subito da me, insieme al suo amico".

"Padre!".

"Vieni pure tu, Peter", disse con tono glaciale. Nessuno obiettò. Sulle tavole era calato un silenzio mortale.

Red urlò verso le tavolate, "riprendete a mangiare. Non è successo nulla".

Si fece strada un silenzio più sereno. Solo il frinire delle cicale, anche se l'aria non era così calda. O almeno Aria non riusciva a sentirla tale, aveva la pelle ghiacciata.

Le donne stordite, tornarono con gli occhi sui loro piatti, riflettendo su ciò che la ragazza aveva detto. Una scosse la testa infastidita, e disse quasi a se stessa, "questo è il nostro posto".

Aria minacciò con lo sguardo Cliff che rimase in disparte, e camminò di sua spontanea volontà, a testa alta, verso la casupola sospesa, affiancata da Peter e Will, entrambi, passando, lanciarono un'occhiata di gelo a Cliff. Peter odiava la violenza sulle donne, come se non appartenesse a quell'epoca o a quella gente per cui ciò sembrava indispensabile come respirare.

"Hai scatenato una bella confusione", disse Red calmo. Cliff si era fermato sulla soglia della porta chiusa, con il pugno di una mano stretto, l'altra distesa e rigida, ancora indolenzita per la coltellata. Il capo lo stava rimproverando con lo sguardo per ciò che aveva appena fatto. Gli stranieri non si dovevano toccare, almeno fino a quando non avesse capito se sarebbero potuti essere utili.

Aria fece qualche passo avanti per liberarsi della protezione dei due ragazzi, "dovevo tentare", disse con un improvviso desiderio di confessarsi, "questo posto che hai creato è uno schifo", non era riuscita a trovare altre parole.

"Non hai capito niente. Non puoi costringere le persone a volere le tue stesse cose, a essere come non sono, a essere come te. A accettare ciò che tu accetti. Queste donne, vogliono solo un uomo che le guidi, desiderano solo servirlo e rispettarlo".

Will la guardò come se assentisse, ma Aria non l'aveva notato perché non era accanto a lui. Una parte di quella frase era ciò che pensava anche lui, non puoi costringere le persone a essere come non sono, e rinnegarle, perfino disprezzarle, perché sono diverse da te. Da quanto è diventata così?, pensò Will che non credeva lo fosse sempre stata, no di certo. Ora la vedeva lì, a sforzarsi di stare in piedi, e avrebbe voluto solo abbracciarla forte e portarla via. Alle sue spalle c'era Cliff e desiderava prenderlo ancora a pugni, fino a spappolargli la faccia e togliergli quel sorriso ebete. Impedirgli di guardare Aria ancora.

"Senza che loro abbiano lo stesso rispetto?", disse Aria dopo averci riflettuto.

"A loro va bene così", l'uomo si era appoggiato alla scrivania bassa. La spada era proprio sul tavolo, Aria notò il suo scintillio, sembrava un essere vivo. Non c'era infatti luce che potesse provocare quelle fitte di brillantezza sulla sua superficie. Osservò la stupida lampada appesa al soffitto con un'occhiata rapida e confermò ciò che aveva pensato. Era come se la spada avesse fatto un occhiolino, quella era stata l'impressione. Aria rise quasi per l'assurdità.

"Va bene così, perché non conoscono altro", rispose poi. Era incredibile come in un momento del genere, in cui aveva rischiato la vita, subito una violenza, in cui sentiva il corpo indolenzito, la pelle fredda bruciare, la testa vorticare e gli occhi appannarsi, fosse lucida, anzi, le sembrava di riuscire a percepire più piani della conversazione. E a cogliere più dettagli insieme, come se la sua mente andasse in più direzioni diverse, senza perdere assolutamente il filo del discorso. Perciò osservava la spada, parlava con Red pensando alle donne, ragionava su Will, rifletteva su cosa fare a Cliff e a come portar via Henry e le amiche da lì.

"No, perché sono così. Le donne normali, mia cara straniera, sono così. Sono dipendenti dall'uomo, dai tempi dei tempi. Sono dipendenti da noi" disse battendosi il petto.

Aria rifletté sulle parole di Red. Forse su una cosa aveva ragione, non poteva imporre il suo pensiero se loro non volevano, non tutti gli esseri umani sono uguali, e doveva rispettarlo. Ricordò lo stupido esempio dei Beatles. La sua compagna del mondo di nebbia, Ceci, li odiava, e preferiva musica più stupida, a suo parere, e questo l'aveva fatta imbestialire, voleva convincerla che i Beatles non potevano non piacerle. E aveva insistito fino a quando non si era arresa del tutto. In un certo senso quasi avrebbe voluto toglierle il saluto, poi le era passata. Eccome se me lo ricordo, e di cose del genere ne erano successe, tante, tantissime volte. Sono solo testarda, pensava ogni volta. Ora credeva di esser diventata una dittatrice, non vedeva la possibilità neanche lontana di accettare che quelle donne si arrendessero. Certo, la situazione era diversa, e ne valeva la vita di quelle persone, eppure si sentì per un momento a disagio nel pensare alle parole di Red, come se fosse in torto. "Vivi e lascia vivere", le diceva sempre la madre quando si impuntava. "L'essere umano è bello perché è vario".

"Forse dal posto da cui provieni non è così che le cose vanno. Ma qui è così".

"Nella mia terra le cose sono cambiate, e allo stesso tempo sono sempre le stesse", sospirò, "la violenza è condannata dalla società, eppure esiste ancora. L'uomo non è cambiato".

"Ah, è così quindi", disse Red incuriosito.

La situazione sta in realtà peggiorando un giorno dopo l'altro. Ogni giorno una donna muore uccisa da un uomo sconosciuto, spesso da un suo familiare. Ogni giorno una donna subisce una violenza. Un bambino viene rapito. Un altro ucciso. È una spirale di violenza che sembra non avere mai fine. Eppure si parla di donna libera e indipendente. Solo perché le è permesso lavorare e decidere della propria vita. Ma la maggior parte degli uomini non sono cambiati da allora. Sono solo leggermente più scoraggiati a fare del male. La mentalità è sempre quella. L'atteggiamento dell'uomo sarà mascherato da strati di convenzioni sociali, ma è sempre quello, ripensò ancora a Will e a cosa era uscito fuori. Non può essere così, sperava in cuor suo.

Il patriarcato, la discriminazione, la convinzione dell'uomo di essere superiore alla donna, e per cosa? Solo per la forza fisica?, il pensiero vagava a briglia sciolta, non avrò mai figli, pensò affranta, se questo vorrà dire accettare tutto ciò che odio del mondo.

"Allora, mia giovane straniera. Cosa siete venuti a fare qui?".

"Una scampagnata", disse Aria scrollando le spalle. Will si sentì sollevato.

La ragazza non capiva perché Cliff non avesse ancora detto nulla al capo, si ostinava a tacere e lei iniziò a pensare che fosse in accordo con Merrick, alle spalle di Red. Deve essere così.

"Prima o poi me lo dirai. Ora è meglio se andate a riposare", fece un cenno a Cliff. A quanto pareva non era un tipo da tortura, oppure credeva che fossero inoffensivi.

"Grazie padre", disse Peter, mentre aspettava che Will e Aria uscissero, dopo una lunga e minacciosa occhiata all'uomo fermo sulla porta.

Cliff fu trattenuto nella stanza. "Rinchiudili in una delle case vuote della zona dopo averli drogati. Non davanti a mio figlio", disse accarezzando la spada.

"Ma... sono solo due ragazzini", disse Cliff che di colpo sembrava volerli proteggere, era sorpreso e spaventato ma non se ne capiva il motivo.

"Fallo e non discutere. Ma non ti azzardare a toccarla di nuovo. Dopo potrai divertirti".

Cliff annuì e uscì, richiamò a sé un paio di uomini che corsero in diverse direzioni e tornarono con qualcosa in mano.

***

"Allora lo farò stasera, a mezzanotte", sussurrò Peter ai due senza quasi guardarli.

"Stai attento però, amico", disse Will preoccupato.

"So benissimo qual è il momento giusto. Non ti preoccupare. Ci ritroviamo di fronte all'infermeria".

"L'infermeria va bene", disse Aria che ancora non aveva parlato.

"Bene", sorrise cercando di ignorare il tremore inconsapevole della ragazza, non ce ne era il tempo.

"Ti prego Peter, fammi la cortesia di avvertire anche Mary e Loren".

"Non è un problema. A dopo amici", e se ne andò, camminando piegato in avanti sotto la luce fioca delle lampade che riflettevano a terra l'ombra esile della sua figura. Will rimase a fissarlo. L'avrebbe sempre ricordato così.

Quando Will stava per aprire bocca qualcosa gli si conficcò nel collo e perse i sensi. Aria fece in tempo a vederlo cadere, poi toccò a lei.

Cliff e i suoi uomini gettarono le due siringhe e si trascinarono via i due ragazzi. Li abbandonarono in uno dei magazzini inutilizzati, senza finestre.

"Come faremo con…", disse uno ma Cliff lo zittì.

"Io vado a parlarci", e corse via. La moglie lo aspettava alla porta, ma non fece in tempo a chiamarlo che lui era già sparito tra gli alberi.

Arrivato al muro della grande città la porticina si aprì, entrò. Come già era successo più volte, tutto davanti ai suoi occhi si fece confuso, e lui si ritrovò in un ampio salone illuminato lievemente da esili candele bianche. La sequenza di finestre che si apriva sulla parete alle sue spalle, gettava all'interno la luce della luna e faceva sembrare che lui fosse entrato proprio da lì. La stanza aveva un'aria spettrale, era disadorna, fredda. Il marmo ben lucido gli metteva i brividi. Al centro della stanza un lungo divano e Merrick, seduto al centro, immobile. Alle spalle una porta chiusa.

"Che cosa ci fai qui?".

Cliff si avvicinò mezzo barcollante, la mano ferita ancora aperta, come se non riuscisse a muoverla.

"Scusi per l'ora. Io so che ha parlato con i due stranieri".

"Certo che lo sai. Gli stranieri sono preziosi".

"Se me lo avesse detto prima che quelli, quelli erano importanti per lei", disse guardando a terra.

"Cosa stai cercando di dirmi?".

Cliff prese fiato e tentò di alzare gli occhi su quelli glaciali di lui, "i ragazzi sono rinchiusi in un magazzino… drogati".

Merrick si alzò in piedi lentamente. Il viso teso.

"Mi è stato ordinato da Red. Perché… perché…"

Merrick si avvicinò e allungò una mano verso la sua. Prese proprio quella ferita. Cliff si sentiva paralizzato, non riuscì a muoversi, come fosse diventato una statua di ghiaccio.

L'uomo chiuse gli occhi, "razza di imbecille", disse lui e iniziò a stringere, stringere, quella mano ferita.

"Mi-mi dispiace!", urlò piegandosi sempre più in basso.

"Ora rimedierai. Dieci minuti prima di mezzanotte, li farai uscire di lì", disse come se fosse ora di colpo a conoscenza del piano. "Poi li accompagnerai da me. E bada che niente vada storto".

"Sì, sì. Lo giuro", disse con tono sofferente, la fronte piena di sudore.

Merrick strinse ancora, tra le urla dell'uomo ora riverso al suono, poi tornò a sedersi sul divano. Cliff si ritrovò fuori dal muro, con i fucili delle sentinelle ora puntati addosso, allertati da quelle urla di dolore che squarciavano la notte.

***

Aria e Will si risvegliarono quasi subito in quella stanza buia.

"Aria", chiamò Will cercandola. Trovò il suo braccio e sentì che si stava muovendo, forse per sedersi. Will tastò con l'altra mano alle sue spalle, c'era un muro, ci si appoggiò, indeciso se alzarsi per cercare una via di fuga, ma prima si preoccupò di Aria.

"Sto bene", disse.

"Ci siamo fatti fregare come due cretini".

"No, vedrai che saremo liberi fra non molto".

"Perché dici così?".

"Cliff. Non hai visto? Sapevo che Red ci avrebbe imprigionato, prima o poi, ma lui è stato zitto, quello ha un rapporto tutto suo con Merrick. E se va come penso... Merrick si sbrigherà per farci uscire".

"Non ci avevo pensato. Spero tu abbia ragione", disse Will.

La voce profonda e familiare di lui le scaldò il cuore. Per un attimo dimenticò tutto ciò che li aveva separati. Pensò a quella violenza e rabbrividì, come se le forze le fossero di colpo calate.

Will, che non aveva tolto la mano dal suo braccio, la sentì tremare.

"Aria", disse ancora e la attrasse a sé, abbracciandola forte. Lei non si ritirò e il cuore di Will volò in cielo. Forse non era ancora tutto perduto. Le accarezzò i capelli e la sentì singhiozzare, nascosta dalla notte.

"Va tutto bene", sussurrò lui, accarezzandola. Lei smise di tremare, si dimenticò di tutto e rimase ad accogliere quel calore. Aveva proprio bisogno di un abbraccio, aveva proprio bisogno dell'abbraccio di Will.

Non si capì quanto fosse passato, i due si erano addormentati l'uno nelle braccia dell'altro, esausti. Un rumore interruppe il loro sonno. Qualcuno stava aprendo la porta senza riuscire a essere troppo delicato. La luce della luna li colpì in pieno viso. I due balzarono in piedi coprendosi gli occhi.

"Datevi una mossa", disse l'uomo. Seguirono gli stivali rossi fuori. "Vi accompagnerò da Merrick".

"Sarà meglio per te", minacciò Aria guardandolo duramente, sapeva che Merrick l'avrebbe fatto a pezzi se fosse successo loro qualcosa.

"Ragazzina…"

"Taci", disse Will mettendosi in mezzo. Notò subito le mani di Aria chiuse a pugno, le braccia tremare dalla rabbia. Il ragazzo le prese tra le sue ma lei incredibilmente si scansò.

"Non è cambiato niente", disse Aria duramente, "e ora sbrighiamoci".

Will era rimasto senza parole, si era illuso di nuovo.

Aria si sentì male per aver ceduto a quella debolezza. Avrebbe voluto cancellare quel momento, eppure ancora si stava nutrendo di quel calore. Si era ricaricata come una batteria. Non ho tempo per pensarci, si disse. I tagli sul suo corpo si erano già quasi del tutto rimarginati.

Tutti e tre corsero all'infermeria. Aria e Will si nascosero. Cliff aveva capito che doveva tirar fuori di lì Henry, e così fece. Mandò via le guardie e lo richiamò.

A Henry non sembrava vero di essere fuori. Gli pareva una vita che era rinchiuso in quel capannone.

Will lo salutò col sorriso sulle labbra, era bello riavere il suo amico.

Aria lo abbracciò forte, senza lasciarlo andare. "Che ti è successo? Perché tremi", le sussurrò Henry.

Will guardò da un'altra parte.

"Forza", disse Cliff con tono stizzito, perché doveva essere lo schiavo di questi ragazzini?

"Dobbiamo aspettare altre persone. Perciò taci", disse Will.

Arrivarono proprio in quel momento, Mary seguita da una Loren più che dubbiosa. Continuava a guardarsi indietro spaventata, la bocca deformata da una leggera smorfia di ansia.

Entrambe indossavano degli zaini di tela poco riempiti.

Aria abbracciò Mary e baciò Loren sulle guance fredde. Le sue mani della stessa temperatura le rinfrescarono i graffi sulle braccia, "stai bene?", riuscì a dire. Aria sussurrò un sì, poi Loren si distaccò e quando si accorse di Cliff, fece un balzò indietro, "cosa ci fa lui qui?", disse.

"Tranquilla. Ci farà da guida", rispose Will.

"È vero, Aria?", chiese come se la risposta di Will non avesse importanza.

Lei annuì. "Ci porterà dove dobbiamo andare", disse senza guardarlo, d'altronde solo ignorandolo riusciva a far calmare il cuore, la paura e la voglia di farlo a pezzi.

Mary lanciò un'occhiata convinta a Aria, poi un sorriso a Henry che ricambiò. Il piccolo gruppetto aspettava ora solo Peter. Will era irrequieto, preoccupato che non ce la facesse, o che gli potesse accadere qualcosa. Henry se ne era accorto e gli aveva dato una pacca sulla schiena, "ce la farà", disse. Aria prese fiato e si sistemò meglio il vestito, pensando che molto presto se lo sarebbe sfilato.

Rimasero così, immobili, accompagnati solo dal loro frenetico respiro. In attesa di Peter.

Capitolo 15

Peter era salito sull'albero e entrato dal passaggio che aveva indicato a Will giorni prima. Le guardie erano scese sbadigliando, prima di dieci minuti non sarebbe arrivato nessuno.

Entrò nello studio in punta di piedi. Il padre si era addormentato sul tavolo, con la guancia appoggiata sulla lama. Alla vista di Peter quella sembrò brillare, come se rispondesse a una sua qualche domanda silenziosa. Forse fece qualcosa, perché il padre si tirò indietro di colpo, poggiando la nuca alla parete. E la spada rimase lì, libera. Peter la prese, alzandola delicatamente. Non osava nemmeno respirare. La stanza sembrava restringerglisi intorno ogni minuto che passava. Strinse l'impugnatura con energia, per paura che gli cadesse e tornò da dove era venuto.

Il padre, che aveva sempre vissuto giorno e notte attaccato a quella spada, non se ne accorse nemmeno. Peter si chiese come fosse possibile. Nelle sue mani non smetteva di scintillare, la spada era calda, gli sembrava di stringere un animale vivo. Arrivato sulla soglia lanciò un'ultima occhiata al padre e disse, "scusa", con una punta di amarezza. Lui non voleva ciò che il padre voleva. Doveva cercare da solo la sua strada, e l'avrebbe fatto.

Chinato in avanti, come se il peso di quel gesto lo stesse schiacciando, Peter raggiunse i suoi amici, fermi dietro al tendone dell'infermeria, nascosti dalla notte.

"Peter, ce l'hai fatta", disse Will tirando un sospiro di sollievo.

"Grande", disse Aria altrettanto sollevata.

"Allora, volete muovervi?", disse Cliff.

"Che ci fa lui qui?".

"Me lo chiedo anche io", disse Henry guardandolo storto, era colpa sua se aveva dovuto passare giorni interi chiuso in quel tendone che puzzava di sangue. "Potremmo fare da soli".

"Non ha tutti i torti", disse Will.

"Ci accompagnerà fino al muro. Andrai per primo", disse Aria senza guardarlo, "noi ti seguiremo. Se c'è qualche problema, perlomeno potrà avvertirci prima che ci piombi addosso".

"Sì, questa è una buona idea".

"Tanto non vi avrei lasciati andare da soli. Merrick mi farebbe la pelle…", tremò massaggiandosi la mano ferita e ancora dolorante.

"Tu taci! Non ti azzardare a parlare", disse pieno di rabbia, "guidaci dove devi ma stai zitto".

"Non esagerare ragazzino o…"

"O cosa? Stai attento", minacciò Will con le mani strette a pugno.

"Che viscido bastardo. Sei in accordi con lui alle spalle di mio padre".

"Ormai è troppo tardi per parlarne no?", rispose lui.

Will prese fiato, una, due volte, "Peter, lascia stare. Pensiamo ad andar via".

Peter sperò di non aver fatto uno sbaglio, ma il tocco rassicurante di Will lo spinse avanti.

"Andiamo, sì".

Aria diede una leggera spinta a Mary che si era addormentata su una cassa, appoggiata alla spalla di Loren, invece vigile e attenta, ma senza apparente voglia di aprire bocca. Era ghiacciata dalla paura.

Aria ridacchiò. Vedere quella piccola pulce addormentarsi così, nel bel mezzo della 'guerra', la fece rilassare. Era proprio un tipetto particolare.

"Dai qui, la porto io. Tu hai fatto abbastanza", disse Will allungando una mano.

"No, la porto io", disse Aria spinta da un apparente spirito di contraddizione.

"Che problema c'è, ora? Neanche la spada posso portare?", chiese Will infastidito, puntellando le mani sui fianchi.

"NO! A entrambi", disse Peter, "la porto io".

"Ragazzi, per favore", si lamentò Henry.

"Date retta a Henry", Mary era tornata sveglia e pimpante, "piantatela!".

"Se non vi sbrigate vi lascio qui", minacciò Cliff.

Will si arrese, "cammina", disse all'uomo, e quello iniziò a camminare.

Gli altri lo seguirono stavolta in silenzio. Aria pensò per tutto il tragitto a cosa sarebbe successo nel giardino, se sarebbe riuscita a prevedere, anche di pochi secondi, cosa Merrick avesse in mente, se sarebbe riuscita ad andare via di lì senza che nessuno si facesse male. La preoccupava soprattutto Loren: la ragazza seguiva la sorella con le mani raccolte al petto, gli occhi sempre sgranati, pallida e sicuramente poco sicura di ciò che stava facendo, ma non avrebbe mai lasciato andar via Mary da sola.

Si tastò le braccia e sentì che i lividi fastidiosi sotto il tessuto stavano sparendo lentamente e anche quel brutto spavento, forse, sarebbe passato, lo sperò. Non riusciva a guardare Cliff senza essere percorsa dai brividi e da un forte senso di nausea. Non credeva di essersi ancora ripresa del tutto da quella violenza. Si chiese come facessero le donne. Osservò Loren, che si teneva a debita distanza da lui, se Aria non fosse riuscita a liberarsi le conseguenze sarebbero state peggiori, e forse anche lei ora avrebbe paura della sua stessa ombra. *Che madre può permettere una cosa del genere?*, si disse lei, pensando alla sua. La immaginò in cucina a scongelare hamburger, cercando forse nella sua mente il ricordo assopito di sua figlia, forse si stava chiedendo, "da quanto tempo ho perso Aria? Non riesco a ricordare... ma non importa, qui sto bene", o pressappoco così. *L'ho comunque abbandonata*, poteva dirsi che stava bene, ma la verità era quella, *si è reso necessario*, si disse lei, le si strinse il cuore. E pensò anche a suo padre Wade, aveva abbandonato anche lui, e in una maniera peggiore. *Quanto tempo è passato...* più proseguiva in questo suo viaggio e più i suoi sensi, i suoi ricordi, tornavano verso casa sua, la sua vera casa.

La ragazza alzò gli occhi, richiamata ancora una volta dal bosco, le luci si spostavano da un ramo all'altro, accompagnando il loro cammino, i rami freschi si abbassavano ad accarezzarli, i suoni della notte stavano cantando per loro, forse per l'ultima volta.

Questo è l'unico luogo che mi mancherà, si disse Aria, e lo stesso pensavano gli altri. Osservò il collo di Will, di fronte a lei, come se fosse la prima volta, come se fosse tornata a una di quelle mattine in cui non lo conosceva, e in cui non faceva altro che cercarlo tra la folla, il suo collo perfetto. Le procurava sempre una fitta al cuore, sospirò, sperando di riuscire a perdonarlo un giorno.

Peter non smetteva di stringere la spada, forse pensando a ciò che aveva appena fatto a suo padre.

"Ci siamo", disse Cliff. Superarono la piccola valle che separava il bosco dall'alta parete. L'uomo appoggiò la mano ferita mezza guarita sul punto in cui era la porta. E quella si aprì in un soffio.

I ragazzi lo seguirono. Aria fece in tempo solo a gettare uno sguardo all'edificio che avrebbero dovuto raggiungere. Una nuvola di elettricità lo sovrastava. In un attimo la strada di fronte a loro si allungò, si confuse e loro ci si trovarono di fronte.

Merrick sembra impaziente, si disse Will, gettò lo sguardo su Aria che non lo stava guardando, e anzi aveva stretto il braccio di Henry, come a incoraggiarlo, ma lui non sembrava affatto teso. Mary accanto a lui si era aggrappata alla sua maglia e non intendeva lasciarlo andare.

Loren aveva chiuso gli occhi e respirava forte. Entrarono nel palazzo. Peter, Loren e Mary cercarono di non mostrarsi sorpresi, non era tempo per le domande, ma era chiaro quante ne avessero.

"Saliamo per le scale", disse Aria, anche se era così stanca che si sarebbe accasciata a terra, ma aveva pensato ai ragazzi. Nessuno di loro sarebbe riuscito a salire sull'ascensore senza provare terrore. E se poteva risparmiar loro almeno questo... provava un senso di colpa per Loren, credeva che sarebbe stata male lontana da lì, e era colpa sua se avevano avuto la possibilità di scegliere. Una colpa, quella possibilità, che non avrebbe portato forse a niente di buono.

Cliff li guidò fino alle scale, stranamente non fece domande. Will lo aveva guardato talmente male che non si era preoccupato di dissentire.

Salirono i gradini di marmo e i tre ragazzi del villaggio toccarono il muro liscio e lucido, guardandosi intorno con mille occhi, sorpresi anche da quel poco. Mary non smetteva di stringere la maglia di Henry che aveva finito per abbracciarla. Loren era attaccata allo zainetto di Mary, Aria era dietro di loro per controllare che tutto andasse bene. Dietro di lei non c'era nessun'altro. Peter e Will facevano da apripista insieme a Cliff. Era stata questa la formazione, che più o meno costantemente, avevano adottato dall'inizio.

Aria sentì il profumo di aranci non appena mise piede all'ultimo piano dal pavimento lucido. La sua immagine si proiettava distorta a terra, non era poi così distante da come si sentisse in realtà.

"È qui", riuscì a dire. Superò Cliff e camminò a passo rapido. Il piano era solo un immenso atrio senza nessun mobile, né decorazione. In fondo trovò un'altra piccola scala, salì senza preoccuparsene, i ragazzi dietro di lei.

Appena mise piede sull'ultimo gradino la colpì con più intensità quel familiare profumo di aranci, chiuse gli occhi e si ritrovò al centro del giardino. E lo sentì. Quel battito di ali che era un cuore. Batteva lievemente, come era accaduto tutte le volte che aveva messo piede nel giardino degli aranci, il suo. E anche lì, il cuore era anche lì. Si voltò, i ragazzi erano con lei.

"Benvenuti", disse la voce meccanica di Merrick. Aria non l'aveva visto, eppure era proprio di fronte. Da solo, come aveva promesso. Dietro di lui un grande albero, Aria capì subito che era quello che cercavano. Un cono di luce intensa lo illuminava dall'alto, come se la sola presenza di Aria l'avesse risvegliato. Ma c'era qualcos'altro... Merrick sembrava impegnato a controllare ogni suo minimo gesto, per un istante pensò ai Cinque e a quanto, all'interno del giardino, fossero deboli e tremanti, provati, come se quel posto li schiacciasse, e stava succedendo anche a Merrick, solo in modo più lieve, lui doveva essere più forte. In quei momenti quell'uomo che non sembrava più un uomo stava pensando solo a suo figlio, era l'unico pensiero che lo teneva collegato a quella sua parte umana dimenticata. Ricordava con esattezza il giorno della litigata con

Red, nell'altro mondo, quella che aveva fatto saltar fuori quell'idea di cambiamento. Red gli diceva in continuazione che non sembrava più lui, che voleva si riunissero, senza di lui la loro piccola comunità non era la stessa. Insieme potevano essere grandi, separati invece... ma Merrick non ne aveva intenzione, una mattina se ne era andato con il suo gruppo, per poi tornare con una proposta. Da quando aveva parlato con la vecchia, era nata quell'idea che l'altro rifiutava. "Non possiamo andare via di qui, è la nostra terra".

"Anche quella lo sarà", aveva detto Merrick, "una terra come la desideriamo", e Red aveva annuito più convinto, era l'unico modo per tornare insieme, per riformare la loro comunità, e farla tornare florida come una volta, andare via di lì. Lasciarsi alle spalle tutto per iniziare una nuova vita. E finalmente non si sarebbero dovuti più preoccupare del progresso che li stava schiacciando piano piano. Ma per Merrick quel posto nuovo e pieno di meraviglia non poteva bastare, da quando aveva perso suo figlio niente poteva bastare, si era illuso, di nuovo. E così si era costruito una città nuova intorno, abbracciando quel progresso, rafforzandosi grazie a esso, cercando altro, tenendo a bada Red, lo stupido e stolto Red che aveva solo smania di combattere, l'ottuso e miope Red che aveva smania di prevalere, smania di schiacciarlo, così cieco... fra loro non era rimasto niente, con Red ormai non riusciva a trovare più punti di contatto, "quell'ingrato", e tutto per un unico obiettivo...

"Ben fatto, Cliff", disse poi.

"Visto? Io sono una persona di cui ci si può..."

"Fai silenzio", disse Aria.

"Ragazzina..."

"Ha ragione lei, fai silenzio", disse Merrick. "E anzi, vattene. Non mi servi più".

"Ma..."

"Vattene", e quello fu costretto ad obbedire. Aria sentì il suo passo inconfondibile e sperò di non sentirlo mai più.

Will affiancò Aria, Henry fece lo stesso. Peter era poco dietro di loro. Mary e Loren sembrarono rilassarsi al profumo degli aranci. Era anche questo il dono di quel luogo.

"Peter, ben trovato", salutò Merrick. "Vedo che hai portato la spada, bene", disse abbozzando un sorriso che assomigliava più a un ghigno.

"Merrick, vedo che non sei cambiato", disse Peter come se non lo vedesse da tantissimo tempo.

"Neanche tu, anche se sei diventato più sveglio. Posso avere la spada?".

I ragazzi si guardarono, improvvisamente indecisi.

"Avete la mia parola. Dopo la spada potrete cercare di prendere la chiave. E potrete farlo tutte le volte che volete. Se è necessario vi ospiterò qui".

Aria guardò Will che sembrava voler dire, "tu ti fidi? Io no". Ma non c'erano molte altre alternative.

"Amico, facciamo come dice", disse Will a Peter e lui si mosse, si fermò di fronte a Merrick con la spada ben stretta in mano, aveva difficoltà a lasciarla, come se quella si opponesse. Ma Merrick ci poggiò le mani sopra, "lascia ragazzo", disse con tono neutro. Lui lo fece, strinse i pugni una volta, due, mentre l'uomo si allontanava con la spada. Sentiva di aver sbagliato.

"Aspetta", disse, "cosa vuoi farci?".

Merrick chiuse gli occhi, "lo vedrai", rispose con un ghigno.

Si fermò di fronte all'albero e di colpo la sua corteccia si aprì, mostrando il suo nucleo. Lì, proprio al centro del tronco c'era un ragazzino di circa dieci anni, che non sembrava essere stato intaccato dal tempo.

"Oh, mio Dio", disse Peter trattenendo la nausea.

"Che cosa... chi è", sussurrò Will. Mary e Loren erano ancora incantate dagli alberi, come drogate. Henry si agitò, "c'è qualcosa che non va, Aria".

"Merrick, cosa stai facendo", disse lei facendo un passo avanti.

Peter raggiunse Merrick, "perché tuo figlio è lì dentro?".

Merrick non disse nulla, chiuse gli occhi e sembrò cercare di raccogliere le energie, la nuvola di elettricità sopra il palazzo si agitò in cielo lanciando piccoli lampi. Poi, come se la spada fosse diventata fragile come un ramo, la spezzò in due senza nessuna difficoltà, quella si ruppe con un gemito di dolore. Soddisfatto, e apparentemente esausto, la poggiò delicatamente ai piedi del tronco, "una vita per una vita", disse lui. Una luce intensa scivolò fuori dalla spada e circondò l'albero.

"Mi devi una spiegazione", disse Aria guardando quel corpo. Peter era imbambolato, come colpito all'improvviso da una lama di ghiaccio. Iniziò a sudare, le mani scosse dai brividi.

"Cara Aria Lind", disse Merrick senza smettere di guardare la forte energia che si intrecciava con l'albero e il corpo di suo figlio. Aria non fece in tempo a chiedersi perché quell'uomo sapesse il suo nome.

"Hai appena salvato la vita di mio figlio".

"Uccidendo mio padre, non è così?", disse di colpo Peter, consapevole.

"Lo riesci a sentire? Oh, è normale. Tu sei l'erede. L'erede ha stretto un legame con la spada, così come suo padre, sennò non saresti riuscito ad arrivare fino a qui con lei".

"Cosa sta dicendo?", disse Will, preoccupato per l'imprevisto.

"Aria, non fare quella faccia. Avrai ciò che desideri. Oh, vi spiegherò tutto, su. Il nostro amato Red, quando ho stretto il patto che ci ha portato in questo magnifico mondo, era in fin di vita, e io sono stato così sciocco da implorare la vecchia perché lo salvasse, visto che per mio figlio ormai... non c'era più speranza. Se avessi saputo che mi sarebbe venuto contro...", prese fiato, dando un'occhiata a quel fluido lucido che circondava lentamente l'albero, "la vecchia donna ha legato la vita di Red a questa spada".

"Per questo non se ne separava mai", mormorò Peter, quasi a se stesso.

"Il giardino ha conservato il corpo di mio figlio intatto. Solo con questa potevo sperare di farlo tornare da me, perché non dovrebbe?", disse con una scintilla di follia nello sguardo, "la vecchia me l'ha suggerito", mormorò, "e ora le cose andranno come sarebbero dovute andare".

Aria era inorridita, e il battito che aumentava era tutto ciò che riusciva a sentire, la distraeva.

"Peter, noi non lo sapevamo. Te lo giuro", cercò di poggiare la mano sulla spalla ma lui si ritrasse.

"Non mi toccare", disse con rabbia, "ho appena ucciso mio padre".

"Peter".

"Maledetto il giorno in cui voi siete piombati qui", disse con rabbia.

Henry aveva chiuso gli occhi.

"Il motivo per cui dovevo stringere il patto. Solo questo giardino poteva tenere il corpo di mio figlio in salute, e solo quella spada, pensai molto dopo, forse avrebbe potuto riportarlo da me", disse come se parlasse a se stesso. "Poi serviva un innesco. E subito capii che eravate voi. Vi ho aspettati a lungo... ma lo sapevo, lo sapevo che sareste arrivati", disse fissando Aria, Will e Henry, "e grazie a voi, mio figlio rinascerà".

Ma ciò non era possibile. La spada si incenerì e l'albero iniziò a prendere fuoco dalla base.

"No, no", urlò Merrick, "non deve andare così".

"No! È quello l'albero", urlò Aria agli altri, "è quello", continuò a urlare mentre il giardino sembrava ripiegarsi su se stesso, cercando di sputare fuori un frutto marcio, e rinnegando quel corpo che era stato incastrato tra le sue radici.

Will e Henry capirono subito.

"Amico, ti supplico. Prendi la chiave".

"Non voglio", disse esausto, le braccia molle lungo i fianchi, l'aria smorta, più pallido e morto di quel bambino rinchiuso nella corteccia. Non smetteva di fissarlo. Le piccole mani ora pendevano fuori dal tronco come se cercassero qualcuno da abbracciare.

"Peter, andiamo via da questo posto", disse Aria supplichevole. "Non è questo che volevi?".

"Ho appena ucciso mio padre", disse fissando il fuoco che avvampava.

"Capisco come ti senti", disse Will ripensando alla morte di Dan, "io ho perso mio fratello, e non sono ancora riuscito a riprendermi", riuscì a confessare.

Peter si voltò verso Will, "tu non potevi sapere della spada. Non è colpa tua, né tua", disse cercando di calmare la rabbia e tornare razionale.

"È così. Sennò non l'avremmo fatto", disse deciso Will anche se non era tanto certo.

Aria strinse il suo braccio, "sei nostro amico, non ti lasceremo qui".

"Qui non c'è più nulla per me", si voltò verso Will, "raggiungeremo il tuo mondo e faremo tutto ciò che mi hai promesso, non è così?", disse lui, ancora stordito.

"Ci puoi scommettere", rispose Will, e pensò a tutto quel dolore che lo tornò a scuotere di colpo, e agli incubi, alla sofferenza, ai problemi, ai dubbi, che nel mondo di nebbia venivano esteriorizzati, gettati fuori dal corpo delle persone per non provare dolore, per non provare nulla. Quegli incubi rappresentavano tutto ciò di terribile che loro avevano cercato di lasciarsi alle spalle, la prosecuzione di un inconscio messo a tacere, lo sfogo necessario di un inconscio messo a tacere. Una violenza. Eppure non c'era nessun dolore, quel sollievo che provava in quel corpo vuoto, libero dai tormenti più grandi e dai problemi più piccoli. Guardò Aria e ricordò il momento in cui le aveva donato la sua energia attraverso gli incubi, quella parte di sé che racchiudeva tutta la forza della sua mente, anni di esperienze e di speranze che aveva gettato via. Quello era stato, forse, l'unico vero momento in cui Will era riuscito a sfiorare il cuore di Aria, aiutandola a risvegliarsi, così credette Will. Aveva capito in quell'istante che gli incubi erano in quel mondo l'unico tramite, l'unica realtà, l'unica verità.

Esperienze e speranze, e ora che ne rimaneva? Solo dolore, di nuovo dolore. Pensava a questo, mentre se ne stava immobile con i suoi terribili presentimenti incollati addosso.

Peter camminò verso il tronco in fiamme, seguito dai suoi amici, mentre Merrick se ne stava ai suoi piedi nel tentativo di estrarre suo figlio di lì, ma non era altro che una carcassa scura, senza più volto. Tirando strappò quello che doveva essere un braccio. Restò immobile, paralizzato dal terrore, gli occhi spalancati.

Peter, calamitato, poggiò una mano sulla parte del tronco ancora integro. Aria lo sosteneva con lo sguardo. Successe ciò che era successo con Aria, ma l'esito fu diverso, completamente.

Peter contrastò la luce, il suo corpo fu invaso da una scossa, e si accasciò al suolo.

Will si inginocchiò ai suoi piedi. L'amico batteva le labbra debolmente.

"Peter!", disse scosso dal terrore. Sulla mano dell'amico era comparso un debole segno della chiave che si era subito ritratta, scomparendo, scivolando via, così come la sua vita.

"Cosa è successo. Non può essere...", disse Aria sconvolta, si coprì il volto con le mani.

Will si abbassò verso di lui, "faremo insieme...", disse con il poco fiato che gli rimaneva.

"...tutto ciò che ti ho promesso. Ci puoi giurare", disse Will sforzandosi di non piangere.

Lui sorrise e chiuse gli occhi.

"No, no, no", disse prendendo la testa fra le sue braccia.

Aria si piegò su Peter quasi dimenticandosi dell'albero in fiamme, confusa, stanca, stava per arrendersi. Stranamente la scena sembrava essere rallentata: Merrick tentava di estrarre suo figlio, Henry aveva coperto gli occhi di Mary, Will era a terra e stringeva il corpo inerme del suo amico che aveva appena ucciso, e Loren... Aria non se ne accorse nemmeno. Loren stava camminando incantata verso l'albero, con il palmo della mano alzato come a chiedere scusa a qualcuno.

"Loren, dove vai?", urlò Mary, e questo riportò Aria a terra, si voltò e la guardò mentre poggiava la mano sul tronco in fiamme.

"Loren, no!", urlò Aria, cercò di strapparla da lì, ma lei era così solida, come fosse diventata di colpo una statua, per poi cadere mollemente tra le sue braccia. Anche lei era un candidato, e Aria non poteva saperlo. Perché non se ne era accorta?

"Maledizione", disse Aria in un impeto di rabbia, "è solo, solo colpa nostra", sussurrò tra le lacrime, in quel momento vide di nuovo un'ombra dietro l'albero, non era Merrick, non era nessuno di loro, ma non le importava. Osservava la scena, impotente, abbattuta da un'angoscia senza fine. E quel maledetto battito si rafforzava, mentre Merrick finì per piegarsi sempre più su suo figlio, senza energie.

Mary scappò dalle braccia di Henry e corse dalla sorella, "sorellona? Lor, Lor ti prego", disse Mary, "ti prego, ti prego", le strinse la mano.

Merrick stringeva il corpo di suo figlio, così come stava facendo Will con Peter e Mary con Loren. Aveva avuto una vaga percezione di quella scena terribile. Il fumo confondeva le immagini, e non riusciva più a sentire il profumo degli aranci, *quando finirà tutto questo*, si chiese lei, in piedi, immobile come morta.

Fu Henry a svegliarla, era l'unico rimasto vigile, "Aria", indicò il tronco. Stava bruciando interamente, fino alla chioma, ma al centro del tronco il fuoco non riusciva ad arrivare. Aria si alzò lentamente, pensò di dover fare un tentativo. La terra tremava lievemente.

Henry raggiunse Mary e cercò di trarre a sé Will senza riuscirci, continuava a scansarsi, stringendo il corpo senza vita dell'amico.

Aria poggiò il palmo della chiave sul tronco e quella forte luce l'abbracciò, come aveva già fatto una volta, in un'altra realtà. Non sentì la differenza.

Chiuse gli occhi e successe di nuovo. Il dolore sul palmo, lo staccò dalla corteccia che di colpo smise di bruciare. Come se il tempo fosse tornato indietro, il tronco tornò integro, ma non i morti che aveva causato.

Aria osservò il palmo, una delle foglie si era ingrandita, come quella del suo mondo. Non ebbe il tempo di pensarci. Merrick si era alzato in piedi, oscillando debolmente, e aveva tirato fuori la pistola, "non vi permetterò di andarvene", disse con occhi carichi di follia. In quel luogo non poteva appellarsi ad altro che alla tecnologia, niente di ciò che poteva fare avrebbe avuto un qualche effetto nel Giardino degli Aranci. Quel posto lo dominava, come aveva fatto con i cinque. Aria non capiva, ora sentiva il battito di un cuore che si confondeva con un altro, era solo un suono impercettibile, un'alternanza senza ritmo, se si sforzava poteva sentirli entrambi, ma era troppo stanca. E non c'era tempo.

Aria prese una Mary inebetita per un braccio, poi strinse la mano di Henry che si allungò verso Will. Aria era convinta che Will si fosse avvicinato, invece non l'aveva fatto.

Appoggiò il palmo a terra. Il buco si aprì come la prima volta. "Will", gridò Aria accorgendosene solo in quel momento.

"Will, cosa fai", disse Henry spaventato.

"Non... non posso", era palesemente confuso, sotto shock, stringeva ancora il corpo di Peter, "non posso lasciarlo qui".

"Ti prego", Henry allungò un braccio ma riuscì solo a sfiorarlo. Will cercò di avvicinarsi, ma troppo tardi. Il buco si chiuse sopra la loro testa.

Caddero su un terreno duro. Henry prese a sbattere il pugno sul terreno ripetutamente. Aria stringeva forte Mary che tremava addosso al suo petto. Non riusciva a parlare. Nessuno riusciva a parlare.

"Bentornati", disse la voce familiare.

Aria si accorse della nebbia, erano di nuovo nella terra di mezzo. *Non ce la faccio*, si disse Aria, squassata.

"Hai perso il tuo innamorato?", disse la vecchia sbucando dalla nebbia, con un tono tra il divertito e il dispiaciuto.

Aria scattò in piedi con le ultime energie, "che cosa vuoi ancora?".

"Sei riuscita a prendere un'altra chiave".

Aria non aveva ancora ragionato su questo punto, era così confusa, e si sentiva pesante.

"E ti voglio proporre un patto".

La ragazza osservò la stanza buia della piccola casa alle spalle della vecchia donna.

"Non stringerò nessun patto".

"Non devi firmare nulla mia cara".

"Che cosa vuoi?", Aria cercava una porta, ma non ne vedeva.

"Se le prenderai tutte... ti lascerò andare. Te e i tuoi amici. Se non morirai prima, certo".

"Che cosa? Non ci credo".

"Dico la verità".

"Se è così, lasciaci andare via di qui. Lasciami cercare una porta. E allora, forse... ti crederò", non era più molto lucida, ma non sapeva cos'altro dire.

La vecchia donna si tirò indietro, e scomparve nella nebbia, senza dire altro.

"Henry? Mary?", i due erano proprio accanto a lei, accasciati a terra, come la volta precedente erano invecchiati di colpo, "sbrigati", disse Henry, "non resisto".

Aria iniziò ad agitarsi, sarebbero morti di vecchiaia se non avesse trovato un'uscita, toccò con il palmo la terra fredda e ruvida, e si concentrò, "ti prego, ti prego, ti prego". E la porta si aprì. Aria afferrò i due amici e sparirono.

"Ci è riuscita di nuovo", rise la voce nell'ombra.

"Va bene ciò che le ho detto?".

"Benissimo".

"Ma è la verità?".

La voce rise profondamente divertita, "mia cara".

"Non è vero?".

"Non vuoi andare via di qui?".

"Io...io, sì", disse con una convinzione traballante.

"E allora cos'è che ti preoccupa?".

"Ha perso il suo amore".

"Non lasciarti andare ai ricordi. Vuoi sapere?".

Lei annuì stringendo una mano rinsecchita dentro l'altra.

"Succederà... se arriverà alla fine, succederà qualcosa che la convincerà ad arrendersi, verrà dritta da noi a implorarci di restare", l'Ombra scoppiò a ridere.

"E poi?", chiese la donna.

"E poi ci sarà un nuovo inizio", commentò la voce.

La vecchia mostrò tutta la sua perplessità, "l'amore... l'amore...", continuò a ripetere.

Aria, Henry e Mary piombarono in un giardino di violette. Restarono sdraiati a osservare un cielo neutro e piatto. Nessuno dei tre voleva muoversi. Non volevano pensare. Il cigolio di un'altalena arrugginita li obbligò a raccogliere le forze. Erano costretti ad andare avanti.

Henry si alzò, si tirò indietro i capelli sospirando, aiutò Mary a tirarsi su, poi Aria. I tre si guardarono senza parlare. Increduli.

Erano nel giardino quadrato di una casetta di legno a due piani. Dall'altro lato un bambino giocava su un'altalena.

Di fronte, fuori dalla staccionata bianca che circondava quel piccolo quadrato di terra e quella casa dimenticata da tutti, il nulla, un vuoto indescrivibile.

Aria si avvicinò alla casa come un corpo senz'anima, dalla finestra che dava sul giardino ben curato, una melodia dolce e scoordinata riempiva l'aria, accompagnandosi al cigolio dell'altalena. Una donna sedeva su una sedia a dondolo, cullando un neonato che non respirava.

Aria osservò senza fiatare la donna per qualche istante, con la pena negli occhi, poi tirò dritto, presa da una frenesia improvvisa ruppe con energia il vestito, fino a farlo diventare una gonna più agevole. La prima cosa che avrebbe fatto, non appena si fosse ripresa, e trovato un nuovo posto, sarebbe stata cercare dei pantaloni.

Henry e Mary stavano attraversando il giardino, sforzandosi di non guardare oltre la staccionata, quel nulla metteva loro i brividi, se fossero usciti fuori, dove sarebbero caduti?

"Ciao, vuoi giocare con me?", disse il bambino sull'altalena a Henry.

"Non posso ora", si sforzò di rispondere.

"Dai, ti prego, non gioco mai con nessuno. Vado sempre su quest'altalena".

"Non c'è nessun'altro qui?", chiese Henry.

"No. Vado sempre su quest'altalena", ripeté ancora, "sempre", scoppiò a ridere, di una risata innaturale, "sempre, sempre, sempre".

Henry e Mary si affrettarono a superarlo. Mary si era incantata, piena di orrore nel cuore, non ebbe il coraggio di chiedere, ciò che si stava domandando in quel momento, quasi inconsciamente, *da quanto tempo lo farà*. Stringeva il suo zaino come fosse un'ancora.

Henry aveva visto sulla soglia della porta una frase russa incisa, si domandò se quelle persone fossero russe, *se è così... noi li riusciamo a capire*, per la prima volta pensò che in questi mondi doveva esserci la stessa lingua, come se si fosse uniformata per tutti loro, in queste numerose realtà che ora gli apparivano come un'unica grande nazione. Ma era un pensiero poco importante. L'immagine di Will a terra... si era guardato intorno ma lui non c'era. Voleva ignorare questo pensiero, ora. Non riusciva a far altro.

Aria fece un gesto e i due la raggiunsero, ignorando il bambino che urlava ancora, "giocate con me? Vi prego, giocate con me?".

Dietro la casa un minuscolo giardino degli aranci, composto solo di tre o quattro alberi, il battito del cuore era lieve come quello di un uccellino. Per Aria non fu difficile trovare il tronco che le serviva. Davanti all'albero respirò a fondo, sentì il giardino accoglierla, abbracciarla, e allo stesso tempo schiacciarla, quel luogo si stava trasformando involontariamente in qualcosa di negativo, neanche il profumo delle arance riusciva a svegliarla da quello stato di shock, da quell'amarezza, non poteva cancellare il sangue che era stato versato. Passarono di nuovo nella terra di mezzo con una nuova foglia evidenziata sul palmo, stavolta senza nessuno che li aspettasse, era solo una terra desolata e spoglia, un passaggio obbligato per il nuovo mondo che li stava aspettando. Quale sarebbe stato questo nuovo mondo? Aria fissò la chiave sul palmo, in un profondo stato di incredulità, non sembrava aver ancora realizzato cosa fosse appena successo, eppure era più sveglia e razionale che mai. Lo stesso stato dei suoi due amici, accanto a lei.

I tre si guardarono con l'ombra delle loro parole morte in gola, e prima di attraversare la porta, si presero per mano, sperando. Sperando intensamente di sopravvivere, di superare il dolore e di riuscire a cambiare quel destino che si faceva sempre più buio, più intricato e complesso.

Ma niente, niente era ancora detto.

Della stessa serie

Prima Parte

Il Mondo di Nebbia, dove Aria e il fidato amico Henry vivono e frequentano un liceo come tanti altri ragazzi, nasconde dei segreti inquietanti, come incubi che prendono forma e sono in qualche modo collegati ai Cinque Sacerdoti, misteriosi individui che controllano la città. Aria non è però una ragazza come tutte le altre: in quel mondo ha la sensazione di "girare a vuoto", e dentro di sé sospetta che dietro ai suoi incubi ci siano verità dimenticate... sarà l'incontro con Will, che come lei sembra frustrato e insoddisfatto da quella realtà, a rivelarle che tutto quello in cui credeva prima è nient'altro che un'illusione. Qual è la verità dietro quel mondo? Chi sono i Cinque? E in che modo Aria ha il potere di cambiare tutto?
"Il Mondo di Nebbia", ora con un nuovo editing, è la prima parte della trilogia fantasy-distopica "Il Giardino degli Aranci". Ilaria Pasqua ci guida in un mondo ricco di misteri, una realtà che sembra annullare i ricordi dolorosi, ma che nasconde molte ombre. Sarà la strana brigata di Aria, Will ed Henry, unita da una forte amicizia (ma non solo) a squarciare i veli della nebbia?

Terza Parte

Intrappolata nei mondi paralleli nati dai patti tra persone disperate e una vecchia misteriosa, la strada di Aria e dei suoi compagni verso il loro "vero mondo" si rivelerà sempre più complicata e impegnativa: mancano ancora tre sigilli da aprire, Will si trova sempre intrappolato nel mondo del bosco e i misteri da svelare dietro a quelle realtà artificiose e inquietanti sono ancora tanti... chi è davvero la "vecchia", e che ruolo ha l'Ombra che si cela dietro di lei? Qual è la vera natura del giardino degli aranci? Ma soprattutto, Aria sarà abbastanza forte da sopportare il dolore che si cela in quei mondi di finti oblio e a portare a termine il suo compito?

L'universo fantasy e distopico inventato da Ilaria Pasqua con "Il mondo di nebbia" e sviluppato in "Il mondo del bosco" trova la sua grandiosa ed emozionante conclusione in "Il confine dei mondi", parte finale della trilogia "Il giardino degli aranci". Sei pronto a seguire il viaggio di Aria, Will e Henry fino alla fine?"

Ti è piaciuto questo libro?

Nativi Digitali Edizioni pubblica testi di autori italiani emergenti in formato digitale, il nostro è un mercato di nicchia, non disponiamo di budget importanti per investimenti pubblicitari e quindi facciamo affidamento anche alla buona volontà dei nostri lettori per farci conoscere. **Vuoi sostenerci?** Hai diversi modi per farlo:

- Scopri gli altri ebook dal catalogo sul **nostro sito www.natividigitaliedizioni.it** e acquistali dallo **store** che preferisci
- Lascia una recensione onesta nella store dove l'hai comprato
- Seguici sui nostri **canali social**
- Se il libro che hai appena letto ti è davvero piaciuto e ritieni che meriterebbe più diffusione, **parlane** ai tuoi amici lettori, oppure sui forum e gruppi di appassionati.

In ogni caso, ricorda: non farti prendere dal panico e, ovunque vai, porta con te un asciugamano.

Indice generale

www.ingramcontent.com/pod-product-compliance
Lightning Source LLC
Chambersburg PA
CBHW020311200626
46814CB00006BA/2201